Rowohlt Verlag GmbH, Kirchenallee 19, 20099 Hamburg

Kontaktadresse nach EU-Produktsicherheitsverordnung:
produktsicherheit@rowohlt.de

Thomas Melle, 1975 in Bonn geboren, studierte Vergleichende Literaturwissenschaft und Philosophie in Tübingen, Austin (Texas) und Berlin. Mit Stücken wie «Haus zur Sonne» (2006) und «Das Herz ist ein lausiger Stricher» (2010) gehört er zu den wichtigsten jungen deutschen Theaterautoren. Er übersetzte William T. Vollmann und war mit dessen Roman «Huren für Gloria» für den Übersetzungspreis der Leipziger Buchmesse 2006 nominiert. 2007 erschien Thomas Melles vielbeachtetes Prosadebüt, der Erzählungsband «Raumforderung», für den er 2008 den Förderpreis zum Bremer Literaturpreis erhielt. «Sickster», Thomas Melles erster Roman, stand auf der Longlist für den Deutschen Buchpreis 2011 und wurde im selben Jahr mit dem deutsch-französischen Franz-Hessel-Preis ausgezeichnet. Thomas Melle lebt in Berlin.

«Düster, groß und visionär: das perfekte Buch zur Krise, in dem nicht Märkte die Hauptrolle spielen – sondern Menschen, die durch die gesellschaftliche Entwicklung ihre Orientierung verloren haben.» *(Financial Times Deutschland)*

«Melle schreibt stilistisch überdreht, aber inhaltlich seziert er kühl: ein großer Gefühls- und Gesellschaftsroman.» *(SPIEGEL)*

«Ein beschädigter Text über Lebens- und Systemfehler. Ein kaputter Roman über eine kaputte Gegenwart, so nah am Jetzt, dass er weh tut.» *(Berliner Morgenpost)*

«Ein besseres Buch über trostlose junge Großstädter ist in den letzten Jahren nicht geschrieben worden.» *(Spex)*

«Ein grandioser Debütroman.» *(Frankfurter Rundschau)*

Thomas Melle

SICKSTER

Roman

ROWOHLT TASCHENBUCH VERLAG

3. Auflage September 2022

Veröffentlicht im Rowohlt Taschenbuch Verlag,
Reinbek bei Hamburg, März 2013
Copyright © 2011 by Rowohlt · Berlin Verlag GmbH, Berlin
Umschlaggestaltung any.way, Walter Hellmann,
nach einem Entwurf von Anzinger | Wüschner | Rasp, München
Satz aus der Caslon 540 und OCR-B PostScript (InDesign)
bei hanseatenSatzbremen, Bremen
Druck und Bindung BoD - Books on Demand GmbH,
Norderstedt, Germany
ISBN 978 3 499 25695 0

No, no, no, no

I didn't think so

Nine Inch Nails

PROLOG IM DUNKELN

Einer lacht immer zu früh, etwa bei koreanischen Filmen, obwohl er gar kein Koreanisch versteht. (Ich sage er, *denn das sind wirklich* Ers *und meist nicht* Sies; *die* Sies *lachen woanders.) Es gibt also immer einen, der loslacht, obwohl es gar keine Pointe gibt. Etwa im Dunkelschwarzen, im Kino: Leute, die vorgeben, alles zu verstehen, und dabei eben nie etwas verstanden haben.*

Sie sitzen im Kino. Um Sie herum eine Dunkelheit, die fließt und gleitet. Gleich geht der Film los. Gleich gibt es ein Spektakel. Sie freuen sich. Sie halten das Ticket in der Hand. Popcorngeruch. Weiche, tiefe Sitze. Neben Ihnen Leute. Werbung.

Und los.

ERSTER TEIL
ABITUR

stay in school
cuz it's the best

Peaches

Der Startschuss ist wörtlich zu nehmen: ein ohrenbetäubender Knall. Ihm folgt, feiner als haarfein, ein Riss.

Es war der Sommer 1994, und der Abikorso der Canisius-Schule zog durch die stille, der Bedeutungslosigkeit entgegendämmernde Stadt Bonn. Aufgekratzt und zugleich etwas dumpf vom Feiern, das sich über Tage hingezogen hatte, dumpf auch von der langen Prüfungsphase und der plötzlichen Erleichterung, der kein rechter Sinn zugeordnet werden konnte, wollten die Abiturienten nur noch jubeln. Sie schwenkten die Bierflaschen, krächzten Triumphschreie in den Fahrtwind, hielten ihre Gesichter in die Sonne und holten aus den fingerbemalten Wagen so viel Lärm heraus, wie nur möglich war, durch Motorjaulen, Reifenquietschen, Dauerhupen: eine Schneise des Lärms, die sich gleich hinter ihnen wieder schloss.

Der Jubel der Abiturienten hatte dabei etwas Ausgestelltes, Gespieltes. Er war mehr Wollen als Jubeln. Diesen Tag hatten sie sich schon so oft vorgestellt und herbeigesehnt, dass er das Versprechen, das von ihm ausgegangen war, kaum einlösen konnte. Mit unbeholfenen, groben Gesten und vollmundigen Rufen versuchten die Abgänger, sich als die Könige des Tages zu fühlen, und fielen dabei seltsamerweise in Stereotype ihrer jetzt begrabenen Achtziger-Jahre-Kindheit zurück. Lara imitierte ohne Grund den ostfriesischen Komiker Otto Waalkes und presste immer wieder ein tiefes «Jaa! Jaaa!» aus ihren Stimmbändern hervor. Eva warf mit ihren Korkenzieherlocken um sich und genoss den Wind, ganz so, als sei sie in einem Werbeclip für Haarspray gelandet. Jakob trug Basecap und Sonnenbrille und schrie unverständliche Parolen durch eine Flüstertüte, welche noch aus Golfkriegszeiten stammte. Achim und Anja tanzten eine seltsame Mischung aus Lambada und Breakdance und spitzten ihre Lippen immer wieder zu Kussmündern, wenn sie sich in die Augen blickten. Alle johlten, klatschten, stampften.

Doch die Nachträglichkeit ihrer Bemühungen war nicht zu übersehen. Die Feier stand in Konkurrenz zu der aufgestauten Vorfreude, die sie selbst verursacht hatte. Dies war ihr Tag, aber es war ein Tag wie eine vergangene Erinnerung an eine Zukunft, die sich jetzt in ihrer ganzen banalen Sensationslosigkeit zeigte. Es schien, als wären die scheidenden Schüler das letzte Mal zum Diktat gerufen worden, zum Diktat des Spaßes. Und sie gehorchten. Das echolose Schweigen der Stadt passte gut dazu.

Ein Knall, außen, und innen sofort ein Riss. Hendrik hatte früher Amseln und Spatzen im Garten seiner Eltern abgeschossen, mit einer Gaspistole, die er während der Internatszeit in seinem obersten Schrankfach versteckt hatte, aus Angst vor Razzien. Jetzt, beim Korso, sollte sie endlich wieder zum Einsatz kommen. Aber die Pistole hatte Ladehemmung. Nervös fuchtelte Hendrik an ihr herum, zeigte sie ungeduldig den teilnahmslosen Passanten, reckte sie in die Höhe, zielte auf die Sonne, drückte und zerrte am Abzug – nichts tat sich. Er fluchte. Magnus saß neben ihm, im Cabrio von Lutz, und war schon scharf betrunken vom Sekt. Er beobachtete, wie die Röte in Hendriks Gesicht mit jedem misslungenen Versuch eine Nuance dunkler wurde, während der Schweißfilm darüber immer heller glänzte. Hendrik fluchte und fingerte an der Waffe herum. Er wollte unbedingt derjenige sein, welcher diesen Startschuss ins Erwachsenenleben abgeben würde, stellvertretend für den ganzen Jahrgang. Die Häuserreihen zogen an ihnen vorbei, das Schwimmbad, die Rigal'sche Wiese, die Redoute, der

Kurpark: altbekannte Plätze der Kindheit, jetzt entzaubert und profan. Alles dies wird bald verlassen sein, dachte Magnus und nahm einen weiteren Schluck vom abgestandenen Sekt.

Plötzlich schnitt ein Schmerz durch sein Ohr, riss in einen Ort hinein, den er nie zuvor gespürt hatte. Er schreckte zusammen und jaulte auf. Der Schmerz war grell, nein, scharf und schnell. Ein Pfeifen setzte ein, laut, aufdringlich. Hendrik war auch erschrocken, feuerte aber sofort eine ganze Salve in die Luft, um das Missgeschick zu vertuschen, um den Fehlschuss wieder seinem Willen unterzuordnen, in die Reihe des Vorhergesehenen. Er fragte schnell, ob alles in Ordnung sei, und Magnus nickte, die Hand aufs Ohr gepresst. «Ist gleich wieder vorbei», sagte er, «pass aber auf, verdammt, das war zu nah.»

Namhafte und bestimmt amerikanische Wissenschaftler haben sich über die Hirnhälften Gedanken gemacht. Die linke Hirnhälfte gilt ihnen, überspitzt gesagt, als naive Buchhalterin; die rechte als fiebrige Verschwörungstheoretikerin. Links: werden einfache Regeln und Strukturen prozessiert, Unregelmäßigkeiten als Zufall verbucht. Rechts: leckt die Zwillingsschwester Blut. Geht ab in Assoziationen und Träumen, arbeitet sprunghaft, spürt Pfade auf, die nicht offen zutage treten, findet Zusammenhänge von Einzeldingen, die beliebig nebeneinander liegen. Koinzidenz? Schicksal! Anders gesagt: Während das Ursache-Wirkung-Schema in der linken Buchhaltung des Hirnes heimisch ist und dort dafür Sorge trägt, die Welt aufs Anschaulichste zu simplifizieren, entspringen genialischere Theorien wie etwa das dritte Gesetz der Thermodynamik, der Da-Vinci-Code oder die Chaostheorie der tendenziell paranoiden rechten Hirnhälfte.

Nun sind die beiden Hirnhälften – seltsames Spiegelspiel des Lebens – bekanntlich für die jeweils entgegengesetzte Körperseite zuständig. Verschwörungstheoretiker drehen sich deshalb vorzugsweise um die linke Schulter, wenn sie von hinten angesprochen werden. Was nun aber, wenn ein hartnäckiger Tinnitus im linken Ohr die rechte, assoziationssüchtige Hirnhälfte jahrelang unter einen subliminalen Strom setzte? Würden namhafte und amerikanische Wissenschaftler in so einem Fall auftretende psychopathologische Störungen ursächlich auf diesen psychosomatischen Druck zurückführen? Wäre das der stete Tropfen, der den Verstand aushöhlt? Käme dann der eine zu laute Bass in jener verrauschten Clubnacht, poetisch gesprochen, einem pathologischen Urknall gleich? Als Schöpfungsmythos der zentrifugalen Psychose, die, als innere Strahlung schon Jahre unterwegs, irgendwann die äußeren Ränder des Nervensystems erreichte?

Mit der Folge: gravitative Instabilität, Kollaps der Materie, ergo des Bewusstseins. Nennen wir es Neuralgie.

Später am Tag wachte Magnus auf. Er lag im Gras. Er wusste nicht, wie spät es war, ob er wirklich geschlafen hatte, wo er überhaupt war. Dann dämmerte es ihm: die Party, seine Freundin! Die Party war heute Abend in Godesberg, in einer Proletendisco namens *Waveline*, und alle würden hingehen. Aber seine Freundin und er waren nach Bad Breisig gefahren. Nur warum? Und wo war sie jetzt? Wieso lag er allein am Rande eines Radwegs auf einer Wiese, in Sinzig anscheinend, wenn seine Freundin doch in Bad Breisig wohnte? Und doch war da irgendwo ein Sinn. Es hatte eine Verabredung gegeben. Er konnte sich momentan nur nicht erinnern. Er blickte umher. Fertighäuser standen in der prallen Sonne und strahlten radioaktiv. Alle Gärten und

Häuser waren genau abgezirkelt und sauber und sahen aus wie zum schnellen Abriss bereit. Kein Vogel am Himmel. Kein Mensch in der Nähe, nur Flächen und Quadrate. Das Brummen im Kopf war vom Pfeifen im Ohr kaum zu unterscheiden. Wird schon wieder verfliegen, das Pfeifen, dachte er, wie nach den Clubbesuchen, wie nach Rockkonzerten, wie das Brummen auch, wie jeder Kater bisher. Er stand auf, strich sich die Grashalme von der Kleidung, suchte einen Kiosk, um Bier und Wasser zu kaufen.

Ein Knall, ein Riss, ein Riss mit Folgen womöglich, wenn man die Fakten und Theoreme auf bestimmte Weise übereinander schiebt. Tatsächlich hat Magnus den Tinnitus bis heute. Auf Stehpartys nannte er ihn oft *meine private Sphärenmusik*, «wie bei den Griechen», fügte er als Erklärung hinzu, «die alten Griechen dachten nämlich, die Sonne würde wunderbare Musik produzieren, und wir hören sie seit der Geburt, sind uns ihrer aber nicht bewusst, weil wir die Stille nicht kennen, weil die Musik schon immer da war». Mädchen mit «Caipis» genannten Caipirinha-Drinks schauten ihn dann großäugig an und fragten: «Und jetzt piept es auch? Und jetzt, und jetzt?» «Ja», sagte Magnus dann, «jetzt piept, fiept und pfeift es auch, und jetzt, und jetzt, und immer.»

Ende der Neunziger, kurz vor dem Ausbruch der sogenannten Schizophrenie, war Magnus dann einmal zum Hals-Nasen-Ohren-Arzt gegangen. Der hatte ihm gesagt, nein, das hätte sofort nach dem Vorfall behandelt werden müssen, auf die Schnelle sei das nicht mehr reparabel. Jetzt hülfen nur Langzeittherapien, die aber selten von der Krankenkasse bezahlt würden. Da war Magnus ohnmächtig geworden, aber nicht wegen der Nachricht, die ihn kalt ließ, sondern wegen des gleißenden weißen Lichts überall in der Praxis, das jede Ecke fand.

Die Jesuitenschule, von der Magnus nun Abschied nahm, brachte alljährlich eine neue Generation von Gesellschaftsklonen hervor: arrogante, zumeist neureiche oder altadlige Schnösel, die die winzige Innenstadt Bad Godesbergs im immerselben Look der Button-up-Blauhemden, Levi's-Jeans und Barbourjacken (in den Neunzigern waren die Basecaps dazugekommen) gegen eine wachsende Horde von zumeist ausländischen Proleten verteidigten, durch Präsenz und Parfüm und durch *Perspektiven*. Es war ein Markieren, ein erstes Ringen um symbolische Felder der Männlichkeit und Macht – um sich nach dem Abitur über die gesamte Welt zu verteilen, die internationalen Universitäten und Konzerne aufzusuchen, Karriere zu machen: Schlussendlich würden sie den Kapitalismus der Eltern und die Schläue der Jesuiten in ideologischer Eintracht möglichst gewinnbringend in die Welt tragen, welche dann gemolken werden könnte nach Belieben und zum Vorteil aller Beteiligten. Die Zöglinge des Internats durchliefen während ihrer neun Schuljahre eine geistige Karriere, die schon weit vor dem Abitur in Zynismus und Saturiertheit endete: *been there, done that*, Gähnen in St. Moritz, Kotzen in Florida, mehr nicht. Kein Wünschen, kein Sehnen, nur instantanes Ausfüllen funktionaler Stellen, welche schon seit der Geburt für sie vorgesehen und frei gehalten wurden. *Ich war schon so oft in New York, ich war schon so oft auf Hawaii*, schallte es voller Überdruss zum Karneval über die Flure und durch die Kneipen. Die Patres, weltoffen und angeblich papsttreu, konnten sich noch so sehr um ein ethisches Grundgerüst bemühen, es half nichts. Alle moralischen Fragen wurden als theoretische Logeleien im Religionsunterricht lediglich wahr-, doch selten ernstgenommen. Dieser entleerte Geisteszustand (man mag ihn Ennui, Hedonismus oder *horror vacui* nennen: Zustände, die selbst meist wenig von sich wissen) musste ständig mit manisch wiederholten *running gags* und saloppen Sprecharten ausgefüllt werden. Diese Sprache spielte höchst unromantisch mit sich selbst und kannte keine Dringlichkeit außerhalb der von ihr hergestellten und behaupteten Gemeinschaft. Eine Grimasse in der Krypta morgens und dann ein Bier zu viel in der abendlichen Bar, das war das höchste der Gefühle. Ansonsten entlud sich alle Kreativität und Intelligenz, die dort auch vorhanden gewesen sein mochte, in einem selbstreferentiellen System, das jede Neuheit in Zynismus und Zukunftsgewissheit auflöste und sich so von allen anderen damals kursierenden Jugendentwürfen erfolgreich abgrenzte.

Magnus Taue stand als der nervöse Supertasker, der er war, entschieden außen vor. Zerbrechlich von Statur, feingliedrig und übersensibel, war er schon vor der Pubertät eine Art Wissender, halb Autist und halb Tourette, und zwar mit voller Absicht. Was blieb ihm auch übrig? Arrogant ging er durch die Stadt. Die Stadt war Bonn. Genauer: Godesberg.

Godesberg war zu dieser Zeit eher ein verschlafenes Dorf. Die Godesburg, ein abgebrochener Zahn auf einem kleinen Hügel, stand da und faulte. Dagegen der Patresturm: eine Art in den Himmel gestülpter Schacht, phallisch hochgereckt und hochkant abgebunkert nach außen, grellweiß in der Sonne und mit schwarzen Fenstern wie Schießscharten ausgestattet. Er stand unverrückbar auf dem sogenannten «Heiligen Hügel» und stand und stand. Darin wohnten die Patres und die Geheimnisse. Dort bunkerte Magnus sich nicht ein. Er hegte Skepsis gegen diesen Turm. Überhaupt kann man sagen, dass Magnus Taue einer war, den eine große Skepsis beseelte. Anfangs liebte er seine Lehrer, aber schnell schon, in der siebten Klasse etwa, keimten erste renitente Tendenzen in ihm auf.

Doch er liebte die alten Sprachen. Herr von Trivaux, ein schwunglippiger Santiago-Wallfahrer von über sechzig Jahren, war sein erster Lateinlehrer. Dann kam Herr Frack, eine Art Franzose, der sich unheimlich aufregen konnte, im Sprachlabor, wenn er, später in Französisch, sich dazuschaltete, aber plötzlich mit sehr sanfter Stimme sprach. Schließlich der Kriegsveteran Dohr, ein Junggeselle aus Plittersdorf. Sie alle wussten Magnussens Leidenschaft fürs Lateinische aufrecht zu erhalten, bis zum Abitur. In der Neunten gab Dohr Magnus und einem mauszähnigen Kameraden noch freie Nachmittagsstunden in Altgriechisch. Spucke und Vokabeln flogen da im Sonnenlicht. Bald aber wurde solcherlei lieber abgebrochen für Bier, Weib und Berentzen.

Man machte Klassenreisen, Skifreizeiten, das übliche Programm mit Saufen, Hochbetten und Gulasch, das nach Hund roch. Magnussens durchgedrehte Achtundsechziger-Eltern waren immer vorne dabei: Lily Taue, rote Haare, aus Graz stammend, durchdringende, stechend blaue Augen, immer rauchend wie ein Dixporträt. Im Gegensatz dazu Anwalt Jochen Taue, schmaler, fast eingefallener Mund, pflichtbewusst, früherer Kiffer und Revolutionär; geschieden waren sie seit 1979. *Scheidungskinder*, dachte Magnus, *haben sicherlich einen ganz besonderen Schaden.*

Und natürlich, dann ab der achten, neunten Klasse: die Liebe, die Liebe und die Karnevalspartys. Für eine dieser Partys in der Turnhalle hatte Magnus einen Piraten gemalt. Keiner wollte sich diesem Bild so richtig nähern, es war ein wildes, buntes, von Farbe fingerdickes Schlachtengemälde, das ein Gesicht zeigte. Nur eine stellte sich auffällig interessiert davor und sah es sich an. Als Magnus dazukam, sah sie ihm kurz in die Augen und ging dann weg. Diese Frau sollte Magnus erst später, Jahre später, kennenlernen. Aber wir wollen nicht vorgreifen.

Als das Abitur näher rückte, hatte Magnus genug von seiner alleinstehenden Mutter, die er «Lily» nennen sollte. Es kam zu folgendem Wortwechsel:
  «Ich kann und will das hier nicht mehr.»
  «Was soll das denn heißen, Magnus?»
  «Eure Sachen hier. Eure alten Hippiesachen. Und deine Hysterie. Ich gehe aufs Internat.»
  «Wie, aufs Internat? Wie meinst du das?» (Leiser:) «Wir haben kein Geld.»
  «Ich habe mit Regler geredet. Er verschafft mir ein Stipendium.»
  «Aber Magnus –»
  «Ich find's eh scheiße, dass du die so ausnutzt und mich da fast umsonst essen lässt. Ich find's scheiße. Dabei kriegst du doch Geld. Ich bin eh immer dort. Wegen des Theaters auch.»
  Pause.
  «Okay. Okay, Magnus. Okay, okay.»

Ein Lehrer sprach, es war etwa in der Neunten, folgende Worte:
  «Sophokles, der unter den klassischen Tragikern der Erste war, nämlich der Vortrefflichkeit und Vollendung nach, fällt mit seinem Geburtsjahre zwischen dem des Aischylos und dem des Euripides ungefähr in die Mitte, sodass er etwa ein halbes Menschenalter von jedem absteht; die Angaben stimmen nicht ganz überein. Den größten Teil seines Lebens hindurch war er ihrer beider Zeitgenosse. Mit Aischylos hat er häufig um den tragischen Efeukranz gerungen und den Euripides, der doch gleichfalls ein hohes Al-

ter erreichte, noch überlebt.» Die jungen Türken der Stadt stellte sich Magnus dabei so vor: *Watt? Hä?*

«Man könnte den Aischylos einen tragischen Phidias nennen, der zur Erreichung der von ihm gewünschten Eindrücke nicht der riesenhaften Größe, der Pracht, des Goldes und des Elfenbeins entbehren konnte; wohingegen Sophokles, wie Polykletus, aus schmuckloserem Erz goss, aber mithin Bildungen schuf, welche durch die Vollkommenheiten ihrer Proportionen in den ewigen Kanon eingingen. Sehr bedeutend ist auch der Ausspruch des Philosophen Polemon, welcher den Sophokles einen tragischen Homer nannte, während wir den Homer einen epischen Sophokles nennen, äh, können.»

Als einmal die Türken eine der stadtbekannten Karnevalspartys stürmen wollten, stand Regler als lächerlicher Piratenzwerg vor dem Tor der Schule, einen Baseballschläger in der Hand. Magnus sah sich das an und *hatte die Faxen dicke* und stellte sich vor Regler und sah sich dann demonstrativ um. Oder auch: sah sich das Ganze an. Da trollten die Türken sich aber, den Berg wieder hinunter.

> *Erschütterer –: Anemone,*
> *die Erde ist kalt, ist nichts,*
> *da murmelt deine Krone*
> *ein Wort des Glaubens, des Lichts.*

Gottfried Benn. Benn und Latein. *Velle, malle, nolle*: wollen, lieber wollen, nicht wollen. Ja, was denn nun? Gar nicht wollen? Magnus war verwirrt. Das Wort *Erschütterer* auch. Magnus dachte: Anemone? Erschütterer? Ist das eine Aufforderung? Was soll das sein? Er überlegte. Nur noch enge Engel lecken, dachte er. Keine Anemonensohle weit und breit!

Aber solche Sprachspielereien halfen ihm auch nicht weiter in seiner gefühlten Einsamkeit. Die Eltern saßen manchmal vor der Tür der Sozialwohnung seiner Mutter und rauchten eine. Herr und Frau Taue ergingen sich dann in Erinnerungen an früher. Der Röhl, die Meinhof, Schwabing, der Rainer, der Werner. Magnus ging dann wieder los, in die Stadt, was trinken, eine rauchen, alleine sein. Weg von alldem, weit weg.

ZWEITER TEIL
PLANOGRAMME

'cause we are living in a material world
And I am a material girl

Madonna

I. WARUM SICH DIE HÄNDE NICHT SCHMUTZIG MACHEN

Vor der Deutschlandzentrale eines internationalen Mineralölkonzerns standen zwei Menschen in Anzügen und betrachteten die hochaufschießende Glasfassade des Gebäudes. Es ähnelte in seiner kantigen Fremdheit einem Raumschiff, neongrell und stahlweiß strahlend, jüngst gelandet wohl und nahtlos eingepasst in das Dreieck zwischen Bauzaun, Parkplatz und Plattenbau.

«Imposant», sagte der Mann und fletschte, geblendet vom Sonnenlicht, die Zähne. «Dieses Gebäude erinnert mich an ein Gebäude in Budapest», sagte die Frau und wischte mit den Fingern in der Luft herum, um seinen Blick auf eine Reihe funkelnder Quergiebel zu lenken, «da.» Der Mann verstand aber nicht, was die Frau sagte; das Rauschen des Verkehrs schluckte ihre dünnen Worte sofort.

Statt ihrer Geste zu folgen, betrachtete der Mann heimlich die Silhouette, die ihr Körper von der Seite darbot: ein wohlgeformtes S, von Brust und Po ausladend beschrieben, weich und rund, in Mädchenhandschrift. Er lächelte; er kannte das. Sie war wohl eine von denen, wo alles ein wenig zu viel war und ins Plumpe, Matronenhafte lappte. Ihre Beine waren dick und erdverbunden, ihre Korkenzieherlocken ergossen sich als mächtige Mähne über den starken Rücken, die Wangen, rosige, nervös durchblutete Backen, strahlten die Erregung einer Nachhilfeschülerin aus. Altersreife und Teenagerplumpheit verschränkten sich in ihren Formen, Sexyness paarte sich mit Schwerkraft, mit Trägheit. Vor kurzem noch, es war keine sechs Monate her, hatte es eindeutige Spannungen gegeben zwischen ihnen:

Liebe in Geschäftszeiten der Bürohengste.

«Herr Küppersbusch, könnten Sie mir die letzten Nielsen-Daten zum Pizzen-Verkauf im Bistro gleich einmal rüberschicken?»

«Aber sicher, Frau Knüppelprecht, sicher. Ich glaube, die Pizza Salami ist besonders gut gegangen im Frühsommer.»

«Die Pizza Salami.»

«Ja, die Pizza Salami. Mit Pfefferschote.»

«Aha, na ja, Salami *schmeckt* ja auch gut. Mir auch.»

«Und mir auch. Vor allem mit – Pfefferschote.»

Pause. Dann Kollision:

Sie: «Welche Sorte ist denn Ihre –»

Er: «Die Farbe Ihres Stabilos passt hervorragend zu Ihrer –»

Sie: «Bluse! Danke, Herr Küppersbusch. Ihnen würde *(Achtung, Teaser)* was Blaues hin und wieder auch stehen.»

Er: «Was Sie nicht sagen, Frau Knüppelprecht. Ich habe mir gerade gestern ein blaues Jackett zugelegt.»

Sie: «Na, also.»

Er: «Na, bitte. Da ergänzen wir uns ja. Bis später, Frau Krüppelsrecht.»

Sie: «Das tun wir. Bis später, Herr Knoppersmusch.»

Das Büro war aufgeheizt gewesen vom Lustsurren der Ventilatoren. Die Blicke hatten geglüht, in verstohlener Erwartung, zwischen Zahlenkolonnen, Zettelrauschen und Schnellgetippse, im Funkenflug der Büroklammern, und nichts hätte der Mann lieber gewollt, als dieser Dame Blöße in einem günstigen Augenblick ganz unkollegial zu entdecken, sagen wir: sie schnell mal auf dem Kopierer zu nehmen, o ja. Diese Spannung hatte sich aber nie entladen dürfen oder können; schade, eigentlich. Und so war sie nur weniger geworden mit der Zeit, hatte sich bald wieder verloren im Alltag, im Berufsleben, im stündlichen Klein-Klein der Tabellenanalysen.

Nur in der Expressivität mancher seiner Gesten schien die alte Leidenschaft, die schon verfaulte Lust, bisweilen noch auf: Wie manieriert er ihr in den Mantel half, sie so dezent wie bestimmt am Ellenbogen fasste, durchdringend ansah, eine ironische und zugleich bitterernste Verbeugung andeutete oder ihr auf besondere Weise sein Ohr lieh; und auch auf ihrer Seite gab es solche Echos, etwa in der gespielten Zweideutigkeit ihres Lächelns, das alles und zugleich nichts bedeuten wollte, oder in dem plötzlichen Funkeln ihrer haselnussfarbenen Augen unter den gehobenen Brauen, das eine leere Gemeinschaft widerspiegelte, ein Vakuum der Vertrautheit.

So auch jetzt. Sie schwieg und lächelte ihn an. Und wartete auf seinen Einsatz. Prompt begann er, über einen berühmten Architekten zu reden, dessen Namen ihm jedoch partout nicht einfallen wollte, er palaverte über den Potsdamer Platz, der nur einige Autominuten entfernt lag, streifte dabei das Wort «Postmoderne», welches durch einen säuerlichen Gesichtsausdruck sogleich negativ markiert wurde – als etwas Abgehobenes, Praxisfernes, als etwas *Sogenanntes*. Beide waren sich völlig bewusst darüber, dass sie nur redeten, um Zeit herauszuschinden. Sie waren einen Tick zu früh hier und mussten noch ein, zwei Minuten überbrücken. Wer zu früh kommt, wirkt bedürftig. Während seine Finger ein imaginäres Fenster andeuteten, fast zärtlich, fast wehmütig, und seine Worte keinen rechten Sinn ergaben, lächelte sie und zählte die Sekunden mit. Noch vierzig. Noch dreißig. Noch zehn. *Jetzt.*

Erst eine Dose Red Bull, dann einen Tunnel Drink, dann ein Flying Horse. Er trank einen Guaraná, einen XTC und einen Virgin Energy. Es stieß ihm süß-säuerlich auf. Die Dosen waren alle schlank und elegant. Sie schepperten nicht so laut wie Coladosen, wenn man sie fallen ließ. Sie lagen weich und griffig in der Hand. Thorsten Kühnemund mochte Energy Drinks, ihren Geschmack nach Gummibärchen, ihre Gaumenmilde, ihren Ersatznahrungscharakter, das Taurin. Er spürte sein Herz hüpfen, während er den neuen Logoentwurf studierte.

Das Logo war von einer Agentur in Mailand dynamisiert und polydimensioniert worden – es konnte jetzt mehrfach verstanden werden. Die Farben der fusionierten Firmen waren berücksichtigt und mit eingearbeitet worden: fünf ineinanderfahrende Streifen, die einen Kegel formten. Der Kegel stand für Kraft, Energie, Monopol. Und er ähnelte entfernt einem Ölturm. Thorsten fand, dass das zu einem Mineralölkonzern passte. Er zurrte den Krawattenknoten zurecht und ging zum Aufzug. Auf dem Weg dahin fummelte er sich eine Zigarette an. Vor dem Fahrstuhl warteten bereits die beiden Praktikantinnen aus der Unternehmenskommunikation, Mädchen in grauen Anzügen. Er grüßte sachlich und lächelte charmant. Sie lächelten zurück, und er konnte nicht anders, als sich ihre gertenschlanken Körper für einen kurzen Moment in obszöner Verknotung vorzustellen, nackt und hitzig, im Schweißbad, ihre Münder gierig offen in Erwartung.

Unten wurde jetzt der verglaste Aufzug bewundert, die transparente Flaschenzug-Konstruktion mit den freischwebenden Gewichten. Die Gäste saßen im Atrium, in Ledersitzen, die Beine übereinander geschlagen. Der Mann ließ ein paar physikalische Begriffe fallen und skizzierte Funktionsweise und Geschichte («die Ägypter, die Pyramiden!») des Flaschenzugs. Die Frau blickte ihn an, hob kokett eine Augenbraue. Eine Korkenzieherlocke, die ihr frech über die Stirn gefallen war, wurde nicht zurückgesteckt. Sie betrachtete seinen Lippenschwung, der sich im Reden ständig verschob. Er hatte Comiclippen mit einem Bartschatten darum, als hätte ein Zeichner sich soeben entschlossen, diesem Kerl etwas Verwegenes, Raubeiniges zu verleihen, indem er ihm Wangen, Kinn und Oberlippe fein schraffierte. Sie wusste, dass sie ihn halb schmachtend, halb sachlich anblickte, und sie wusste, dass er es wusste. Die sexuelle Spannung von einst diente ihnen inzwischen als einheitsstiftendes Tool, als jederzeit einsetzbares und vertrautes Instrument, das sie spielen, dessen Klang sie modulieren konnten, wie es ihnen passte. Es konnte beliebig herbeizitiert und künstlich reanimiert werden, um temporären Teamgeist zu schaffen, um aus zwei Monaden eine Diode zu zaubern, elektrisch aufgeladen und abgesichert gegen die böse Konkurrenz.

Lautlos glitt einer der beiden Aufzüge herab. Heraus trat ein Mann, oder eher: ein Bild von einem Mann, mit blondem, leicht gelocktem, schwer gelgehärtetem Seitenscheitel und stattlichem Kreuz, insgesamt eher von mittlerer, fast kleiner Statur, aber mit einem Blick begabt, der einen – und erst *eine* – spöttisch durchdrang, sekundiert von einem wissenden Lächeln, Wangengrübchen, Brad-Pitt-Augen, Prinz-Eisenherz-Kinn. Ein Macher, ein Tunichtgut, ein Duellant.

Die Frau vergaß sich kurz, vergaß Auftrag und Teamgeist. Er kam auf sie zu, fixierte sie, dann ihn, dann wieder sie. Sie schüttelten einander die Hände, offiziell, steifnackig wie Kommunalpolitiker, auch wenn ihre Blicke seltsam flackerten.

«Kühnemund», sagte das Bild von einem Mann, mit seinem Mund, dem geschwungenen, «Thorsten Kühnemund, guten Tag, ich freue mich.»

Jaja, dachte die Frau und starrte auf sein gespaltenes Kinn, mit mir nicht, du Arsch, mit mir nicht.

II. ALS SPACEMEN SICH DEN RAUM ERTROTZTEN

Ein Unternehmen, das wie ein Raumschiff strahlt, ist auch ein uraltes Insekt. Sein Panzer ist fest und trotzig, sein Blut kein Blut, sondern Öl: Öl aus den Adern der Erde, Quallenblut, Steinsaft, Fett der Saurier, menschenfern. Ein gepanzertes Tier hat teil am großen Puls der Welt, der durch die Pipelines strömt, in den Kabeln sirrt, über die Tabellen wabert, aus den Medien tickert – so wie alle ticken und weben und spannen und leben.

Das Tier sendet, frisst, empfängt, scheidet aus, ein Insekt aus lauter kleinen Insekten, ein Ameisenstaat, der tagaus, tagein seinen Hort befällt, emsig nagt und rechnet, die optimalen Strategien generiert für Schmierstoffverkauf, Shopumbau, Imagewertsteigerung, Kundenbindungsplan.

Ein Unternehmen, das ein Insekt ist, ist auch eine Staatsqualle: Bilanzen summen in den Gehörgängen ehrgeiziger Manager, geben den Takt auf den Fluren vor, das Schritttempo der Beine in Nadelstreifen (so leichtfüßig, der Teppich dämpft alles), ein Ticker in jedem Kopf.

Wenn man sich einem solchen Gebäude von außen nähert, suggeriert es Transparenz. Viel Glas und Licht lädt den Blick in die Tiefe ein. Ohne opak zu sein, bleibt das Gebäude aber dennoch undurchsichtig. Es versperrt die Sicht nicht, es zerstreut sie, und zwar mit Methode. Lichtreflexe auf Lichtreflexen ziehen den Blick in eine schwindelnde Tiefe, die gar nicht da, sondern Illusion ist, der Blick zersprengt sich an der Oberfläche, ohne es zu merken, und bevor das invertierte Bild, das auf die Retina trifft, vom Hirn überhaupt umgerechnet werden könnte, hat es sich tausendfach verflüchtigt in gefrorene Quecksilbersprengsel, umgemorpht zu Glitzereffekten, transzendiert in reine Oberfläche, an der alles und jeder abgleitet. Dahinter summt ein weggespiegelter Abgrund.

So wie die Welt der Wirtschaft die Idee von Vergangenheit leugnet, indem sie sie in Ergebnisse und Erfahrungswerte auflöst, Gedächtnis nur als Notat auf Monitoren und Papieren kennt und Erinnerungsreste in Zukunftskonzepte ummünzt, so lebte Thorsten Kühnemund im Hier und Jetzt, im Modus eines ständig sich erneuernden Präsens, das die Zukunft nur als Fluchtpunkt kannte. Diese Illusionslosigkeit, die der wahren Existenz des Menschen näher kommt, als diesem gemeinhin lieb ist, erfuhr er als zynisches Glück, als immerweißen Blankoscheck und Freischein, tun und machen und lassen zu können, was er wollte. Selbst dass die Zukunft im Unternehmen eine große, wenn nicht die größte Rolle spielte (denn alles Profitdenken richtet sich naturgemäß auf die Zukunft) – selbst diese doch seine Lebenswelt bestimmende, zutiefst kapitalistische Protension beeinflusste sein Denken nur sozusagen professionell. Im Büro wertete er Marktstatistiken, Verbraucheranalysen und AC-Nielsen-Daten aus, um neuen, kommenden Verkaufskonzepten den bestmöglichen Unterbau zu verschaffen, auf dass die Zukunft margenträchtig gedeihe. Im Privaten dagegen hangelte er sich von Augenblick zu Augenblick, wucherte im Jetzt, zwar liiert, zwar in einer typisch westberlinerischen Altbauwohnung voller Design und Raumgefühl angekommen und mit den nötigen Sicherheiten und Luxusgütern ausgestattet, aber dennoch immer auf dem Sprung, *on the run*, zutiefst unzuverlässig, ohne dass dies sich bisher je manifestiert hätte, innerlich unstet, unter der verkühlten Fassade heißnervös und grundsätzlich imstande, sein ganzes Leben von einem Moment auf den anderen zu verlassen, ein neues anzufangen oder gar alles, alle ihm möglichen Leben mit einem Strich zu beenden, einfach so, im Feuer. Insofern war er ein negativer Möglichkeitsmensch. Jedenfalls war dies sein Eindruck von sich selbst. Er hielt sich für einen Hedonisten, einen Augenblicksjongleur unter der Maske des erfolgreichen, verantwortlichen Managers, der nur angesichts der jederzeit möglichen Katastrophe so weiterleben konnte, wie er lebte.

Er trank einen Red Bull, spielte mit seinem Schlüsselanhänger und lauschte den Erörterungen der beiden Großhandelsvertreter. Es ging um neue mögliche Erweiterungen des Tiefkühlsortiments in den Shops, die Erfüllung sehr spezieller Kundenwünsche betreffend, gerade am Wochenende oder feiertags, tiefgefrorene Preiselbeeren etwa und handgesalzene Lachse. Thorsten fand sowohl die Sortimentserweiterungen als auch die Dame, die diese kühl und sachlich anpries, höchst interessant. Unten im Atrium hatte er sofort ein Zucken wahrgenommen, das seltsam unlokalisierbar geblieben war. Es war nicht recht in ihrem Gesicht gewesen, aber auch nicht in seinem: Es war eher zwischen ihnen gewesen, ein kurzer Energieschub, ein Lichtwechsel, wie wenn Wolken die Sonne umschatten und die Szene willkürlich abdimmen, und er hatte gesehen, dass auch sie es wahrnahm, er sah es an der Art, wie sie sich gespielt geschmeidig aus der schwarzen Ledercouch schraubte und in katzenhafter Gänze präsentierte. Und wieder, wie immer, hatte er nicht anders gekonnt, als diese Frau halbnackt und willig zu sehen; es war ein innerer Reflex, mit dem er leben musste, ein zwanghaftes Bild, das in Variationen angesichts jeder attraktiven Frau in ihm aufblitzte, ein Hurenbild mit aufgeknöpfter Bluse und hervorwippenden, weißen Brüsten, die ihm entgegenwuchsen, und mehreren lasziven Mündern, aus denen schnelle Zungen schossen, die volle Lippen leckten.

Denn Thorsten war im Laufe seines nun schon siebenunddreißigjährigen Lebens zu einer Art *Sexmaniac* geworden – manisch in der Tat und noch mehr im Geiste. Gemeinhin wird unserer Medienwelt nachgesagt, einer allumfassenden und tiefgehenden Sexualisierung anheimgefallen zu sein und diese zu progagieren: kein Werbebild, das nicht den perfekten Körper und seine allgegenwärtige Verfügbarkeit feierte; kein Slogan, der sich nicht einer obszönen Zweideutigkeit verdankte; keine Show, die nicht irgendwelche Geilheiten bediente, um die omnipotente Quote zu befriedigen. Entfesselter Sexus auf allen Kanälen, vielfach kodiert, aber immer offensichtlich. Ähnliches war Thorstens Bewusstsein passiert: Es war durchsexualisiert worden, und zwar komplett.

Mit der wachsenden Erfahrung korrespondierte eine verkümmernde Phantasie. Früher war ihm «das Reich der Sinne» ein barockes, grelles Märchenreich gewesen, bewohnt von Engeln, Pfauen und ein paar blendend weißen Dämonen, ein Vielstromland voller Geheimnisse und sinnlicher Utopien. Inzwischen war jedes Geheimnis mit dem Schweiße der zig Geschlechtsakte verdunstet und abgewaschen. Alles lag offen und banal vor ihm, Fleisch auf Fleisch, Biologie, Trieb, Reiz und Reaktion. Das Rätsel Weib war ihm zum Porno-Filmstill verkommen. Ob er von der gescholtenen Medienwelt derart versaut worden war oder ob er die Konditionierung selbst verschuldet hatte, blieb gleichgültig. Er wusste nicht, wie normal oder gut oder schlecht es war, es war einfach. Er sah eine Frau, sie wurde zum mentalen Pin-up, und weiter ging das Leben.

Diese Frau aber sprang auf sein Gehabe an. Das merkte er. Ungeduldig rieb sie ihren Schoß am Sitzpolster. Aber ein Meeting ist ein Meeting, und auf Meetings sind Interessen durchzusetzen. Über die französische Nonchalance, in deren Namen den Geschäftspartnerinnen süßliche Komplimente gemacht werden können (er hatte während des Studiums als Praktikant bei einem großen Kosmetikunternehmen in Paris gearbeitet und dort die kunstvolle Leichtigkeit des geschäftlichen Umgangs erlernt), durfte dieser Flirt nicht hinausgehen. Er zerdrückte die Red-Bull-Dose, pfiff durch die Zähne, setzte ein unbedarftes Gesicht auf und sagte zu dem Mann:

«Das sind tatsächlich interessante Perspektiven. Ich werde das mit meiner Abteilung besprechen und Ihnen innerhalb der nächsten Woche Nachricht zukommen lassen.»

Alles entspannte sich. Eine Einigung zeichnete sich ab. Eine Einigung ist immer ein Genuss. Er begleitete die beiden zum Aufzug, verabschiedete den Mann mit einem kräftigen Händedruck, die Frau überdies mit der Bemerkung, dass ihre Brosche hervorragend zu ihrem Rock passe. Das war gegen die Norm. Mit solcherart Komplimenten konnten Kontakte wünschenswerterweise eröffnet, aber keinesfalls verabschiedet werden. Sie dankte es ihm mit einem besonders festen Händedruck und hob kokett eine Augenbraue. Dann schloss sich die Fahrstuhltür, und er sah die beiden durch das Glas hinabfahren. Er zündete sich eine Zigarette an.

Und ob, du Schlampe. Und ob.

Nach dem Mittagessen war ein Briefing für die neue «Welcome»-Ausgabe angesetzt. «Welcome», so hieß das unternehmensinterne Partnermagazin. Es erschien alle zwei Monate und wurde an die Tankstellenpächter zu Instruktionszwecken und wegen der Trendberichte, an die Industriekooperatoren aus Gründen der Imagepflege versandt. Ein neuer journalistischer Mitarbeiter war angekündigt. Der bisherige Redaktionsstab von «Welcome» bestand aus drei desillusionierten Schreibern um die vierzig, die irgendwann ihr Stadtmagazin- oder Filmkritikerdasein an den Nagel gehängt hatten und sich nun wegen des doppelt so hohen Zeilengeldes als Industriejournalisten verdingten. Der Neue sei anders, jünger, unverbrauchter, hatte die Chefredakteurin auf dem Flur gesagt. Ein Artikel über die neuen Space-Management-Konzepte war vorzubereiten.

«Space Management», dozierte Thorsten eine halbe Stunde später, «ist die umsatzsteigernde Neustrukturierung und Optimierung von Shopbereichen.» Er blickte in ein seltsam verwaschenes Gesicht. Der neue Journalist, Magnus Taue beim Namen, saß ihm ausdruckslos, womöglich feindselig gegenüber und hielt sich an seiner abgenutzten Plattentasche fest. Er war tatsächlich jünger als die anderen, hatte aber einen altklugen Zug um die verkniffenen Lippen, war leicht aufgedunsen und sehr bleich. Seine Augen blickten stechend, bohrten sich in Thorstens Gesicht fest, schienen jedoch leicht zu tränen. Die Gesichtszüge, eigentlich die eines Charakterkopfes, wirkten verschwommen, teigig.

«Wollen Sie nicht mitschreiben?», fragte Françoise Starck, die Chefredakteurin von «Welcome».

«Doch, natürlich», antwortete Taue, kramte in seiner Plattentasche und lächelte still in sich hinein. Er war Thorsten unsympathisch.

Auf die Wand war das Spaceman-Planogramm projiziert. Ein idealtypisches Kühlregal, in das alle relevanten Warengruppen in Form von feinen, übersichtlichen Blöcken einsortiert waren: Energy Drinks, Sportgetränke, Säfte regional, Säfte national, Wasser, Premixe, Softdrinks, Sekt. Thorsten liebte diese effiziente, saubere Ästhetik des Kapitalismus. Alles lag offen, die Fehler konnten begriffen, die Schönheit gesteigert werden. Nichts war ihm angenehmer als eine Reihe Logos oder eine Serie gleichförmiger, werkfrischer Kühlprodukte. Diese hier waren von der Agentur digital gezeichnet und per Copy & Paste einheitlich und makellos nebeneinander gestellt worden. Das verstärkte den Effekt der Gleichförmigkeit, der perfekt polierten, umsatzsteigernden Oberfläche. Multifacing sorgt für Warendruck, Masse verkauft Masse.

Thorsten dozierte weiter. «Welche Daten fließen also ein bei der Erstellung eines Planogramms? Zunächst werden die Warengruppen analysiert und strukturiert. Eine Warengruppenstruktur wird definiert und nach den Umsätzen bewertet. Wie groß ist beispielsweise der Umsatzanteil von Wasser ohne Kohlenstoffdioxid am gesamten Wassersegment? Wie groß an dem der alkoholfreien Getränke? Danach werden Warengruppen-Taktiken festgelegt. Trends, Regionalitätsfaktoren und netzinterne Besonderheiten der jeweiligen Gruppen werden im sogenannten Warengruppenbarometer zusammengefasst.

Nehmen wir die Warengruppe Wein als Beispiel: Wie Sie sehen, wächst hier der Trend, wir haben eine große Sortimentsbreite und -tiefe, Regionalität spielt eine Rolle, der Flächenanteil ist mittelwertig, und der Schwerpunkt liegt nicht beim Impuls-, sondern beim Zielkauf. Das ergibt spezifische Platzierungs- und Optimierungsalternativen. Nach Eruierung dieser Faktoren werden die Maße der Shopmöbel und der Produkte bei den Herstellern eingeholt oder, wenn nötig, eigenhändig ausgemessen, um die Regalierungstypen zu definieren und die sinnvollsten unter ihnen zu bestimmen. Die Artikel werden vor Ort an der Station genau vermessen und dann gemäß ihrer Umsätze ausgewählt, um schließlich im Planogramm platziert zu werden. Es fließen also Regaldaten, Artikelmaße, markt- und netzinterne Daten in ein Planogramm ein, um die optimale Gestaltung des Shops zu gewährleisten.»

Während er dem metallenen Klang seiner eigenen Stimme lauschte und genoss, wie der steril ausgeleuchtete Raum sich mit seinen Worten füllte, spürte Thorsten doch eine ständige Irritation, die sich in sein Diktat mischte und so an seiner Autorität kratzte. Wie eine Fliege, die nicht verscheucht werden kann und sich einen Dreck schert, wessen Ohr sie da nervt, hing ein Geräusch in der Luft, ein Knistern oder Rascheln, das ihn anging, das sich unter sein Reden legte und seine rhetorischen Kreise störte. Wie immer bei einer gefühlten Störung, deren Herkunft noch nicht klar war, juckte es in Thorstens Nase. Gereizt verzog er die Miene, rieb sich die Nasenflügel, massierte den Nasensteg. Er ging zum Fenster und schnäuzte sich dort, *Steuerung der Einzelsegmente, höchstmögliche Margen,* starrte auf die Baukräne, die wie große, futuristische Heuschrecken aussahen. Was war das bloß für ein Geräusch? *TOP-Produkte, Kingsize-Lösung,* hörte er sich reden, kaum mehr bei der Sache, seine Stimme schepperte, *Roll-out, Zoning, Kaufanreiz, Convenience,* etwas schabte in Thorstens Hals, ein totes Insekt klebte zwischen seinen Stimmbändern, ein staubiger Nachtfalter; er ließ eine Flying-Horse-Dose aufknacken und stürzte sie, *Entschuldigung,* in kleinen Schlücken hinunter. Unten standen die Bauarbeiter und bewegten sich nicht, behelmt und starr wie Playmobilfiguren im Sandkastensand.

Er hatte den Faden verloren.

Schweigen breitete sich aus.

Die Kräne sagten nichts.

Aber das Störgeräusch war noch da, in seinem Rücken,

ein Rascheln oder Kratzen, das nicht aufhören wollte. Er drehte sich um, völlig entgeistert, suchte. Sein Blick schweifte über Monitor, Tischkalender, Schokoproben, an der Wand entlang, den Warholprint streifend, über Alkopops-Kästen und Logoplakate hinweg. Dann entdeckte er endlich die Quelle, es war ein kleines Objekt, das sich bewegte, mit der Hartnäckigkeit eines Seismographen. *Doktor Mabuse*, schoss es Thorsten durch den Kopf.

Denn der Journalist, von dem das Geräusch zweifellos ausging, saß derart verwachsen und zusammengekrümmt über seinem Notizblock, dass ihm hinten eine Art zweihöckriger Buckel hervortrat, den das hellblaue Oberhemd nur unzureichend verbergen konnte. Seine Haare schienen zerzauster als zuvor, wilde Filzflammen, die ihm über die Ohren wuchsen, und er schrieb mit, aber wie, wie schrieb der mit, mit einer Intensität, die allein beim Zusehen wehtat, seine Finger umklammerten den Stabilo-Stift so verkrampft, dass die Knöchel weiß hervortraten, feingliedrig und nikotingelb, sie zitterten, und mit ihnen die Schrift, unleserliche Zeichen oder Zeichnungen, die in das Papier gesenkt, geätzt wurden, wie Privatsteno in eine Lithographieplatte geritzt, und die Stiftspitze kratzte nicht auf dem, sondern wirklich *in* das Papier, eine rastlose, kaum sichtbare Bewegung sonderte pausenlos dieses perfide Geräusch ab, das Thorsten kalte Wellen den Rücken hinunter schickte, wie das Knirschen der Kreide auf der Tafel, wie das Streifen des Fingernagels über Schiefer, ein Knistern, Knacken, das zu den Filzflammen auf dem Kopf des selbstvergessenen Schreibers passte.

Wie ein Irrer, dachte Thorsten und hatte dabei doch schon längst sich selbst vergessen, denn jetzt fiel ihm auf, dass seine beiden Zuhörer ihn anblickten, in Erwartung weiterer Details, und dass nicht Mabuse, sondern er es war, der den Betrieb aufhielt.

Das Geräusch aber setzte sich fort.

Der Journalist schrieb weiter, während er Thorsten anstierte, mit diesen nassen Augen, diesem heißen Blick darin, und unten bewegte der Stift sich wie von selbst.

Dieser Mensch war Thorsten unsympathisch, aber auf die lästige, zu nahe Art und Weise, wie Verwandte einem unsympathisch sind, Verwandte, die man nicht loswird außer durch den Tod. Thorsten musste plötzlich niesen, er drehte sich zum Fenster, hob die Hand, und es preschte los, das Niesen durchfuhr seinen Körper mit einer Gewalt, die ihn fast umwarf. Die Kräne nickten. Er schüttelte sich wohlig. Niesen hat denselben Effekt auf den Körper wie ein halber Orgasmus, hatte er in irgendeiner Männerzeitschrift gelesen. Jetzt konnte er sich wieder fangen. Zufrieden drehte er sich um. Das Geräusch hatte aufgehört.

«Gesundheit», sagte Taue, der Journalist, und lächelte verschlagen.

«Danke», sagte Thorsten und stand wie angewurzelt, denn so verdeckte er das kleine Malheur, das er auf der Fensterscheibe hinterlassen hatte.

«Wo war ich stehen geblieben?»

«Tiefkühlkost», sagte Taue. Es klang wie aus dem Telefonhörer.

«Richtig», sagte Thorsten, schnäuzte sich und dachte: *Den kenne ich doch.*

«Richtig», sagte er nochmals. «Das Beispiel Tiefkühlkost. In diesem Bereich ist die Pizza mit neunundsiebzig Prozent Umsatzanteil absoluter Spitzenreiter, gefolgt von Baguettes und Ciabattas mit zusammen elf Prozent. Danach folgt das Sonstige: Pommes frites, Fisch, Süßes, Grünes. In der Tiefkühlkost-Herstellersparte führt Wagner knapp vor Dr. Oetker, gefolgt von Langnese Iglu, danach Freiberger und andere. Was sagt uns das? Das neue Catman-Spaceman-

Konzept gibt sofort Antwort: Um das Sortiment zu optimieren, müssen wir das Angebot erstens in den Warengruppen auf Pizzen und Baguettes und zweitens bei den Herstellern auf die Top-Marken Wagner, Dr. Oetker und Iglu reduzieren. Nur die Spitzenreiter dürfen bleiben. Das bringt Struktur ins Kühlregal und erhöht den Ertrag. Gefrorene Heidelbeeren für Großmutters Sonntagstorte oder Rotkohl für die Weihnachtsgans haben in der Kühlung nichts verloren: Sie nehmen nur Platz weg, stören die Übersichtlichkeit und bringen absurd wenig Umsatz! Haben Sie das?»

Ritz-ritz-ritz ging der Stift über das Papier. Taue nickte und schob sein gelbes Teigkinn vor. Der Tränenfilm auf seinen Augen wurde dichter. Oder war es nun Thorstens Blick, der langsam verschwamm? Ihm dämmerte: Irgendwoher kannte er dieses Gesicht. Von früher, aus Bonn womöglich, oder aus Amerika? Nur war das Gesicht damals deutlicher es selbst gewesen, mit richtigen Konturen, fast schon karikaturhaft stark. Dies hier war nur ein verblichener Rest, eine Reminiszenz, ein Durchschimmern, ein Abdruck wie auf einem hellen T-Shirt, das versehentlich mit den Jeans in die Waschmaschine geraten ist: der Abschein einer Erinnerung.

Thorsten wurde langsam aggressiv. Was suchte dieser Typ hier? Woher kam der, und warum beschäftigte sich irgendeine Dunkelkammer in Thorstens Hirn mit ihm? Was wurde dort entwickelt? Seine Nase begann wieder zu jucken. Nur ein Negativ, schoss es ihm durch den Kopf, nur ein Negativ. Dann noch einige Details, einige Anweisungen zum Aufbau des Artikels: «kleinteilige Splitterung in Kästen», *Focus*-Style, häppchenweise präsentiert. Taue hörte sich das alles an, lächelte (spöttisch? spöttisch!) und verabschiedete sich schließlich, verstellten Ganges, mit Knien, die nicht durchgedrückt wurden, mit federnden, schleichenden Schritten. Auch das kam Thorsten bekannt vor. Dieser Mensch war nicht nur unsympathisch, er war ihm in seiner Verschlagenheit geradezu unheimlich. Er überlegte. Ja, irgendwoher kannte er dieses Gesicht, diese Art: dieses Unfertige, Gehemmte, Vorwurfsvolle. Diese Unterschichtenüberheblichkeit, den Stolz der hängenden Schultern. Nur woher?

III. MEHLIGE KEHLEN

Ich brauche andere Reize, dachte Thorsten später, als die Nacht den Tag gnädig abgelöst hatte und die tanzenden Körper vor ihm herumwirbelten. Andere Reize, Frischstoff für die Augen, Effekttrigger im Hypothalamus, dachte er, alles Mögliche, um die Synapsen neu zu tunen. Das hier hatte er schon zu oft gesehen und in sich aufgesogen: die Nachtgesichter der Frauen und Männer, die Verhakungen auf der Tanzfläche, die vieldeutigen Gesten und Blicke.

Z-förmig zuckten die Lichter und stapelten sich übereinander; ein Gesicht schien auf, das er von woanders her kannte, mit zusammengewachsenen Augenbrauen wie ein stilisiertes, breites Vogel-V und hervorwölbenden Lippen; ein Lichtpilz schwirrte darüber hinweg und zerplatzte über der Tanzfläche.

Kennen die, die ich vom Sehen kenne, mich auch vom Sehen?, fragte er sich, während er sich durch die Menge schaufelte, um zur Bar zu gelangen. Er dachte dabei an den verschlagenen Journalisten vom Nachmittag. Ein weiteres bekanntes Gesicht tauchte auf aus der Dunkelheit, gleißte hoch, driftete seitwärts aus seinem Blickfeld und verglühte. *Wie viele kennen mich, die ich nicht kenne? Wie groß ist die Schnittmenge?* Fragen, die, kaum gestellt, sofort wieder erloschen.

Er kippte den Bourbon hinunter und bestellte einen weiteren. Der erste Bourbon schmeckte immer wie eine scharfe, magensäubernde Medizin, die seine Speiseröhre bei jedem Schluck ansengte, der zweite schmeckte wie linderndes Öl, das den Brand wieder schloss. Er nahm ein Bier, um nachzuspülen. Edwin saß neben ihm und wischte sich den Mund mit seiner Krawatte ab.

Edwin sagte: «Jedenfalls ist die eine solche Glam-Zicke.»

Thorsten nickte, ohne zu wissen, von welcher Frau Edwin sprach.

«Es gibt diese Frauen», sagte Edwin, «die klackern extralaut mit ihren Klackerstöckeln, die wuchten ihre Absätze so hart in den Asphalt, dass es den ganzen Ku'damm runterhallt, und die Löwenmähne und das Gucci-Täschchen wackeln im Takt der Schritte, auf eine Art, dass einem das kalte Kotzen kommt. Und das soll dann Selbstbewusstsein bedeuten. Proll-Glam-Zicke! Und das mir!»

Thorsten stellte sich noch einen Grasovka und ein Bier in den Magen. Er gab der Bedienung ein Zeichen. Sie kam und beugte sich vornüber, um seine Bestellung entgegenzunehmen. Er sah ihr in den Ausschnitt und wusste, dass sie es sah. Er lächelte; sie verzog keine Miene. Sie hatte einmal in einer Popband gespielt, hieß es, die einst Vorband einer anderen, weitaus berühmteren Band gewesen war. Thorsten kannte sich da nicht aus.

«Und ihr», sagte er, als die Bedienung wieder weg war, «ihr wart nur im Bett? Fuck Buddys? Oder was?» Er musste ein Gähnen unterdrücken. Der Wodka-Bull schmeckte säuerlich.

«Experimentaltheater», sagte Edwin. «Ins Experimentaltheater bin ich gegangen, drei-, viermal. Die studiert ja Theaterwissenschaften.»

«Ouh», hauchte Thorsten ironisch, steckte sich eine Zigarette an und zog gierig an ihr.

«Ja. Dafür gab's dann aber auch Experimentaltheater im Bett», grunzte Edwin, «aber hallo! Akrobatik!», schrie er und wischte sich mit dem Ärmel über die glänzende Stirn.

«Ouh», sagte Thorsten wieder, «hört sich nicht gut an, hört sich gar nicht gut an.»

«Doch, war aber gut, war aber sehr gut», sagte Edwin,

«das ist es ja, das ist ja das Problem. Sie ist ein weiblicher Fakir, eine Schlangenfrau, ein Wunderwerk der Elastik!»

«Ich verstehe», zwinkerte Thorsten dümmlich und winkte die Bedienung erneut herbei, um Edwin davon abzuhalten, weiter ins Detail zu gehen. Er konnte seinen Saufkumpan gerade schlecht ertragen, er konnte sich nicht ertragen.

Die Bedienung schlurfte heran, misstrauisch.

Thorsten sagte: «Mein Kollege hier und ich, wir möchten heute ans Limit gehen, werte Dame. Haben Sie eine Empfehlung? Einen Drink womöglich, der uns ausknockt mit der Geraden? Den Muhammad Ali unter den Drinks, sozusagen? Wir spüren nämlich nichts mehr, werte Dame», sagte er. «Wir sind stumpf. Wir brauchen's mit dem Vorschlaghammer. Sonst sind wir tot.»

«Spinner», sagte die Bedienung und schmunzelte; in ihren Augen funkelte eine Discokugel.

Thorsten sagte: «Ich kann erkennen, dass diese Augen auch schon bessere Zeiten gesehen haben. Das Feuer in ihnen, wie lang ist es erloschen? Komm näher, Hase. Glüht da noch was? Ich sehe nur Asche. Willst du dich nicht mit uns feuern, feiern, Ferien nehmen von dir selbst? Nein? Wie heißt du, Hase? Willst du auch was trinken? Du bist eingeladen. Heute wird attackiert. Bis ans Limit gehen wir heute. Wir fahren am Anschlag, roter Bereich. Was geht noch heute Abend? Geht heute Abend noch was? Ich zahle!»

«Zwei Sexkiller also», sagte die Bedienung müde und drehte sich wieder um.

«Sexkiller? Sind damit jetzt wir gemeint, oder sind das die Drinks?,» prustete Edwin.

«Beides wahrscheinlich», sagte Thorsten, «wahrscheinlich beides.» Er schaute sich um. Die Leute standen an der Bar wie von einem Bildhauer verworfene Skulpturen und hatten seltsame Frisuren, denen man nicht ansehen konnte, ob das Verschnittene daran gewollt war oder nicht. Thorsten jedenfalls konnte es nicht, oder konnte es nicht glauben, dass diese Haare Ergebnisse eines absichtsvollen Willens darstellen sollten. Er selbst hatte einen konservativen Scheitel, der fünfzig Euro kostete, beim Lehrling eines Prominentenfriseurs. Die Bedienung kam zurück mit den Drinks, er nippte daran: ultramarin und bitter.

«Das ist ja Schlumpfblut!», lachte er. Dünner Nebel wallte neben ihm auf. Er reichte der Bedienung einen Fünfziger.

«Ich tauche mal unter», er stupste Edwin an, der inzwischen mit einer leicht verfetteten Naturschönheit redete. Eine Vocoderstimme sang eine alte Weise, ein verlorenes Spotlight huschte über eine Gruppe von Herumstehenden. Er kam neben einem Liebespaar (sie Camouflage, er versteckt hinter einer dieser Pornobrillen, wie sie damals gerade wieder aus der Mode kamen) zum Stehen. Sie diskutierten das Gefühl, das man beim Küssen gepiercter Zungen hat.

«Wie eine fleischige Pepsidose vielleicht?», schlug das Mädchen vor.

Die Pornobrille lachte und warf als Zeichen des Amüsements den Oberkörper nach vorne; unter dem engen T-Shirt trat die Wirbelsäule hervor wie der Kamm einer Echse.

Thorsten tauchte wieder zurück, von der einen Masse in die andere, vorbei an einer DJane mit Nasenring und porzellanem Gesicht, die zu ihrem punktgenauen House seltsame, unlesbare Fingerzeichen in den Raum schickte. Er schwappte weiter an den Rand der Tanzmenge und rammte dabei aus Versehen einem hübschen Mädchen mit Cosma-Shiva-Lippen den Ellbogen in die Seite. Es funkelte ihn leicht wütend an. Bald schon war der in den Beinmuskeln hochruckende Mitwipprhythmus so stark und zwanghaft, dass Thorsten nur noch tanzen wollte. Er trat wie absichtslos auf die Tanzfläche, um sich die Starre aus dem Leib zu schütteln, den Lichtpunkten der Discokugel hinterher.

Eine fahrlässige Berührung an der falschen Stelle oder zur falschen Zeit kann einen Menschen ruinieren. Sie kann seinen Körper, der vielleicht äußerlich unversehrt bleibt, innerlich verkrüppeln. Nicht selten ist auch der umgekehrte Fall, dass ein Körper innerlich intakt bleibt, aber von außen, von der Stelle her, wo ich ihn fälschlicherweise berührt habe mit meinen dummen, feuchten Fingern, langsam und fast unbemerkt aufgefressen wird, und nur ein leises Zischen ist zu hören in der Nähe des Brandherds, und es wird als Einziges von diesem Körper bleiben. Wörter können Krebsgeschwüre ins Hirn setzen, die schon nach Sekunden mächtige Metastasen in alle Glieder pumpen. Zumeist ist es noch komplizierter, denn Psyche und Physis weben viel ärger und komplexer ineinander, als unsere geistigen Kapazitäten es jemals ausrechnen oder aushalten könnten. Niemals können die Ursachen einer Krankheit klar und distinkt aus dem Körper oder aus dem Geist geschnitten und wie sichergestellte Geschwüre ins Licht gehalten werden, auch wenn man nach gängiger Praxis genauso verfährt. Wir haben, auf unserer ewigen Jagd nach Gründen, keinen wirklichen Zugang zu uns, und das Licht, unter dem wir stehen, heißt Dämmerung. Die konsequente Frage wäre: Töte ich Leben oder erhalte ich es? Und diese Frage müsste noch die geringsten meiner Handlungen begleiten. Aber sie ist vielleicht nicht beantwortbar, denn wenn ich meine Geliebte umarme, ist meine Hand womöglich das Messer, das an ihrer Haut entlangschürft – und es könnte sein, dass meine

Zunge beim Kuss in ihren Hals schnellt, ihr den Kehlkopf eindrückt, die Luftröhre verstopft, und ich wüsste nicht einmal, dass meine Geliebte gerade anfängt zu sterben, vor meinen Augen oder in meinen Armen, und niemals käme ich oder irgendjemand auf die Idee, dass ich gerade durch meine Umarmung zum Mörder oder Würgeengel geworden wäre.

Thorsten kam sich immer so vor, als würde er als jemand anderes tanzen, nicht als ein bestimmter anderer Mensch, sondern als liquides Patchwork tausend abgehackter und zersprengter Körperreste aus all den Videoclips, die er in seinem Leben gesehen hatte. Teils bewusst, teils unbewusst imitierte er Gesten, Schritte und Sprünge aus den vorgefertigten Starschnittchoreographien. Bierdunst stand in der Luft, oder stank sein befleckter Ärmel? Er sprang hoch. Das Aroma eingewachsten Holzes mischte sich hinzu, von Schichten süßlichen Parfüms und herben Rasierwassers durchwirkt, seine Nase war sensibel wie nie, trotz aller Betrunkenheit. Er fand sich umfangen von einer Glocke industrieller Ausdünstungen und künstlicher Lockstoffe, in der säuerliche Inseln frischen Menstruationsgeruchs schwammen.

Ihm kam alles sehr biologisch vor plötzlich. Er sah aufschmatzende Zellwände, chemisch wabernde Prozesse, glucksende Osmosen und hatte die fixe Idee, den Schoß einer neben ihm tanzenden Brünetten wittern zu können; der Geruch ihrer feuchten Pflaume stieg ihm in die Nase, und noch die zaghafteste ihrer Bewegungen knirschte in seinen Ohren. Er sah Männchen und Weibchen überall, ihr analysierbares Verhalten, Ursache und Wirkung, Puppe und Schmetterling, den Tanz der Hormone – und sich selbst mittendrin, allen Attacken ausgesetzt und selber ein Bewohner dieses Zoos. Selber geil und gehemmt, auf der Suche nach Fortpflanzung und Verfeinerung, gezeugt von Natur, gezeichnet von Kultur, in diesem Kreislauf kurzgeschlossen: Selbstporträt der Autopoiesis.

Er sah sich weiter um, scheinbar im Rhythmus versunken. Auf der Tanzfläche wurde geschüttelt, was da war: Fäuste, Beine, Brüste, Hirne, Hintern, Flaschen. Ein Typ machte genau vor einer Box Headbanging. Ein Rucksackmädchen hüpfte nervös auf der Stelle und wischte sich unaufhörlich eine Strähne aus der Stirn. Es war überfüllt in diesem Raum, das Licht abgedunkelt, ein einzelner Deckenstrahler ließ in der Mitte eine schmale, grelle Lichtsäule aus dem Boden wachsen. Im Hintergrund huschte eine Figur vorbei, Thorsten meinte, Taue in ihr zu erkennen. Er wunderte sich.

Eine Gruppe von Leuten, die sich um die Lichtsäule versammelt hatte, verharrte in einer bestimmten Positur, zwei, drei Sekunden lang, fiel dann in eine andere Körperhaltung, versteinerte wieder, löste nach Augenblicken die Lähmung wieder auf. Breakdance auf Valium? Eine Übung für Schauspielschüler? Thorsten wunderte sich.

Weibchenschemata waberten kaum unterscheidbar an ihm vorbei. Vielfach durchstochene Ohren, dezent farbumschattete Augen, zum Schmollen aufgeschminkte Lippen.

Ein Mund darunter stach plötzlich hervor. Er gehörte einer kleinen, gutaussehenden Frau, die sich wie zufällig vor Thorsten positioniert hatte und nun zu den schnalzenden Beats einen paradoxen Tanz aufführte, der autistisch und extrovertiert zugleich war, mit ausgreifenden Discogesten, geschlossenen Augen. Ihr Gesicht beschrieb ein kleines Unendlichkeitszeichen im Loop; der unglaubliche Mund darin, schmallippig, aber nicht auf die verkniffene Art, lächelte still und siegessicher.

Thorsten begann, besonders geziert und gefühlvoll zu tanzen, sich zu umarmen, als bräuchte er Geborgenheit. Dann sprengte er diese Selbstliebkosungen mit einer plötzlichen Bewegungseruption, die Füße hagelten auf den Boden, die Fäuste boxten lichtschnell durch die Luft. Er starrte auf ihren Mund. Er konnte nicht aufhören zu starren. *Monchichilippen*, dachte er und spürte einen leichten Schwindel im Kopf. Sie bemerkte ihn und lächelte. Er lächelte zurück, gockelte stärker. Sie kam näher. Ihr Mund kreiste vor seinem Gesicht, sagte etwas, vielleicht. Er warf die Hände in die Höhe, schob das Becken nach vorne, ließ den Kopf dramatisch kreisen. Sie kam noch näher, spielte das Spielerotisch-Spiel: blickte ihm tief in die Augen, verstellt und doch echt, mit dieser Ironie, die jederzeit als Ernsthaftigkeit gedeutet werden kann, und während ihre Körper sich einander näherten, schon leicht berührten und im Einklang zuckten, wurde Thorsten übermütig, griff ihr an den dünnen Hintern, zog sie an sich, scheinbar am Ziel.

Ihr Gesicht leuchtete kurz auf, freundlich, ätherisch, und verschwand dann so plötzlich, wie es erschienen war. Sie wurde einfach von der Masse weggeschluckt, seine Hand war leer, und die Lücke, die ihr Körper hinterlassen hatte, schloss sich sofort.

Leicht verwirrt hielt Thorsten inne, versuchte sich zu orientieren, driftete in die Mitte des Raumes, um sie unauffällig zu suchen. Edwin kam dazu und drückte ihm einen Wodka-Bull in die Hand.

«Wer war denn die?»

Thorsten winkte ab, exte den Bull, driftete weiter und kam, zusehends wirrer und betrunkener, genau unter dem Lichtstrahl zu stehen. Sein Seitenscheitel erstrahlte wie auf einer Showbühne – Licht aus, Spot an.

Was war jetzt? Die Leute starrten ihn an, Hip-Hop-Beats

polterten aus allen Boxen, die Bässe gingen tief in den Bauch und wühlten in den Eingeweiden. Thorsten kam sich im Spotlight ein wenig zu exponiert vor, wollte aber auch keinen Rückzug machen – warf also die Beine vom Körper, tanzte, so wild er konnte, für ein, zwei Minuten, derbe Rappergesten imitierend. Der Lichtstrahl von oben brannte heiß. Er schien eine skurrile Figur für die anderen zu sein, ein Bürohengst, der den Hiphopper mimte; mehr und mehr und mehr Leute starrten ihn an. Es war klar: Er musste die Situation überdrehen, um unbeschädigt herauszukommen. Also drehte er die Arme nach außen, die Augen himmelwärts, und beugte sich zurück, um den heißen Lichtstrahl von der Decke genau in seinen Mund strömen zu lassen.

Die Einlage zeitigte die gewünschte Wirkung. Die Leute zeigten auf ihn und lachten. «Schaut her, das ist der Erleuchtete!», rief einer, und alle applaudierten. Thorsten, derart angefeuert, ballte die Hände zu Fäusten und zitterte, als würde Gottes Stimme in Form von heißem, starkem Licht durch seinen Körper fließen, als nährte ihn Lichtblut vom Himmel, das Gold des Grals. Dann brüllte er auf, sprang leichtfüßig wie ein Boxer aus dem Licht und schüttelte theatralisch die letzten Spasmen ab. Die Leute applaudierten. Er warf die Hände in die Luft und jubelte und tanzte, und die Leute jubelten und tanzten auch und schüttelten die Glieder und hingen sich unter den Strahl und schluckten und schluckten das Licht.

Die Großstadtlichter rauschten in wirren Knoten vorbei, wie im «Chungking Express», totale MTV-Ästhetik draußen, alles so verwischt, dachte Thorsten mit dem Beck's in der Hand, alles so schön bunt hier.

Irgendwo im Westen wurden Raketen abgefeuert. Weshalb? Sinnlos besprühten sie den bleichen Himmel. Thorsten kämpfte mit einem Schluckauf und gegen den Schlaf, versuchte den Blick scharf zu stellen, die Gedanken zu ordnen. Der Taxifahrer zerknüllte, die Augen an der Windschutzscheibe, eine leere Zigarettenschachtel mit solch unbewusstem Ingrimm, dass seine Fingerknöchel unter der rissigen Haut kantig und bleich hervortraten. Thorsten beobachtete es aus den Augenwinkeln. Es kam ihm bekannt vor. Die Hände des seltsamen Journalisten hatten ähnlich ausgesehen. Der Fahrer war im selben Alter wie Thorsten; seine Gesichtszüge verhärteten sich periodisch, die Kiefernknochen traten kantig hervor. Er würgte die Packung regelrecht tot. Thorsten nahm einen großen Schluck Bier, obwohl es ihn anekelte.

Die Frau mit dem unglaublichen Mund hatte ihn vor dem Klo abgefangen. Sie sprach anders, als ihr Mund vermuten ließ, schneller, atemloser, mit einem hellen Stimmchen, ohne Punkt und Komma. *Du bist ein Spaßvogel was.* Ihre hektische Stimme hallte jetzt, im Taxi, noch nach, mit dem Bass unterlegt, der wie ein galoppierender, allem unterlegter Herzschlag durch Nerven und Räume gefahren war. *Kennen wir uns ich glaube ich kenne dich.* Thorsten hatte nur gewinnend und falsch gelächelt: Ein weiterer Beweis, dass Herumgockeln sich lohnte, stand ins Haus. Nach einigem Small Talk hatte sie, Ella hieß sie, plötzlich ein kleines Döschen aus ihrer Gucci-Handtasche geholt, zwei weiße Tabletten herausgenommen und geschluckt. *Keine Sorge die sind nicht schlimm alles rein pflanzliche Basis die haben halt so Placebo-Wirkung.* Eine Stimme wie im Zeichentrick, hell, aber auch leicht reibeisern.

«Aber ein Placebo ist doch nur dann ein Placebo, wenn du nicht weißt, dass es ein Placebo ist», hatte Thorsten erwidert.

Stimmt dann sind aber viele Sachen Placebos, hatte sie gelächelt. Das hatte Thorsten nicht verstanden und dennoch genickt und brav zurückgelächelt.

David Bowie hat auch eine Single mit Placebo aufgenommen der Band jetzt Placebo kennst du doch? Sie war vorher auf einem geheimen David-Bowie-Gig gewesen, hatte sie erklärt, ein kleines *Prelistening* zu *Promozwecken*, für Popjournalisten. Sie sei nämlich Popjournalistin. *Sogar die alten Hits hat er gespielt!* Sie müsse morgen früh zu einem anderen Pressetermin und deshalb los jetzt, hatte sie gesagt, aber vielleicht könne man einmal bei Gelegenheit –?

Thorsten trank den schalen Bierrest, es schüttelte ihn. Der Taxifahrer sagte kein Wort. Draußen zog das erste Grau am Horizont auf. Er betrachtete die hingekritzelte Telefonnummer auf der zerknüllten Memo-Notiz, keine gewöhnliche Handschrift, eine Mischung aus Schreib- und Druckschrift, eher kompliziert.

«Fünfundzwanzig Euro achtzig», sagte der Taxifahrer, nachdem er ruckhaft angehalten hatte, und würdigte seinen Fahrgast auch zum Abschied keines Blickes.

Oben an der schweren Holztür hing Thorsten an der Klinke wie ein Surfer in Seenot, während er in Spasmen versuchte, den Schlüssel ins Schloss zu versenken. Als es gelang, fiel er mit der Tür in die Wohnung, stürzte fast auf den Araberteppich, konnte sich gerade noch fangen. Er ging den langen Flur hinunter und kam sich mit jedem laut hallenden Schritt nüchterner und nüchterner vor. Vollständig angezogen legte er sich aufs Bett.

Laura regte sich unter der Decke, seufzte leise, kratzte sich in der Armbeuge. Er setzte sich auf, beugte sich über sie, sein Gesicht über ihrem Gesicht, ihr Atem roch nach Schlaf und Nikotin. Ihre Augäpfel bewegten sich unter den Lidern, erst sehr langsam, hin und her, dann etwas schneller. Ob sie träumte? Wenn er sie jetzt umarmen würde oder ihre Wange streichelte, würde sie halb aufwachen und seine Zärtlichkeit erwidern, irgendwie. Ein Schwindel im Kopf. Ihm wurde übel. Er ließ den Kopf zurück ins Kissen sinken.

Die Spülung stürzte los, glasklare Strudel, die den blassen Urin hinabzogen. Auf dem Schaum tanzte die Zigarettenkippe wie eine Boje, kämpfte gegen Sog und Seegang, blieb über Wasser, löste sich zusehends auf. Der Filter quoll schon aus der gelben Hülse. Thorsten spuckte gleichgültig in das Getöse, zog nochmals ab, taperte zum Waschbecken. Dort benetzte er sich das Gesicht mit Wasser. Vergoldete Armaturen blinkten ihm entgegen wie die Auswüchse eines geheimen Schaltplans von unschätzbarem Wert. Er warf einen Blick in den Spiegel. Der schien nicht richtig eingestellt, alles darin pulsierte unscharf. Thorsten justierte seinen Blick nach, schielte probeweise, bewegte den Kopf vor und zurück wie auf einer Schiene. Schließlich gelang es ihm kurz, Spiegel und Blick aufeinander abzustimmen, und er strich den Seitenscheitel glatt. Dann spülte er den Mund mit Odol aus, es brannte fürchterlich, und warf ein Fisherman's Friend hinterher. Er kontrollierte seine Zunge, zerfetzter Pelz, spürbar in Flammen, und gab sich eine Ohrfeige, um endlich wach zu werden.

Zurück im Büro spürte Thorsten Seegang in den Beinen; der Warhol schien verschobener als sonst, die grellen Farbflächen oszillierten, waberten übereinander. Er ließ sich in den Schreibtischsessel fallen, der erschrocken aufquietschte, und starrte die Kräne draußen an. Er trank einen Red Bull; dann einen Guaraná.

Françoise Starck, die Chefredakteurin (moosgrünes Kostüm, Muschel-Ohrclips), steckte den Kopf zur Tür herein: «Haben Sie einen Augenblick Zeit, Herr Kühnemund?»

«Ja, was ist denn», knurrte Thorsten möglichst freundlich. Im Hintergrund schwebten die beiden skandinavischen Grazien aus dem Vertrieb vorbei; in seiner Vorstellung sah er sie nackt und samenbespritzt.

«Das Briefing mit Herrn Büdenbender und Herrn Mode kann jetzt sofort stattfinden, haben Sie Zeit? Die Herren haben sich bequemt –»

«Aber natürlich», sagte Thorsten, «gerne, ich bin gerade frei.»

«Hier habe ich noch den Prospekt über die historischen Nutzfahrzeuge», sagte Françoise und legte ihn auf den Tisch. «Wegen der Tour der alten Trucks. Promotion-Aktion von Schmierstoffen und Tankkarten. Sie waren doch der Truckliebhaber?»

«Ja», sagte Thorsten, den Mund voller Spucke. Er wusste nicht, wovon sie redete. Seine Zunge fühlte sich an, als sei sie ein Schneckenmutant aus Gummibärchenfleisch.

«Läuft's gut ansonsten? Morgen müssen wir die neuen Richtlinien für die Category-Management-Präsentation bei Engel besprechen, mit Schneider und Riaz.»

«Ja, können wir machen», sagte Thorsten. «Können wir alles machen. In Büdenbenders Büro, gleich? Ich komme in zehn Minuten, muss hier nur kurz –»

«Bis gleich», unterbrach sie ihn.

Büdenbender war ein talent- und biographiefreier Emporkömmling, eine Null im Armani-Anzug und mit Richard-Clayderman-Frisur, der aus irgendeinem Grund immer erschrak, wenn er Thorsten sah. So auch jetzt: Er wurde leicht bleich und grauhäutig um die Nase, als er von seinem Computer aufblickte. Das Leder seines Sessels quietschte mitleidig. Büdenbender hatte keinerlei Interessen. Während die Chefredakteurin gespalten war von der Kluft zwischen Wirtschaft und Kultur und immer wieder durchklingen ließ, dass sie alle Truffautfilme gesehen habe und sich für die *Gothic Novel* des neunzehnten Jahrhunderts interessiere, stand Büdenbender nur sprachlos da und fuhr sich nachdenklich durchs halblange Haar. Seine Welt bestand aus Tiefkühlpizzen und Powerriegeln und wahrscheinlich auch aus spröden Berlin-Mitte-Blondinen, mehr nicht. *Und woraus besteht die meine?*, ging es Thorsten unscharf durch den Kopf.

Nach zwei Minuten kam Mode dazu, ein großer, dicklicher Junge, der im Supermarkt der Eltern aufgewachsen und nach dem BWL-Studium sofort als Shopberater im Verkauf Ost 5 eingestiegen war.

Gerade Tankstellen seien ein wichtiger, wenn nicht der wichtigste Vertriebskanal für Energy Drinks und isotonische Sportgetränke. Dass Tankstellen und Energy Drinks auf so extreme Weise voneinander profitieren, läge an mehreren Faktoren, erklärte Thorsten:

Erstens seien Tankstellenkunden generell experimentierfreudiger und eher bereit, etwas Neues, ihnen Unbekanntes auszuprobieren.

Zweitens dominierten Tankstellen das Nachtgeschäft, jugendliche Nachtschwärmer und gestresste Arbeitstiere griffen gerne einmal, um wach zu bleiben, zu den schlanken Charakterdosen. Was

drittens auch Fahrradfahrer oder Sportler täten, die an einer Tankstelle rasteten und Körperenergie auftanken wollen. Die Chefredakteurin ging kurz hinaus, um etwas zu kopieren; der dicke Herr Mode schloss sich ihr an.

Viertens würden Energy Drinks meist eher spontan als auf Vorrat gekauft, was mit dem

fünften Punkt zusammenhinge, den man nicht unterschätzen dürfe: In guten Tankstellen seien die Muntermacher immer gekühlt vorrätig. Die ausreichende Kühlung der

Ware sei substanziell, denn warme Energy Drinks würden in etwa so viel Freude und Sinn machen wie lauwarmer Kaffee. Die meisten Supermärkte hätten dies noch nicht begriffen, weshalb Red Bull und Konsorten sich dort auch weniger schnell im Regal drehten. Die Chefredakteurin kehrte mit einem Stapel Papier zurück. Mode stand hinter ihr.

«Entschuldigen Sie, Herr Büdenbender», sagte sie trocken, «aber wissen Sie eigentlich, dass es in Ihrem Zimmer unheimlich nach Alkohol riecht?»

Büdenbenders Nase wurde noch grauer; sie war aus feuchtem Gips.

«Ach?», sagte er. «Das ist aber seltsam.»

Eisiges Schweigen.

Von einer Sekunde auf die andere glühte Thorstens Nacken in tausend Rottönen. Was tun? Schübe von heißem Blut rauschten durch seine Ohren und unter der Stirn durch, zurück in den stichelnden Nacken. Mode sagte nichts, hatte nur eine leere, falsche Maske über sein Pausbackengesicht gezogen, in unschuldiger Erwartung des Kommenden. Die Chefredakteurin kostete das Schweigen aus. Beide blickten sie auf Büdenbender, aber es war klar, dass sie eigentlich Thorsten ansahen: über Bande.

«Aber *richtig* stark», sagte die Chefredakteurin. «Es riecht richtig stark nach Alkohol.»

«Komisch», sagte Büdenbender suchend und empört, «ich habe noch nicht mal ein Mon Chéri gegessen.»

So ein Idiot, dachte Thorsten.

«Na dann», sagte die Chefredakteurin.

Pause.

Ihr schauspielernder Blick, der noch immer an Büdenbender hing, füllte sich mit Ungeduld. Es war Zeit für Thorstens Einsatz.

«Damit kein falscher Verdacht auf Herrn Büdenbender fällt», sagte er möglichst gefasst, «der, der hier ein wenig nach Alkohol riecht, das bin wahrscheinlich ich. Ich war gestern auf einem David-Bowie-, äh, Dings, -Gig, also Konzert, und hatte dort drei Whiskey Cola. Und der Bartender mochte mich wohl, wie man immer noch riecht...»

«David Bowie?» Alle entspannten sich. «Wie war er denn?»

«Großartig», versicherte Thorsten, selber erleichtert, «großartig. Er hat sogar die alten Hits gespielt. Mit Placebos.»

«Auch den einen, den er für den Transvestiten geschrieben hat?»

«Welchen Transvestiten?»

«Mit dem er in Berlin gelebt hat.»

«Nein», schaltete sich Büdenbender eifrig ein, «er hat mit Brian Eno und Iggy Pop zusammengewohnt. Oder meinen Sie Iggy Pop? Ist Iggy Pop ein Transvestit?»

«Harald?», brüllte Françoise unvermittelt in ihr plötzlich hochgerissenes Telefon. «Harald, ich weiß, dass du das weißt. Wie hieß der Transvestit, mit dem David Bowie in Berlin zusammen war? Jaa! Ich wusste, dass du das weißt!» Sie legte auf. «Romy Haag», strahlte sie.

«Das ist halt nicht unsere Generation», sagte Thorsten scherzhaft zu Büdenbender, der sehr erschrocken aussah.

«Das ist auch nicht *meine* Generation», sagte die Chefredakteurin bissig, warf Thorsten einen giftigen Blick zu und stöckelte ab. Er grinste in sich hinein.

«Hier», sagte Mode, zwinkerte wie ein müder Boxerhund und drückte ihm eine Red-Bull-Dose in die Hand. «Mögen Sie doch, oder? Das Taurin wirkt auch als Anti-Kater-Mittel.»

«Ja», sagte Thorsten, «ich weiß. Das Taurin stimuliert Stoffwechsel und Kreislauf und fördert den Abbau von schädlichen Substanzen.»

«Und von Giften», sagte Mode.
«Und von Giften», sagte Thorsten.
«Und Alkohol ist ein Gift», sagte Mode.
«Medizinisch betrachtet», sagte Thorsten.
«Medizinisch betrachtet», sagte Mode, «ja.»
«Danke», sagte Thorsten.
«Gerne», sagte Mode.

Planogramm, Planogramm, Planogramm. Thorsten saß im Büro und musste endlich arbeiten. Er war auf der Flucht vor der betrieblichen Alkoholpolizei und stand vor dem Gesetz der Effektivität. Er hatte den Drang, etwas zu leisten, den skeptischen Blicken Gegenbeweise zu liefern, Erfolgsmeldungen zu generieren, revolutionäre Konzepte, und zwar sofort.

Er starrte auf den Monitor.

Ein Planogramm für den Bereich 34, «Mitteldeutschland» hieß das, Thüringen, regionale Relevanz, das Unternehmen war mit sechzehn Stationen dort vertreten, dazu dreimal weiße Farbe (das sind unternehmenseigene, jedoch markenlose, «anonyme» Tankstellen).

Er nahm die AC-Nielsen-Daten hinzu, die Kassenergebnisse der vier Teststationen in Berlin, Leipzig, Rostock und Dresden, verglich und rechnete und rechnete und schätzte ab. Er studierte die neuesten Trendbarometer der Marktforschungsinstitute und kam zu dem Schluss, dass die Apfelschorle auf dem Kamm der wachsenden Wellness-Welle im nächsten Sommer ganz oben mitschwimmen würde. Zurück zur Natur! Zum Wohle des Körpers. Einweg- und PET-Gebinde waren natürlich an prominenter Stelle und dreifach zu platzieren, die Margen sind größer, und Mehrweg ist Sache des Getränkehandels und nicht Sache der auf Spontankonsum abzielenden Convenience-Stores. Was war mit den

Bittergetränken? Haben eine sehr spezialisierte, kleine Zielgruppe, aber Genießer, fast esoterisch, doch nicht zu verachten, nicht zu vernachlässigen, eine Position Bittergetränke sollte auch in kleinformatigen Kühlregalen vorhanden sein, denn Spezialisten neigen zum Bündelkauf und nehmen womöglich noch zwei Schachteln Zigarillos mit (neuer Presenter gleich im Kassenbereich!), oder vielleicht eine Tomaten-Mozzarella-Ciabatta im Backshop, oder gar eine Flasche Rioja gefällig? Die Klassiker Fanta, Coca-Cola, Sprite in allen Größen und Gebinden mittig. Wasser!, ein ganz besonderer Saft, das wahre Ding, immer mehr im Kommen, siehe Wellness, siehe Studenten und urbanes Gesundheitsbewusstsein, die Zahlen sprechen für sich, und auch der Wasserverschnitt Bonaqua, sogenanntes Tafelwasser, läuft inzwischen gut. En vogue: stille Wasser, Volvic, Vittel, dazu die milden Wasser, die stummen Quellen.

Seine Stirn glühte. Der Warhol tanzte. Er rechnete weiter.

Im Power Point setzten sich die ersten präsentablen Ergebnisse zusammen. Thorsten geriet ins Schwärmen und trank noch einen Nescafé Quick.

Vielleicht einen Schuss Jägermeister hinein? In Gedanken haute er sich auf die Finger, seine realen Finger aber zitterten merklich. Das Denken wollte abschweifen, das Telefon klingelte, er hob nicht ab. Er starrte auf die Flaschenikonen, die er liebte. Er wusste, dass das Design der klassischen Colaflasche aus den dreißiger Jahren den Körperformen einer Frau nachempfunden worden war. Er starrte auf die Flaschenformen, stellte sich das Frauenbild in den Köpfen der damaligen Designer vor und wurde seltsam geil, auf eine aseptische, industrielle Weise, wie er sie schon kannte, wie sie ihn oft beim Shoppen in sterilen, amerikanisch hellen Supermärkten überkam, oder beim

Anblick schweren, blitzblanken Industriegestells, oder beim Eintauchen in einen lagunenblauen, jungfräulich-glatten Swimmingpool.

Thorsten driftete ab, er sah jetzt in allen Flaschen weibliche Silhouetten und fragte sich: Wie wäre es denn eigentlich mit einem Planogramm der Frauen? Große Gebinde, kleine Gebinde? Schlanke Dose, bauchige Flasche, Tetrapak? Premixed oder Flavoured? Einweg oder Mehrweg?

Er prustete los, so lustig fand er sich und diesen Einfall, sah schon Frauen aller Größen und Hautfarben schön kategorial aufgereiht in frischhaltenden Kühlregalen, Hand in Hand, luftdicht verpackt und regungslos, dann schluckte er seinen Lachanfall gewaltsam herunter und vergewisserte sich, dass niemand außer ihm im Zimmer war.

Ihm fiel ein, dass ein Schulkamerad einmal folgenden Witz gemacht hatte: «Wenn man mal Thorstens Kopf auffräst, ist da kein Hirn drin, sondern eine gigantische Eichel.»

Eine E-Mail flatterte in die Inbox, begleitet von einem hellen Ambient Sound.

lieber herr kühnemund / anbei der text zur abstimmung / ich hoffe, sie sind zufrieden? / korrekturen und verbesserungen bitte möglichst bald, / da redaktionsschluss schon in vier tagen. / vielen dank! / best / taue / ps.: ich bräuchte noch die cd mit den auswertungen der teststationen, umsatzsteigerung seit optimierung, etc. pp. – könnten sie die mir freundlicherweise zukommen lassen? mit den vorher-nachher-fotos? danke! / pps.: schöne grüße von meiner tante!

Thorstens Laune fiel auf einen Tiefpunkt. Welche Tante bitte? Was sollte das? Dieser Taue ging ihm auf die Nerven. Thorstens Nase begann sofort wieder zu jucken. Auch der lockerflockige Ton, mit dem der Typ ihn quasi auf Augenhöhe, in Kleinschrift anredete, schmeckte ihm nicht, «*best*»! Es passte so überhaupt nicht zu dem verklemmten, arroganten Menschen, der ihn bis aufs Blut gereizt hatte, durch Sitzen, Schreiben, Surren, Nichtstun, durch die Art und Weise, *wie* er gesessen, geschrieben, gesurrt, nichts getan hatte: als schüchterner Feind, als verschreckter Rebell, im Ironiepanzer. Das war alles nicht miteinander in Einklang zu bringen. Allein die Tatsache, dass seine Gedanken sich genervt mit diesem Außenseiter befassten, ließ ihn noch einmal niesen. Er schnäuzte sich, sammelte schnell (*welche Tante?*) seine Notizen zum Kaffeekonzept-Meeting zusammen, sprühte die Mundhöhle mit Odol aus und machte sich zum Mittagessen mit den Shop-Beratern auf.

DRITTER TEIL
JOHN CASSAVETES

It takes hold of my tongue
In situations like these

Depeche Mode

Komm jetzt, Schlaf. Nimm mich mit, ich bin unendlich müde. Erklär mir, was fehlt, wickle mich in dein Schwarzes. Sie hatte gehört, wie Thorsten in die Wohnung gepoltert und durch den Flur getrampelt war. Sie hatte es nicht hören wollen. Jetzt fühlte sie den Luftzug seines Atems, roch das Vergorene darin. Sie musste zweimal unwillkürlich schniefen, ließ aber dann bewusst einen Seufzer schlafenden Wohlbefindens hören, damit er nicht etwa dachte, sie würde wach sein, gar weinen.

Sein Atem strich über ihr Gesicht. Wenn sie ihn jetzt zu sich herunterziehen und umarmen würde, ganz nah, dachte sie, er seine Hand vielleicht auf ihre Brust legte, dann würde es sein wie immer. Er würde zu etwas sehr Kleinem, Altem, das sie sorgsam in ihren Armen hielte, und sie würden ihren Atem aufeinander abstimmen können.

Aber sie wollte nicht, und er wollte es nicht, und sie wollte ihm auch keine Szene machen, *wo warst du so lange, wieso trinkst du so viel,* sie wollte nicht wissen, mit welchen anderen Frauen er zu tun gehabt, in welchen Clubs er sich wie peinlich aufgeführt hatte, sie kannte das alles. Sie wollte schlafen, einen langen, tiefen, samtenen Schlaf, nicht träumen, bloß nicht träumen, einfach liegen und schlafen und weg sein, jetzt, wo er da war.

Am nächsten Tag saß Laura im Morgenmantel vor ihrem Laptop, seit Stunden schon. Sie tippte und löschte das Getippte und las dann das gestern Getippte und löschte es wieder. Thorsten war schon längst im Büro, gedopt mit Aspirin und Red Bull und Kaffee, er hatte vielleicht drei Stunden geschlafen und war aufgeschreckt, bevor der Wecker ging. Sie hatte es mitbekommen. Ihr Schlaf war dünn.

«Entfremdung», dachte sie. Das gibt es doch gar nicht.

Das darf es doch nicht geben, so ein Wort. Eine marxistische Erfindung ist das, ein hegelianisches Konstrukt, semantischer Müll der Frühmoderne, seit Generationen weitergereicht. Sie starrte in den graublauen Schein. Das ganze Zimmer war in dieses seichte Laptoplicht getaucht.

Ein Licht wie von den Heiligenscheinen alter polnischer Ikonen, dachte Laura, oder wie in den herb-romantischen Horizonten Caspar David Friedrichs. Sie starrte auf die Sätze, die in ihrem lügnerischen Times-New-Roman-Font aussahen wie bereits gedruckt, wie längst veröffentlicht. Sätze, die sie wohl selbst geschrieben hatte, lange her, Sätze einer Seminararbeit mit dem Titel «Rechtswirkungen von Entscheidungen des Bundesverfassungsgerichts». Siebzehn Punkte hatte sie dafür bekommen, vor einem Jahr; bei Juristen sind solche Noten eine Sensation. Ihr Professor, ein ätherischer, weißhaariger Dandy, der es, obwohl homosexuell, mochte, sich mit hübschen Assistentinnen zu umgeben, hatte vor zwei Wochen gefordert (und er hatte dabei einen Apfel am Revers geputzt, mit seinen langen, feingliedrigen Fingern, die sich um die glänzende Frucht schlossen), sie solle die alte Seminararbeit noch einmal geringfügig überarbeiten, um das neue, solchermaßen zum mündlichen Vortrag aufbereitete Paper bei der kommenden Freiburger Juristentagung «Wirkungen von Recht» vorzustellen. Sie solle die Sätze straffen, die Argumente schärfer konturieren, die Transparenz der Methodik offenlegen. Sie wisse ja, wie das gehe, er mache sich da keine Sorgen, er kenne doch seine Laura, die zukünftige Assistentin.

Der Morgenmantel lastete auf ihren Schultern, warm und flauschig, schwer und feucht wie ein soeben erlegtes Tier. Sie starrte auf die Sätze, messerscharfe Formulierungen, die sich zu wasserdichten Ableitungen verhakten. Das war alles sehr logisch und stringent. Aber sie verstand es nicht mehr.

Begriffe (Evaluation, Wertewirkung, Sanktionserwartung, Zielkonformität) oder Argumentationsschritte (Prämisse, Subsumtion, Deduktion, Konklusion) waren ihr nicht mehr zugänglich. Nur die Oberfläche, die lexikalische Bedeutung der Worte war für sie erreichbar, ihre Übersetzung in Funktionen, ihr wirklicher Gebrauch und Nutzen *in actu communicationis* dagegen waren verschütt gegangen. Sie konnte keinen klaren Gedanken fassen, außer dem einen, furchtbaren, der ständig wiederkehrte: dem Gedanken an drohende Nachfragen aus dem kritischen Auditorium, *wenn sie nochmals äh erläutern könnten also mich würde in diesem Kontext noch interessieren ob und äh warum in welcher Form worin und wer*, und ihr wurde schwindlig und heiß zugleich.

Sie schloss die Augen und hörte ihren Atem. Hörte ihn lauter als mit offenen Augen. Ein und aus ging die Luft, ein, und aus, durch ihre Lungen. Sie öffnete die Augen, und schloss sie wieder, und öffnete sie wieder, im Takt des Cursors, der sie blinkend verhöhnte.

Eine neue Krankheit kündigt sich an. Woher, warum, das weiß man nicht, man ist sich selbst nach wie vor die Fremdeste, nichts hilft. Die Erinnerung an den ersten Augenblick der Panik ist so schwierig. Laura versuchte sich zu konzentrieren, sich zu fassen, ihre Kräfte zu bündeln. Es gelang nicht, aus Angst, aus Angst vor der Wiederholung dieses Augenblicks. Die Wiederholung würde ihr endgültige Gewissheit über den bisher nur als Befürchtung zugelassenen Gedanken geben, dass sie krank war, verheerend krank. Die Wahrscheinlichkeit, die bisher nur angedachte Möglichkeit war, würde sich sofort zur Gewissheit verfestigen, dachte sie, den Blick festgezurrt am Monitor.

Wobei Wahrscheinlichkeit ein zu schwaches Wort war: Der Verdacht hatte sich innerhalb der letzten Tage derart verhärtet, dass Laura die Krankheit bereits als Faktum angenommen hatte – jedoch nicht als Krankheit. Es gab Symptome, die Klischees waren, die Klischees gewesen und jetzt Symptome waren, und es gab Gedanken, die unentwegt in Richtung Krankheit dachten.

Sie hielt ihren Atem an und horchte in die Stille. Spürte den Druck, das Gewicht der Luft in ihren Lungen. Hörte, als Erinnerung, Kontrast und ebenfalls Hohn, Thorstens Atem. Wie anders er atmete, nachts, betrunken. Nicht so flach und rastlos, so oberflächlich wie sie, sondern regelmäßig ein und aus, schwer, aber unbewusst, zugedröhnt, aber frei. Wie war das, Frauen atmen mehr mit der Brust, Männer mit dem Zwerchfell? *Alles in der Vogue Gelesene bisher Quatsch*, dachte Laura, stand auf und ging in Richtung Toilette.

Ich atme und denke, dass ich atme, ich versuche mich nicht auf meinen Atem zu konzentrieren, ihn nicht zu bemerken, nicht an ihn zu denken, was natürlich das genaue Gegenteil bewirkt, totale Gefangennahme im Atem. Denke ich, ich darf nicht an meinen Atem denken, denke ich sofort nur noch an meinen Atem, ausschließlich, unausweichlich. Das Gehirn hat seine Eigendynamik, es stürzt von alleine los, bevor ich irgendwo Halt finden könnte. Sofort bin ich mir meiner selbst als Organismus bewusst. Damit fängt es doch an: mit diesem Bewusstsein meiner selbst als fragiler Organismus, innerlich aufgewühlt, zutiefst sterblich, umspannt nur von sehr dünner Haut, nein, es war kein Bewusstsein, eher nervöse Evidenz, nein, Körperperzept, nein, nicht.

Lauras Herz raste. Sie war auf dem Weg zur Toilette stehen geblieben, lehnte an der Wand, neben einem frühen Martin Eder.

«Jetzt bewusst langsam atmen», sagte sie laut, «nicht zulassen, dass es passiert. Es gibt kein Problem, ich bin allein, hier ist kein Zwang, nur atmen muss ich, ein-atmen, aus-atmen, ein und aus, im Rhythmus, langsam, die Atemfunktion stabil halten, bitte. Der Atem funktioniert, ich kann mich auf ihn verlassen. Er hat eine Funktion, die er erfüllt, eine Aufgabe, der er Zug um Zug verlässlich nachkommt. Es atmet von selbst. Es atmet in mir. Von selbst.»

Sie sah hinaus auf die Straße. Über einem Dachgiebel dämmerte das letzte Licht weg. Kaputte Aura, dachte sie. Oder – Aureole? Georg-Trakl-Dämmerung. Eine Streife fuhr langsam vorbei. Es hatte Blitzeis gegeben. Kältegebeugt trippelten die Passanten vorüber, gingen wie durch vermintes Gelände, um nicht zu fallen. Laura nickte. Ein stummer Schmerz glitt durch sie hindurch und weg. Sie schüttelte den Kopf und sagte leise zu sich: «Das gibt es nicht. Das darf es nicht geben.» Sie setzte sich wieder an den Computer. Der Cursor hieß sie zwinkernd willkommen.

Daneben strahlten die Sätze fein aufgereiht und säuberlich ihre Letterngestochenheit aus, hieb- und stichfest, im LCD mit Aktivmatrix, entspiegelt und augenschonend – aber Laura fühlte, dass es sie auseinanderreißen wollte, dass sie die Sätze selbst auseinanderreißen, zerfetzen, entkernen müsste, wenn sie nur den Mut hätte. Die Sätze standen da wie Stangen, wie Gitter ineinander verflochten, brillant vernetzt, solide verstrebt, die Fugen dicht. Ein schönes Argument. Ein makelloses Gefängnis.

Sie legte den Finger wieder auf den Cursor und drückte noch fester, noch entschiedener zu. Ihre Zähne knirschten. Die Flüssigkeit im Monitor schlug bunte flache Wellen wie ein stiller Alarm.

Der Japanischkurs in Bochum war die größte Niederlage in den letzten, an Niederlagen nicht eben armen Monaten gewesen. Japanisch hatte sie kaum, nur die Menschen um sie herum hassen gelernt: vorwitzige, selbstverliebte Bürgerskinder, die nichts konnten, als mit Scherzen wie mit Hochzeitsreis um sich zu werfen, behandschuht, spitzfingrig, prahlerisch. Während dieser Zeit hatten sich die neuen, unbekannten Anfälle vermehrt und verschlimmert. Sie wusste noch nicht, was sie davon halten, wie sie das nennen sollte, Klaustrophobie? Atempanik? Oder einfach – Angst?

In dem kleinen Herbergszimmer, das sie sich mit einer durchgeknallten Geschichtsstudentin geteilt hatte, war ihr das Mobiliar über allem Zeichenmemorieren und MTV-Flimmern mehr und mehr zu einer kalten, feindlichen Mondlandschaft geworden. Um irgendetwas Persönliches, Besitzergreifendes zu tun, hatte sie ihre Monatsblutung nicht aufgefangen und so, in einer betrunkenen Nacht, Laken und Matratze großflächig markiert. Das Personal hatte diskret darüber hinweggesehen und das Bettzeug hurtig gewechselt, als sei nichts geschehen. Laura hatte dann in der nächsten Nacht erneut geblutet, *wider den blütenweißen Mief*, wie sie dachte.

Auch darauf aber folgte keine Reaktion.

Selbst die Geschichtsstudentin schien nichts bemerkt zu haben. Schließlich hatte Laura wieder MTV geschaut, und Nachmittagstalk dazu, sehr viel lauter als vorher, mit mehr Farbkontrast. Die Sehnsucht nach Thorsten hatte gebrannt in ihr. Gleichzeitig wuchsen die Zweifel.

Bei ihrer Rückkehr, am Hauptbahnhof, zwischen Treppen und Glas, war ihr etwas aufgefallen an Thorsten. Er hatte, wenn auch nur um Nuancen, anders gesprochen und sich anders bewegt als vor ihrer Abwesenheit. Ausgesehen hatte er wie immer: ein Hirsch, mit blondem, dünngescheiteltem, spike-gegeltem Geweih, ein Platzhirsch im dunklen Anzug, dessen stolzer Gang den Schwerpunkt seines Körpers in den Schoß verlegte, phallisch-lokomotorisch warf er die Beine nach vorne, dazu wie immer das Samtlächeln, tiefe Grübchen und äußerst vorteilhafte Kinnspalte.

Aber da war eine ganz neue Härte in seinem Reden gewesen, eine verschärfte Bestimmtheit in seinem Gang, eine Routine im Abhandeln kleiner Sachen, die ihr nicht angenehm war. Die Geschichten, die er erzählte, hatten etwas unerträglich Anekdotisches und Pointensicheres. Er hatte kokett über Leute geplaudert, die sie nicht kannte, ihr immer offensiv und charmant ins Gesicht geblickt, aus seinen engen, blauen Augenschlitzen. Der scheppernde Business-Jargon, der sich in einem begeisterten Redeschwall Bahn brach, war ihr sofort auf die Nerven gegangen. Er war berauscht gewesen, berauscht vom Jargon, berauscht von seinen Ideen und den Ideen der ihr fremden Menschen, einfach enthusiastisch.

Dieser Enthusiasmus nährte ihre Skepsis, er habe vielleicht etwas zu verbergen. Und als er sie gefragt hatte, wie denn ihr Kurs zum Ende hin gewesen sei, noch immer so schlimm? – war ihr diese Frage vorgekommen wie eine Pflichterfüllung.

Und dann hatte er sie tröstend gestreichelt, aber seine Hand klebte wie ein kantiger Fremdkörper auf ihrem Rücken. Sie hatte jedoch mitgespielt. Sie hatte mitgespielt und nun selbst mit lockeren Scherzen wie mit Hochzeitsreis um sich geworfen, nur um nicht nichts zu sagen und ihre Ratlosigkeit nicht zu offenbaren. Auf der Rolltreppe hatte der Reis unter ihren Schuhen geknirscht, und unten in der U-Bahn war sie sich vorgekommen wie ein noch nicht entwickeltes Negativ unter lauter grellen Fotos.

Zu Hause hatten sie dann einen Willkommenssekt getrunken und ausgiebig miteinander geschlafen.

Laura ließ sich ein Bad ein, telefonierte in den Schaumbergen, im Wohnzimmer lief gut sichtbar der Fernseher: Oliver Geißen, Bärbel Schäfer, Arabella Kiesbauer, Penislängen, Vaterschaftstests, der Nutzen des Urins. Stimmen an ihrem Ohr, Stimmen im Raum, alles wie Schaum, der zerknistert, alles wird sofort gelöscht, erlischt von selbst. Laura ließ sich tiefer ins Wasser sinken, zappte, rauchte.

In zwei Stunden wäre Thorsten wieder zu Hause, und nichts hätte sich verändert. Er würde kochen, später gäbe es diesen Ball, zu dem sie eingeladen waren, Adelsgesellschaft, Jet-Set, alles Medieninstallationen, dachte Laura, ohne Hintergrund, Gesichter, nur Gesichter, Image ist alles. Da glitzern die Zähne, redet das Geld. Sie selbst wäre eine Medieninstallation, ein Nadelöhr, durch das Information floss ohne Folgen.

Und vielleicht würden sie vorher Sex haben, wie sonst, wenn die Worte versagten, nein, nicht versagten, einfach erstarrten, wenn die Körper zum Wortersatz wurden, wenn Laura wieder ihren Körper anbieten würde zur Schlichtung, sich ihm hinwerfen würde, sich wegwerfen, einen Teil von sich abspalten, outsourcen und hinhalten, um Nähe zu simulieren. Wenn ein Teil von ihr den Sex genießen würde, wenn sie seine kleinen, harten Pobacken kräftiger heranziehen und gegen sich wuchten würde, während ein anderer Teil von ihr teilnahmslos daläge, sich über die Zusammensetzung des Bundesrates Gedanken machte oder die chemische Formel von Milchsäure memorierte. Wenn das Dröhnen lauter und lauter würde, sie sich in die verzerrten Gesichter blicken würden, die Münder offen und voller nackter Rufe, wenn sie die Stellung wechselten, um sich anders zu fühlen, wenn er käme in einem Spasmus, was sie nicht in sich, sondern nur an ihm spüren würde. Wenn in ihr dennoch keine Gedankenleere heraufzöge, sondern nur noch mehr Gedanken, ein Leerlauf von Gedanken, Abweisungen und Verstellungen. Wenn kein Triebstau sich lösen würde, nur eine bizarre Trance einsetzte und die zitternden Muskeln schließlich in flachen Wellen erschlafften, sie sich gegenseitig den Schweiß wegküssen würden, den Schweiß und die Krämpfe, wenn erste Worte wieder aufkämen.

Sie legte sich ins Bett und genoss die Leichtigkeit des Plumeaus. Vom Badeschaum in die Federn, Paralleluniversen aus Plüsch und Light, in Eierschale und Kobaltblau. Sie versuchte, sich zu dezentrieren, nicht an ihren Atem zu denken, sich zu zerstreuen, schaltete die Musik ein, blätterte in Zeitschriften, ließ VIVA im Hintergrund laufen, stumm und bunt. Es gelang, der Kopf wurde – nicht frei, aber dumpf, unter einem kleinen Summen.

Bald dämmerte es, und die Stimmen vom Anrufbeantworter vermischten sich mit dem tröpfelnden Easy Listening aus der Stereoanlage, alles war abgefedert, wattiert, nichts mehr spürbar, endlich, Schlaf, komm, Schlaf, alles zu bedecken mit deinem dichten, falschen Schwarz.

Hier ist der Druck, die Konkurrenz, spürbar an der Schlagader, wie es pulsiert, und wie es wummert in den Schläfen. Ein Gespinst von Kollegenparanoia umspannt das Hirn wie ein Einkaufsnetz die Supermarktware, aber da ist zu viel Ware drin, die Maschen knirschen, wollen reißen, schneiden ins innere Fleisch. Blicke stechen im Nacken, der Herzschlag beschleunigt.

Einer sei geschasst worden, hieß es, schon wieder sei einer weg vom Fenster.

Was? Wer?

Herrn Michaelis vom Tabak habe es getroffen, aber nichts war offiziell.

Michaelis?

Ja, bei Tisch hatte man es kurz angedeutet, verhuscht, Nachfragen wurden mit einem Achselzucken quittiert.

Wieso gerade Michaelis?

Keine Ahnung.

Wieso jetzt?

Wer weiß.

Auf dem Flur schnappte Thorsten Gesprächsfetzen von Frau Parapluie auf:

«Das müssen Sie natürlich jetzt nicht bestätigen, aber wer ist denn dann mein Ansprechpartner?»

Thorsten blieb kurz stehen, gab vor, sein Handy zu inspizieren, schüttelte es, drückte Tasten.

«Sie wollen, dass wir nichts erfahren, und deshalb erfahren wir es natürlich noch viel schneller, genau.»

Das Telefon blinkte und funkelte und beepte dann unvermittelt, Thorsten erschrak.

«Es bleibt spannend, Herr Stowasser, danke, ich frage Frau Kante, danke.»

Benommen ging er weiter in sein Zimmer. Der Warhol tanzte in schrillen Farben. Michaelis war sein Verbündeter gewesen. Einmal waren sie miteinander ausgegangen, ins halbseidene Nachtleben, hatten Zigarren geraucht, waren auf Tische gestiegen, hatten die hübschesten Frauen – wie Michaelis es natürlich nannte – «angebaggert». Seitdem standen sie sich alliiert im Nichtangriffspakt gegenüber, im Witz salutierend. Ein Scherz, ein Einverständnis. Jetzt war er weg. Es konnte jeden treffen.

Es hatte sich vieles geändert in den letzten Jahren. 1998 lag der Ölpreis bei zehn Dollar das Barrel. Dann kam Rot-Grün, schließlich platzte die New-Economy-Blase. 2002 der Paybackkrieg: Kaufe und sammle, noch das piefigste Mittelstandsunternehmen entwickelte ein Kundenbindungsprogramm, und RADIKAL zog mit und wollte an vorderster Front dabei sein, wie es hieß. Jetzt entließ die Londoner Zentrale zwanzig Prozent der Mitarbeiter in der deutschen Dependance in Berlin, einfach so. Es wurde härter. Alles auf stramm, hieß es, alles auf die Eins.

Aufzug hinab, die Organe im Leib rucken kurz hoch, leichter Schwindel im Kopf. Noch durch die Schleuse, die Checkkarte über den Sensor gezogen, das Drehkreuz entriegelt, *wrumpf*, zehn Schritte an den Empfangsdamen vorbei, nicken, lächeln, Handzeichen geben, dann ab in den Vorraum, zwei Glastüren aufgestoßen, die kalte Luft schlägt ins Gesicht, die Freude schießt hoch. Das Losungswort für einen kurzen Kick heißt ganz banal nur: Wochenende.

Einen Reisschnaps, ein Bier. Dann ein Bier, einen grünen Tee mit Ingwer, einen Reisschnaps. Einen Wodka auf dem Klo, mit Red Bull verdickt und versüßt. Zurück am Platz spielte Thorsten mit Salzstreuer und Pfeffermühle. Er war mit der Journalistin verabredet. Angenehm verloren sich die Gedanken, lösten sich in den Alkoholschüben auf.

Gefühlsleere Asiaten huschten im Restaurant herum wie Geister. Er überlegte, ob er Ente oder Hühnchen nehmen sollte, zweimal gebacken, in knusprigem Teig? Da betrat sie das Restaurant, mit sofort verfänglichem Blick, blaue, helle Augen strahlten Thorsten siegessicher an. Und dieser Mund.

Ella erzählte ihren Traum von letzter Nacht. Nichts ist langweiliger, als wenn Leute ihre Träume erzählen, dachte Thorsten, nickte aber interessiert und warf hin und wieder einen passenden, mitdenkenden Kommentar ein. Wichtiger war die Körpersprache. Das wusste er nicht erst durch die zahlreichen Personal Trainings. Schon als kleiner Junge hatte er gemerkt, dass, wer nur aufrecht in der Schulbank saß und gut aussah, automatisch gute Noten bekam.

Sie habe ihrer eigenen Beerdigung beigewohnt im Traum, schwärmte die Popjournalistin, während sie Tofustücke in die glibbrige Süßsauersoße tunkte. Thorsten überlegte, ob dieser Traum, in dem es um Vogelperspektiven, fremde Gäste und schräge Blicke ging, irgendetwas mit ihm zu tun habe. Er konnte beim besten Willen keinen Hinweis darauf finden.

«Schließlich ist mein Fleisch zu Staub zerfallen, den meine Verwandten dann schnupften. Und mein Skelett blieb, ganz hell und durchsichtig und leuchtend, wie Neon. Jemand sagte ‹Buttersäure›. Da bin ich aufgewacht.»

Ella lachte und aß Tofu und blickte ihn süßsauer an, und er lachte zurück, ohne auch nur ein Wort verstanden zu haben.

Was ist zu sagen zum Thema Betrug? Betrug ist die Kehrseite der Liebe. So wie die Liebe in ihrem innersten Kern banal ist und herrschsüchtig, zersetzend, hässlich, zutiefst egoistisch, so ist der Betrug banal und herrschsüchtig, zersetzend, hässlich, zutiefst egoistisch.

Eine andere Frage ist für die Liebe viel gefährlicher als der Betrug: Liebe ich die Person selbst oder nur ein Bündel aus Eigenschaften, die der Person beigemischt sind und mich anziehen? Meist ist nicht sicher, ob ich jemanden oder etwas liebe. Die Elternliebe ist vielleicht noch die reinste Form der Liebe, denn sie meint (mit Abstufungen gleichwohl, Stichwort Lieblingskind) die Person selbst. Die Liebe zum Partner aber kann sich ihrer selbst nie so ganz sicher sein.

Vielleicht liebe ich nur die Art und Weise, wie jemand sich bewegt, wie jemand redet, welche Möbel er mag, welchen Stil er pflegt, und ganz und gar nicht die konkrete Person selbst? Oder ist die Person selbst am Ende nur ebendieses Mosaik aus eigenen und fremden Eigenschaftssplittern, und der emphatische Begriff der Person ist heillos verloren in den Weiten einer überkommenen Metaphysik?

Eines jedenfalls ist sicher: Der Betrug hat der Liebe voraus, dass er die betroffene, die betrogene Person zu hundert Prozent trifft, und zwar, indem er sie völlig vergisst. Der Betrüger merkt dies freilich erst nachträglich – wenn der Betrug offen daliegt und seziert wird wie ein faulender, stinkender Leichnam. Dann stellt sich Ekel ein. Und der größte Schmerz gleich nach dem Tod geliebter Menschen.

«Wach auf.»

Er war ihr ganz nah, beugte sich über sie, wie ein Drache. Woher kam dieses weiche Licht? Laura musste sich orientieren, wo war sie gerade, wo war sie jetzt. Schnell setzte sich alles wieder zusammen, Tetris, Memory, hier, jetzt, die Wohnung, und Thorsten über ihr. Eine heimatlose Freundlichkeit stand ihm ins Gesicht geschrieben. Das Licht bewegte sich in Schlieren.

«Wach auf, Keks.»

Die verklebten Augen fanden sich noch nicht zurecht. Ihr Gesicht schien zu glühen. Sie wollte die Augen wieder schließen, dann wieder nicht. Sie räkelte sich. Überall standen Kerzen herum. Daher dieses milde, schattige Licht?

Thorsten sah aus wie ein Priester bei der letzten Salbung. Die Kerzen umrahmten das Bett, es erinnerte an eine Leichenbahre. Nein, das war nur ein kurzer, unscharfer Eindruck, ein verhuschtes Déjà-vu von etwas längst Vergangenem.

Musik zog träge durch das schummrige Zimmer, es hörte sich für Laura an wie Country auf Valium: Akustikgitarren, die sich von Akkord zu Akkord schleppten, eine benebelte Sitar, die diskret im Hintergrund klagte und so das Lied zusammenhielt, eine sexy Männerstimme, die sehr müde von Fehlern und seichten Depressionen sang, auf Amerikanisch: trauriges Kaugummi.

Der Laptop auf dem Schreibtisch war ausgeschaltet, zugeklappt, schlief. Das ließ sie kurz aufatmen. Thorsten hatte sich umgezogen, trug jetzt ein rosa Oberhemd unter brauner Weste, hatte auch irgendwas Peppiges mit seinen Haaren gemacht. In der Luft hing ein feuchter Geruch von saurem Fleisch und dicker, reicher Sahnesoße. Er hatte sich also wieder zur Liebe aufgerafft, und deshalb bedrängte er sie jetzt mit seiner Liebesfülle und ließ ihr nicht Raum noch Zeit zum Erwachen. Sein Gesicht, das sie liebte, war ihr zu nahe, eine flache Fläche, auf der die Gesichtszüge, seine schlitzigen Germanenaugen und die kräftigen Augenbrauen und sein schiefer, spöttelnder Mund wie aufgeklebt wirkten. Ein Gesicht fast ohne Schatten.

Irgendetwas zischte in der Küche, erst kaum vernehmlich und wie eine Ankündigung, dann plötzlich aggressiv und hinterhältig, wie ein Tier. Thorsten sprang auf. Das Zischen wurde lauter. Laura war irritiert. Eine leere Erinnerung stellte sich ein, mehr die Form, das Gefühl einer Erinnerung als diese selbst. Dann schepperten Topf und Deckel aus der Ferne, Thorsten rief etwas Unverständliches herüber, etwas vom Tonfall her Freundliches, Schmunzelndes. Die Kerzenflammen bewegten sich träge mit der Musik.

Laura richtete sich auf. Ihre linke Hand war eingeschlafen, das merkte sie jetzt. Die Hand fühlte sich wattiert an und taub und viel dicker, als sie in Wirklichkeit war, geschwollen unter tausend Hautschichten, unter körpereigenem Mull. Bei dem Versuch, die Finger zu bewegen, piekste es fürchterlich. Sie massierte ihre Daumenballen.

Auf einmal ging ein angenehmer Strom durch das Fleisch, das Blut geriet wieder in Bewegung, floss zurück in den Kreislauf. Sie fühlte eine warme, traurige Wallung in der Brust und einen Druck am Gaumen.

Thorsten rief aus der Küche. Wieder verstand sie nichts, seine Wörter drangen nicht zu ihr durch. Es klang wie eine Frage, die sie ohnehin nicht beantworten konnte. Sie wollte noch nicht in die Küche gehen. Sie wollte Thorsten Zeit geben, irgendetwas zu machen, damit die Küche und er selbst nicht wie sonst wären. Vielleicht schon würde eine winzige Veränderung reichen, eine andere Zeitung auf dem Fensterbrett, ein neuer Blumentopf auf dem Schemel. Aber sie wusste, das Küchenfenster würde wieder beschlagen sein und in dem Wasserfilm würden wieder die beiden Figuren sichtbar werden, die sie einmal vor Wochen mit dem Finger ins Feuchte gemalt hatte, als er am Herd gestanden war: zwei Strichmännchen, die sich im Kuss umarmten, von einem Herz umrahmt. Und sie wollte nicht daran denken, dass dieses Fensterbild, das immer nur erschien, wenn er kochte, immer schwächer und schwächer wurde, je öfter er kochte; sie wollte nicht daran denken; sie sprang auf und öffnete das Wohnzimmerfenster.

Die kalte Luft stürzte herein. Auf dem Fensterbrett regte sich ein Blatt Papier, auf dem sie ihre eigene, stark zentrifugale, großzügige Schrift erkannte. Aus der Küche zischte es erneut, und in den Geruch der schweren Soße und der eingebutterten Kartoffeln mischte sich das gute Aroma von etwas Angebratenem, vielleicht Zwiebelringe, schockerhitzt? Oder blutigrote Paprika?

Laura stand auf, das Lied war zu Ende, jetzt kam irgendwas Originelles, Stimmungsvolleres. Sie konnte das nicht mehr hören, nicht diese gewollte Schrägheit, und ging in die Küche. Thorsten pfefferte gerade nochmals die Steaks ein, mit der Pfeffermühle in seiner Hand. Er sah sie liebevoll an. Sie gab ihm einen Kuss auf die Wange, spielte noch immer verschlafen, wusste, dass sie süß wirkte mit dem wirren, abstehenden Haar, den dümmlichen Augen, setzte sich fast trotzig hin, ohne auf das beschlagene Fenster zu blicken.

Sein Nacken, ausrasiert, bleicher Schimmer, blonder Scheitel. Sie starrte da hin, verbohrte sich in diesen Nacken, in den sie gestern noch ihre Fingernägel gekrallt hatte, im unteren, unscharfen Blickfeld griffen seine Hände nach Gewürzen.

Die richtige Dosierung von allem, *ja-haa*, die hatte er drauf, die richtige Mischung, was zuerst kommen, was zuerst zerlaufen, anschmoren, festbraten musste, um das richtige Aroma auszuströmen, was darüber- und daraufgehörte, was besser blanchiert wurde, welche Poren sich wann schließen mussten. Seine Hände machten das schon ganz automatisch, Rapsöl, Rucola, angezogen mit Schalotten.

Es sah aus wie eine Verzweiflungstat.

Laura saß unnütz auf dem Küchenstuhl und unterdrückte einen inneren Impuls, den Blick auf das beschlagene Fenster zu richten. Etwas sagen.

«Was sollen denn die Kerzen?»

«Lass es einfach zu, Keks. Eine andere Stimmung.»

«Du bist süß.»

«Du siehst so weich und sexy aus im Kerzenschein. Wirklich.»

Sie kicherte. Der Dampf und die schweren Bratgerüche betäubten sie, gleichzeitig lief ihr das Wasser im Mund zusammen. Sich verzehren, dachte sie. Sich verschwenden. Thorsten kippte das Fenster und servierte.

«Moment, ich ziehe mich noch um.»

«Lass, Keks. Du bist perfekt so.»

Die Soße troff sämig vom Fleisch, die Kartoffeln dampften, fest, goldgelb, Butterlachen sammelten sich in den Spalten, die er mit der Gabel hineindrückte. Auf beiden Tellern, Gustav-Klimt-Gedeck, Bradford Edition, lag ein dekoratives Lorbeerblatt. Der Spinat sah aus wie Tang. Thorsten streichelte ihr über die Wange, mit einem weit offenen Lächeln, und wünschte ihr guten Appetit.

«Michaelis ist entlassen worden.»

«Welcher Michaelis?»

«Der kleine, geile Genießer. Der Zigarrenraucher.»

«Der für Tabak zuständig war?»

«Ja.»

«Hm. Schlimm. Und was macht er jetzt?»

«Weiß ich nicht.»

Das braungraue, innen rötliche Fleisch lag vor Laura und schien von alleine zu zerfallen. Unter leichtem Druck ihres Messers wurde das Gewebe des Fleisches sichtbar, winzige Fleischfasern sonderten sich voneinander ab. Die Struktur wurde umso deutlicher, je mehr das Fleisch unter ihrem Messer zerfiel. Das ist doch total zerkocht, dachte sie.

Sie führte ein Stück zum Mund und aß es. Thorsten stocherte im Essen herum. Wenn sie ihn ansah, wich er ihrem Blick aus, sah auf den Teller, starrte auf Lorbeerblatt und Seetang.

«Bleibt es bei dem Ausflug morgen?»

«Ja, klar.»

«Ich freue mich drauf. Hoffentlich hält das Wetter.»

«Kommst du weiter, Keks? Mit dem Urheberrecht?»

«Ja. Ganz gut.»

Kriegsschutt unter den Sohlen, dreckiggrün überwachsen, vorbei am Monte Klamotte, mit den lächerlich phallischen Abhörstationen, dem sogenannten großen Ohr, stapften sie zum sogenannten Teufelssee. Überall Nacktbader und Nacktsonner, denen das labbrige Fleisch herunterhing, teils sonnengegerbt, teils bleich und rosig, eingeölt immer, schlaff und wie tot. Ein Drachen versuchte vergeblich, am Himmel klebenzubleiben, stürzte nach kurzem Innehalten sofort wieder ab.

«Ist wohl irgendwie ein Knotenpunkt der Geschichte hier», sagte Laura und warf ein Frisbee zurück, das ihr vor die Füße gefallen war. Die offensichtlich bekifften Teenager dankten es ihr mit Handzeichen.

«Krebsknoten», sagte Thorsten, «ein Krebsknotenpunkt.»

Laura sah ihn überrascht an. Er überlegte, auf wie vielen Häusern er im Moment wohl stand.

«Vierhunderttausend zerbombte Häuser vielleicht? Bestimmt viel Geschirr darunter, vielleicht eine Leica-Ausrüstung, vielleicht auch ein paar klitzekleine Mittelohrknochen?»

Aber weder diese Zahl noch die Tatsache, dass er hier auf dem Teufelsberg am westlichen Rand Berlins und womöglich tatsächlich an einem Krebsknotenpunkt der Geschichte stand, beschäftigten ihn wirklich. Es waren Spiele, Spekulationen, die mit seinem Leben nichts zu tun hatten.

Laura legte sich ins Gras. Zögerlich legte er sich dazu. Jede seiner Bewegungen schien ihm umständlich. Die Nackten nervten ihn.

«Die Wellen sind noch immer in der Luft», sagte Laura und zupfte Blümchen, «die Radiowellen, Telefongespräche, das kann alles noch abgefangen werden.»

Sie entkorkte den Weißwein. Thorsten sah sie heimlich an. Schön sah sie aus, das hohe Jochbein, die Blässe der Haut, die entspannte Traurigkeit ihrer Gesichtszüge. Eine alteuropäische Traurigkeit, hatte er immer gedacht.

Er konnte das alles noch immer sehen, ihre Schönheit und deren Details, konnte an ihrem Profil herabwandern und dabei das Besondere ihrer Züge durchbuchstabieren wie einen alten Bibelvers, konnte es als ästhetischen, respektvollen Genuss empfinden – aber er konnte ihre Schönheit nicht mehr fühlen. Etwas von dieser Schönheit ging verloren auf dem Weg zu ihm, etwas, das Entscheidende.

Ihr Anblick machte ihn müde. Das war neu.

Es drang nicht zu ihm durch, genau wie die Fakten dieses Ortes, der Schutt des Weltkriegs, die Ruinen des Kalten Krieges, er konnte sich das aufsagen, aber es sagte ihm nichts. Empfindungslose Erinnerung. Wissen als Abzählreim. Das Gras begann in seiner Nase zu jucken.

Laura legte den Kopf in den Nacken und hielt ihr Gesicht in die Sonne, atmete dabei besonders innig ein und aus. Thorsten fand das albern und kratzte sich am Arm. Er zog einen Alkopop aus dem Rucksack, ploppte ihn auf und trank ihn sofort zur Hälfte aus. Er schmeckte zuckersüß und ekelhaft. Er wusste nichts zu sagen. Die ganze Szenerie kam ihm zuckersüß und ekelhaft vor.

Nachdem er die Flasche schnell geleert hatte, holte er einen kleinen Wodka und einen Red Bull aus dem Rucksack, schüttete ein Drittel des Red Bulls ins verdorrte Gras und füllte die Dose (deren Berührung ihm die angenehmste des bisherigen Tages war) mit klarem Wodka auf.

«Du solltest nicht so viel trinken, schon am Nachmittag.»

«Ach, es ist Samstag, und ich bin gestresst vom Job. Du trinkst auch Weißwein.»

«Das ist etwas anderes. Prost.»

Sie stießen klanglos an. Thorsten blätterte in der Financial Times Deutschland, er suchte einen Artikel über den Rabattkrieg. Das rosagefärbte Papier kam ihm plötzlich bizarr vor. Er rieb es zwischen Daumen und Zeigefingerkuppe, bekam eine Gänsehaut, weil er an quietschende Tafelkreide denken musste, und spürte dabei, wie sich eine wohltuende alkoholische Leere im Kopf ausbreitete.

Laura redete schon seit geraumer Zeit über einen Artikel, den sie einmal für das Rotarier-Magazin geschrieben hatte, über das Ende der Geschichte, Posthistoire, Ernst Jünger, Francis Fukuyama, Arnold Gehlen. Sie bemerkte, wie lächerlich ihr solche Thesen nun vorkämen, nach dem elften September, nach den weltpolitischen Verwerfungen, wie sie schmunzelnd anfügte, Ex-Bundeskanzler Schröder zitierend. Ganz abgesehen davon, dass der ganze Rotary-Club ihr im Rückblick wie eine Ansammlung alter, debiler Menschen vorkäme.

«Huntington», sagte sie, «hatte recht: Clash of Civilizations. Oder?» Sie gähnte.

Thorsten nickte und sagte auswendig Gelerntes über China auf. Die neue Macht des dritten Jahrtausends, eine Veränderung im Weltgefüge, Verschiebung der Kräfte, und dann dozierte er über die Ölverknappung aufgrund wachsender Nachfrage in Indien und Südamerika. Das Jucken in seiner Nase wurde dabei so stark, dass er niesen musste. Er besprühte seine rosa Zeitung mit Rotz. Laura reichte ihm ein Taschentuch.

«Danke», sagte er und schnäuzte sich, «ich gehe mal kurz an den See, mir ist nicht so gut.»

«Okay», sagte Laura. «Willst du vielleicht etwas essen?»

«Später, Keks», antwortete Thorsten, «vielen Dank», und küsste sie aufs Schlüsselbein und stand auf.

Sofort empfand er das herumliegende nackte Menschenfleisch als Affront. Auf dem Weg zum See musste er über fettig geölte Glieder steigen, die da lagen wie vergessenes Brennholz, Beine wie Scheite, krude Penisse, schlaffe Brüste. Unten am Wasser leerte er den Rest Wodka pur in einem Zug, sodass es ihn schüttelte. Der See lag ruhig und leblos vor ihm.

Eine hagere, nackte Kate-Moss-Schönheit spazierte zu seiner Rechten mit ihrem nackten, langhaarigen Kind am Ufer entlang. Er wünschte sie sich beide angezogen, um länger hinschauen zu dürfen, fast fühlte er sich schuldig, dass er bekleidet war. Er kannte diese Welt nicht.

Plötzlich lief ein brennendes Pieksen über seinen Rücken, ein zweiter Schuldanfall wie ein Schock, sein Kopf wummerte. Details der Nacht vor zwei Tagen, als er Laura wieder betrogen hatte, spukten durch seinen Kopf: geschlossene Augen, schmatzende Münder, wütendes Zustoßen.

Was mache ich nur?

Er schloss die Augen und griff sich an den Kopf. Da meldete sich sein Bauch mit einem Stich. Der Magen krampfte kurz zusammen und wand sich. Schweiß trat auf seine Stirn. Dann verging der Bauchschmerz so schnell, wie er gekommen war, ein wohliges Schütteln durchfuhr ihn. Dann war es vorbei.

Kate Moss ging vorbei, ohne es zu bemerken, ohne ihn anzublicken. Nur das Kind blieb kurz stehen und sah ihn offen an, mit dem wissenden Blick, der ernsten Kindern zu eigen ist. Er hoffte, dass es nichts sagen würde. Auf redende Kinder konnte er nur schlecht reagieren, er nahm dabei weder sich noch das Kind ernst. Das Kind schwieg, trippelte weiter, und Thorsten war erleichtert.

Zurück bei Laura setzte er sich auf die grüne Picknickdecke, schenkte sich Weißwein ein und sagte mit heller Stimme: «Ich liebe dich.»

Am nächsten Tag musste er seine Stimme wieder ins Dunkle modulieren, denn er hatte einen Vortrag vor großem Publikum zu halten. Er gurgelte Whiskey, dann Odol;

er flunkerte sich vor, dass ihm das jenes sonore Timbre verleihen würde, das zwielichtige Rockstars so mühelos performten. Und ja, ein Rockstar wollte Thorsten heute sein, ein Rockstar des Absatzes und der Verkaufskonzepte. Seine Rede würde Rock sein, ein Ruck durch die Köpfe der Servicenomaden dort draußen, ja; so dachte er, um sich anzufeuern.

Space Management ist die umsatzsteigernde Strukturierung und Optimierung von Shopbereichen, memorierte Thorsten automatisch seinen Einstiegssatz. Auf dem Handout spiegelte sich das Spotlight wider, schillerte, verformte sich, darunter war sein Leben zu lesen: 1999 hatte er als Trainee bei einem der größten Ölkonzerne Europas angeheuert, vorher hatte er seine Wehrzeit als Feldjäger in Garmisch-Partenkirchen verbracht, danach Studium der Betriebswirtschaftslehre auf einer Privatuniversität in Gießen mit je einem Auslandssemester in England, Frankreich, Amerika, alles ganz neoliberal, Abschluss mit ordentlichen bis herausragenden Noten, flankiert von ausgezeichneten Referenzen. Der Konzern hatte ihm nach Ablauf seiner Ausbildung das Angebot gemacht, mit dem Umweg über die Schmierstoff-Abteilung eine Karriere als Shopberater einzuschlagen. Seine Leistungen hatten ihn jedoch schnell für das Category-Management-Team qualifiziert.

Und jetzt stand er hier, unter der Ölsonne, im Zweistromland, wo Benzin und Red Bull aus nie versiegenden Quellen flossen. Er musste sich jetzt nur noch ein wenig behaupten, ohne schlecht aufzufallen, musste Rückgrat und Ellenbogen beweisen, dann wäre es geschafft.

Dann hätte alles einen Sinn.

Hinterm Rednerpult, vor der Power-Point-Projektion, im Rampenlicht, im Leben, im Arbeiten, überall.

Während der großen Partnerversammlung (die Pächter wurden «Partner» genannt, um das hierarchische Gefälle zwischen Herr und Knecht zu verhüllen) stand Thorsten also vor seinem Auftritt auf der Bühne des Veranstaltungssaals des Hotels Estrel in Neukölln und war nichts anderes als panisch. Durch den in ein tiefwarmes Rot getauchten Raum tänzelten leichtfüßige Praktikantenbunnys, um kleine Informationsbroschüren an die Pächter zu verteilen, die dort im Dunkeln saßen wie Kinobesucher.

Soeben hatte Marketingleiter Peter Bakrum die markenpolitischen Strategien des Konzernnetzes erläutert: Es gelte, hatte es durch den Saal gehallt, «Wasser für die Servicewüste Deutschland» zu sein, «blühende Oasen der proaktiven Kundennähe» zu bieten und die Marke so mit den positiven Werten der Kundenfreundlichkeit, der Menschlichkeit, des «gewissen Extras an Customer Care» zu besetzen. Bakrum hatte mit seiner Brille gespielt, auf die träge wechselnden Projektionen gezeigt, die Brille wieder aufgesetzt und emphatisch die Worte «von Mensch zu Mensch» in das Mikrophon gehaucht.

Ein digitaler Tusch, ein Lichtwechsel, und die eigens engagierte Moderatorin, die kleinbusige Wetterfee eines drittrangigen Privatsenders, stieß zu ihm, las säuselnd diktierte Fragen von ihren transparenten Notizpappen ab und lächelte die vorgestanzten Antworten herbei, um sie interessiert abzunicken. Beiläufig verpfuschte der Plastikcharme ihrer Nachfragen die eh schon dürftigen Pointen.

Thorstens Blick wanderte über die Landschaft aus Hunderten von Pächterköpfen. Eine gewisse Bräsigkeit, ein Unmut wie von Schülern aus der letzten Reihe schien langsam um sich zu greifen: Schlecht frisierte Häupter steckten sich unter missmutigem Tuscheln zusammen, Füße wippten ungeduldig, schlichte Gesichter glotzten unverständig auf die wechselnden Prozentkuchenstücke an der Wand, und in der Erstarrung der konzentrierten Mienen flackerte ein stiller, stolzer Trotz auf.

Er blickte wieder auf die Bühne. Zur Veranschaulichung der «gesamteuropäischen Servicetradition» des Unternehmens wurden nun vier Werbefilmchen aus England, Frankreich, Spanien und Belgien gezeigt, bunt, kaleidoskopisch, simpel. Thorstens Chef, Harm van Dijk, rauschte heran, an seiner Seite ein Praktikantenbunny, das Thorsten ausdruckslos und unter strichgezupften Augenbrauen anblickte. Kurz stellte er sich das Bunny nackt vor, runde Apfelbrüste, gespreizte Beine, *spritz ab*, während sein Chef ihm mit Odol-Atem etwas von «Planogrammwechsel» und «Ready-to-Drink-Markt» zuflüsterte und alles Gute wünschte. Die Praktikantin lächelte und rückte einen Schulterträger zurecht.

Thorsten lächelte zurück und sah eine Spermaspur über ihrem Auge. Der nächste Programmpunkt wurde von einem hektischen, bassunterlegten Trailer angekündigt: das Kundenbindungsprogramm BUY&GET. Peter Stein, der grantige Leiter des Customer's Consulting, betrat die Bühne, ordnete seine Gesichtszüge, zog die Krawatte zurecht und begann zu reden.

Thorstens Herz hüpfte wild. Als Nächster war er dran. Schweiß sickerte ihm in den Kragen. Er memorierte die Struktur seines Vortrags, starrte auf den PDF-Ausdruck der verschiedenen Folien, der Planogramme, der Nielsen-Daten. Vier Praktikantinnen schlichen an ihm vorüber. Sein Blick verhakte sich in eine Löwenmähne voll blondierter Strähnchen und strohigem Spliss. Die Luft war seltsam trocken. Ihm stockte der Atem. Die Statistiken flirrten auf dem Papier, das Logo darüber schillerte wie ein Hologramm. Er hatte Durst auf etwas Dickflüssiges, eine Bloody

Mary oder einen Whiskey. Er versuchte, sich auf den Vortrag zu konzentrieren. Stein war bereits beim Vergleich mit SMARTSHOP, dem Kundenbindungsprogramm der Konkurrenz: Werbepartner, Sonderaktionen, Punktesystem. So weit schon? Das hieß, es blieb kaum mehr Zeit. Er schluckte. Schon war sie vorbei.

Die Wetterfee (Thorsten stellte sie sich kurz im Wald vor, an einem Baum, im Stehen, weißes Schlüsselbein, beglückter Mund, *Dreck*) enterte die Bühne, lächelte professionell, schüttelte Stein die Hände, es regnete Blumen und Logos. Dann hörte Thorsten seinen Namen, erschrak und trat hervor. Das Licht fuchtelte in seinem Gesicht herum. Alles verschwamm. Er lächelte. Ich bin der Space Manager, der Spaceman, dachte er, ein Superheld, ein Außerirdischer. Ich kenne keine Angst. Er nahm die drei Stufen zum Podest, dabei ging ihm die Melodie des One-Hit-Wonders «Spaceman» von Babylon Zoo aus dem Jahre 1996 durch den Kopf. Seine Haut spannte wie Latex. Ich bin nicht von dieser Welt, dachte er.

«Vielen Dank, Deborah.» Er blickte in das vielköpfige Dunkel, das seine Stimme aufsog. «Mein Name ist, wie Sie gehört haben, Thorsten Kühnemund», sagte er, ohne sich zu hören. «Ich möchte Ihnen nun kurz den Bereich Space Management vorstellen.»

Nach dem Vortrag nickte er verbindlich, durchschritt den freundlichen Applaus, ließ sich kurz gratulieren von Chef und Praktikantin, lächelte, schnappte sich ein Gatorade, stürzte es, so wenig gierig wie möglich, hinunter und entschuldigte sich, in einer Stunde sei er wieder da. Er ging am Buffet entlang, möglichst unauffällig, an verwaschenen Figuren vorbei, Marmortreppen hinab auf die Toilette, dort in eine Zelle, stützte sich über die Kloschüssel und ließ das Gatorade lautlos ins Klo laufen. Es war orange und flockte.

Dann spülte er sich den Mund aus, checkte fletschend seine Zähne, trank einen Jägermeister, warf ein Fisherman's Friend ein und verließ das Klo.

Space Management auch dies: eine fast leere Plattenbauwohnung, ein leise summender Kühlschrank, ein hell lackierter Küchentisch, eine nackte Matratze auf dem Boden. Und zwei Körper, die sich aneinander rieben.

Seit Monaten unterhielt Thorsten jetzt die Affäre mit der Popjournalistin. Von außen war es offensichtlich: Anstatt sich der latenten und seltsam milden Panik, die ihn sofort nach dem Beziehen der gemeinsamen Wohnung beschlichen hatte, auf gesunde Weise zu stellen und sie gegenüber Laura offen zur Sprache zu bringen, hatte er sie verdrängt und mit Schichten von Liebesschwüren überdeckt. Hatte in einer vergessenen Nacht in einem vergessenen Club die erste Gelegenheit zur Affäre genutzt, erst mehr instinktiv als geplant die Möglichkeit zur Wahrscheinlichkeit ausgebaut, dann geheime Treffen arrangiert, der Frau ebenso alberne wie geschmackvolle Geschenke gemacht, sie täglich mit intelligenten E-Mails umgarnt und auf diese Weise langsam für sich gewonnen, ohne selbst zu wissen, warum. Nach ersten Stunden des (wie sie es einmal nannte) *kinskihaften Klischeefickens* an dreckigen Orten und in verbotenen Betten (denn auch die Popjournalistin steckte inmitten einer Beziehung) trafen sie sich inzwischen drei- bis viermal in der Woche in der angemieteten, kahlen und billigen Plattenbauwohnung in der Leipziger Straße. Dort lag die Matratze, summte der Kühlschrank, schwieg der Tisch, an den sie sich gewöhnlich nach dem Akt setzten und verlegen einige Dinge ihres bisherigen Tages besprachen. Dort hing die nackte Glühbirne und beleuchtete die säuberlich über die Stuhllehne gelegte Krawatte schwach.

Und dort war er auch jetzt, in der Mittagspause, und nahm seine Affäre von hinten, ein Kitzeln in der Nase, das sich in keinem Niesen entladen wollte. Sein Rücken brannte.

Perfekte Haut, geschrumpfte Zeit. Ein Swimmingpool strahlt blau von der Leinwand herab, spiegelt sich im Augenweiß der Leute. Zwei perlweiße Zahnreihen knacken einen glänzend harten, schwarzbraunen Schokoladensplitter entzwei. Ausgeflippt tuende Kerle mit roten oder gelben Frisuren springen zackig auf und ab und freuen sich ganz wahnsinnig. Cowboys führen der Kamera ihre Lassokunststücke vor, reinste Artisten in einer Scheune unter der glühenden Sonne Nevadas.

Kaskaden von Leere stürzten durch Lauras Brust, im Hals spürte sie ein Hämmern, in den Adern Überdruck. Wort um Wort zählte sie die Sätze ab im Takt der Musik, wollte verstehen und nachdenken, verstehen und nachdenken, Assoziationsketten bilden, dann würde es besser werden. Die Werbespots schienen jedoch nicht von der Stelle zu kommen, sie liefen zäh wie alter Honig.

Die Lippen des Politikers im nächsten Spot waren verhärmt und verkniffen. Lauras Augen verguckten sich in den nach unten wegfallenden Mundwinkel. Zwar lachte der Politiker triumphal, doch sein Mund sprach eine andere Sprache. Laura wollte sich zwingen, die politische Lage zu rekapitulieren, die Biographie des Mannes abzurufen, um nicht an sich selbst denken zu müssen, wie sie da im Kino saß, neben ihr Thorsten, und zu nahe um sie herum andere dunkle Menschen.

Eine Frau gleitet durch einen Swimmingpool, auf die Zuschauer zu, taucht auf, es spritzt und sprüht. Sie blickt offen und offensiv in die Kamera, hat schwarzes Haar und gleichmäßige Züge, ihre Augen haben die Farbe des Pools: ein strahlendes, fast schmerzhaftes Türkis, sie lächelt. Sie hat sich elegant hochgestemmt und auf den Beckenrand gesetzt, während die Kamera sich mit einem Schwenk ein Stück über den Pool auf sie zubewegt hat. Jetzt scheint die Kamera über dem Wasser zu schweben, dort, wo gerade noch die Frau war. Dolly und Kran, einfacher Trick, dachte Laura und verkrampfte. Sie schaute sich um, die anderen Leute beobachteten sie nicht, und griff nach Thorsten, sie fand seinen Ärmel, dann seine Hand, und ihre Finger verschränkten sich. Laura musste ihr Gelenk leicht umknicken dafür. Sie atmete durch.

Es war in einem solchen Kino gewesen, wo sie ihren ersten Anfall erlitten hatte. Die falsche Stille, das dichte Schwarz hatten sie bedrängt, sie und ihren Atem, die Dunkelheit und das Schweigen waren stofflich geworden und bedrohlich zäh. Plötzlich wusste sie mit allen Sinnen, dass sie ein Mensch war, mit Lungen, die kurz ruhten zwischen zwei Atemzügen. Ich bin ein Organismus, dachte sie, der wie jeder Organismus plötzlich zum Stillstand kommen oder einen Kollaps erleiden kann, so dachte, nein, fühlte sie. Und fühlte sich gefangen in diesem eigenen Körper, weggesperrt, fühlte ihren Körper gefangen auch in sich, eine verwachsene Matrjoschka.

Solche Gedanken sind Verrücktheiten, dachte sie und wollte die Gedanken wegschieben. Es ging nicht. Einer winzigen Einzelheit zu grüblerisch hinterhergespürt, ein verhakter Blick, und das Hirn stürzt los wie eine Lawine ohne Lärm. Einmal zu tief in sich gegangen, und jeder Blick wird zum Endoskop. Sie bekam keine Luft, atmete zu laut und hastig, hatte Angst, dass die Leute auf sie aufmerksam würden, hatte eine Panik vor allem in und außer sich.

Das sind die Augenblicke des Kippens.

Seitdem sah sie sich keine grüblerisch-ruhigen Filme mehr an, nur noch Blockbusterware aus Amerika. Gerade gab es eine Kampfszene mit viel Blut und Glibber. Thorsten lachte. Sie schluckte und versuchte, nicht auf den Schluckreflex zu achten.

Klaustrophobie ist die kranke Version von Selbstreflexivität, gleich an Selbstreflexivität angekoppelt. Nein: Im Herzen der Selbstreflexivität liegt ein Kern, den es nicht zu berühren gilt, sonst schlägt das System Alarm und läuft heiß. Selbstreflexivität heißt im Kern Klaustrophobie. Du spinnst einen Gedankenfaden, er liegt dir leicht in der Hand, wie du ihn spinnst, und plötzlich (weshalb? ein Irrwitz) zuckst du mit der wachen Hand und peitschst den Faden zwanghaft in dein eigenes Gesicht zurück, immer wieder, bis Blut aus den feinen Schnitten tritt. Du beginnst, dir den Faden einzuverleiben, isst ihn, der nass und klebrig von deinem Blut ist, bis du würgst. Keinen Gedankenfaden, ein ganzes Netz knüpfst du und, es ist noch gar nicht fertig, lose Enden überall, wirfst es enthemmt über dich selbst, wirfst es dir über, dann sofort Panik, selbstverschuldete Panik, Zappeln. Wenn du jetzt versuchst, dich zurechtzufinden, vom Netz zu befreien, verhedderst und verwirrst du dich nur noch mehr und liegst bald regungslos am kalten Boden, zuckst nur noch, zweimal, dreimal. Ein Irrwitz, ein Reflex, konvulsivische Bewegung – Todessehnsucht? Der Körper weiß immer mehr als du.

Lauras Atemwege fühlten sich blättrig und ausgetrocknet an. Thorsten rauchte ihr zu viel, und die Klimaanlage im Auto blies stetig trockene, warme Luft in ihr Gesicht, welche die Schleimhäute reizte. Thorsten blies in kurzen Stößen den Rauch gegen das Fenster, der wirbelte zurück und verteilte sich im Wagen. Um dagegenzuhalten, rauchte Laura selbst. Sie hatte Lippenstift aufgetan. Ein roter Fleck auf dem Zigarettenfilter wurde immer dunkler. Sie stieß zwei Hauer dichten Rauches durch die Nase aus, zog wieder, inhalierte tief, blies gegen die Scheibe und beobachtete die zarten, seitlich wegstiebenden Kollisionen des Rauchs, die sie kontinuierlich nährte, während vor dem Glas triste Bretterzäune vorbeizogen.

«Ist Edwin eigentlich noch mit – wie hieß sie noch?»

«Lara?»

«Zusammen?»

«Nein, er hat da irgendjemand anderes jetzt. Wir werden ja sehen.»

«Keks?»

«Ja?»

«Kannst du die Lüftung –?»

«Ja.»

Dachte sie ans Rauchen, dachte sie an Atemwege. Dachte sie an Atemwege, dachte sie an Luftröhre, Flimmerhärchen, Lungenkapillaren, dachte Pneumokokken, Tuberkulose, Embolie, nein, ihr Auge ein Endoskop, nein, nicht. Ihr Auge, das Endoskop, bohrt sich durch die Luftröhre und andere Körperkanäle in das graue Gewebe der Lungen. Verletzt das Zwerchfell, stößt in die Aorta, ins Herz. Alles dreckig, ein Stauen und Schieben dort, die Klappen knattern, nein, nicht. Das Radio anschalten, auf das Gerede hören, sich vom Gerede der Welt dezentrieren lassen, ja: Radio Blitz, Power-News, das Wetterjingle, die Dance-Charts. Das Gerede seine Wirkung entfalten lassen. Das Gerede soll die Verknotung lösen, die Erinnerung zerstäuben. Selber reden hilft auch.

«Gibt es da überhaupt Parkplätze?»

«Wir werden sehen.»

«Wie viele Leute werden denn da sein?»
«Nicht viele. Ich glaube, Edwin und seine neue Flamme, und ein Partner aus seiner Kanzlei.»
«Ich kann jetzt auf keinen Fall viele Leute ertragen.»
«Ist gut, Keks.»
«Ist gut?»
«Ja. Es werden nicht viele sein.»
Thorsten strich sich über die Nase, massierte sie. Laura zündete sich noch eine Zigarette an.

Laura hatte nicht auf diesen Ball gewollt. Thorsten hatte sie, nach dem ohnehin säuerlich verkrampften und leicht männerbündlerischen Essen bei Edwin, dazu überredet, auf seine unverschämt einnehmende Weise, schnell und lethargisierend wie eine weiche Droge. Jetzt war sie hier, und er war weg, er und seine Worte und sein Lächeln, auf der Toilette wahrscheinlich, oder auf Flirtfang.

Dann kam eine auf sie zu, die Sarah hieß und Laura anscheinend kannte. Sie gab ihr die Hand, deutete eine Umarmung an und spielte überschwängliche Wiedersehensfreude. Laura lachte, driftete durch die Leute weiter zum DJ, den sie vom Sehen her zu kennen meinte. Sie fühlte sich fremd. Doch wer beim DJ herumhängt, kann nicht ganz fremd sein. Mit einem Glas Champagner tänzelte Laura wieder fort, um sich alles genau anzusehen: den neuen Feudalismus, die Marmorfugen, die Holzvertäfelung, die blendende Weißheit der Tischdecken, die blanke Frechheit der jungalten Gesichter, die Manschettenknöpfe, die Frisur-Frisuren, die dezenten Dekolletés.

Sie wünschte sich einen noblen Experten herbei, einen ironischen Insider, der das alles kategorisieren und mit ein paar schönen Markennamen wie «Brook Brothers» oder «Ermenegildo Zegna» festzurren würde. Das wäre eine

Freude, dachte sie, und eine Sicherheit. Aber statt dieses Experten traf sie nur den schmierigen Cousin eines unbestimmten Bekannten. Sein Name wollte ihr partout nicht einfallen, sie hatte ihn irgendwann auf einem Hausfest der Pfälzer kennen gelernt (und später hatte er «gepapstet», in den «Papst» hinein, wie die Studentenverbindungen ihren Kotzeimer nannten, und Laura hatte sich abfällig über diese Ritualisierung des kollektiven Sichübergebens geäußert und später, als ihr selbst übel war, lieber einsam in einer schattigen Gartenecke abgelegt, dabei an einen französischen Ausdruck für den Vorgang gedacht: *faire une pizza*).

Der Cousin trug eine Michel-Friedman-Gelmatte zur Schau und schien nur aus Pflichtgefühl mit Laura, der Stehengelassenen, zu reden, was ihr auf die Nerven ging, denn sie wäre ebenfalls lieber weitergegangen.

Deine Dissertation, interessante Fragestellung, auch aus kaufmännischer Sicht: Seine glubschigen Augen sprangen zwischen ihrem Dekolleté und ihrem Gesicht hin und her, während ein galanter Schwall zwischen seinen dünnen Lippen hervorsprudelte, der weder Sinn noch Richtung hatte, nur Form, die immer gleiche, althergebrachte Form der Galanterie. Als sie nichts erwiderte, forderte er sie irritiert zum Tanzen auf. Gerade lief «I will survive» von Gloria Gaynor. Sie willigte ein.

Auf der Tanzfläche schwappte Hass in ihr hoch. Wie affig sich alle bewegten! Der Cousin presste sie gewaltsam in die immergleichen Friesenrockfiguren, Drehung links, Wirbel rechts, Ranziehen, Abstoßen, mit zappelnden Armen und starrem Lächeln. Einmal kugelte er ihr fast die rechte Schulter aus.

«Wieso», schrie sie ihm ins Ohr, «sind die Sachen, die auf euren Adelspartys laufen, eigentlich so schwul?»

Der Cousin verstand nicht ganz.

«Schwul?»

«So Siebziger-Disco-Zeugs», schrie Laura, «*YMCA, Streetlife, Last night a DJ saved my life*! Warum?»

Der Cousin lächelte nur, schüttelte schüchtern den Kopf und zerrte sie in eine weitere ungelenke Figur.

«Egal, los, weiter!», feuerte Laura ihn an. «Heb mich mal in die Luft! Zeig's mir richtig! Los!»

Er lachte verwirrt auf, rief irgendetwas Entschiedenes, fasste Mut und hob Laura mit dem nächsten Taktwechsel an den Hüften hoch. Kurz stand sie über diesem Meer kehliger, fester Worte, gesteifter Kragen und matter Augen, wie eine bunte Boje im Sturm, schwankend und gepeitscht. Die Musik klang sekundenlang lauter, reiner, metallischer als unten. Dann sah sie den erschrockenen Ausdruck im Gesicht des Cousins. Er versuchte sie zu halten, aber der Schweiß in seinen Handflächen war wie ein Ölfilm. Sie entglitt ihm, kippte nach hinten. Auch die Gesichtszüge des Cousins entglitten in Panik. Die Farben über Laura verschwammen.

Ein dumpfer Klang hinter der Stirn, ein scharfer Schmerz im Hinterkopf, wie Streusalz im Schnee, ein Knistern und Ätzen. Sie roch noch herbes Männerparfüm. Dann zog sich die Welt zusammen zu einem Punkt.

Schulterschlüsse und satte Grimassen, gepeelte Gesichter, geschenkte Gefühle. Eine Pickelfresse starrte Thorsten von nahem an, ein einsamer Manschettenknopf auf dem Parkett ebenfalls. Er saß bei Falk am Tisch. Er hatte sich dazugesetzt wie die sich dazusetzende Selbstverständlichkeit, die er früher einmal gewesen war. Doch die alten Selbstverständlichkeiten, dachte er und nippte an seinem Wodka-Lemon, sind bekanntlich das Unselbstverständlichste von heute. Ebenso fühlte er sich nun, gefangen in der falschen

Frechheit, sich so ohne weiteres zu Falk und seiner Begleitung gesetzt und solchermaßen eine sofort verfahrene Situation produziert zu haben. Falk, sein alter Klassenkamerad, hatte es seinerseits verpasst, die Begleitung und Thorsten einander vorzustellen, was diesen nur insofern störte, als er irgendein doppelt gezinktes Signal dahinter vermutete und nicht wusste, ob dieses nun für ihn oder für die Frau bestimmt war, die an Falks Seite saß wie eine namenlose Gipsfigur.

So tröpfelte ein Gespräch alter Freunde traurig dahin, gehemmter noch als das Schweigen der jungen Dame. Die Distanz zwischen ihnen, über die Jahre unmerklich gewachsen, war jetzt unübersehbar. Er konnte Falk kaum noch erkennen, so weit war er weg, hinter der weißen Flur des Tisches, das Gesicht aufgedunsen und in Ansätzen verfettet, der Blick fahrig und haltlos.

Schämte er sich jetzt für Thorsten oder wie? Thorstens soziale Kompetenz litt merklich unter der wachsenden Betrunkenheit. Er hatte kein Gefühl mehr für den Unterschied zwischen falschen, halbrichtigen und richtigen Kommentaren. Das fand er allerdings sehr angenehm. Er brauchte einen Wodka pur; er wollte spüren, wie es brennt.

Nach einem ellenlangen Schweigen sagte er: «Ich lass euch mal allein, Mädels», und stand auf, worauf Falk unwirsch «Wieso denn?» fragte und die Mundwinkel gepeinigt verzog, genau wie früher immer, wenn er in der Klasse vorlesen musste. Auch das Blut, das ihm ins Gesicht schoss, hatte dieselbe Farbe wie damals, knallrot in der ersten Sekunde und dann sofort ins Purpurne wechselnd.

«Wieso denn, wieso denn, wieso denn», wiederholte Thorsten leise lallend und ging weiter. Seine Beine trugen ihn überraschend sicher durch die bankettlangen Tischreihen. Bekannte Gesichter, verwischte Gefühle. Er lachte über eine Gruppe von Smokingträgern, die beieinanderstanden, schräg distanziert und zentripetal verkantet wie Mikadostäbchen in der lockeren Hand. Obwohl er einige von ihnen flüchtig kannte, stellte er sich vor sie hin, zeigte mit dem Finger auf die Gruppe und lachte gekünstelt, so wie sie es bei den Klassendeppen früher im Internat getan hatten.

«Jaja, der Kühnemund, jaja», sagte einer der Mikados und wollte noch etwas hinzufügen, aber da war Thorsten schon wieder weg, unterwegs zu Edwin, den er an der Bit-Tränke erblickt hatte. Auf dem Weg dorthin blickte er in den einen oder anderen Ausschnitt, sah verlockende Wölbungen, sammelte verfängliche Blicke. So viele dieser Anzugträger und Abendkleidpuppen kannte er von seiner alten Schule, doch wusste er bei den meisten schon längst nicht mehr, wie er zu ihnen stand. Einige Verbindungen aus der Zeit bei den Jesuiten hatten ihm zum Vorteil gereicht (das Trainingsprogramm in Genf etwa hätte er nie ohne die Referenzen von Malte Lüderitzens Vater bekommen), andere waren ihm nur mehr lästig, keine Seilschaften mehr, nur noch Seile, die mit jedem gewechselten Wort schwerer an seinem Hals herunterhingen.

Inzwischen erkannte Thorsten (im Allgemeinen und mit all dem Alkohol im Blut im Besonderen) immer schwerer, wer zu welcher Gruppe gehörte, wer noch von Vorteil sein und wer ignoriert werden konnte. Selbst die Sympathien ordneten sich neu, von anderen Kraftfeldern bestimmt als früher.

Satter Zynismus stand Edwin ins Gesicht geschrieben, als er sich grinsend zu Thorsten umdrehte, der ihn in den Nacken geküsst hatte. Thorsten fühlte sich in Edwins wissendem Grinsen zu Hause – «wir Jesuitenschwestern» – und umarmte ihn kurz und kumpelhaft. Edwin klopfte Thorsten den Rücken ab, als wären da noch Spuren von Schulkreide, gab ihm von seinem Whiskey zu trinken – «Pausenbrot» – und redete von irgendwelchen Shareholdern. Thorsten kniff Edwin mit Zeige- und Mittelfinger in die Wange und sagte etwas Sinnloses, das sofort erlosch.

Edwin stellte Thorsten einer typischen Bonner Blondine vor, mit Perlenohrringen, blaumatten Augen, weißen Zähnen, Burlington-Gedanken. Thorsten zog sie sofort auf die Tanzfläche und tanzte einen Friesenrock mit ihr. Es ging gut, sie war geschmeidig und wusste immer schon vor ihm, was er wollte. Einmal wäre er fast gestürzt. Da lächelte sie unsicher. Als sie ihn am Ende des Liedes stehen ließ, ging er zurück zu Edwin, der bereits vier Biere bestellt hatte. Sie exten das erste.

«Wo ist eigentlich Laura?», fragte Edwin. Thorsten machte eine uninteressierte Geste.

«Hey. Ich mag das Mädchen», sagte Edwin ernst, «lass es also.»

«Nee, klar, schon klar», versicherte Thorsten.

«Gut. Dann ist ja alles geklärt», sagte Edwin, und sie exten das zweite Bier.

Zwei weitere Blondinen gesellten sich zu ihnen. Thorsten war, eine neue Erfahrung, zu betrunken, um sie sich nackt vorzustellen. Ein Pingpong ging hin und her, aseptische Worte, leicht und weiß. Thorsten griff sich in den Schritt, ohne dass jemand es merkte, und entschuldigte sich kurz, «für junge Königstiger». Unterwegs zu den Toiletten, schon fast an der Treppe, wurde er aufgehalten. Ein riesiger Typ mit nervösen Flecken im Gesicht stellte sich ihm in den Weg und beugte sich dann wie ein Schatten über ihn.

«Ich kenne dich doch», sagte er. «Warst du nicht auch vor zwei Wochen im Cookie's? Mit Agnes?» Sein Atem roch nach Minze. Die Flecken sahen aus wie Schuppenflechte.

«Nein», sagte Thorsten und blickte an ihm vorbei.

«Seltsam», sagte der Typ und verschwand, eine Wolke aus dichtem Minzatem hinterlassend. Thorsten fröstelte. Vor ihm kollidierte eine Laura-Ashley-Brünette mit einem Jil-Sander-Smoking. Die dazugehörigen Augen spiegelten sich interessiert ineinander. Er starrte kurz auf die Brüste und verfehlte dabei die zweite Stufe.

Und stürzte die Treppe hinunter.

Eine Traube aus dunklen Punkten hing über Laura, unheilvoll, wie festgefrorene Wespen. Ein Gewölbe dahinter, sfumato und grau. Vorher war alles schwarz gewesen, oder eher: weg. Erst schwarz, dann weg, jetzt grau. Ein Punkt, der sich in viele Punkte ausgefällt hatte. Die Punkte über ihr wurden jetzt zu Kreisen, zu Köpfen, zu Zähnen. Sie war in einer Mundhöhle und stierte auf diesen Oberkiefer aus schwarzen Zähnen, der jeden Moment zuklappen würde.

In ihr Bewusstsein sickerte hellstimmige Musik, wie ein mit zu viel Wasser gemaltes Aquarell. Etwas schmerzte. Sie erkannte Gesichter, war wohl ohnmächtig gewesen. Wie lange? Man half ihr hoch, was sie nicht wollte, doch sie konnte sich nicht wehren. «Da ist sie ja wieder», sagte jemand. Der Cousin starrte ihr ins Gesicht und rief aufgeregt: «Wir brauchen einen Arzt!»

«Nein, nein», sagte Laura.

«Nein?», fragte der Cousin, die Augen fielen ihm fast aus den Höhlen.

«Nein», sagte Laura. «Nur ein Taxi. Ein Taxi, bitte.»

«Holt doch mal Thorsten», sagte der Cousin.

«Nein», sagte Laura, «schon gut. Ich will nur kurz auf Toilette, mich frisch machen, Wasser ins Gesicht, dann geht das wieder, dann geht das wieder.»

Der Cousin wollte sie stützen.

«Lass mich», zischte sie.

Jemand anderes führte sie nach unten, eine Frau. Die Tür zum Garten stand weit offen, dort wurde ebenfalls getrunken und geredet.

«Etwas frische Luft», sagte Laura.

«Ja», sagte die fremde Frau, der Laura noch nicht ins Gesicht gesehen hatte. Sie gingen nach draußen. Lauras Kopf dröhnte. Versprengte Paare standen herum.

«So besser?», fragte die Frau.

«Ja, danke», sagte Laura, atmete flach und hektisch, wie ein Fisch an Land, dachte sie und wollte ihre Hektik verbergen. Langsam beruhigte ihr Atem sich. Die Luft war kalt und scharf und wohltuend. Laura sah der Fremden ins Gesicht, ein hübscher Spitzmäuschenmund, dazu braune, tiefe Augen.

«Ich kenne Thorsten noch von früher», sagte die Fremde, «Anja übrigens.»

«Kennen alle Frauen aus Bonn Thorsten von früher? Kommt mir ganz so vor.»

«Nein, wir kennen uns nicht *so*. Keine Sorge. Wir kennen uns – einfach so.» Anja kicherte. «Gott, du weißt schon, was ich meine.»

«Ach, und wenn. Die Vergangenheit ist die Vergangenheit.»

«Setzen wir uns? Geht es dir besser? Dieser Idiot da drin hat mich auch schon mal fallen lassen. So ein Volltrottel.»

«Ist okay. So konnte ich ihm wenigstens entfliehen.»

Anja lachte. «Möchtest du noch ein Glas Wasser?»

«Nein», sagte Laura. «Warum bist du hier draußen mit mir?»

«Weil ich es grässlich finde da drin», sagte Anja nüchtern.

«Du musst dich nicht zuständig fühlen.»

«Nein, ich helfe dir gerne. Ehrlich.»

«Schön. Dann lass mich jetzt einfach gehen», sagte Laura.

«Auf keinen Fall», erwiderte Anja.

«Doch, bitte. Mir geht es gut.»

«Aber –»

«Da hinten ist ein Taxi. Ich möchte nur nach Hause. Bitte. So hilfst du mir am besten.»

«Und Thorsten? Der ist doch noch drin. Was ist mit dem?»

«Werden wir sehen. Es war nett, dich kennenzulernen, Anja», sagte Laura. Voller Eile riss sie sich plötzlich los und trippelte zur Straße.

«Aber – was soll ich Thorsten denn sagen?», rief Anja ihr hinterher.

«Dass er meinen Mantel mit nach Hause bringen soll», Laura drehte sich noch einmal um, «der ist noch in der Garderobe!»

«Aber –»

Laura öffnete die Taxitür, winkte. Der Fahrer warf den Motor an.

«Laura! Warte!»

«Mach's gut! Vielleicht sieht man sich mal wieder.»

«Mach's gut», sagte Anja und sah dem erlöschenden Taxi-Zeichen hinterher.

Während er Laura auf ihrem Handy zu erreichen versuchte, kämpfte Thorsten entnervt gegen den Schluckauf an. Kein Luftanhalten half, in immer kleineren Intervallen zog sich sein Zwerchfell zusammen. Sein Zorn wuchs. Er wusste, wie lächerlich er aussah, mit hochrotem Kopf und dem Handy am Ohr, während alle fünf Sekunden die Luft aus ihm hochschreckte. Sein Blick verschwamm. Je länger er es klingeln ließ, desto größer wurde sein Zorn. Dann drückte Laura ihn weg. Beim nächsten Versuch meldete sich gleich die Mailbox.

Er ging zum Taxistand.

«Richtung Friedrichshain bitte. Und wenn Sie auf dem Weg an einer Tankstelle halten könnten.»

Von rechts zischte eine Wolke Partynebel auf, die nach verbrannter Erde roch und sein Gesicht sofort umhüllte. Das Weiß war überall und ganz nah, er atmete es. Er sah weder Gegenstände noch Fluchtpunkte, alle Ferne war verschluckt.

Dann wurden wieder Schemen erkennbar. Lichter flogen durch die Luft, ein Blaulicht rotierte an der Decke, und zwei Discokugeln zersplitterten das Helle in tausend Fragmente, die auf der Netzhaut und an den Wänden aufblitzten, verschwanden, aufblitzten, verschwanden. Er starrte auf einen wackelnd sich entfernenden Hintern. Andere Hintern überdeckten ihn, traten an seine Stelle. Ein Goatie-Bart bot ihm ein Lächeln an, das er zu erwidern versuchte. Ein Knäuel von Menschen drückte sich an ihm vorbei, er wurde kurz mitgezogen. Eine Zahnreihe schien auf, eine glitschige Brust drückte gegen seinen Ellbogen. Thorsten wischte sich über die Stirn. Das Knäuel ließ ihn wieder los, und schließlich gelangte er ans Ende des Ganges und musste feststellen, dass die Luft dort, wo es weniger voll war, noch viel schlechter roch. Thorsten lehnte sich an die Wand und nippte an seinem Gin Tonic.

Eine Kamera fuhr durch die in lockeren Abständen gruppierten Menschenformationen, driftete an bunten Synthie-Cocktails und schönen, runden Textilpopos vorbei. Manchmal schwenkte sie auf das ein oder andere Gesicht, das dann gnädig vorbeilächelte in eine Ferne, die nicht da war, oder das Gesicht blickte sehr erstaunt in die grellen Scheinwerfer und riss Augen und Mund auf, sagte etwas wie «wow» oder «hoppla» oder «hallo» oder streckte einfach frech die Zunge heraus.

Es gab so viele Arten, die Zunge zu zeigen, damals. Die freche war die eine. Man setzte dafür ein rotziges Grundschulgesicht auf, grinste fies und kniff die Augen zusammen, hob den Kopf simultan ein wenig an und drückte die Zunge zwischen den schmalen Lippen hervor. Die Schlitzaugen waren nicht obligatorisch. Man konnte sie auch aufreißen oder bloß ganz normal aus der Wäsche schauen. Unbedingt notwendig für das freche Grinsen aber war zum einen das leichte Anheben des Kopfes und zum anderen, dass man diesen Kopf leicht bewegte, am besten ihn langsam schüttelte, wie die Andeutung einer Verneinung. Das erst machte das Zungezeigen richtig frech.

Eine andere Art des Zungezeigens war die ausgeflippte oder manische. Dazu sperrte man Mund und Augen so weit auf, bis das Gesicht sich zu einer einzigen Fratze verzerrte. Gleichzeitig streckte man die Zunge heraus, dass sie das Kinn möglichst verdeckte, wobei es hinten an der Zungenwurzel zu ziehen und zu schmerzen begann. Bisweilen sahen Leute, die ihre Zunge auf diese Weise zur Schau stellten, ganz schön beängstigend aus.

Dann gab es das obszöne Zungezeigen, in all seinen Versionen: etwa, wenn die Zunge langsam, wie eine eindeutige Aufforderung, die Oberlippe entlangleckte, lüstern und verrucht, verbunden mit einem gewissen Schlafzimmerblick; oder wenn die Zunge als erigierte Kurve aus dem Mund herausstand und vor- und zurückwedelte, womit die Stimulation einer Klitoris oder ähnlich hübsche Ferkeleien signalisiert werden sollten; auch das einmalige Lecken in die Luft hinein, mit spitz gebogener Zunge, gehörte in die bizarre Kategorie. Mit diesen Quasi-Obszönitäten wollten vor allem Frauen, Homos und Transen früher einmal schockieren, nun war es mehr ein harmloses Zitat und bedeutete nichts weiter als Party, Let's go, Spaß.

Dann gab es die dezenteren Methoden. Zum Beispiel streckten manche Leute einfach nur kurz die stumpfe Zungenspitze hervor, um einen Witz zu signalisieren oder einen Affront abzuwehren. Manche ließen die Zunge auch für einen Sekundenbruchteil froschähnlich aus dem Mund schnellen – eine recht diskrete Variante. Meistens verzog der Zungenzeiger dabei keine Miene; wenn doch, war das schon wieder weniger diskret.

Man konnte seine Zunge damals auch unsichtbar zeigen. Zum Beispiel, um im Gespräch einem gerade unbeteiligten, aber vertrauten Dritten eine heimliche Verarschung mitzuteilen. Dann drückte man die Zunge von innen gegen die Backe, und die so entstandene Beule deutete stillschweigend an, dass hier irgendwas nicht ganz ernst zu nehmen sei. Auch konnte man bei geschlossenem Mund die Zunge vor die untere Zahnreihe schieben und mit ihr die Kinnmulde ausbeulen, als Mittelpunkt eines auch sonst bewusst dämlichen Gesichts: Dann fand man wahrscheinlich gerade irgendetwas «sehr spastisch», was ein geblöktes «mä, mä, mä» noch unterstrich. Aber das war ziemlich unreif.

Manche zeigten ihre Zunge unbewusst in Augenblicken großer Anspannung und Konzentration, etwa beim Elfmeterschießen, beim handschriftlichen Abfassen von Briefen oder beim Bemalen von Wänden. Manche zeigten sie reflexhaft, wenn sie einen dreckigen Witz hörten, klemmten sie zwischen die gebleckten Zähne und lachten verkniffen. Manche zeigten sie nie. Das waren die Zungenverstecker.

Obwohl es recht sauber aussah, herrschte ein unsäglicher Gestank auf der Männertoilette. Es roch nach ätzendem Urin und Flatulenzen, die jahrelang in einer abgelegenen

Ecke eines exhumierten, dann vergessenen Magens Dunkelverstecken gespielt haben mussten; nach säuerlichem Schweiß, nach dunkler Feuchtigkeit und altem, faulem WC-Stein, es roch krank, schon nicht mehr nach Mensch, aber auch nicht nach Tier. Es roch nach Tod, nach der Art Tod, aus der schon wieder Leben wuselt.

Thorsten stand in der kleinen Schlange vor den beiden Kabinen und versuchte zu atmen, ohne diesen Geruch zu tief in sich hinein zu lassen. Er atmete halb durch den Mund, halb durch die Nase, so oberflächlich wie Laura, wenn sie ihre angeblichen Anfälle hatte. Thorsten juckte es in der Nase, während er mit einem Typen, der einige Klassen unter ihm gewesen war, bei möglichst geringem Luftverbrauch über den Niedergang der amerikanischen Ivy-League-Universitäten redete. Lauras Bild, ihre ewig unzufriedene Fratze, blinkte vor seinem inneren Auge auf. Er musste niesen und ekelte sich sofort.

Neben ihm stand eine Witzfigur, ein abgewrackter, geschminkter Kerl mit lächerlicher Matrosenmütze, doch in tadellosem Smoking. Er sprach Thorsten immer wieder von der Seite an, redete Rotwelsch oder irgendeinen Drogencode, den Thorsten nicht verstand, der ihm fremd war. Als es ihm zu viel wurde, fragte Thorsten den Matrosen, was er eigentlich hier verloren habe. Da torkelte der Matrose weg, die schlaffe Rose in seinem Knopfloch wackelte traurig.

Vor dem fleckenlosen Spiegel stand ein anderer Typ, kämmte sich und zog eine groteske Grimasse, mit gespitzten Lippen und bösem Blick. Endlich öffnete sich eine Kabine, ein junger Schwarzer mit wasserstoffblondem Jheri-Curl-Seitenscheitel trat heraus und schnalzte laut mit der Zunge. Würdelos, dachte Thorsten. Sie müssen sich ihren Quotenpenner und ihren Quotenneger halten, dachte er, wie erbauliche Sklaven, wie Pausenfreaks, und das Demütigendste daran ist, dass der Quotenpenner und der Quotenneger auch noch mitspielen. Es ist alles so würdelos. Er betrat die Kabine, hob angewidert die Klobrille, die dreckig sein musste, obwohl sie nicht so aussah, *aber der Gestank*.

Thorsten urinierte schon seit einigen Jahren nicht mehr in Pissoirs. Das ging nicht. Er hatte eine – Edwin nannte es so – Pinkelhemmung. Er konnte nicht neben anderen Männern urinieren. Irgendetwas klickte in ihm, und es kam kein Tropfen. Das Wunderliche war, dass es keinesfalls mit männlichem Penisneid oder Scham zu tun hatte. Er hatte unter vielen Männerduschen gestanden, im Internat, in Fußballvereinen. Nein, es war ein ganz inhaltsloser Tic. Es hatte etwas mit dem Schweigen und der Erwartung zu tun. War er allein, lief es sofort.

Ein Vorteil der Kabinen war auch, dass man, während man unten Flüssigkeit abließ, oben gleichzeitig Alkohol nachschütten konnte, ohne dass es auffiel. Das hatte Thorsten getan, mit einem Kümmerling aus seiner Innentasche. Er trug dort ein kleines Sortiment harter Zwischenalkoholika bei sich, für alle Fälle. Nun war ihm der süßliche Weinbrand beim Hinunterschlucken teilweise in die Luftröhre geraten, und noch während sich seine Blase entleerte, brach er in einen Hustenanfall aus. Es schüttelte ihn, drückte den zuvor getrunkenen und nun mit Magensäure angereicherten Wodka Lemon zurück in die Mundhöhle. Der Versuch, das Ganze wieder hinunterzuschlucken, hatte einen noch stärkeren Würgreiz zur Folge. Der Gestank tat sein Übriges. Draußen quittierten die Wartenden sein Röcheln mit Gelächter. Er steckte sich einen Finger in den Hals und setzte dem Hin und Her ein Ende. Das Lachen verstummte.

Vor dem Spiegel machte er sich frisch. Im rechten Auge waren Äderchen geplatzt. Seine Zunge lag im Mund wie eine pelzige Raupe. Die Nase war zu. Er spürte einen angenehmen Alkoholdruck gegen die Hinterseite seines Stirnbeins pochen. Ihm schwindelte leicht; er fühlte sich glücklich. Er trank einen Jägermeister, um den Mund zu desinfizieren und im Magen für Ordnung zu sorgen. Dann putzte er sich die Nase und wusch sich nochmals das Gesicht.

Ein Schatten tauchte auf, war gleich hinter ihm, atmete in seinen Nacken. Zu nah, aufdringlich. Thorsten wollte sich nicht umdrehen, wollte warten, bis der Schatten verschwand. Der Schatten aber kam noch näher.

«Ach nee, der Manager», sagte der Schatten leise.

Thorsten blickte in den Spiegel, er erkannte nicht, wer da sprach.

«Geht's gut? Darf ich auch so einen Kurzen? Damit meine ich nicht Ihr Geschlecht.» Er lachte. «Entschuldigung. Ich bin betrunken. Ich trinke sonst nicht.»

Die Stimme klang stockend, aber selbstbewusst. Thorsten sah Haare wie gefrorenes Feuer. Er sagte leise: «Mabuse.»

«Mabuse?», setzte der Schatten nach. «Sie kennen Fritz Lang? Natürlich, klar. Aber kennen Sie auch Fritz Murnau, Herr Kühnemund? Das dachte ich mir. Wieso eigentlich Mabuse?»

Thorsten drehte sich um. Da stand der Journalist, im Jackett, ohne Krawatte, mit schmutzigem Kragen. Thorsten brauchte einen Augenblick, um das Gesicht scharf zu kriegen. Ja, das war er. Der, wie hieß er, der –

«Taue», sagte Taue, «Sie erinnern sich? Ich arbeite jetzt für Sie.»

«Ja», sagte Thorsten.

«Ja?», fragte Taue.

«Ja», sagte Thorsten. Er gab sich einen Ruck. «Und außerdem –»

«Außerdem?», fragte Taue.

Lass mich doch mal aussprechen, dachte Thorsten, *lass mich doch in Ruhe, du –*

«Ja, mir war schon damals, also – bei unserem ersten Treffen so», sagte Thorsten, «als würden wir uns kennen. Aber ich wusste nicht –»

«Von der Schule», unterbrach Taue ihn. «Ich war einige Klassen unter Ihnen. Ein Klecksi.»

«Ach. Jetzt, ja. Ich erinnere mich dunkel.» Pause.

«Ah, jetzt, ja, eine Insel», sagte Taue und wusch sich die Hände. «Sie hatten auch mal –»

«Sollen wir uns nicht duzen?», unterbrach Thorsten. «Das ist doch albern sonst. Wenn wir –»

«Sie sind älter. Sie müssen es anbieten.»

«Wenn das so ist, also: Thorsten.»

«Magnus», sagte Taue.

Sie schüttelten einander die Hände. Taues Händedruck war weder stark noch schwach, eher kaum spürbar. Seine Hand passte sich Thorstens Hand einfach an. Dann das Geräusch von Papiertüchern, die in schneller Abfolge dem Spender entnommen werden.

«Also – Thorsten – gibst du einen aus – Thorsten?»

Kurz darauf saßen sie im Gang auf gepolsterten Stühlen und tranken Bier und Jägermeister durcheinander.

«Du hattest mal was mit meiner Tante», sagte Taue lächelnd. «Aber nur was ganz Kleines.»

«So. Hatte ich das.»

«Ja. Hattest du», sagte Taue und wischte sich über das speckige, schmale Gesicht.

«Aha?»

«Ja», sagte Magnus, «aber nicht der Rede wert.»

«Wie hieß sie denn?»

«Sibylle. Du wirst dich nicht an sie erinnern, hat sie gesagt.»

«Stimmt», sagte Thorsten. «Ich erinnere mich nicht.»

Schon war er wieder genervt von Taues gehemmter und zugleich direkter Art. Er klang, als habe er sich den Mut zur Unverfrorenheit nur antrainiert, als treibe er sich ständig willentlich zum Übersprung an. Thorsten kannte entsprechende Techniken aus den Verhaltensseminaren. Um seinem Unmut etwas Positives entgegenzusetzen, sagte er rasch irgendetwas. «Kennst du diesen speziellen Drink?», fragte er und schüttete seinen Jägermeister in das Bier.

«Nein», sagte Magnus und tat es ihm gleich. «Gibt es den überhaupt?»

«Offensichtlich», sagte Thorsten und hob sein Glas, «hier ist er doch.»

«Tatsächlich», sagte Magnus, «da ist er ja.»

Thorsten exte die Suppe. Magnus tat es ihm gleich.

«Krass», sagte Magnus. «Ich trinke ja sonst nicht.»

«Du hattest es erwähnt», sagte Thorsten.

«Ich bin nicht wie ihr», sagte Magnus.

«Was heißt das», sagte Thorsten.

«Das, was es heißt», grinste Magnus.

«Wie sind wir denn», fragte Thorsten.

«Dekadente, reiche Alkoholiker», sagte Magnus. «Und konservativ bis ins Mark. Und degeneriert bis zum Gehtnichtmehr.»

Thorsten lachte auf, aber sein Lachen kam ihm heller vor als sonst, fast effeminiert.

«So. Sind wir also», sagte er. «Und wer sind wir?»

«Na, ihr alle hier», sagte Magnus und beschrieb mit seinem Jägerbier einen Kreis. «Ihr vom Canisius. Ihr in den Clubs. Ihr in der Wirtschaft.»

«Soweit ich das sehe», sagte Thorsten und stellte fest,

dass er wieder Gefallen an dem Kerl fand, «soweit ich sehe, bist auch du in diesem Club, warst auch du auf dem Canisius, arbeitest auch du für die Wirtschaft. Entweder, es gibt uns gar nicht, oder aber: Du gehörst zu uns.» Diese Spitzfindigkeit gefiel ihm so gut, dass er sich einen kleinen Feigling aus der Jackentasche fischte, obwohl er kleine Feiglinge nicht mochte. Aber es war nichts anderes mehr übrig.

«Nein», sagte Magnus, «ich bin nur eine Worthure, die sich verkauft für Geld. In mir und in der Zukunft, da sieht es anders aus. Das wird irgendwann durchbrechen. Dann sieht das alles hier», er nickte in die Tanzgesellschaft, «ganz anders aus.»

Thorsten schüttelte sich. Der Feigling war so süßlich, dass er an eiternde Honigwaben denken musste.

«Also willst du mir sagen, dass du eigentlich jemand anderes bist als der, der hier sitzt?»

«Ich weiß, dass es lächerlich klingt», sagte Magnus. «Aber ja, das will ich sagen.»

«Das ist die große Illusion. Alle denken, sie würden so ganz anders wahrgenommen, als wie sie in Wirklichkeit sind», sagte Thorsten. «Eigentlich sind wir anders. Du gibst die Worthure, bist aber eigentlich ein radikaler Geist. Ich bin ein Manager, aber eigentlich ein guter Mensch. Doch das stimmt nicht. Ich weiß, wie ich bin. Ich bin genauso, wie du mich siehst.»

«Ich bin beeindruckt. Apropos: Dich habe ich schon als Junge beobachtet», sagte Magnus. «In deiner Chevignon-Jacke, mit der Frostfrisur. Gegelter Mittelscheitel, unter null.»

Thorsten wurde unruhig. Vielleicht brauchte er noch ein Bier.

«Beobachtet?»

«Du weißt doch, wie das ist in der Schule», sagte Magnus. «Als Unterstufler hat man *so* große Augen und begafft die Abiturienten wie etwas Extraterrestrisches. Bartwuchs, Frauen, Aftershave. Das verliert sich mit der Zeit, und später ist man selbst ein begafftes Objekt, von Kinderaugen seziert als Exemplar der Erwachsenenwelt. Und merkt es nicht einmal.»

«Willst du auch noch eins?», fragte Thorsten.

«Was?»

«Ein Bier.»

«Nein», sagte Magnus. «Mir ist eh schon übel.»

Thorsten lachte.

«Alkohol ist die Schmiere dieser Gesellschaft», sagte Magnus. «Schau sie dir nur an! Saufen sich zu bis oben hin und verprassen Vaters Kohle, weil es letztendlich so traurig ist, seine Werte nicht verprassen zu können.»

Auf seiner Stirn trat eine wurmdicke Ader hervor. Thorsten beobachtete ihn von der Seite und wusste nicht, ob seine Wahrnehmung inzwischen so verdreht war oder ob der Typ in seinem kurzen Redewahn tatsächlich anschwoll.

«Ein einfaches Leben ist das bei euch oben», sagte Magnus, «auch wenn Anorexie und Alkoholismus um sich greifen. Klar, man bekommt den Job im Unternehmen des Vaterfreundes und die Golfclubmitgliedschaft, zumindest wenn man nicht zu sehr über die Stränge schlägt. Auch eine Frau kriegt jeder ab, man muss sich nur tief genug hineinverstricken in den großen Inzest. Man muss nur dauernd durch Deutschland jetten, immer wieder dieselben Leute sehen, immer dieselben Sprüche ablassen, dieselben Codes aneinander abtasten, denselben Lacrosse spielen, dieselben Tänze tanzen, dieselben Leutchen ficken. Manchmal springt ein Kind dabei raus, das kommt dann nach Salem, Louisenlund oder ins Internat Wald und wird abgerichtet, bis es vor Glück kaum mehr laufen kann. Das ist das Problem, was diese Leute natürlich in keinster Weise denken zu haben. Warum auch, denen geht's doch gut, oder? Denen geht's doch super.»

Während er redete, war die Ader auf seiner Stirn erst weiter angeschwollen und dann wieder verschwunden. Obwohl es so schien, als ob Magnus etwas schon oft Gesagtes zum x-ten Mal vortrug, war seine Wut echt. Thorsten spürte einen Schluckauf heraufziehen.

«Ein Rucki-Zucki geht durchs Land. Aber das ist alles bald vorbei», sagte Magnus und blickte ihm fröhlich ins Gesicht.

«Was meinst du», fragte Thorsten.

«Ich beobachte dich wirklich schon lange», sagte Magnus. Sein Blick verwässerte.

«Mich?», sagte Thorsten und hickste. Er meinte sich verhört zu haben.

«Ja», sagte Magnus. «Aber keine Angst.»

Thorsten hickste. «Und? Was beobachtest du?» Er wollte die Antwort gar nicht wissen.

«Ein andermal», sagte Magnus, als würde er das Unbehagen in Thorstens Gesicht genau sehen, klopfte ihm auf die Schulter und verschwand. Thorsten war verwirrt, aber gelassen. Er wusste, er würde so viel von dem hier, von dem Gesagten, Getanzten, Getanen nachher wieder vergessen haben. Und das fühlte sich gut an.

Endlich tauchte die Popjournalistin auf. Noch im Taxi hatte er sie angerufen. Von irgendeinem Gig ganz aufgekratzt, flüsterte sie etwas in Thorstens Ohr und leckte dann kurz hinein mit ihrer kleinen, rauen Zunge. Er spürte, wie er hart wurde. Das Kamerateam packte endlich ein.

Sie nahm ihn an der Hand und zog ihn mit sich, durch verwirrende, wummernde Katakomben. Sie landeten in einem dunklen Raum. Dort waren Männer zugange. Sie öffnete seine Hose und rieb ihn. Ein Mann kam auf sie zu. Thorsten war es egal. Er trank seinen Gin Tonic aus und warf das Glas weg. Der Mann kam noch näher, starrte auf Thorstens Penis und rieb sich selbst dabei. Die Popjournalistin lächelte und drehte sich um und hob ihren Rock und bückte sich.

Zwei Stunden später fand sich Thorsten in einem Tunnel gefangen. Er suchte seine Hose verstohlen nach Flecken ab. Arbeiter fuhren zu ihrer Schicht, sie sahen ihn abschätzig an. Der Tunnel nahm kein Ende, die U-Bahn schien ewig zu fahren. Vielleicht eilte die Station der Bahn ja voraus wie die Schildkröte Zenons Läufer. Vielleicht wäre es unlogisch, anzukommen.

Thorsten hatte sein Portemonnaie verloren. Er brauchte etwas zu trinken, er dehydrierte. Die Schlagzeilen auf dem U-Bahn-Bildschirm tanzten vor seinen Augen. Er spürte, wie sein Körper im Zeitraffer austrocknete. Aber er hatte kein Geld. Am Rosa-Luxemburg-Platz platzte er aus dem Waggon, stolperte und stürzte hin. Einen vorbeigehenden Mann bettelte er um Geld an, für ein Apfelsafttütchen aus dem Kiosk. Fünfzig Cent? Der Mann ignorierte ihn.

Dann übergab er sich, fast trocken, auf den Boden der U-Bahn-Station. Er schrie das Plastik an, die Kotze sah aus wie auseinanderbröckelnder Bauschaum. Ein anderer Mann gab ihm unaufgefordert einen Euro.

Den Apfelsaft, den Thorsten sich davon kaufte, erbrach er sofort wieder, als er die Treppe hochstieg. *Schade*, dachte er und wankte weiter in ein stadtbekanntes Nachtcafé und dort zur Toilette, um aus dem Wasserhahn zu trinken. Das Leitungswasser löschte den Brand. Dafür erfasste sofort eine unheimliche Müdigkeit seinen Körper. Im Café tanzte er noch ein wenig; sah nicht mehr, wer ihm gegenüberstand; reckte den Zeigefinger in die Höhe.

Zwischen den letzten sich findenden Paaren und ein paar düsteren Einzelgängern schlief er schließlich in einer dunklen Ecke ein, vielleicht beobachtet, vielleicht unsichtbar, während eine zärtliche Männerstimme ihm noch einen Ratschlag mitgab: *Watch out, the world's behind you.* Ja, murmelte Thorsten, jaja. Ich weiß schon Bescheid.

«Nein, das hast du nicht.»

Ein Brötchen wurde aufgeschnitten, mit Butter bestrichen, liegengelassen.

«Nein.»

«Doch, habe ich.»

«Nein.»

Schweigen.

«Ich habe mir fast den Schädel aufgeschlagen. Ich war ohnmächtig, mir ging es hundsmiserabel. Derweil hast du irgendwo deinen Spaß gehabt. Du bist nie da, wenn ich dich brauche. Du bist übrigens auch niemals da, wenn ich dich nicht brauche. Du bist gar nicht da. Wo bist du?»

«Hör auf. So ein Pathos.»

«Konkret, also: Wo warst du später in der Nacht? Wo warst du bis in den Morgen?»

«Ich war angepisst, dass du einfach so abgehauen bist. Da bin ich mit einem alten Schulfreund, kennst du nicht, in so einen Schwulenclub.»

«In einen Schwulenclub.»

«Na ja, Technoclub. Aber es waren viele Schwule da. Was weiß ich, kenn mich da nicht aus.»

Sein Kopf dröhnte. Er war leicht überdreht, der Alkohol wirkte noch immer nach. Es war vier Uhr nachmittags.

«Und das soll ich dir glauben. Du, in einem Schwulenclub.»

«Es war kein Schwulenclub. Und wennschon!»

«Und wo war er, der Technoschwulenclub?»

«Am Ostkreuz, oder weiter im Osten, irgendwo. Dann bin ich noch ins Burger, weil ich kein Geld mehr hatte und was trinken musste. Da bin ich eingeschlafen.»

«Du hast dich nicht mehr unter Kontrolle, Thorsten. So geht das nicht weiter.»

Laura hatte aufgeräumt und geputzt. Die parfümierten Dämpfe der Reinigungsmittel lagen noch in der Luft. Thorstens Kopf schmerzte.

«Wie viel Geld war im Portemonnaie? Und was noch alles?»

«Schrei nicht so rum. Ich verstehe dich auch so.»

«Mann!»

Schweigen.

«Heute Abend trinkst du nichts.»

«Du machst mir keine Vorschriften, Laura.»

«Du stinkst erbärmlich aus dem Mund.»

Schweigen.

«Hier.»

Sie zeigte ihm die Wunde an ihrem Hinterkopf: verkrustetes Blut zwischen glänzenden Haaren.

«Das tut mir leid. Aber ich kann auch nichts dafür. Musst ja nicht mit einem Typen tanzen, der es nicht kann.»

Sie blickte ihn an, mit verständnisleeren Augen, und schüttelte den Kopf.

«Ist gut, Laura. Ich trinke heute nichts. Und die ganze Woche nichts, dir zuliebe. Obwohl es Quatsch ist. Ich kann jederzeit aufhören. Aber das ist wie Ferien von mir selbst. Ich brauche das einfach manchmal. Habe gerade eine Menge Stress in der Arbeit.»

«Den Stress bewältigt man besser mit klarem Kopf. Und nicht mit Ferien von sich selbst», sagte Laura.

«Keks.»

«Ja.»

«Es tut mir leid, der Abend ist total schiefgegangen.»

«Ja.»

«Nimmst du meine Entschuldigung an?» Er strich ihr eine Strähne aus der Stirn. Seine Finger zitterten.

«Welche Entschuldigung?»

Am Abend war Thorsten unruhig. Nervosität kroch in ihm hoch. Er versuchte, dieses und jenes zu lesen, aber es gelang nicht. Er schaltete den Fernseher ein, dann aus, dann wieder ein. Die Programme ödeten ihn an. Er blieb bei einer Nazi-Dokumentation hängen, in der Zeitzeugen mit kaum verstecktem Stolz von ihren Erlebnissen berichteten. Es war ihm bald auch das zu langweilig. Er kontrollierte die Aktienkurse im Videotext und wunderte sich, dass es Videotext überhaupt noch gab. Er wollte Musik anmachen, wusste aber nicht, worauf er Lust hatte. Er ging in der Wohnung herum, mit einem Song im Kopf, den er keiner Band und keinem Genre zuordnen konnte. Er öffnete und schloss das Fenster, machte sich Kaffee. Als er zwei Tassen getrunken hatte, befiel ihn ein Würgreiz. Er trank Wasser. Seine Laune wurde zunehmend übler. Laura kam zurück. Sie sahen sich eine DVD an und aßen Tacos. Thorsten konnte an nichts anderes denken als an Wodka. Wodka verursacht angeblich keinen Mundgeruch.

In der Nacht blieb der Schlaf aus. Thorsten wälzte sich hin und her. Hass gegen Laura stieg in ihm hoch. Schweiß trat ihm auf die Stirn, auf die Oberlippe. Es war zu heiß unter der gemeinsamen Decke, dann zu kalt ohne sie. Sein T-Shirt war auf einmal nass. Er trat nach Laura, als sie zu schnarchen begann. Sie blaffte «Was soll'n das?» und schlief wieder ein. Er könnte ihr *in den Kopf treten*, dachte er, morgen würde sie es wieder verziehen haben – so wie sie alles zu verzeihen schien Tag für Tag, *Reboot* jeden Morgen, eine leere Festplatte, ein neues, ach so moralisches Leben.

Er stand auf und aß eine Banane und trank Wasser.

Er ging ins Internet, checkte die innerbetrieblichen Stellenangebote und die Aktienkurse, sah sich ein paar Pornoclips an und masturbierte ohne Erfolg. Um sechs schlief er ein und wachte zwei Stunden später wieder auf, erschrocken über einen Albtraum. Für gewöhnlich konnte er sich an keine Träume erinnern. Jetzt traf ihn dieser Albtraum, in dem es um einen Unfall ging, mit einer ungeheuerlichen Wucht.

Nachdem er im Büro eine volle Tasse Kaffee über seine Tastatur verschüttet und den Haustechniker verständigt hatte, ging er aufs Klo (Lichtquader strukturierten den Gang, er grüßte, wen er kannte) und trank dort einen Flachmann mit Wodka leer. Danach warf er drei Fisherman's Friend ein. Nun ging es besser, und er machte sich an die Arbeit.

Der Ölpreis hatte wieder angezogen. Die Pächter wurden zunehmend unzufriedener. Die Konkurrenz im Unternehmen verschärfte sich. Die Kunden blieben aus, draußen an der Front, wechselten zu den Billiganbietern. Etwas musste geschehen.

Zehn Uhr: Meeting Kundenbindung. Deine Haare stehen wie gegossener Zement – dank Haarkur, Brisk und L'Oreal. Zwölf Uhr: Ortstermin Bornholmer Straße. Die Neonlichter des Shopbereichs wollen spröde Stellen im Scheitel offenlegen. Aber du hast schon nachgegelt. Die Haarkur wirkt. Dreizehn Uhr: Fototermin mit der Werbeabteilung. Ein Stylist ist am Start. Er blickt dich an mit der Gier des Künstlers. Nicht in die Augen blickt er, sondern schräg darüber, auf dein Haar. Aber du allein weißt, was gut für dein Haar ist. Du weißt, wie die blonden Strähnen genau in die richtige Form zwischen *Strictly Business* und *Out of Bed* zu bringen sind – und ziehst dich kurz mit Haarwachs und Jägermeister aufs Klo zurück. Der Stylist kann sich inzwischen an deiner Chefin vergehen, deren Augenlider nervös zittern. Dreizehn Uhr dreißig: Du isst mit der ganzen Shopabteilung zu Mittag. Ein Haar fällt dir in die Lasagne. Fünfzehn Uhr: Auswertung des Test-Rollouts im Bezirk 15, Thüringen. Du rechnest die durch die Shopoptimierungen bewirkte Absatzsteigerung aus, es ist nicht so berauschend, zerzaust dir unbewusst die Mähne dabei und streichst sie dann wieder glatt. Achtzehn Uhr. Zu Hause. Mit einem Frottee-Handtuch rubbelst du dir die Frisur wild und fixierst das Ergebnis, indem du einen Strahl Haarspray knapp über deinem Kopf in die Luft entlässt und kurz hochspringst. Dann gehst du in die Küche und nimmst den ersten Wodka-Bull des Abends, um fit zu werden. Die Frisur steht. Zwanzig Uhr: Deine Geliebte zerzaust dir das Haar. Zweiundzwanzig Uhr: Du stylst es wieder hin. Dreiundzwanzig Uhr: Deine Freundin reißt an deinem Haar und zerzaust es erneut.

So bleibt es bis zum nächsten Morgen.

Zehn Uhr. Das Meeting betraf das neue Kundenbindungsprogramm der Konkurrenz. SHACK hatte jetzt SMART-SHOP, und es stach BUY&GET aus, da SHACK sehr viel mehr Bonuspartner aufweisen konnte: McDonald's, Cinemaxx, Otto Versand, um nur einige zu nennen. Herr Peters, mürrisch und gutaussehend wie Robert de Niro, sagte, SMARTSHOP imitiere BUY&GET – aber das war offensichtlich unrichtig, denn international gab es SMARTSHOP schon Jahre länger als BUY&GET. Thorsten wollte darauf hinweisen, dass doch eher BUY&GET wie ein Ableger von SMARTSHOP aussehe – wenn man vom Katalog- und Plakatdesign absehe, das bei SMARTSHOP zwar diesen Fünfziger-Jahre-Biedersinn mit Familie und Begonienkästen versprühe, während BUY&GET auf stylishe Coolness und Purismus gesetzt habe. Dann ließ er es aber, denn es war ihm letztendlich egal; er schaute aus dem Fenster, wo das Ensemble von Kränen den Blick versperrte, und zog gierig an seiner Zigarette.

«Schreiben Sie uns einen runden, optimistischen Artikel darüber», sagte Peters beiläufig zu der anwesenden Werbejournalistin, «und machen Sie die genannten Vorteile unseres Programms so richtig stark. Die Partner draußen werden unruhig und wollen wissen, was Sache ist.»

«Auch und gerade bei der Konkurrenz», sagte Françoise und versetzte ihrem Kollegen damit wie immer einen Dämpfer.

Thorsten nickte abwesend. «Und was ist mit der Ball-Aktion von Aral? Soll die auch rein?», fragte die Journalistin.

«Nein, mit so Albernheiten wollen wir nichts zu tun haben», sagte Herr Peters. (Nur wenige Monate darauf würde er seinen Platz räumen müssen; ein Jahr später ließ das Unternehmen BUY&GET langsam einschlafen.)

«In die Tabelle soll das schon», sagte Françoise, «das waren immerhin zweihundertzwanzigtausend Bälle, die verteilt wurden.»

«Wieauchimmer», sagte Herr Peters, zog seinen Krawattenknoten zurecht und ging hinaus.

«Was noch», fragte die Journalistin.

«Getränkespecial, Wasser mit Geschmack», sagte Françoise. «Hier ist Herr Kühnemund, der Ihnen Rede und Antwort stehen wird.»

«Okay», sagte die Journalistin. «Und wer schreibt den Artikel über die Neubeflaggung der Tankstellen?»

«Herr Taue», sagte Françoise.

«Und über die Shopoptimierung?»

«Auch.»

Zwölf Uhr. Eine weitere Tankstelle mit ihrem ewigen Neonlicht, das bis in die letzten Ecken des Shop-Bereichs sickert und von der Haut abstrahlt wie giftiger Rost. Heere von Dosen und PET-Flaschen in den tibetanisch summenden Kühlregalen: die alte, geliebte Aura industrieller Perfektion, die gelbstichige, reine Supermarktstrenge. Hinter der Theke der Unterschichtenpächter, welcher die Besucher aus der Zentrale argwöhnisch beäugte. Ihm war klar, was die «Krawatten», wie er sie für sich nannte, von ihm wollten: Profitsteigerung, Optimierung, Versklavung. Er sollte jeden Menschen als potenziellen TOP-Kunden und Waschstraßennutzer anlächeln, mit einem Gesicht wie vom Werbefoto und den Anmeldeformularen für BUY&GET in der Hand. Und um Gottes willen die Planogramme einhalten, bloß die Planogramme einhalten. Vorschläge waren es angeblich, in Wirklichkeit Diktate.

Thorsten inspizierte die Kühlregale. Die Shopdirektiven hallten durch seinen Kopf: Weniger ist mehr! Blöcke bilden! «Renner» massenplatzieren, «Penner» raus! Eine klare Warenstruktur sorgt zusammen mit entschiedenem Multifacing für Übersichtlichkeit und Warendruck. Sind die alkoholfreien und die alkoholhaltigen Getränke klar getrennt? Werden diese beiden Hauptblöcke wiederum von den entsprechenden Warengruppenblöcken strukturiert? Non-Alkohol: Cola/Limonaden, Eistee, Saft, Sportgetränke, Energy Drinks und Wasser. Alkohol: Flaschen, Dosen, Sixpacks, Biermischgetränke, Premix. Sein Magen rumpelte.

«Was ist mit dem Zoning, Herr Kühnemund?»

«Was soll mit dem Zoning sein?»

Taue stand vor ihm: kariertes Woody-Allen-Jackett, gestutzte Haare, kleines Lächeln.

«Guten Tag.»

«Guten Tag, Magnus.»

Leiser: «Du warst so schnell weg an dem Abend.»
Lächelnd: «Meine Freundin hatte einen Unfall.»
«Ach, Sie kennen sich inzwischen näher?», fragte Françoise.
«Ja, wir waren auf derselben Schule», sagte Thorsten.
«Aber nichts Ernsthaftes, hoffe ich», sagte Taue.
«Was?»
«Der Unfall Ihrer Freundin», sagte Taue.
«Nein.»
«Das ist ja ein Ding, auf derselben Schule», sagte Françoise, «aber Herr Taue wollte ein kurzes Briefing über das Zoning bekommen.»
«Natürlich», sagte Thorsten und spürte, wie sich eine große Leere in seinem Kopf breitmachte. Taue zückte seinen Notizblock.
Thorsten schwieg.
«Also?», drängte Françoise.
Er sah und dachte einen Augenblick lang gar nichts mehr.
Ein grässliches Nichts ballte sich in ihm zusammen.
«Herr Kühnemund?»
Eine Panik, so zu bleiben für immer, so voller Nichts. Weiße Panik.
«Entschuldigung», sagte Thorsten, «kleine Tagträumerei.» Er lächelte. «Nachwuchs steht ins Haus, wissen Sie?»
«Herzlichen Glückwunsch», rief Françoise. «So eine Neuigkeit!»
«Seit gestern weiß ich es. Bin noch ein wenig durcheinander.» Er fasste sich unwillkürlich an den Kopf.
Taue blieb bei seinem kleinen Lächeln, als wüsste er, dass Thorsten log, zum zweiten Mal in fünf Minuten.
«Aber das soll uns nicht vom Optimieren abhalten», prustete es leise aus Thorsten heraus. Françoise strahlte ihn an, mit leichter Befremdung.

«Wissen Sie schon, was es ist?», fing sie ab.

«Nein, das ist noch zu früh», lachte er. «Aber gut. Kommen Sie, Magnus.»

Er führte Taue in den Eingangsbereich.

«Hier. Vor der Optimierung fehlte dem Kunden aufgrund der T-förmig angeordneten Regale der Überblick», erklärte er mit leerem Kopf. «Die Produkte klumpten zusammen – setzen Sie das in Anführungszeichen, falls Sie es benutzen, also, das ‹Klumpen› jetzt – und vermittelten einen lagerartigen Eindruck. Kein offener, großzügiger Weg, verstehen Sie? Der Kunde passierte auf dem Weg zur Kasse lediglich einen Warenträger mit nur einer Warengruppe, hier waren es zuletzt Kekse, glaube ich.»

«Aha», sagte Taue und schrieb mit.

«Jetzt aber fällt der Blick ungehindert in die einladenden Gänge. Man kann sich schnell orientieren und findet sofort sein Wunschprodukt, weil die schräg und in Gehrichtung angeordneten Regale mehr Blickfläche bieten und die Dynamik des Kunden nicht bremsen. Auf dem Weg zur Kasse kommt er an drei Gondelköpfen vorbei: Die Stirnseiten der Regale bieten Chancen für Aktionsplatzierungen. Besonders hilfreich für die Ermittlung optimaler Gangstrukturen – Achtung, jetzt kommt das Schlagwort – ist das so genannte «Zoning», die Einteilung der Warengruppen in sinnvoll gebildete Zonen. Hierbei werden die verschiedenen Kundenlaufrichtungen ausgewertet. So können ‹heiße›, ‹mittlere› und ‹kalte› Zonen festgestellt werden. Je öfter eine Zone passiert wird, desto ‹heißer› ist sie – und desto öfter fällt sie ins Blickfeld des Kunden, desto öfter greift der auch spontan zu. Der Verbundkauf wird so entscheidend gefördert. Das Paradebeispiel einer ‹heißen› Zone ist der Kassenbereich. Kommen Sie.» Sie liefen den Gang hinab.

«Hier sieht man's. Vorher war die Kassenzone überfrachtet und unübersichtlich. Zeitungen, Presenter und Aufsteller lenkten vom strukturierten Angebot ab, zu viel Ware verwirrte den Blick. Jetzt ist alles aufgeräumt und übersichtlich. Der Kontakt zum Kunden verläuft direkt, die Sicht ist frei. Ein neuer Block herzhafter Snacks ist aufgrund hoher Umsätze in die ‹heißeste› Zone des Kassenbereichs gerückt. Und die Schokoriegel in Kingsize sind oben. Schließlich gibt das größere Margen. Alles klar?»

Taue hörte ihm belustigt zu und schrieb Unentzifferbares auf seinen Studentenblock. Thorsten war es unangenehm, dass er ihn so betrunken gesehen hatte. Er versuchte, sich nichts anmerken zu lassen, aber er wusste nicht mehr, ob sie beim Du oder beim Sie waren. Das Sie war sicherer.

«Wichtig ist auch, dass die Benchmarkdaten, also die Daten der nächsten Stationen im Umfeld, nun vergleichend hinzugezogen werden. Auf diese Weise kann man ermitteln, welche Artikel sich in einer bestimmten Umgebung besonders gut verkaufen und potenzielle Umsatzsteigerer sind. Das Planogramm ist überdies regionsspezifisch und kann auf jede Station individuell abgestimmt werden.»

Taue beugte sich hinüber zu ihm und sagte: «Du hast eine Fahne, Thorsten.»

Thorsten fühlte ein Nadelkissen in seinem Nacken.

«Ich?»

«Ja. Ich sage es nur. Ich bin nicht das Problem.»

«Was meinst du?»

«Das Problem sind die Leute, die es riechen und nichts sagen. Verstehst du?»

«Ich glaube schon.» Thorstens Kopf war plötzlich wieder leer, ein Resonanzraum der widerhallenden Sätze.

«Ich sag's nur.»

Françoise näherte sich.

«Und wie war das noch mit den Argumenten für ‹Weniger ist mehr›?»

«Was?»

«Sie sagten etwas von Artikeln, die soundsoviel Prozent des Gesamtumsatzes ...?»

«Richtig», sagte Thorsten. Sein Rücken brannte, Schweiß trat auf seine Stirn. «Im Durchschnitt bringen etwa dreißig Prozent der Artikel schon über achtzig Prozent des Umsatzes. Noch eindrucksvoller: Allein die besten sechs Artikel sorgen schon für fünfzig Prozent des Umsatzes.»

Er versuchte so zu reden, dass Françoise seinen Atem nicht riechen konnte.

«Wir können da eine schöne Grafik bauen. Grundaussage: Es gibt ein relativ kleines Kernsortiment, das den Löwenanteil am Umsatz jeder Station generiert. Diese Erkenntnis nun wird in der zweiten Optimierungsstufe noch konsequenter als bisher in die Tat umgesetzt ...»

Dreizehn Uhr. Klick. «Nehmen Sie bitte die Tiefkühlpizzen in die Hand? Und die Dame das Stoffherz? Sie davor bitte die Ferrero Küsschen?» Ein Fotograf mit Beethoventolle dirigierte. Geheime, stille Machtkämpfe wurden ausgetragen, wer im Vordergrund, wer im Hintergrund stehen würde auf dem Teambild für WELCOME. Thorsten ließ sich nach hinten abdrängen.

«Soll ich die Sixpacks so halten? Und auch die Zigarettenstangen? Luckys oder Marlboro? Und lächeln! Lächeln? Brauchen Sie uns doch nicht zu sagen, wir strahlen von innen. Und zwar *twentyfour-seven*, ha, ha.» Klick.

Dreizehn Uhr dreißig. «Die Deutschen sind so», sagte Françoise, die französische Jüdin. Ihre sternenförmige Brosche am Revers funkelte.

«Keiner traut sich etwas. Wenn ich einen Witz mache, schauen sie mich an, als sei ich ein Alien!»

Sie gluckste und verzog das Gesicht.

«Heute», sagte sie, «habe ich Wuhlstätter gesehen und gesagt, die Stimmung ist ja toll hier, da kann ich ja gleich deportiert werden. Den Stern» – sie deutete auf ihre Brosche – «trage ich ja bereits. Da ist dem fast die Kinnlade abgefallen!»

Thorsten lachte in seine Lasagne, aber nicht stark. Er hatte Herzrasen und Angst, er könnte kollabieren.

Fünfzehn Uhr. Zitternis und Kaugummi. Auswertung Thüringen: Es könnte besser sein. Die Kräne draußen wankten hin und her. Die Zahlen und Tabellen tanzten. Mode kam hinzu und redete ohne Unterlass.

«Da sind auch noch andere Tabellen, hier», sagte er, «wurden die vom Bezirksleiter bestätigt?»

Schraffierte Balken und aufgeschnittene Prozentkuchen waberten vor Thorstens Gesichtsfeld. Er hangelte sich von Spalte zu Spalte und rutschte dann, leicht schwindlig, in Spiralen die Zeilen hinab. Er nahm Mundgeruch wahr, der sich aus Zigarre, Whiskey, Schnittlauch und etwas Viertem, sehr Altem zusammensetzte. Er wusste nicht, woher das kam, Mode war ein ausgewiesener Alkoholgegner und Nichtraucher. Als Thorsten die Graphen weiter anstarrte und Modes verwachsene Finger mit der wuchernden, beigen Hornhaut darüberwischten, schienen sich die Worte in Thorstens Hinterkopf mit den fröhlich permutierenden Tabellen zu vermischen; die Tabellen bildeten zusammen mit Modes Gerede und Gelache und dem rosa Businessrauschen von allen Seiten ein unleserliches, sich ständig wandelndes und verschiebendes Muster, das in seinem Kopf zu wuchern begann, halb Paisley, halb Hirnwindung, eine Wurzelwelle – und das Urmuster verästelte sich in andere Muster, die seine Form in sich aufhoben oder zerstörten und immer weiter schwer nach unten wuchsen ... die niemals aufhörten, unendlich offen waren ... ihre Form ein Wabern ... und der Monitor absorbierte das Licht ... sein Magen drehte sich um ... es roch nach vergorenem Honig ... das Licht verschwand im Licht ...

«Alles in Ordnung, Herr Kühnemund?»

«Ja. Ja, ja. Wissen Sie, die Nachricht erreichte mich erst gestern.»

«Welche Nachricht?»

«Ich werde Vater.»

«Ach? Das ist doch ein Grund zur Freude!»

«Ich freue mich auch wahnsinnig. Es muss nur erst noch verdaut werden. Es kam überraschend.»

«Ich kenne das, klar. Aber herzlichen Glückwunsch.»

«Danke. Jedenfalls, was Erfurt angeht, hier die Station August-Straße, da hat jetzt eine PKN-Orlen-Station in unmittelbarer Nähe aufgemacht, deshalb wohl die miese Bilanz ...»

Achtzehn Uhr. Alles wird gelöscht, das Brennen, die Panik, der Durst. Langsam, im Takt der Musik, nimmst du die ersten Schlucke. Du hast dir einen Kopfhörer aufgezogen, um die Musik so laut wie noch nie zu hören. Es schmerzt in den Ohren, das Trommelfell vibriert mit. Du trinkst schneller. Im Magen macht sich ein flaches Ziehen bemerkbar. Du trinkst. Langsam wird es freier, lockerer hinter der Stirn. Du trinkst schneller. Das Herz pumpt Erleichterung in die Glieder. Ein Stich in der Leber, da? Ein Ziehen, altbekannt. Du trinkst. Das Ziehen ist vom Magen in die Leber gezogen, denkst du und trinkst. Der Magen fühlt sich jetzt geordnet an. Gut. Noch ein Schluck. Jetzt nickst du zum Takt. Du kannst spüren, wie sich die Neuronen umpolen, wie du das wahre Leben betrittst. Dein Blick verliert sein Bohrendes. Er wird freier, ist nicht mehr fixiert. Dein Blick erholt sich von der Herrschaft der Objekte und Produkte und kann einfach sein, ohne sich auf etwas richten zu müssen. Du drehst die Musik lauter auf, ziehst den Stöpsel des Kopfhörers aus der Anlage. Die Wohnung erzittert. Grace Jones singt. Es gefällt dir, und du trinkst. Alles kann leicht sein. Jetzt durchatmen, die Trinkgeschwindigkeit erhöhen, nippen, wippen. Noch ein Schluck, noch ein Drink, schnell zum Kühlschrank. Eiswürfel, Mischung, Wirkung vertiefen. Nachspülen mit Bier. *Damm, damm, dammm.* Die Musik ist so gut, dass es dir kalt den Rücken runterläuft. Was ein Gefühl! Gänsehaut auf den Armen, auf den Schulterblättern. Bitte nochmal! Du skippst zurück, dasselbe Lied, mit mehr Alkohol. Die Wirkung ist nicht mehr dieselbe, aber trotzdem nicht zu verachten. Du trinkst. Ja. Du schaust auf die Uhr. Die Wohnung zittert. Grace Jones singt. Das Ziehen ist verschwunden.

Du kommst wieder zu dir.

Zwanzig Uhr. Strecken, ziehen, stoßen. Kratzen, nichts spüren, heftiger stoßen. Gegen eine Fleischwand, die einstürzen muss, endlich, bitte.

Zweiundzwanzig Uhr. «Denk nicht an die Zukunft», sagte Thorsten und zog sich an. «Ich tue es nicht.»
«Ich auch nicht», sagte Ella, «verschätz dich nicht.»

Dreiundzwanzig Uhr. Sie schliefen miteinander, obwohl Thorsten kaum noch konnte. Aber das sagte er Laura nicht. Sie war ebenfalls betrunken von einem Stiftungsessen heimgekehrt. Wenn sie einmal trank, trank sie viel. Wütend riss sie an seinen Haaren, und er wusste nicht mehr, wer oder was er war. Er hatte die Erfahrung gemacht, dass gerade die zweiten und dritten Orgasmen die besten sind. Es bewies sich auch heute. Er schlief noch in ihr ein, und sie sofort danach.

«Es ist sehr wichtig, dass wir den Atem nicht mit dem Willen steuern. Unser Atem wird durch das Atemzentrum selbstständig geführt. Und nun stellen Sie sich bitte vor, Sie stehen auf einer kleinen Brücke über einem kleinen Bach. Der dahinfließende Bach ist Ihr dahinströmendes Bewusstsein. Die Blätter, die Sie auf dem Wasser treiben sehen, sind die Gedanken in Ihrem Bewusstsein. Machen Sie es mit Ihren Gedanken wie mit den Blättern auf dem Bach. Nehmen Sie die Blätter wahr: Das ist ein gelbes Blatt. Das ist ein gezacktes Blatt. Da ein grünes. Und lassen Sie sie wegfließen. Machen Sie es genauso mit Ihren Gedanken. Nehmen Sie Ihre Gedanken wahr: Jetzt denke ich wieder an das, was vorhin war. Jetzt denke ich an das, was ich nachher tun werde. Ich wünsche mir dieses, ich möchte jenes machen. Nehmen Sie diese Gedanken wahr – und lassen Sie sie los. Gedanken, die in unser Bewusstsein treten, sind etwas Natürliches. Wichtig ist, dass sie nicht durcheinander, nicht chaotisch unser Bewusstsein überschwemmen. Mit der Beruhigung des sympathischen Nervensystems durch die Normalisierung der Atmung stellt sich die Ordnung in unseren Gedanken wieder ein. Die Gedanken kommen nun langsamer, und wir tun unseren Teil dazu, indem wir sie wahrnehmen und loslassen. Dieses Loslassen der Gedanken ist etwas sehr Wichtiges. Wir können es lernen. Dadurch werden wir im Alltag weniger von grübelnden, sorgenden Gedanken geplagt. Unser Bewusstsein wird freier. Versuchen Sie es: Nehmen Sie nun Ihre Gedanken wahr. Nehmen Sie sie wahr, wie sie in das Bewusstsein treten – und lassen Sie sie los.»

Bilder schossen auf sie ein. Bilder von Kriegsgerät, das sich durch Moorlandschaften pflügt, von Rammböcken, die Burgtore zerfetzen, dahinter Prinzessinnen in fiebriger Erwartung. *Weg, weg, weg.*

Ihre Münder waren wie Kolibris, ihre Hände wie die Hände indischer Tänzerinnen, schoss es auf, und Laura sehnte sich nach einem Diktiergerät, um hineinzuschreien. Es ist ja wirklich so, dass man den Schmerz der Liebe spürt in der Brust wie Lärm. Schmerz ist eine heiße Waffe, und wenn sie feuert, möchte man das Stakkato der Schüsse aufnehmen und auf Band bannen, um einmal, nur einmal im Leben nicht zu vergessen, wie es klingt.

Wie sie wohl aussah? Wie eine Pornoschlampe? Wie ein Blasehase? Eine Wichszicke? Oder doch wie ein gar zierliches Fabelwesen, mit wässrigen Träumeraugen und Muttermal an der Hüfte, innen eng, so eng, so geil?

«Mir ist zum Kotzen», rief Laura tonlos und rannte aufs Klo.

«Wenn wir uns angespannt und belastet fühlen, Ängste haben, wenn wir etwas in unserer Umwelt oder bei uns selbst als bedrohlich und ungewiss empfinden, dann wird unser Körper in den Alarmzustand versetzt. Wir atmen schneller und flacher, mehr oben in der Brust statt im Bauch, die Muskeln werden angespannt. Hormone wie zum Beispiel Adrenalin werden ausgeschüttet. Unser Puls und unser Blutdruck steigen an, unser Körper gibt Zuckerreserven und Fettstoffe frei. Auf diese Weise alarmiert das sympathische Nervensystem in Situationen hoher Anspannung und Gefahr unseren Organismus. Diese Alarmreaktion diente unseren Vorfahren dazu, bei Gefahr schnell kampf- oder fluchtbereit zu sein. Bei jedem von uns wird in Situationen der Gefahr, der Bedrohung oder Angst immer noch das sympathische Nervensystem aktiviert. Doch heute ist das für uns nicht immer unbedingt hilfreich.»

Sie würgte, hyperventilierte und knirschte mit den Zähnen, alles gleichzeitig. Vor ihren Augen wurde es schwarz. Es brannte in ihrer Brust. Die Hände krallten sich um den Handtuchhalter. Sie schmeckte den trockenen Geschmack von Alkohol und Gärung auf der Zunge. Die Welt schien zweidimensional zu werden, alles war nur lose aufeinander geklebt, übereinander geschoben. Die Parfümflaschen sanken in die Kacheln ein, wurden zu Intarsien. Die Waschmaschine und die Badewanne: eine Fläche.

Sie wollte etwas ausspeien, das Porzellan bedrecken, sauer anätzen, es ging nicht. Sie wollte schreien.

«Empfinden Sie die Dunkelheit der geschlossenen Augen als unangenehm, dann öffnen Sie sie wieder. Sorgen Sie sich nicht, ob Sie die Übung perfekt durchführen. Denn das hemmt Ihre Entspannung erheblich. Sie spüren nun immer weniger erregende Gefühle oder Gedanken – der Körper kommt mehr und mehr zur Ruhe. Bei jedem Einatmen denken wir das Wort ‹ein›. Bei jedem Ausatmen denken wir das Wort ‹aus›. Begleiten Sie Ihren Atem mit den Worten ‹ein› und ‹aus›. Wenn Sie abschweifen oder durch störende Gedanken abgelenkt werden, dann fühlen Sie wieder ganz bewusst in Ihren Bauchraum zurück. Der Atem darf weiterhin frei fließen. Er wird nicht mit dem Willen gesteuert. Versuchen wir, mit dem Willen in die Atmung einzugreifen, stören wir das Atemzentrum.»

Diese Stimme. Diese Stimme eines jungen Onkels, ruhig, gefasst, deutlich, gebookt über eine Voice-Agentur, ein drittklassiger Schauspieler, ein Freelance-Troubadour, ein

Werbe-Callboy. Die Stimme redete wie ein Verwandter, falsch, vertraut, wohlgesonnen und teilnahmslos. Zugleich war es eine irgendwie amerikanische Stimme, der man anhörte, dass da zu viele Zähne die zu perfekten Konsonanten formten.

Die CD war ihr von ihrer Therapeutin geschenkt worden.

Laura fühlte sich von jedem Wort verhöhnt, von jedem Waldesrauschen und Bachgeplätscher ausgezischt und gedemütigt. Aber sie kam nicht auf die Idee, den CD-Player einfach auszuschalten. Sie hatte überhaupt keine Idee mehr, von nichts.

Thorsten hatte sein Handy vergessen. Und Laura hatte es sich gegriffen, gegen erste Widerstände, und, nach weiterem Zögern, seinen SMS-Eingang geöffnet, automatisch, aber mit schlechtem Gewissen. Das verflüchtigte sich schnell. Dann hatte sie, hysterisch, die «Gesendeten Objekte» betrachtet und gelesen. Dann war ihre Brust explodiert.

Laura stellte sich vor, auf einer riesigen Klippe zu stehen und den wirbelnden Wind zu spüren. Die Wellen unter ihr waren ihr Bewusstsein, und ihre Gedanken waren Möwen, die ihr aus der Brust flogen. Alle paar Sekunden ploppte ihr Brustkorb auf, und ein aufgeregter Möwenkopf stieß hervor, erst der Schnabel, dann der Kopf, die Augen, bis er sie mit verklebten, hektisch schlagenden Flügeln verließ.

Und Laura wollte die Möwen festhalten.

Aber die öl- und blutgetauchten Möwen glitschten ihr durch die Hände und stürzten in das Wasser und wurden zu Gischt. Alle ihre Gedanken verließen sie, Möwe für Möwe, Gischt zu Gischt, und sie konnte nichts als zusehen, wie sie rasend schnell abmagerte, wie sie verschwand und sich beim Zusehen des eigenen Verschwindens zusah.

«Und nun beeinflussen Sie Ihren Atem bitte nicht mehr mit Ihrem Willen. Steuern Sie ihn nicht. Es atmet von ganz alleine in Ihnen. Lenken Sie Ihre Aufmerksamkeit auf die Nase. Spüren Sie, wie die Atemluft durch Ihre Nasenflügel hereinkommt und wieder herausströmt. Wenn Sie entspannter sind und sich wohler fühlen, genießen Sie für einige Momente die Ruhe und den Frieden. Sie haben es sich selbst geschenkt und können es sich jederzeit wieder schenken. Sie können die Ruhe und den Frieden wieder erleben, wenn Sie diese Übung machen.»

Ihr Atem war gelähmt wie durch Asthma, die Lungen eng und panisch in Wut. Sie hechelte auf allen vieren durch den Flur und sabberte Tränen. Der Schmerz war bewusstseinsbetäubend. Der Zorn wuchs und wuchs.

Sie stand auf und schmiss eine Vase herunter. Sie schmiss den Tisch um. Sie hängte sich an die Vorhänge und schwang sich ein Stück durch den Raum. Dann riss sie die Vorhänge ab mit einem Ruck, die Gardinenstange fiel ihr auf den Kopf. Sie setzte sich auf den Boden, sie stand wieder auf. Sie warf den Inhalt des Kühlschranks auf den Boden und gegen die Wand. Bei dem Versuch, ihren Koffer vom Kleiderschrank zu fischen, stürzte sie vom Stuhl und schlug sich an der Schrankkante die Augenbraue auf. Sie trank Milch und Whiskey. Sie warf einen Teil ihrer Kleider samt Bügeln in den Koffer, wie im Film, der offene Koffer sah ihr entgegen wie ein großes Maul. Sie schrie. Sie trank Milch und zerschlug den Toilettenspiegel.

«Und nun beenden Sie diese Übung. Kehren Sie langsam in den Raum zurück. Halten Sie die Augen geschlossen. Machen Sie einige tiefe Atemzüge. Dehnen und strecken Sie sich. Recken Sie die Arme kräftig hoch und zur Seite. Reiben Sie sich leicht das Gesicht. Und öffnen Sie die Augen. Fahren Sie jetzt entspannt mit Ihrer normalen Tätigkeit fort.»

VIERTER TEIL
XX-MAS

you talk to me
as if from a distance
and I reply
with expressions chosen from another
time, time, time
from another time

Brian Eno

Weihnachten war überstanden, ohne größere Kollateralschäden. Der Geschmack von Spekulatius, Lametta und Depression auf der Zunge war schnell verflogen, nicht zuletzt dank einer ausgiebigen Mundspülung am zweiten Weihnachtsfeiertag, die Magnus Taue in Köln mit seinen Berliner Freunden und unter Missbrauch von köstlichstem Grasovka und anderem Hochprozentigen durchgeführt hatte.

Dieses Jahr war sie besonders bedrückend gewesen, die jährliche Zusammenkunft der ganzen zerrütteten Familie. Diesmal waren Magnussens Mutter Lily und ihre jüngere Schwester Britta, seine Tante, nämlich gleichzeitig depressiv. Das war neu. Normalerweise wechselten sie sich ab, wippten auf und ab, die eine manisch, die andere depressiv, und hielten ihre alte, entnazifizierte Mama im Dauerbelagerungszustand, ließen sich ständig bekochen und bemuttern, obwohl Oma Gertrud schon weit jenseits der achtzig war und regelmäßig beim Supermarkteinkauf vom Rad fiel. Der einzige Unterschied war, dass die eine, Lily, bei Depressionen ohne Unterlass jammerte und wimmerte, während die andere, Britta, die ganz im Gegensatz zu Lily ein mageres, konkav geformtes, hässliches Mauerblümchen war, wenn auch mit trockenem Humor begabt, falls sie denn etwas zum Lachen fand, im Ernstfall kein einziges Wort sagte, nur ihre Nägel bebiss, ihre dünnen Haare um den Finger rollte und blicklos in die Luft stierte.

Alle wohnten sie innerhalb von drei Kilometern beieinander, in Jonnas Plittersdorf, seit je, einzelne Ausbruchsversuche aus diesem Dreieck endeten in Scheidungen und tränenreicher Rückkehr. Sie hockten da zusammen wie verfeindete Glucken, die nicht aus dem offenstehenden Käfig springen wollten. Wöchentlich trafen sie sich in Gertruds dämmriger Küche voller zähem Licht, stellten ihre dickädrigen, nikotingelben, nägelbekauten Hände zur Schau und nörgelten so lang aneinander herum, bis es zu Geheul, Gegeifer und nackten Wutausbrüchen kam. Oma Gertrud drückte dann grimmig das auf Kippe stehende Küchenfenster zu, damit die Lecherts von unten den Streit nicht mitbekämen, presste die dünnen Lippen zusammen und fragte sich heimlich, ob es nicht doch falsch gewesen war, das Erbe vorzeitig auszuzahlen.

Das Extra-Sonder-Anti-Depressions-Filmfilm-Paket der Privaten ließ Magnus und seine Mutter für den Rest der Weihnachtszeit auf dem leicht durchgescheuerten Ikea-Sofa zwischen Tonnen von Tigerkissen sitzen. «Cliffhanger», «Sissi» und «Legenden der Leidenschaft» rauschten vorbei und schlugen die Zeit nur halbherzig tot. Magnus dachte dabei viel an Jonna. Als kleines Hologramm im Hirn oder unter dem Lid blitzte sie auf und verschwand auch gleich wieder. Mehr Inhalt war nicht.

Am Tag vor Silvester, als die Alkoholleichen vollends in den Seilen hingen, das heißt: auf den Sofas oder am Boden des Partykellers lagen, ausstaffiert mit albernen Accessoires wie Sonnenbrillen, Nikolausmützen, Spielführerbinden, und Beine und T-Shirts ihnen als Kopfkissen und Decken dienten wie im Ferienlager, lautes Atmen und erste Grunzlaute hörbar wurden und der talgige Geruch alter Barbourjacken in der Luft hing; als die anderen, die noch gehen konnten, schon längst gegangen waren, um für den Jahreswechsel fit zu sein, und im Fernseher unbeachtet irgendein Hongkong-Film lief, wahrscheinlich von John Woo – da lag Magnus mit Jonna am Pool, einen Raum weiter, zusammen mit Rieke und Erik. Sie dämmerten vor sich hin.

Auf riesigen, hellgelben Kaufhof-Handtüchern lagen sie

im künstlichen Licht wie Pauschaltouristen in der Sonne, führten die Drinks mit behäbigen Bewegungen zum Mund und rauchten, da die Packungen leer waren, Selbstgedrehte. Sie waren Endzwanziger bis Mittdreißiger auf Heimaturlaub, betrunken, erschöpft, das Zeitvakuum auskostend, das zwischen weihnachtlicher Rückkehr zur Familie und Neujahr liegt. Die Lichtröhren summten, das Wasser plätscherte ohne Energie.

Jonna, Erik und Magnus waren vor Jahren auf dieselbe Grundschule gegangen; Rieke war eine schöne Unbekannte aus Köln, die von einer der nun knarzenden Alkoholleichen mitgebracht worden war. Ihr Kopf lag jetzt in Eriks wabbeligem Schoß und bewegte sich nicht. Schlief sie schon? Erik selbst saß da wie hingegossen, ein Verschnitt aus jungem Buddha und spätem Marlon Brando. Er baute einen Joint, hatte das Filmdöschen mit Gras und den Tabakbeutel auf Riekes Brustbein abgelegt. Jonna lächelte daneben für sich.

Es hat etwas unendlich Pathetisches, wenn die Leute sich nicht von der eigenen Jugend verabschieden wollen. Jeder kennt aus seinem Bekanntenkreis mindestens einen dieser Berufsjugendlichen, die sich der eigenen Michael-Jackson-Groteske umso weniger bewusst sind, je älter sie werden. Eine nicht weniger pathetische, wenn auch verständlichere Sache ist es, wenn die Leute zeitweilig in die Koordinaten und Verhaltensweisen ihrer Jugend zurückschlittern, zum Beispiel einen der Orte ihrer Jugend besuchen und sich dort so verhalten, als könne man sich auf der Zeitachse genauso frei rückwärts bewegen. Was ein skurriles Bild ergibt, allein körperlich: Die ersten Fettlappen, Wampenansätze, Krähenfüße sind wieder auf Klassenfahrt und spielen *Wahrheit oder Pflicht*, trinken bis zum Exit, flirten vermeintlich ungeschickt. Nur sind die Gesten weniger grazil und die Worte gewählter als früher, und die Gesichter von Erfahrung und Bewusstsein verhärtet.

Weißt du, was ich meine, Schatz?

Magnus saß am Beckenrand und spuckte in den Pool, in die wabernde Reflexion seines Gesichts. Der weiße Spuckefleck schwamm auf dem Wasser, genau in seinem rechten Auge, und tänzelte dort gemächlich auf und ab. Magnus tauchte die Hand ins Nasse, verwischte den Fleck und schaufelte etwas Wasser hoch. Er kannte den Geruch. Das Chlor roch nach Vergangenheit. Nach seiner Jugend. Nach Solarium, Hometrainer und Bild-Zeitung. Nach Aloe vera auf großporigen Fleischstücken. Nach braungebrannter Elefantenhaut an Hals und Schenkeln, nach ersoffenen Kippen in halbleeren Daiquiris. Der chlorschwangere Geruch benebelte ihn. Er spuckte nochmals hinein und beobachtete die kleinen Kreise, die die Erschütterung warf. In seinem Kopf war eine Leere, die mit nichts gefüllt werden wollte. Er atmete gierig den schweren Chlorgeruch ein, als könnte diese Leere dadurch ausgedehnt und angereichert werden.

«Wer ist noch dabei», fragte Erik und deutete auf den kleinen Haufen aus Gras und Tabak.

«Ich glaub, ich nicht», sagte Jonna.

«Ich gerne», sagte Rieke und rümpfte komisch die Nase, sodass sich Lachfältchen wie Spinnenbeine von ihren Augenwinkeln abspreizten.

Magnus schwieg und wischte sich den Schweiß aus den Augen. Erik hatte die Raumtemperatur auf die höchste Stufe gestellt. Nun war es fast so heiß und stickig wie in einem türkischen Bad. In regelmäßigen Abständen baute sich eine ganze Wand aus feuchter Hitze und schwülem Nebel um Magnus auf und mauerte ihn immer enger ein, um dann in sich zusammenzufallen und ihn unter sich zu begraben. Hitzewallungen fluteten durch seinen Körper wie ein Adrenalinersatz.

Jonna setzte sich neben ihn.

«Bist du auch so fertig? Was machst du denn hier? Riechst am Wasser? Sollen wir nicht lieber mal reinspringen?»

«Kann man machen», sagte Magnus. «Kann man aber auch sein lassen.»

«Na, toll», sagte Jonna, lächelte und glitt ins Wasser.

Magnus blickte in das kleine dunkle Fenster zum Hantelraum und suchte den roten Lichtpunkt der Digicam. Er war dabei gewesen, als Erik sie nachmittags auf das Stativ geschraubt und alle Vorbereitungen getroffen hatte: die Kamera ausgerichtet, die Optik scharf gestellt, die Spiegelvorrichtung zurechtgerückt. Wie um diesen Unsinn noch zu toppen, hatte er dann mit den Worten «und das ist die Innovation, mein Freund» eine Webcam obendrauf postiert. Magnus hatte sein erstes Bier getrunken und gekichert; gleichwohl hatte er das Ganze unheimlich gefunden. Nicht den Auto-Voyeurismus, der da zur Schau gestellt wurde, sondern das Anachronistische daran.

Magnus zog sein Hemd aus, blinzelte dabei angestrengt in Richtung Kamera, konnte aber nirgendwo einen roten Punkt entdecken. Entweder die Spiegelvorrichtung verdeckte ihn geschickt, oder er war einfach zu betrunken. Vielleicht aber hatte Erik es sich auch anders überlegt und die schon nicht mehr postpubertäre, sondern eher bereits prämittlebenskritische Mitfilmaktion ganz bleibenlassen. Das wäre Magnus am liebsten gewesen. Es hätte ihn von diesem lästigen Mitwissertum befreit.

Er sprang.

Im Fernseher nebenan wurde im selben Moment ein alter Mercedes von einer Explosion auseinandergefetzt, deren Druckkraft die Motorradfahrer, die den Wagen soeben noch verfolgt hatten, in einem konzentrischen Spinnenmuster durch die Luft und aus dem Bild wirbelte, zusammen mit rotierenden Feuerbällen und rauchenden Wagenteilen, von denen eines genau auf die Kamera zuflog.

Eintauchen, in das Nasse, Kühle, Weiche. Die Poren werden schockgeöffnet. Die Klänge der Welt weggeschluckt, die Schwerkraft verdünnt. Das Chlor brennt sanft auf der Hornhaut. Du hörst den feuchten Lärm, den du machst, er klingt nah und wattiert. Die Kacheln wabern, werden schärfer. Ein kleiner Schmerz im Ohr, da, wo du einen Riss hast im Trommelfell, wo der Tinnitus fiept, wenn du hinhörst. Du hältst dir kurz die Nase zu, Druckausgleich. Es knackt im rechten Ohr. Dann tauchst du wieder auf.

Magnus war einer jener Menschen, die sich von der Außenwelt ständig bedrängt fühlen. Zu viele Sinneseindrücke prasselten auf ihn ein, vor allem, wenn er von anderen Menschen umgeben war. Zu viele Motive, Absichten, Reflexe zischten ihn an, wenn er mit jemandem redete. Er bedachte zu viel, blieb in der Außenperspektive stecken, fühlte sich, den anderen vermeintlich bis in die letzte Faser seiner Gedankentextur durchschauend, gelähmt. Da er der Natur nichts abgewinnen konnte und selbst das Gewisper der Bäume in einem Park ihn belästigte wie rosa Rauschen im Kopfhörer, war er, seit er denken konnte, am liebsten allein in seinem Zimmer, die Türe zu. Nur brennender Ehrgeiz und die kindliche Gewissheit, etwas Besonderes zu sein, hatten ihn in den Jahren der Pubertät aus dem Zimmer hinaus in eine Art soziales Leben gedrängt, in dem er sich ständig beweisen zu müssen glaubte. Und tatsächlich hatte er, weil er sich talentiert fühlte, Erfolg gehabt und den Ruf eines Genies genossen, mit kühlem Äußeren, das ein glühendes Inneres fasste. Dieser Ehrgeiz war inzwischen jedoch verblasst und zur leeren Gussform geworden, die darauf wartete, mit etwas anderem, Wesentlichem gefüllt zu werden. Er hatte sein altes Ich noch nicht gänzlich abgelegt: Es beschützte ihn wie ein harter Panzer, unter dem ein neues Etwas, amorph und wabbelig wie Austernfleisch, nach Halt und Form suchte. Aber unter dem Panzer war die alte Unsicherheit und Verantwortungsangst wieder eingekehrt, die ihn als Kind in ständige Unruhe versetzt hatte. Er wollte, dass ihm alles Gute zustoßen möge, alle Wünsche wahr würden, ohne dass ein Wille in ihm keimte und er somit Schuld auf sich laden könnte. Beispielhaft hierfür war eine seiner ständigen Phantasien auf der Schwelle zur Geschlechtsreife: Damals hatte er sich nichts mehr gewünscht, als mit Jonna zu schlafen, ohne dass er gewusst hätte, wie das genau geht; und dieser Wunsch war sofort mit einem stichelnden Schuldgefühl verbunden gewesen, das ihm den Traum zersetzte und zusammenfallen ließ wie kalten Schaum. Um dieses Schuldgefühl zu umgehen, steigerte er sich deshalb abends (nach dem Vaterunser, das Abend für Abend in immer rasenderem Tempo heruntergedacht und abgehakt wurde) in Szenarien hinein, in denen er jeglichen Begehrens frei sein würde, Szenarien, in denen beispielsweise Jonnas Mutter, flankiert von einem besorgt dreinblickenden Arzt, ihn inständig darum bat, mit ihrer Tochter zu schlafen, da diese ansonsten an einer unaussprechlichen Krankheit sterben würde, etwa einem furchtbaren Hirnschwund anheimfiele, oder nie mehr ein Kind bekommen könnte. Irgendwann in einer dieser fiebrigen Halbdämmerphantasien hatte er dann seinen ersten Orgasmus gehabt, vor Jonnas imaginär versammelter Verwandtschaft und Ärzten und gerührten Krankenschwestern, die einander an den Händen haltend zusahen, wie er Jonna selbstlos das Leben rettete. Seit jener Zeit auch sah er, wenn er lächelte, das eigene Lächeln in seiner Vorstellung als gestellte Fratze, gedoppelt von außen, verzerrt wie von Photoshop.

Jonnas Lächeln war arglos; sie hatte keine Mühe, es über Wasser zu halten. Sie schwebte an der Oberfläche, leichtgliedriges Federgewicht, das sie war, Magnus immer im Blick, mit ihren großen, braunen Augen, in denen sich die Wellen von unten spiegelten und etwas flackerten. Mit spitzem Mund und runden Augen blickte sie ihn fröhlich an, prustete Wasserkristalle, kraulte Rücken, technisch einwandfrei, wie sie es schon sehr früh in der Grundschule gekonnt hatte. Das Wasser schwappte über ihre Brüste, ihre Beine schlugen auf und ab im Scherenschlag und warfen nasse Funken ab. Drei schwarze Strähnen klebten an ihrer Stirn und funkelten ihn an. Es sah unbeholfen aus, wie Magnus auf sie zukraulte, er kam kaum von der Stelle; er musste die Hektik abwehren und seinen Atem organisieren und auf das ihm nicht zugängliche Wissen seines Körpers vertrauen. Als er sich nicht mehr anstrengte, ging es sofort besser. Mit weitausholenden Kraulbewegungen schwamm er auf Jonna zu, langsam, instinktiv, gleichmäßig wie ein Krokodil.

Sei der Pool auch neu und türkis, es ist immer noch das alte Wasser, das, wenn du dich einlässt, Erinnerungen durch deinen Körper schickt, die nicht deine sind, die deinem Körper gehören, die ihm nicht gehören, auch sind es keine Erinnerungen, vielleicht zähe Reflexe, Frühestes, abgerufen aus dem Hallraum zwischen Physis und Psyche, der beim Driften im Fruchtwasser ein erstes Echo in sich trug.

«Hier», sagte Jonna. Ihr Jochbein, besprenkelt mit Tropfen wie Perlmutt, machte einen kleinen Ruck nach oben und gab den Blick auf das Dreieck zwischen Halsbeuge und

Brustbein frei. Sie lag auf dem Wasser, die Arme lässig auf den Beckenrand gestützt, und drückte ihm einen Drink in die Hand.

«Was ist das?», fragte Magnus, außer Atem.

«Jonna's Sunrise», sagte Jonna. «Ich habe einfach Zucker, Orangensaft, Wodka und Batida zusammengemischt. Die Reste. Und Kirschsaft.»

«Schmeckt aber», sagte Magnus.

«Das ist eine Lüge», sagte Jonna.

«Stimmt», sagte Magnus. Der Halbmond ihres Gesichtes schien ihn von der Seite an, als wollte Jonna ihn zu etwas auffordern. Drüben alberten Rieke und Erik miteinander herum und kamen sich näher, Korkenzieherlocke an Fettschwarte.

«Ist alles okay bei dir?», fragte Jonna.

«Geht so», sagte Magnus. «Lily nervt.»

«Klar», sagte Jonna, «Familienstress zwischen den Jahren. Hat jeder. Frag mich mal.»

Magnus kam die Situation plötzlich seltsam intim vor, so zu zweit im Wasser, nass, halbnackt, mit an den Schädel gepappten Unfrisuren – wie zwei Babys, die gemeinsam schwimmen lernten; oder auch wie zwei Fremde, die je alleine in der vollgedampften Ecke eines Hamams zu sitzen geglaubt hatten und gerade jetzt, wo der Dampf sich etwas lichtete, erschrocken einander entdeckten. Die Situation hatte etwas Ursprüngliches, Archaisches, und deshalb auch etwas Schamhaftes.

«Aber bei dir ist das was anderes», sagte Magnus.

«Was? Wieso?», fragte Jonna.

«Deine Familie ist doch eine Bilderbuchfamilie», sagte er, «mit christlichem Rückgrat, gutgeratenen Kindern, einer wohlsortierten Bibliothek und einer Hintertür, die immer offen steht, während ich –»

«Nein», sagte Jonna, «ich meine nicht unbedingt meine Familie, ich meine eher die Zeit. Etwas ist anders dieses Jahr. Etwas ist – etwas ist anders.»

Sie sagte das fast mit einem Lispeln, die Sibilanten zischten besonders hart, ein sicheres Zeichen dafür, dass sie betrunken war oder etwas ihr Unangenehmes aussprach.

«Was ist denn anders?»

Jonna schwieg.

«Jonna?»

Magnus spürte eine Welle der Melancholie durch seine Brust gehen.

Jonna war immer *straight* gewesen. Bildhübsch im Gesicht, der Körper eine Wohltat für pornomüde Augen, ein offenes, weltzugewandtes Lächeln dazu, für alle und jeden fast, diente sie als Projektionsfläche für weitaus mehr als plumpe Sexphantasien, eigentlich im Gegenteil: Bei Jonna ging es immer gleich ums Ganze, um die Ehe, um die Familie, so hatte ein Großteil der Internen gedacht, früher, oben auf dem Berg, und nicht nur sie, nicht nur sie.

Magnus erinnerte sich an Abende mit ihr, da sie am Rhein gesessen, das Wasser beobachtet, auf den Atem des anderen gehorcht hatten, wie der Fluss nach links geflossen war, einer riesigen Zunge ähnlich, einem starken feuchten Muskel, der sich beständig zwischen Bonn und das Siebengebirge schob – um *nichts* zu schmecken?

Wie sie sich mit billigem Tankstellenwein betrunken hatten, langsam die Luft weicher und frischer und kostbarer geworden war, mit jedem Schluck und jeder Minute, ein Meer aus vaporisierten Diamanten, Medizin für Lungen und Herzen; und das ziegelfarbene Licht, in dem die gegenüberliegende Halbstadt zu flimmern begann; und Brezelreste auf der Decke, die unterm Rücken zerkrümelten, während sie dalagen und leise Träume und Kindernamen aus rotweinblauen Mündern hochsteigen ließen, in den dunklen, sternenbesetzten Himmel, der so irre runterkam, und wieder hochging, und wieder runterkam – und die Frage, ob der Himmel vielleicht das Trampolin Gottes sei? Und die Sterne nur winzige Löcher im elastischen Stoff, und dahinter das hochpotente Scheinwerferlicht einer Turnhalle voller – Glück?

Stunden voller Lachen und Mondgeflüster und Mückensummen: damals, als man sich ständig neu erdachte und Lebenspläne verbrauchte wie starke Zigaretten, Hauptsache, es brannte gut auf der Zunge; Hauptsache, das Brennen konnte in einer Minute (oder in einer Stunde oder in einer Woche oder *irgendwann*) von diesem einen Kuss gelöscht werden, der in der schimmernden Luft lag; der Kuss, auf den alles hinauslief, der Kuss, der allem bisher Geschehenen eine andere, eine richtigere Bedeutung geben würde und von dem her sich die Kostbarkeit dieses Augenblicks speiste, aus der Zukunft, an diesem Fluss, der so philosophisch wie das Leben war, nur einmal greifbar in diesem Moment und im nächsten schon ein anderer, *ja*, ihr Griechen, *ja*; und wie ihrer beider Hände das trübe Rheinwasser hochschaufelten, um es festzuhalten, und wie das Wasser, wenn man es festhalten wollte, zwischen den Fingern hindurchrieselte, behänder als Sand oder Öl oder Milch.

«Sonnengeflüster, Drogenrauschen, gescheckte Geräusche: Damals, als wir uns ständig neu erdachten, damals, es ist gar nicht so lange her, stell dir vor, als wir uns als Rebellen gefielen, die die Füße nur hochlegten, wenn der viele Wein in die Beine zu sickern drohte, und uns beim Kreuzpissen verbrüderten; achtmal die Acht gingen, bis es einem gut schwindelte; als wir dachten, wir seien Revolutionäre, oder wir könnten Revolutionäre sein, bestimmt, bald; oder vorgaben, es zu denken, ein Frühling lag in der Luft, Aufbruchsgelüste, wir hatten ihn selbst hineingelegt; und eine Guerilla werden wir sein, nickten wir, erinnerst du dich, ein fürchterliches Tribunal, denn wir sind aus dem Dschungelholz der Guillotine geschnitzt, weißt du das noch, hörst du mich; als wir gegen den Wind agitierten, seraphisch wie hier, mal in die eine Richtung, mal in die andere, *the way the wind blows*, von der Brüstung fielen und liegen blieben, weil der Himmel so irre runterkam, lachten; Frühling am Rhein: Damals, was ein Wort, tratst du in mein Leben, tratst du ein, tratst du in mein Leben rein, mit spitzem Schuh, zerbeultest seine jungen Formen, und herausgekommen bin ich, in allen meinen gezinkten, gezackten Ausführungen, und habe mich, den anderen, total verdrängt.»

Atmen.

Klick.

«Nichts ist anders», sagte Magnus. Er hörte seine Stimme wie aus einer Entfernung, spürte Jonnas Oberschenkel an seinem. Er unterdrückte die Melancholie.

«Was ist denn los, Jonna? Ist es wegen des Examens? Ist der Druck zu groß?»

«Nein», sagte Jonna, «es ist – ich weiß es nicht.» Ihr Gesicht schimmerte ängstlich über den seichten Poolwellen.

«Sollen wir nicht gleich zu mir fahren?», fragte sie, und Magnus sah ihren kleinen Mund und ihre weißglänzenden Schneidezähne wie isoliert vom Rest des Gesichts.

«Ich würd's dir gerne erzählen, aber nicht hier, nicht so.»

«Was ist jetzt?», fuhr Erik von der anderen Seite des Pools dazwischen. «Noch jemand dabei beim frühmorgendlichen Konsum von erlesensten Herbalprodukten?»

Seine Stimme klang metallen.

«Ja, können wir machen», sagte Magnus, dann leiser, zu Jonna: «Was ist denn los? Bist du etwa schwanger?»

«Quatsch», zischte sie und stieß sich los.

«Warum sagst du es denn nicht einfach?», fragte Magnus ihren wegruckenden Rücken.

«Du lässt einen ja nicht zu Wort kommen», zischte sie nochmals über die Schulter zurück und schnitt durchs Wasser.

«Das alte Übel: *Sauna und doch so fern*», rief er ihr hinterher und lächelte. «Oder, Jonna?»

«Nicht witzig», sagte sie ins Wasser, «nicht witzig.»

Magnus wedelte mit seinem Glas voller buntgescheckter Brühe in Richtung Erik und schüttelte den Kopf. Dann strampelte er ein wenig mit den Beinen, legte den Kopf in den Nacken und spielte toter Mann. Aber es gab keine Strömung im Pool, keine Richtung, man konnte sich nicht treiben lassen. Die braun lackierten Holzplanken an der Decke bewegten sich nicht, und statt Sterne gab es Punktstrahler, aufgereiht wie Knopfleisten.

Echsengleich schnappte Rieke nach dem Joint, inhalierte, machte *Kuhaugen*. Ihre Gesichtszüge wurden von einer auf die andere Sekunde ledern. Sie zog nochmal und nochmal und schien sich dabei enorm zu entspannen.

Dann war Jonna an der Reihe. Mit einem Gesichtsausdruck zwischen Neugier und Albernheit zog sie an dem Joint, tat erfahren, was ihr natürlich in keinster Weise gelang. Sie lächelte hinüber zu Magnus mit einem belustigten Blick, der sagen sollte: *Guck weg!* Rieke wurde währenddessen immer wacher und begann, leise auf Erik einzureden, der sich seinerseits nicht entblödete, den weitergereichten Joint zwischen kleinen und Ringfinger zu stecken und den Rauch durch die hohle Hand einzusaugen.

«Die Vier ist die Zahl der Ganzheit», sagte Rieke. «Vier Jahreszeiten, vier Elemente, vier Mondphasen. Du bist ein stabiler Mensch, Erik, und wirst einmal sehr reich sein.»

Erik, der ein Gesicht hatte, das weder alt noch jung war, nickte. «So was dachte ich mir schon», sagte er lakonisch.

Denn das war Erik: der reiche und witzige Typ mit den dekadenten Fruchthof-Eltern, die allen Ernstes *Harry* und *Mandy* hießen und schon in früheren Zeiten immer das Haus geräumt hatten, wenn der Sohn eine Party schmeißen wollte. Erik mit den schnellen Sprüchen und dem Business-School-Studium in Göttingen, A- und B-Seite derselben Platte; Erik, der ein seltsam ebenmäßiges Gesicht besaß, griechisch und perfekt, das Nasenbein wie mit dem Lineal gezogen, und Augenbrauen wie Torbögen, und funkelschwarze Pupillen und einen bronzenen Teint, der schon schwul wirkte; ein Gesicht also wie Fernsehen, und trotzdem hätte nie jemand behauptet, Erik sei hübsch oder schön, obwohl die Schönheit doch eigentlich mit Händen greifbar war, aber eben nur in Einzelteilen, ohne charaktervolles Ganzes, das sie verband; der sympathische, gestörte, erfolgreiche, verweichlichte, aufgeschwemmte, verlebte, großartige, perverse Erik, bei dem alljährlich die Reunion-Partys der alten Freunde stattfanden, immer am Tag vor Silvester, an dem sich alle, die nicht im Urlaub waren, wild betranken und in alten Zeiten schwelgten und einander natürlich immer weniger zu sagen hatten. Harry und Mandy waren derweil im *Starlight Express*.

«Die Drei ist die Zahl des Märchens», sagte Rieke und sah Magnus an. «Dreiermenschen sind vielseitig begabt und sensibel.»

«Wie Fische?», fragte Magnus sarkastisch. «Ich bin nämlich Fisch. Wie man sieht.» Und plätscherte übertrieben mit den Füßen im Wasser.

«Astrologie und Numerologie haben nichts miteinander zu tun», belehrte Rieke ihn; vor ihr lagen Papierhaufen und Stifte und Würfel, ein Buch. «Aber wenn du so willst, haben Dreiermenschen und Fische einiges gemein.»

«Die Drei ist die Zahl der Eifersucht», sagte Magnus. «Überall, wo drei sind, gibt es Eifersucht. Das ist bei der Vier nicht so. Oder?»

Rieke sah ihn verständnislos an; sie gehörte zu denen, die sich in Magnussens Gegenwart angegangen fühlten, egal, was er machte oder nicht machte; eine Haltung, die seine Angriffslust oft erst weckte. Es gab viele solcher Menschen. Sie sahen Magnus nur an, sahen sein Gesicht, dieses Lächeln, das ständig über dem Gesicht lag, ohne wirklich sichtbar zu sein, und wurden sofort defensiv.

Magnus mochte sie nicht, diese Verbindung von Kiffen und Paranoia. Nichts gegen eine Tüte, nichts dagegen, high zu werden. Aber wenn die Kiffer anfingen, zu sehr dem Kiffer-Ideologie-Klischee zu gehorchen und Verschwörungstheorien von sich zu geben, dabei von den Illuminaten, dem geheimen Wissen der noch lebenden Maya oder auch den wahren Hintergründen des elften Septembers schwärmten, dazu das I-Ging befragten, das Internet durchforsteten und, wo sie nicht mehr weiterspinnen konnten, weil ihnen die Phantasie versiegte, da ihr Horizont schon für die sichtbare Welt zu eng war, auf irgendeine Feinstofflichkeit verwiesen, Geister zitierten, Zahlenmystik betrieben – in den Augen immer denselben feuchten Schleier über diesem kaum wahrnehmbaren Schielen, diesem Froschaugenschielen falscher Unendlichkeiten, das Rieke jetzt wieder feilbot –, dann wurde es Magnus zu viel, und er wurde zum Apologeten der Aufklärung, zum Priester menschlicher Ratio, zum feurigen Verteidiger des *common sense*.

«Aha, und das glaubst du also wirklich», sagte Magnus.

Seine feinen, kurzen Haare standen wie elektrisiert vom Kopf ab. «Kommst du vielleicht aus dem Osten?»

«Also, was soll das denn, Magnus», sagte Erik.

«Nur eine Frage», sagte Magnus.

«Und? Und wenn ich aus dem Osten komme? Was hat das dann zu sagen?» Rieke sah zu ihm herüber, käute irgendwas wieder, rümpfte die Nase. Eine winzige Erschütterung huschte von innen über ihr Gesicht.

«Nichts», sagte Magnus. «Gar nichts. Schon gut.» Er stieß sich vom Beckenrand ab. «Ich muss jetzt los. Jonna, nimmst du mich mit?»

«Klar», sagte Jonna. «Gleich.»

Er tauchte unter. Tausend wilde Bläschen schossen weg vom Körper. Er schwamm zwei, drei Züge. Wasser in der Nase, Wasser in den Ohren. Ihm war leicht übel, seine Zunge schmeckte nach totem Delphin. Er ließ Luft ab, hockte sich auf die Kacheln, die Arme um die Beine geschlossen, und öffnete die Augen.

Druckausgleich.

Die Nacht draußen lag ausgebreitet auf den Hügeln, ohne sich zu rühren, und es roch nach Plastikfolie. Das Sofa, auf dem sie saßen, roch nach Plastikfolie. Jonna hatte noch einen Wein aufgemacht. Magnus trank die letzten Whiskeyreste, die er aus Eriks Haus hatte mitgehen lassen. Sie waren in Jonnas altem Käfer herübergekommen, hatten alte *Ärzte*-Kassetten gehört und alte Schleichwege benutzt, um der Polizei auszuweichen.

Sich mit Jonna zu betrinken machte immer Spaß. Sie lachte dann noch lauter und kehliger über jeden von Magnussens Witzen, und man sah sich lachend in die Augen, Blau von Braun aufgesogen. Magnus verliebte sich jedes Mal auf die leichteste Art, ganz unverbindlich, sprachlos, folgenlos: Liebe auf Kur, wie im Arztroman. Meistens rückte er dabei, um die Momente des Schweigens und ihre Konsequenzen zu vermeiden, mit einer etwas entlegenen, skurrilen Geschichte aus seinem Leben in Berlin heraus. Denn Jonna hielt Berlin für einen schrägen Großstadtdschungel und Magnus für einen ziemlich abgefahrenen Charakter, ziemlich *anders*, wie sie immer sagte, *anders abgefahren*, und Magnus gab ihr gerne neuen Stoff für diese Sicht, weil er sie damit gleichzeitig interessieren und auf Abstand halten konnte – im Schwebezustand.

Denn Abstand musste sein. Die Sache zwischen ihnen war immer etwas Besonderes gewesen. Vielleicht nur für ihn, vielleicht nur, weil sie wie ein Versprechen war. Vielleicht ein Versprechen, das nie eingelöst werden würde, damit es nicht vollends verschwand.

Doch jetzt war etwas anders: war leicht verschoben, unscharf. Die Schweigepausen dehnten sich, fast unbemerkt. Die Blicke ruhten einen Moment zu lang ineinander, und jedes Mal einen Moment länger.

«Mir bringt das nichts. Ich kriege dabei immer nur Lachanfälle», sagte Magnus.

Jonna lachte.

«Und dann glauben die Leute, ich würde sie auslachen.»

Jonna lachte noch lauter.

«Echt?», fragte sie.

«Ja, dabei lache ich nur über irgendeine klitzekleine Scheiße, die nur ich merke, irgendein Wort oder so, und vielleicht habe ich es sogar falsch verstanden. Aber plötzlich sind alle beleidigt, und ich frage mich, was ich falsch gemacht habe, und schiebe Paranoia. Dabei ist gar keiner beleidigt, in echt, ich bilde es mir nur ein.»

«Das kenne ich», lachte Jonna und trank, «das kenne ich. Und man fühlt sich – als würde die Aufmerksamkeit der Welt sich auf einen Punkt zusammendrängen, und dieser Punkt ist man zufällig selbst. So ein Pech aber auch. Ich mache so was ja nur ganz selten, das Kiffen. Ich bin ja brav.»

Das ist sie, dachte Magnus: brav. Brav und lieb, im besten Sinne, eine *gute Seele*. Und dennoch, oder eben genau aus diesem Grund, war Jonna eine *femme fatale*. Aber eine, die sich ihrer fatalen Wirkung auf die Männerwelt angeblich nicht im Geringsten bewusst war. Ihr waren alle einmal verfallen gewesen, alle. Es war nicht allein die aparte Fassade, in der ihre gute Seele sich durchaus häuslich eingerichtet hatte. Das Besondere an Jonnas Anziehungskraft war, dass es niemals um Sex oder Abenteuer ging – nein, wenn sich jemand in Jonna verliebte, bekam er gleich den Familienflash. Das volle Programm rückte dann ins Blickfeld. Etwas war an ihr, das in wirklich jedem den Familiensinn, wie unterentwickelt oder verkümmert der auch war, zu voller Blüte aufschießen ließ und ihn eine Zukunft mit Haus, Hund und eigener Begonienzucht herbeiphantasieren ließ, mit properen Kindern, selbstgebastelten Adventskalendern, Vogelhäuschen auf dem Balkon und Schneemännern im winterlichen Garten. Jonna war LSD für den idyllischen Flügel im Hirn. Und einer war immer verliebt in Jonna. Einer war immer auf dem Jonnatrip.

Bekannterweise sind die Mädchen, mit denen man zur Grundschule ging, später die härtesten Nüsse. Mit denen kommt man besser nie zusammen, und wenn, dann nur kurz, um sich nach ein paar Tagen selbst zurück in die Ecke zu schicken und dort den törichten Fehler einzusehen, auf dem Kopf die Eselsmütze mit Fransen, die übers glühende Ohr fallen. Denn wenn man mit Mädchen aus seiner Grundschulklasse zusammenkommt, ist es irgendwie so, als würde man versuchen, der Zeit Streiche zu spielen. Als wollte man sie verbiegen oder austricksen. Als wollte man den kleinen Jungen im Nickipullover in eine Zeitmaschine quetschen und ihn im Schleudergang zu etwas zwingen, für das unsere Dimensionen nicht ausreichen. Als sei er nicht verwachsen inzwischen, jenseits der Pubertät, von zu vielen Lügen verklebt, wie es das fortschreitende Leben eben so mit sich bringt. Es hat etwas Gewaltsames. Manche Geheimnisse dürfen nicht gelüftet werden, selbst wenn sie längst durchschaut sind.

Dabei war Jonna jetzt so geheimnislos, dass Magnus sich fast wünschte, sie möge schweigen. Irgendeine Grenze schien überschritten. «Brav», sagte sie und prustete los. «Siehste, jetzt häng ich mich allein an dem Wort auf: *brav*. Wie das klingt. Brav. Brav.»

Sie beugte sich vor Lachen nach vorn, ließ den Kopf fast in Magnussens Schoß fallen, er sah die kleinen Härchen, die im Lampenlicht aufleuchteten, und ein kleines Muttermal. Dann schnappte sie wieder hoch, wie ein Messer.

Sie lasen alte Briefe von Magnus, adressiert nach Paris und nach Passau, wo Jonna studiert hatte, handgeschriebene Etüden in Moll, «da sind Wände aus Glas überall um uns herum, und wenn wir versuchen, uns zu berühren, zerbricht das Glas und blutet»; Magnus las das, teils laut, teils genuschelt, und tat dabei so, als plagten ihn Magenkrämpfe; Jonna lachte und nippte am Wein. Dann kam er an eine Stelle, die er auf keinen Fall laut vorlesen konnte; er stutzte und erschrak leicht, und ein weiteres Schweigen entstand; sie sahen sich an. Ein Zucken ging durch Jonnas Gesicht. Ihre Blicke verknoteten sich kurz, flüchtig, genüsslich, eine verstörte Atempause lang, ineinander.

Blau verfing sich wieder in Braun und zappelte.

Schnell rissen sie sich fast ängstlich voneinander los. Magnus zerstreute seinen Blick nach unten und las ihn verlegen und mühsam wieder auf. Der Teppich war makellos. Ohne etwas dafür zu können, sahen sie sich gleich darauf erneut an, jetzt sicherer, bewusster, entschieden.

Jonna lächelte. Es gab kein Geheimnis mehr. Alles stand offen. Sollte das ewige Spiel von Anziehung und Abstoßung, das sie jahrelang gespielt hatten, so einfach und undramatisch ein Ende finden? Die Dramaturgie des Moments erlaubte keine solchen Fragen; doch hätte Magnus gerne gewusst, ob er das Geheimnis wirklich aufgeben wollte für etwas, das sich wohl in nichts von dem unterscheiden würde, was er bereits erlebt hatte; ob hiernach nichts mehr da sein würde, das sich ersehnen oder leugnen ließe; ob nicht gerade das jahrelange Ersehnen und Leugnen seiner Leidenschaft für Jonna dieser erst Feuer und Dauer verliehen hatte; und was jetzt noch zu leugnen und also zu ersehnen wäre.

Aber diese Fragen ließen sich nicht mehr stellen. Wie automatisch folgten die Körper den Blicken.

Jonna fühlte sich dünner und kantiger an, als er vermutet hatte. Ihre Lippen waren trocken, ihre Küsse spitzmündig, als müsste sie ein Lachen unterdrücken. Alles, was sie tat, war seltsam ungeübt und passiv. Sie waren sich einmal zuvor nahe gekommen, vor Jahren, am Rhein, ohne dass dies zu irgendetwas geführt hätte. Der aufgeschobene Zauber all der Jahre seitdem staute sich jetzt, in diesem Augenblick, und fand dennoch kein Ventil.

Magnus fasste sie an, wie er andere Frauen angefasst hatte, dieselben Griffe, Verzögerungen – aber es fühlte sich an wie gespielt. Er musste sich zusammenreißen, um nicht das kleine Mädchen in ihr zu sehen, das er früher geliebt hatte, um nicht in eine große Zeitverwirrung zu geraten und sich wie ein dreckiger alter Mann zu fühlen, wie ein Pädophiler, der sich an etwas Bravem verging.

Er zog ihr das T-Shirt über den Kopf. Ihre schweren

Brüste fielen heraus und sahen ihn an wie traurige Eulenaugen. Die Größe ihrer Nippel machte ihn selbstsicherer, gab ihm die Gewissheit, dass es zwei Erwachsene waren, die sich hier aufgeilten. Er streichelte die Brustwarzen mit den Fingerspitzen, kniff sie leicht und fühlte eine Erektion wachsen. Hier war die Frau, die er in allen Frauen gesucht hatte, und jetzt, wo er sie haben konnte, haftete dem Ganzen etwas Vergangenes an. Er küsste ihren Hals, sie seufzte leise und befremdlich. Der Geruch von Plastikfolie stieg ihm wieder in die Nase, und ihre Haut roch nach Barbourjacke: talgig, wächsern, grün.

Er hämmerte es sich in den Kopf: *Frau, das hier ist eine Frau* ... wollte ihren Namen nicht mehr wissen ... alles vergessen, keine Vorgeschichte haben ... die Rahmendaten verwischen ... sie einfach *besitzen* –

Er öffnete ihre Jeans, ließ seine Hand hineinfahren (*Frau, Frau, das hier ist eine Frau, und ich will sie jetzt besitzen*), langsam, sachte, bestimmt, fühlte ihr Schamhaar, das knisterte.

«Warte», sagte Jonna plötzlich, «warte.»

«Ja», sagte Magnus sofort, beschämt wie ein ertappter Ladendieb, und wich erleichtert zurück.

«Ja, wir sollten das nicht tun, lieber nicht», sagte er und nickte. Alles fiel ihm wieder ein, sein Herz wummerte, und er war froh und dankbar, dass Jonna ihn aufhielt, um ihre jahrelange Freundschaft nicht in eine mögliche Katastrophe münden zu lassen. Er selbst hätte es nicht geschafft.

Aber das war es nicht. Das war nicht, was sie sagen wollte.

«Nein, warte, Magnus», sagte Jonna, «das ist es nicht.» Ihre braunen Augen funkelten hart und ängstlich.

«Was dann?», fragte er und richtete sich auf. Sein Gürtel schepperte.

«Ich bin schwanger.»

«Schwanger?» Er wich weiter zurück. «Aber du hast doch

gesagt ...» – fahrig griff er nach der Zigarettenschachtel. «Ach so. Ach so ist das.»

Die Zigaretten fielen ihm durch die Finger auf den Boden. Ungeschickt tauchte er ihnen hinterher, um Jonna nicht zu sehen, um nicht reagieren zu müssen. Das Blut schoss ihm in den Kopf und in die Augen, und ein Bild blitzte in seiner Vorstellung auf, Nicolas Cage in *Wild at Heart*, wie er sich zwei Zigaretten anzündet, nachdem Laura Dern ihm sagt, dass sie schwanger sei, nein, es nicht sagt, sondern auf ein Stück Papier schreibt, weil sie es nicht sagen kann, weil es unsäglich ist – und er hatte nicht übel Lust, es Cage gleich zu tun und Jonna die Zigarette zu versagen, die sie mit einer gedankenlosen Geste verlangte, und diese Zigarette selbst zu rauchen, seine und ihre, zwei Zigaretten auf einmal, sprachlos und cool und ohne Gefühle.

«Aha», sagte er, als er wieder auftauchte, «schwanger, das ist natürlich was, das ist ja ein Ding.» Die Flamme in seiner Hand zitterte, als er sich zwei Zigaretten ansteckte.

«Ich wollte, dass du es weißt», sagte Jonna. «Bevor hier irgendwas –»

«Bevor hier irgendwas passiert, was eh keinen Sinn hat», unterbrach er sie. «Ja. Ja.»

Pause.

«Seit wann weißt du es denn.»

«Seit vier Tagen. Du bist der Erste, der es erfährt.»

«Deine Eltern wissen es noch nicht?»

«Nein.» Sie zog lange und gierig an der Zigarette; die Glut knisterte.

«Okay», sagte Magnus. «Okay, okay.» Er stand auf und ging zum Fenster. «Dann wird hier also ein Kinderbett stehen, ja? Und da der Laufstall? Oder wirst du umziehen? Okay. Okay, okay.»

«So weit denke ich noch nicht», sagte Jonna.

Magnus lachte verzweifelt in sich hinein, ohne dass sie es merkte. Mein Leben ist ein einziger Interruptus, dachte er.

Jonna sagte nichts.

Dann fing er sich wieder.

«Das Christkind ist geboren», grinste er. «Und – wer ist der Vater?»

Kenne er nicht, den Vater, hatte sie gesagt. Nein, sie seien nicht mehr zusammen, hatte Jonna geseufzt und den Rauch der Zigarette durch die Nase geblasen. Sie sei nicht mehr verliebt und möge ihn gar nicht, den Vater, hatte Jonna spitzmündig erzählt, und es sei ein Unfall gewesen, oder was man so Unfall nenne, eine schwarze Strähne war ihr die Wange herabgehangen und hatte im weichen Stehlampenlicht geglänzt. Unfall, ja, aber nicht auf die hirnverbrannte Art der Gäste in den Proleten-Talkshows, bei Gott, was denke er, sie habe schließlich die Pille genommen. Vielleicht, zugegeben, und hier hatte sie etwas gelispelt, weil es ihr unangenehm war: vielleicht einmal, zweimal ein wenig zu spät. Ja, fahrlässig, hatte sie gesagt, ein Wort, das in Magnussens Ohr ebenso fremd klang wie aus Jonnas Mund, fahrlässig. Manchmal ginge es da um Stunden, bei der Pille, hatte sie gesagt. Magnus kannte sich nicht aus mit der Pille. Er wusste nur, dass eine Abtreibung weder für Jonna noch für ihre Familie in Frage käme. Dass Jonna jedoch in absehbarer Zukunft zur sorgenden Mutter mutieren könnte, wollte er sich auch nicht vorstellen.

«Wie würdest du es nennen?»

«Was?»

«Dein Kind.»

«Ein Kind? Ich weiß nicht. Ich habe noch nicht drüber nachgedacht.»

«Lügner. Jeder hat schon mal drüber nachgedacht. Jasper? Josephine?»

«Jan oder Julia. Bloß nichts gewollt Schräg-Bürgerliches. Nichts Extravagantes. Fühlst du eigentlich schon etwas?»

«Nein.»

«Du weißt doch gar nicht, welches Fühlen ich meinte. Ob im Bauch, in der Brust oder im Kopf.»

«Egal. Nichts ist anders. Noch nicht.»

«Egal.»

«Egal.»

«Jonna?»

«Ja.»

«Nichts.»

«Doch, sag.»

«Ach. Mir fällt da was ein. Warte mal.»

Rieke küsste Erik, und Erik küsste Rieke, und Magnus musste sich eingestehen, dass es sexy aussah. Sie saugten, so viel konnte man blitzweise erkennen in diesen Momentaufnahmen, sie saugten einander zart an der Unterlippe, ließen die Zungenspitzen spielerisch miteinander tänzeln, außerhalb der Münder, in Zeitlupe, wie Schnecken beim Begattungstanz, sich gegenseitig stützend.

«Alles in allem mehr Spiel als Vorspiel», sagte Jonna. «Oder? Ich erkenne nichts.»

«Das ist doch DSL hier, oder?», fragte Magnus.

«Glaube schon.»

«Fandst du die gut, oder was? Die ist doch eh nur –»

«Nee, natürlich nicht. Es geht um was anderes. Jetzt sei mal kurz still.» Magnus nahm einen Schluck Ouzo aus der Flasche, die er neben dem Fernseher gefunden hatte. «Was machen die denn da? Man sieht nichts!»

«Die knutschen, Magnus. Und gleich werden sie vielleicht – du weißt schon. Ganz natürlich.»

«Vielleicht nicht.»

«Nicht natürlich?»

«Vielleicht werden sie es nicht tun.»

«Würde dich das freuen? Seid ihr jetzt eigentlich alle pervers geworden?»

Ihre Münder waren jetzt eins. Sie hatten mit ihren Lippen einen Raum nur für sich geschaffen, ihn fest versiegelt, und es sah aus, als würden sie darin einen Schmetterling nähren. Gerade geboren, noch speichelbenetzt und besetzt von den letzten Puppenkrusten.

«Natürlich werden sie es tun», sagte Jonna. «Rieke ist läufig.» Sie lispelte. «Und Erik hat's doch den ganzen Abend darauf angelegt, da unten eine zu knallen. Weiß doch jeder.»

«Quatsch. Du weißt es nur, weil ich's dir gesagt habe.»

«Stimmt nicht. Ich wusste es schon lange vorher.»

«Ach ja? Und wer war gerade so überrascht, als sie angefangen haben?»

«Jeder weiß, dass Erik seine Pool-Aktionen früher mitgeschnitten hat. Jeder. Warum sollte er es heute nicht mehr tun? Mit seinem Revival-Scheiß. Glaubst du vielleicht, ein Alki, der im Bonner Loch feiern gehen will, tut das ohne seinen Korn?»

Die Internetbilder sprangen in Zeitlupe weiter, verwaschen, verweht, langsam und gestückelt wie ein behindertes Daumenkino. Dennoch war die sich abzeichnende Entwicklung hochinteressant: Rieke hatte inzwischen ihren schwarzen Spitzen-BH abgelegt, und Erik schraubte sachlich an ihren Nippeln herum. Das war das gegenwärtige Bild. Dann Stillstand, für Sekunden. Für weitere Sekunden. Für eine Minute fast. Jetzt konnte es ganz schnell gehen, jeden Moment konnte der entscheidende Schritt passieren – aber das Bild sprang nicht weiter. Magnus verfluchte die Langsamkeit der Verbindung. Vielleicht würden sie beim nächsten Bild schon ... vielleicht war er bereits jetzt –

«Daten- oder Samenstau, alles einerlei. Magnus, bist du jetzt eigentlich ein Spanner, oder musst du hier was abarbeiten? Ich will das nicht mehr sehen. Sollen wir den Computer nicht einfach ...?»

«Da!»

Das nächste Bild war aufgetaucht, noch verwaschener und unschärfer als sein Vorgänger. Erik lag halb auf Rieke, die die Augen geschlossen oder fast geschlossen hatte. Er küsste ihren Busen, hatte seine Shorts noch an.

«Das hast du gewusst?» Magnus zeigte auf den Monitor und schüttelte den Kopf. «Das da? Quatsch.»

«Ich wusste nicht, dass Rieke es machen würde, aber ...»

«Die wissen alle, dass Erik das mitfilmt?»

«Alle. Ich ja auch. Und wenn *ich* schon was mitbekomme ...»

«Und Rieke? Weiß sie es auch?»

«Ja.»

«Und wieso macht sie es dann?», fragte Magnus und wischte abfällig in Richtung Bildschirm. Ein weiteres Bild sprang auf. Erik war höher gerutscht. Riekes Hände lagen auf seinem Po, massierten diesen durch die Shorts.

«Was weiß ich. Vielleicht macht es sie an. Guck mal, sie guckt in die Kamera.»

«Egal. Sollen sie doch. Mir egal. Aber weißt du, was mich daran aufregt?»

«Nein, aber du wirst es mir sicherlich sofort sagen.»

«Es verletzt irgendwelche Grenzen. Es geht auch um Respekt.» Sein Blick scannte die Gegenstände in Eriks Zimmer. Elterndinge hatten es nach und nach infiltriert, fast konnte man die Schichten und Verwerfungen sehen. Herausgekommen war die typische Mischung aus Altem und Neuem, eine sichtbare Klitterung der Zeit, wie in so vielen verlassenen und umfunktionierten Jugendzimmern. Wobei das Neue noch älter schien als das Alte.

«Es geht darum, Respekt vor der anderen Zeit zu haben. Wie in dem Zimmer hier. Da haben die Eltern auch nicht alles mit Müll vollgestellt.»

Bestimmte Regale in Eriks Zimmer standen noch an genau derselben Stelle wie früher. Nur das Inventar war ersetzt worden – Bücher und Comics durch Urlaubssouvenirs und Atlanten. Andere Möbelstücke waren ganz verschwunden: Eriks Kleiderschrank etwa. Ein Sekretär nahm dessen Platz ein, vollgestellt mit Fotos aus dreißig Jahren Familiengeschichte. Das Plakat mit dem brennenden Wellensittich aber war noch immer da. Billig eingerahmt, ohne Passepartout.

«Sollen wir nicht aufhören? Ich glaube, jetzt geht's richtig zur Sache. Willst du uns das nicht ersparen?»

«Warte. Jetzt geht's schneller.»

Tatsächlich hatte der Datenstau sich aufgelöst. Im Sekundentakt wechselten die Bilder, entluden sich hektisch und ließen die Illusion von Bewegung entstehen, eine schunkelnde Verknotung zweier Körper, ein Auswuchs, der ständig durch seine drei, vier Entwicklungsstufen permutierte, zyklisch und banal, von einem Zustand in den nächsten fiel, dann wieder zurück, undramatisch, abgehoben, steril, zwei verklebte, verhakte Körper wie unter Wasser, die eher dem Rhythmus der Übertragungsrate zu gehorchen schienen als dem ihrer Geilheit, fielen sie doch immer wieder zurück zum Ausgangspunkt, fast ein Loop, zwischen Haarbüscheln, Zähnefletschen, zwischen Gesichts- und Lustkrämpfen, verschmiert, ohne Biographie, ohne Sinn, wer braucht schon eine Rahmenhandlung, und obwohl dem

Geschehen jeder reale Zug abging, alles den virtuellen Hall eines Downloads hatte, der aus Hannover, Bogotá oder Tokio kommen mochte, von irgendeinem Server dieser Welt, dessen Standort niemals sicher war, so wie das Internet niemals sicher war, ließen die wiewohl verwischten, rauschenden, spastisch stockenden Bilder gegen alle torsohaften Einwände eindeutig und unmissverständlich nur einen einzigen Schluss zu.

Begleitet von beleidigtem Knacken wurde der Screen schwarz, als Jonna ihn ausschaltete. Das Knacken entfernte, verstreute sich. Die schwarze Stille dahinter blieb.

Vielleicht aber ist die Wärme ihrer Lippen auch einfach nur geliehen, dachte Magnus still bei sich und wusste nicht, was er damit meinte.

Jonna ging auf die Toilette.

Bilder knallten in ihm auf. Bilder von Körperknäueln, rhythmischen Spasmen und versenktem Fleisch, das sich aalt im Sud, der nach Groschen schmeckt: Jonna und der unbekannte Vater. *Weg, weg, weg, weg, weg.*

Okay! Okay, okay, das sind nur die Bilder, die knallen auf, die knallen da auf wie Wände, das kenne ich schon, sagte Magnus leise. Da legt ein anderer deinen Lebenswunsch flach und schwängert ihn *en passant*, und die Bilder stehen innen Schlange und hauen dir durch den Kopf wie böser Karneval. Flachgelegt, hochgeschnellt, eingeklinkt; versenktes Fleisch, wirkliche Banalität: Penis aalt sich in Vagina, es schlurpt und seufzt, Nahaufnahme, jede Falte, jedes Haar schreit Verrat, Penis stammelt *hu-hu-hu*, Scheide wimmert *ha-ha-ha*. Und du hoffst, sie hat die Augen geschlossen. Du hoffst, dein Herzenswunsch sieht nicht, was du siehst, was dir da durchknallt im Kopf und nicht zu verscheuchen ist.

Vielleicht ist aller Sex nur Schauspiel, dachte Magnus

still, und der Satz hatte in seiner Bitterkeit etwas Beruhigendes.

Magnus tappte durch den Kottenforst, von Pech nach Godesberg, nahe der Landstraße. Er knirschte eine Melodie mit den Zähnen. Die Bierdose brannte kalt in seiner Hand, Gefrierbrand. Ein fernes, erstes Morgenblau kroch rechts über die Hügel von Wachtberg. Der Kiesweg war gesäumt von mächtigen Tannen. Es ging ein steiler Wind.

In der Nacht scheinen Tannen viel größer als tagsüber. Die Tannen waren wie schwarze, furchteinflößende Riesen, die wankten, die über Magnus berieten, aufgewühlt. Sie wallten auf und ab, vom Wind bewegt. Wogen fuhren durch die Äste. Es schien, als gestikulierten die Bäume in der Diskussion, erwogen (er*wogen!*) Für und Wider, kamen zu keinem Schluss, hatten Mitleid und wollten ihn mit ihren Ästen wie mit übereinandergelegten Händen schützen. Hin und wieder funkelten Lichtsprengel auf im Dickicht, rechts, von der Landstraße her, Scheinwerferstrahlen, die sich kurz durch die Nadelwellen bohrten.

Wenn man einmal ernsthaft in jemanden verliebt war, ist man dann mit diesem Menschen unwiderruflich ein Leben lang verbunden? Führen unterirdische Kanäle vom einen Leben zum anderen, wechselt die Luft deshalb die Farbe, wenn man an ihn denkt? Die Schicksale sind nicht verwoben, wissen aber voneinander. Und hört man dann etwa die Stimme und die Intonation des anderen nach Jahren wieder, die Art zu sprechen, durchs Telefon, in einer Kneipe, im Fernsehen, wird aus der Vergangenheit knallwache Gegenwart, und alles fällt einem wieder ein, nicht wie ein Gedanke, nicht wie eine Lawine, sondern gerade so, als ob unvermittelt das TV-Programm gewechselt hätte. Ein Teil jedes Bewusstseins scheint reserviert zu sein für diese Kanäle. Für diese nerdige, heimliche Buchhalterei der vergangenen Leidenschaften, diese unbewusste Doku-Soap. Für Piratensender, die beizeiten dazwischenfunken, ohne dass man das wollte. Und das Ich ist wohl die Fernbedienung, die entscheidet, wann genug ist. Dann wird zurückgezappt.

Der Kottenforst war ein alter, vertrauter Geselle. Magnus erinnerte sich an Spaziergänge mit seiner Mutter und dem zeitweisen Stiefvater, an Schneeballschlachten, Schneemänner, Wutausbrüche. An Zeltlager mit dem Fußballverein, Überfallkommandos und die Angst vor dem vermeintlichen Wildeber, Flucht auf den Baum, hysterisches Glucksen in den Ästen, Harzhände. An Wanderungen mit der Grundschulklasse und der Lehrerin Frau Gabelholz, an die Frage: Die Bananenschale, die darf ich aber schon einfach so wegwerfen, oder? Auch an die einzige Maibaumaktion, bei der er je mitgemacht hatte, und an das tragikomische Bild der verlassenen Birke im Rinnstein, ein riesiger, erleichterter Weißstrunk, morgens um sieben.

Es war um Jonna gegangen, wie es so oft um Jonna gegangen war. Drei Jungen wollten sich einmal so richtig jungshaft fühlen und fällten (mit kleinen Sägen, die bei der ewiglangen Fällaktion jaulten, hechelten und irgendwie auch kicherten) eine stattliche Birke im Kottenforst, um sie, so war der Plan, durch ganz Godesberg Richtung Plittersdorf zu tragen und nach der Tradition, fast minneartig, vor Jonnas Fenster aufzustellen. Es war Leifs Idee gewesen. Einer war immer in Jonna verliebt. Im Zweifelsfalle Leif.

Dumm nur, dass die Jungsgruppe den Zeitplan aus dem Auge verlor vor lauter Lachen, Schnaufen, Fluchen, Bierwetttrinken, Klein-Klein-Gesäge und Försterausschau, denn natürlich ist der Förster am ersten Mai besonders wachsam. Die Birke war ein zähes Luder, das Kölsch kalt, die Witze frisch, und so dauerte es knapp zwei Stunden, bis die schon zahllosen «Timber!»-Rufe endlich auch ihre Erfüllung fanden: Die Birke fiel, mit einem dumpfen, zitternden Aufschlag, der sofort einige heimliche Fragen aufkommen ließ.

Die Birke war nämlich – entgegen aller Intuition, die die Birke an sich, vielleicht wegen der weißen, nicht als Farbe geltenden Farbe, eher für ein leichtgewichtiges Holz hält –, sie war unverschämt schwer und ließ die Träger, kaum hatten die jungshaften Jungs sich mit dem Baum auf den Schultern auf den weiten Weg gemacht, unter ihrem Gewicht ächzen. Das Bier trat sofort durch die Poren wieder heraus, wie das so ist, wenn man trinkt und sich dann anstrengt, und das allgemeine Witzeln war gekeuchten Angeboten und Nachfragen in puncto Gewichtsverlagerung gewichen: «Kann noch jemand was mehr nehmen?» – «Ich kann noch was nehmen ...» – «Ich auch!» – «Dann gib mal!» – «Ja, wie denn? Schnell! Meine Schulter!» – «So?» – «Ja, besser!» – «Jetzt ist bei mir zu viel! Hey, Leute!» – «Scheiße, bloß nicht mehr!» – «Ich! Ich kann noch was!» – undsoweiter, derselbe Klagegesang mehrere Stunden lang.

Im Morgengrauen dann – das, wie heute, mehr ein *Morgenbläuen* war, dachte Magnus – kamen sie am Waldkrankenhaus an, das zugleich die Waldgrenze markierte, gingen noch ein paar Kilometer hinunter nach Schweinheim, wo der krötenhässliche Ralf wohnte, und sahen dort plötzlich ein, dass es schon jetzt viel zu hell war, um jemandem noch einen Baum zu stellen, wie sähe das denn aus, und bis zu Jonnas Plittersdorf waren es noch zwei Stunden, und sollten sie den Baum vielleicht unter den Augen der ganzen Familie Kuroschka aufstellen, angefeuert von den gerührten Eltern, ausgelacht von den Brüdern, irritiert von Jonnas mausspitzem Grinsen im Fenster?

Also wurde die prächtige Birke, die leider ein paar Kilo zu prächtig war, einfach auf die Straße gedonnert, mit großem Hallo, Trara und Tamtam. Sie rollte dann in Richtung Bürgersteig weiter, landete im Rinnstein und lag dort wie ein zu Tode gestreckter Schimmel. Es schien ihr aber zu gefallen. Sie schien, wie gesagt, erleichtert. Und die drei konnten wieder lachen und machten sich müde auf den Weg nach Hause.

Schon zwei, drei Kilometer weiter. Magnus fror. Mit Erinnerungen ließen sich Zeit und Kilometer überbrücken, sodass die Kälte nicht zu aufdringlich wurde. Leider war Magnus aber kein Erinnerungsmensch. Das nostalgische Schwelgen in Gewesenem gab ihm nichts, und es gelang ihm auch selten. Die Vergangenheit war ihm nicht wichtig. Ganz anders als Leif, der wohl am liebsten nochmals die ganze Schulzeit durchleben würde, wollte Magnus so wenige Gedanken wie möglich an die Vergangenheit verschwenden und sie schon gar nicht bereden oder wiederauferstehen lassen.

Gleichwohl hatte er nichts zu verstecken oder zu verdrängen, falls er das überhaupt beurteilen konnte. Er hasste weder seine eigene Vergangenheit noch die Vergangenheit an sich. Nur hatte eine von beiden ihm zu viele Versprechen ins Ohr geflüstert irgendwann, Versprechen, die noch auf ihre Einlösung warteten.

Und ein Taxi kam auch nicht vorbei.

Zwei Stunden später. Das Blau über Gimmersdorf wurde scheckiger, ging ins Weißliche, Neblige. Die Autos auf der Landstraße dröhnten lauter und zahlreicher, trotz Silvestermorgen, schoben diffuse Lichtkegel vor sich her, die den Milka-Nebel nicht auflösen konnten. Noch immer nickten und wisperten die Tannen, wenn auch leiser. Sie waren schon geschrumpft im wachsenden Streulicht.

Magnus trank die Bierdose leer, zerknüllte sie, warf sie in einen bereits zugemüllten Busch, ging weiter.

Bewaffnet mit einer in Red Bull aufgelösten Aspirin stieg er die Treppe hoch, an einer Armee alberner Damenschuhe vorbei, die meisten nie getragen. Die Schlafzimmertür stand offen. Das abgewrackte Bett ungemacht, aber leer, umzingelt von Vasen, Töpfen, Enten, Pelikanen, Statuen, von Silber, Gold und Silbergold, sprießend und herausschießend wie Orchideenstempel oder die dürren Schwänze verirrter Alter, bereit zur Befruchtung: und um das Bett Wälle aus Boulevardblättern und *Cosmopolitan*–Heften, die Lily sich von einem Klinkenputzer hatte aufschwätzen lassen, und Landschaften von ungetragener Billigkleidung, echten Pelzen, Markenfälschungen, Rolex-Etuis.

Die Wünsche sind suspendiert, die Lebensentwürfe verblasst, es gibt keinen Gefährten mehr, der zu einem steht, das Haus ist geblieben in gütlicher Trennung und muss jetzt herhalten als Gegenüber der Bepartnerung. Die Träume sind zerbrochen, die Scherben unter räudige Bettvorleger gekehrt, um sich nicht zu schneiden, sich niemals wieder zu schneiden. Alles Leben konzentriert sich im Jetzt. Keine Andenken an die Vergangenheit werden zugelassen, schon gar nicht welche an die gescheiterten Ehen, Teil für Teil wächst der Blick zu, wird die eigene Biografie mit Tigerkissen und Leopardenbettzeug weich erstickt.

Auch zum Jetzt gehörig: die Erotik der Spätentwickelten, dieses Noch-was-vom-Leben-haben-Wollen, ausgestellt in nackten Plastikgriechenärschen, schwülstigen Loverlippen auf gerahmten Postern, prallen Mädels als Lampenständer, schlampig versteckten Kondomen. Der kurze Flur auf dem Weg, gesäumt von Sektflaschen, Geschenken flüchtiger Liebhaber, aufgereiht wie Trophäen, von Sternenbändern umwickelt und von Plastikobst interpunktiert, und

Papiersträuche und Seidenwedel, Insignien kleiner Sehnsüchte, Schleifen und Schleifchen, glitzernde Halbmonde, zwitschernde Vogelpärchen aus Ton, Stoffnikoläuse, rosarote Deckchen, denen man, obwohl jahrzehntealt, noch immer den Firmengeruch ansah, Raufaser und Flauschteppich, Vergeilung des Billigkapitalismus, Leerlauf des Lebens.

Verdammt. Magnus ließ Wasser in die Badewanne ein, zog sich aus und suchte sich unter Hunderten von eingestaubten Duschgelproben und Badelotionen die heraus, die am wenigsten exotisch-papayaesk klang. Er riss sie auf und ließ sie in das rauschende Wasser tropfen, das sich rosa färbte. Kunstefeu rankte über seinem Kopf, ein üppiger Plastikbaum kitzelte ihn an der Seite. Er befühlte seinen Hals, fand seinen Puls nicht. Unter dem Spiegel stand die Armee von Lippenstiften, Pflegemasken, Haarbändchen, Haarsprays, Schatullen, Ramschhalsketten, rosenbehauenen Zahnbürstenständern, halbvollen und leeren Parfüm-Flakons, kleinen Kupfermäusen, Porzellanengeln.

Dann stieg er in die Badewanne. Das Wasser, heiß auf der Haut, schäumte nicht, hatte den Rosastich abgelegt und sich stattdessen goldgelb verfärbt. Magnus tauchte unter, den ganzen Körper unter Wasser, schloss die Arme um seine Beine und ähnelte kurz einer Bernsteinfliege, die noch nichts vom kommenden Zeitstau, vom Wandel der Aggregatzustände weiß. Magnus hielt die Luft an; Magnus weinte.

«Na ja, der alte Witz.»
«Welcher?»
«Liegt ein Mädchen nackt und ohnmächtig vorm *Crash*. Kommst du vorbei, hebst sie hoch, schaust ihr ins Gesicht, lässt sie wieder fallen und sagt: ‹Nee, die kenn ich nicht.› Kommt Leif vorbei, hebt sie hoch, schaut ihr ins Gesicht, lässt sie wieder fallen und sagt: ‹Nee, die kenn ich auch

nicht.› Kommt Erik vorbei, spreizt ihr die Beine, schaut kurz rein und sagt –»

«*Nee, die ist nicht aus Bonn.*»

«Genau», kicherte Jonna und strich sich eine schwarze Strähne aus der Stirn.

«Hast du eigentlich auch was mit dem gehabt? Irgendwann?»

«Nein. Gott bewahre! Ich bin doch ein braves Mädchen.»

Sie blickte aus dem Fenster des Cafés, eine Sorgenfalte zwischen den Augenbrauen. Eine Frau mit Kinderwagen ging vorbei. Ohne den Blick vom Wagen zu lassen, sagte sie: «Ist das nicht seltsam, wie viele Paare erst nach der Schule zusammengekommen sind? Da hat man Jahre Zeit, und erst wenn alles vorbei ist, stürzen sie sich aufeinander wie bescheuert. Am besten noch in der Abi-Zeit, kurz vor Torschluss. Als hätten sie während der Schulzeit Ladehemmung gehabt.»

«Die Schule trägt eben nicht zur Entfaltung der Persönlichkeit bei. Vielmehr hemmt sie selbige», bemerkte Magnus, als würde er zitieren.

«Und kommen jetzt nicht voneinander los», vervollständigte Jonna ihren Gedanken. «Nein, es liegt nicht an der Schule an sich, glaube ich, es liegt eher an dieser Nähe. Ständig kauert man aufeinander herum, beobachtet sich und verkrustet.»

«Auf der Schule ist es wie auf dem Dorf. Alle total gehemmt und beschränkt.»

«Ja. Du und Annabelle wurden immer als Ausnahmen angesehen.»

«Kann sein.»

«Obwohl ihr gar nicht zusammengepasst habt, wie ich finde.»

«Ich habe sie ja gehasst vorher. Nein, stimmt nicht. Ich –»

«Kitschig, oder? *Wenn Hass in Liebe umschlägt ...*»

«Ist längst vorbei. Und gehemmt bin ich jetzt auch wieder. Wie früher. Alles beim Alten. Wie der kleine Junge, dem seine Mutter das verhasste Pausenbrot in die Schule nachbringt. Kennst du doch noch, den Kleinen, oder?»

«Ihr ist übrigens nichts Besseres eingefallen, als dich zu verdächtigen.»

«Wem? Bella?», hustete Magnus. «Weshalb denn verdächtigen? Ich meine: wessen?»

«Dass du für diese anonymen Anrufe verantwortlich bist.»

«Ich? So ein Quatsch.» In Magnus schäumte eine stille, lähmende Wut hoch, wie neuerdings immer, wenn er etwas Neues über Annabelle erfuhr.

«Absurd. Ich habe sie natürlich nicht angerufen.»

«Ist klar.»

«Hallo? Ein helles Hefe, bitte.»

«Jetzt schon?» Jonna macht ihren spitzen Mund. «Na gut. Für mich auch, bitte. Und einen Korn.»

«Einen Korn? Hast du *noch* was zu beichten, Mädchen?»

Jonna lächelte. «Vielleicht?»

«O weh. Für mich bitte einen Wodka dazu. *Und* einen Korn. Danke.»

«Was ist denn das für ein Job, den du jetzt machst? Tankstellenzeitung hört sich so – ölig an», wechselte Jonna das Thema.

«*Corporate Publishing* nennt man das. Auf Deutsch: Worthurerei. So unternehmensinterne Zeitschriften, die an die Pächter geschickt werden, die aber nicht Pächter, sondern Partner genannt werden sollen.»

«Und du schreibst also über Getränke?»

«Ja. Unter anderem.»

«Warum so gereizt?»

Sein schlechtes Gewissen paarte sich immer mit einer

Art trotziger Slacker-Arroganz, wenn Magnus über berufliche Dinge reden sollte. Natürlich dachte er auch irgendwie an die Zukunft, natürlich hatte auch er irgendetwas *Richtiges* vor, zum Beispiel, endlich seinen Film in Angriff zu nehmen, den er so lange schon plante, aber er mochte es auch, durch die Tage zu driften, ohne Ziel, ohne die sogenannten Perspektiven, und die Jobs anzunehmen, wie sie eben halbwegs kamen. Auf die Zielstrebigkeit der gestriegelten Juristen und BWLer und ihre jetzt schon geregelten Lebensläufe blickte er verächtlich hinab – ohne die Anflüge von Neid, die sich zu diesem Übermut gesellten, vor sich selbst zu verleugnen.

«Ich hör da doch schon heraus, was du denkst: Wann ich denn mal was Richtiges mache.»

«Ich finde, das ist mal was Richtiges.»

«Noch schlimmer.»

«Und sonst?»

Und sonst. Das hieß: Was ist denn mit deinen Plänen, was ist mit deinem Talent. Du warst doch mal so –

«Wird schon», raunzte Magnus.

«Geht das auch genauer?»

Dicht fiel draußen der Schnee. Freundliches Weiß legte sich auf die saubere Stadt und ihren nachweihnachtlichen Lichtsmog – die einzige Umweltverschmutzung, die sich dieses Mittelstandsnest erlaubte. Bonn war so sauber. Und klein, und offen. Und geheimnislos.

Magnus trank sein Weizen aus und bestellte ein neues. Er sah Jonna verstohlen im Wandspiegel an. Sah sie als Sinnbild einer besseren Vergangenheit. Hätte er es mit Jonna vielleicht einmal wirklich versucht, hätte er jetzt womöglich etwas zum Erinnern. Etwas Wahres, Schönes, Gutes. So hatte er nur etwas zum Vorstellen. Ob das besser war – wer konnte das wissen.

Nach einer zugleich verkaterten und ernüchternden Verabschiedung, die sich seltsam lang hingezogen hatte und am Ende dennoch unbefriedigend war, fuhr Magnus weiter Richtung Innenstadt. Diese Zeit zwischen den Jahren ging ihm auf die Nerven. Es war eigentlich keine Zeit, sondern eine taube Zeitlosigkeit, die sich da erstreckte zwischen den nutzlosen Feiertagen. Eine kugelförmige Unzeit. Und wie aufdringlich präsent die Vergangenheit in dieser hohlen Kugel war, dabei unscharf und nicht fassbar, wie Gott in einer Kirche. Er beschloss, nächstes Jahr in Berlin zu bleiben und, anstatt den langsamen Abstieg Bonns und seiner Einwohner zu verfolgen, sich zu Hause in Kreuzberg-Mitte wie alle anderen Weihnachtsverweigerer halb totzusaufen und dann auszugehen. Diese Aussicht besserte seine Laune, und federnden Schritts stieg er am Markt aus. Der U-Bahnhof wirkte so blendend geleckt, dass er gleich nochmals beschloss, nächstes Jahr in Berlin zu bleiben. «Doppelt hält besser», dachte er und wunderte sich über solche Worte.

Er kaufte sich am Kiosk eine Cola-Dose. Er sah einen Käfer, der ein Blatt trug. Er ging durch die Stadt. Wie klein alles war! Aber Magnus dachte nicht an Bonn dabei, sondern an die Welt.

«Guck mal, eine Spermazelle!» Die Asiatin machte ein süßsaures Gesicht. «Hat das was zu bedeuten? Werde ich etwa schwanger?»

«Für mich ist das eine Kaulquappe.»

«Oder ein Grottenolm.»

«Vielleicht wirst du blind und verlierst alle Haare.»

«Das ist eindeutig eine Suppenkelle. Ich tippe auf einen Aufstieg zur Oberkellnerin in Grunert's Nachtcafé.»

«Eine blinde, glatzköpfige Oberkellnerin.»

«Schwanger mit einer gigantischen Kaulquappe.»

«*Hua, hua.*»

«Nein, dann doch lieber normal schwanger. Einfach so», flötete Aioko. «So wie ich bin. Oder, Patrick?»

Patrick warf Aioko einen liebevollen Blick zu und spitzte die Lippen, ohne zu pfeifen.

«Und ich? Was habe ich?»

«Du musst es selber rausfinden.»

«Wo steht das geschrieben?»

«Wir müssen los, bald. Eigentlich jetzt. Jetzt müssen wir los.»

«Dann bestell ein Taxi.»

«Mo-ment! Magnus muss noch seins kommentieren!»

«Also gut: Ich sehe darin einen Engel. Oder?»

«Oh, ohhhoh», Leif erwachte aus seiner Sufflethargie, «einen Engel sieht der Herr. Einen Engel des Lebens womöglich. Oh, oh.» Er nickte wieder weg.

«Einen Engel?» Aioko blickte verdutzt drein.

«Einen Engel, da sind die Hände, wie beim Gebet, und hier die Flügel.»

«Und wo ist der Kopf?» Patrick wollte es genau wissen.

«Den hat er verloren.»

«Nein. Hier.»

«Das ist höchstens ein Wirbel. Oder ein Haken.»

«Ich sag's doch», sang Aioko, «der Engel hat seinen Kopf verloren.»

Im Taxi hörten sie den Soundtrack für das kommende Jahr: «I will survive» von Gloria Gaynor. Leif, nur ein schwarzer wankender Berg auf dem Rücksitz, sagte nichts. Patrick und Aioko machten daneben einen auf Schönwetter und Turtelraketen.

Lichter rauschten wirr vorbei, wie im Chungking Express, totale MTV-Ästhetik draußen, fand Magnus, alles so verwischt, alles so schön bunt hier. Einzelne Raketen wurden bereits abgefeuert und besprühten den Himmel. Der Taxifahrer wechselte, als *Alphaville* angesagt wurde, hektisch den Radiosender und blieb bei einem Klassikmix hängen, das Beste aus den letzten vier Jahrhunderten.

Die Party fand bei irgendwelchen Pfälzern, Sachsen oder Friesen statt: bei einer Studentenverbindung also, «auf dem Haus». Magnus fragte sich schon nicht mehr, was er hier suchte, zwischen Bleigießen und Papstgekotze. Er genoss es einfach, so weit weg von allem zu sein, das ihn ausmachte. Lily hatte ihn gebeten, mindestens bis Neujahr zu bleiben, denn sie fühlte schon eine zweite Depressionswelle heranrollen. Da hatte er einen Grund, träge hierzubleiben und die Zeit, die in Berlin weiterticken würde, außen vor zu lassen.

Tick ruhig, Zeit. Tick dich tot.

Sie fuhren vor und tollten aus dem Wagen, außer Leif, der sich seitlich aus dem Wagen rollte, endlich aufstand und sich erst einmal im Schneegestöber verlor. Sie taperten weiter in den Vorgarten einer prächtigen Villa, an deren Empfang sie von ein paar Jungs mit dünnen Schärpen und feisten Gesichtern halb freundlich, halb argwöhnisch begrüßt wurden. Einer hatte sogar einen Schmiss.

Jonna würde auf der Party sein. Rieke wahrscheinlich auch.

Der erste Bekannte, der Magnus drinnen ins Auge fiel, war natürlich Erik. Überlebensgroß stand er da, trank ein Bier, strahlend im abgedimmten Licht, umgeben von konservativen Party-Elfen und Arm in Arm mit irgendeinem Düsseldorfer Typen, den Magnus dunkel von einer langverglühten Karnevalsparty in Köln kannte und allein wegen seiner versoffenen Visage zugleich liebte und verachtete. Die beiden exten ihr Kölsch auf eine Art und Weise, die Magnus verräterisch vorkam. Sie schielten verkrampft nach allen Seiten, warfen den Kopf gockelhaft in den Nacken, versuchten gleichzeitig zu trinken und zu grinsen, weshalb ihnen Rinnsale coolen Biers aus den Mundwinkeln liefen und die Button-down-Krägen einnässten. Sie brachten ihre Verbrüderung hinter sich wie Öffentlichkeitsarbeit.

Magnus wechselte verwirrt die Gehrichtung, suchte Aioko und Patrick, um nicht ganz so haltlos herumzutitschen, und lief dabei geradewegs in Eriks große kleine Schwester hinein, deren Name ihm in diesem Moment leider partout nicht einfallen wollte. Nur das dezent beperlte Dekolleté und die imposanten, fast schon zusammengewachsenen Augenbrauen, die erkannte er sofort.

Magnus sagte etwas zu ihr, und dann noch etwas, und ging endlich weiter, und fühlte sich ganz nackt: *getrieben wie ein Tier.*

Er holte sich ein Bier, öffnete es und trank.

Er setzte sich wohin und ließ sich von der flachen Siebziger-Musik einlullen. Eine winzige Blessur an seiner Oberlippe brannte.

Raue Kehlen gaben gutturale Laute von sich, die sich vermengten und schwerer, härter wurden; eine Wand aus Stimmen und Gelächter, die wuchs, heranwuchs, näher kam. Lachen pappte zusammen und verstopfte die Gehörgänge; alles wurde dumpfer, ohne sich zu entfernen; alles buk zusammen, zu einem klumpigen Brei, wie zähe, erkaltende Lava. Erstarrte.

Trinken. Bekannte begrüßen. Weitergereicht werden. Gespräche bestimmen. Lachen. Lächeln. Abwägen, ausbrechen. Der Raum füllte sich. Die Musik wurde weiter aufgedreht. Paare begannen zu tanzen, Friesenrock, eine in Adelskreisen übliche Korsettversion des Rock'n'Roll. Magnus sah die Tänzer in ihrer gestanzten Ekstase, die Glieder, die herumwirbelten in vorgefertigten Bahnen, die blonden Seitenscheitel, immer wieder in die gegelte Position zurückgeworfen, die Gesichter, die sich alle so ähnlich waren um den Mund herum, schmallippig, eingekerbt, von angestrengter Freude verzerrt. Aus all diesen jungen und schon so alten Gesichtern sprach nichts als die blanke, sich ihrer selbst bewusste Frechheit. Eine jahrhundertealte Frechheit, dachte Magnus, eine durchgereichte Frechheit über die Generationen hinweg. Jeweils nur geliehen von den Eltern, welche in jedem frechen Grinsen, jeder hochgezogenen Augenbraue durchschimmerten, als Blaupause, als Morphvorlage. Jede Generation war nur eine Stufe der Verwandlung des Immergleichen. Diente nur dem ewigen Schulterschluss von Großeltern und Enkeln.

Da war Erik wieder, in seinem Jankerl. Führte galant eine hübsche Laura-Ashley-Blondine herum, ein Tippi-Hedren-Imitat, das sich bei ihm untergehakt hatte und *Augen* machte, als würde ihr gerade die ganze Welt zum ersten Mal erklärt. Erik redete unentwegt, aber kontrolliert auf sie ein. Sein Blick sprang ruhig von einem Objekt zum nächsten, glitt manchmal seiner hübschen Begleitung übers Gesicht, dann wieder in den Raum zurück, so als sei er der Gastgeber hier und müsse alles checkermäßig unter Kontrolle haben. Schließlich blieb der Blick auf Magnus hängen und hellte auf. Er hauchte der Blonden erst etwas ins Ohr, dann auf die Wange. Sie quittierte es mit einem Lächeln, das entzückt und abgebrüht zugleich war. Er ließ sie stehen und kam herüber.

«Wie geht's, Taue, noch immer in der Stadt? Korrekt! Dann lassen wir gleich die Korken knallen», sagte Erik.

«Jo. Dann lassen wir paar Böller los», sagte Magnus.

Eriks Augen lagen ruhig und bestimmt auf ihm, als wollten sie seinen Blick im Zaum halten.

«Karen ist auch da», sagte er, «hinten im Garten, aber

Vorsicht, ist Glatteis auf der Veranda. Hat sich gerade schon einer hingelegt, aber volle Kanne.» Was sollte das bedeuten? Karen, im Garten? Wer war Karen? Glatteis, hingelegt? Was wollte er sagen? Oder war das alles wörtlich gemeint?

Sie prosteten sich zu.

«Was hast du denn für Feuerwerk dabei? Hoffentlich was Verbotenes, frisch aus Asien, ja?»

«Mach dich auf eine Höllenshow gefasst, Taue.» Wieder kam ihm Eriks Blick seltsam vor. Ruhte länger auf ihm als nötig. Schlechtes Gewissen?

«Der Himmel wird lodern. Bengalisch. Höllisch. Dantisch.»

Tippi Hedren tauchte aus dem Nichts hinter Erik auf und stupste ihn an. «Okay, ich komme.» Er zwinkerte Magnus zu. Das ist ein dreifach gezinktes Zeichen, dachte Magnus, schnipste mit den Fingern und zeigte auf ihn.

«Ich muss. Bis gleich, Freund.»

Der Himmel wird lodern? Dantisch?

Fünf Minuten vor zwölf. Draußen grummelte es schon laut. Schüsse hallten. Magnus hatte fünf oder sechs Gläser Champagner getrunken und tänzelte zwischen den Menschengruppen herum, tauchte durch dieses Meer fester Worte. Matte Augen hockten über gesteiften Kragen und glotzten gehemmt die Mitwelt an. Magnus lachte. *Come on!* Die Gesichter verschwammen schon zusehends. Schulterschlüsse und Umarmungen überall, wie gewohnt, auch Magnus blieb nicht verschont und verbrüderte sich mit fremden, satten Grimassen. Eine Pickelfresse glotzte ihn an, von ganz nah. Seine Beine trugen ihn sicher durch bankettlange Tischreihen. Er wippte mit dem Takt der Musik, «Last night a DJ saved my life». Gleich würden sie Prince auflegen: «1999».

Eine Rakete schoss am Fenster vorbei.

«Komm, Magnus, komm!» Jemand rief.

Vorsätze: Die alten Selbstverständlichkeiten vergessen. Die alten Freunde verloren geben und vielleicht, irgendwann, neu kennenlernen. Nichts mehr erwarten, von niemandem. Die Erwartungen der anderen nur erfüllen, wenn es sich nicht wie ein Verrat anfühlt. Zurück zur Musik driften, immer wieder. Mehr Bier trinken. Bald tanzen. Sich drehen. Tanzen und nicken.

Was Jonna wohl für Vorsätze hatte? Er konnte sie nicht fragen; sie war gar nicht gekommen.

Vorsätze, erster Zusatz: Nicht an Jonna denken.

Rieke sah ihn an. Ihre offenen, warmen Augen funkelten in der Dunkelheit des Gartens schwärzer und kostbarer als ein Stück vergessener Mitternacht. Lichtreflexe durchzuckten ihre Netzhaut.

Null Uhr. Großer Lärm. Der Rhein wurde gegrüßt und befeuert. Das neue Jahr war da.

Näher, und näher. Ein Kuss, auf die Lippen.

Kurz, und wieder gelöst.

Rieke zog gespielt verwegen an ihrer Zigarette. Magnus steckte sich auch eine an und entzündete an der frischen Glut einen Knaller, wartete zwei, drei Sekunden, bis die Zündschnur genügend weit heruntergebrannt war, und warf ihn in hohem, übermütigem Bogen in die Nacht. Zu den anderen Punkten und Sternen, zu den Nadellöchern und Hungermalen des Glücks.

«Come on!», rief er.

Raketen zerschellten am Langen Eugen, zerschnitten den Himmel in abgezirkelte Stücke. Heuler sirrten vorbei. Jetzt fiel die Flut, aus diesem Schatten heraus, in diese künstlichen Sonnen, und verpuffte. Ich sehe das alles, dachte Magnus, ich fühle das alles.

Er legte einen Arm um Rieke. Ständig wurde nachgefeuert. Der Himmel war beschäftigt, zerplatzte voller Lichtsträhnen. Feine Spinnenfüße tippten von innen gegen seine Haut. Magnus schloss die Augen und zog Rieke noch näher an sich, fast krampfhaft, und fühlte sich am Nacken getroffen, während er sie sachte, doch bestimmt bei der Schulter packte und ihr einen langen, innigen, gekonnten Zungenkuss gab.

Gekonnt, dachte er, gekonnt.

Grell gleißte eine rote Lichtspinne über ihnen auf und verglühte im Fall. Kleine Käfer und Augen stürzten in exzentrischen Bahnen mit nach unten, neonfarben, körperlos. Andere Raketen preschten nach, loderten auf, krachten geometrisch auseinander.

Der Himmel war beschäftigt. Die Jugend vorbei.

Ein Kegel rotierte vor ihren Füßen, gelb, blau, rot, weiß.

FÜNFTER TEIL
UND RANDWUND

Boys don't cry

The Cure

Dieser Glocke aus Schweißdunst, Hintergrundmurmeln und Volksmeinung entkommen, aus dem kalten Neonlicht gestürzt. Das Headset abgerissen, zum Klo. Im Großraumbüro stank es nach hundert Leibern und tausend Meinungen. Alles war abgedämpft, wie hinter einem Teppich, der ständig nachgewoben wurde von tickenden Schiffchen und säuselnden Stimmchen. Hände hackten willenlos auf abgegriffene Tastaturen ein, was glasige Augen darüber träge weglasen, ohne sich groß um den Inhalt zu kümmern. Namen schwirrten durch die Teppichluft, unzählige, meist unwichtige Namen, Politiker, Quizmaster, Soapstarlets. Wurden wiederholt wie ungeliebte Mantras, beiläufig heruntergenudelt, vermengten sich zu einem unauflöslichen Brei, der, von Sonntagsfragen, Prozentzahlen und Altersangaben gebunden, automatisch aufquoll, wie jeden Abend.

Wo andere ihre Pause machten, ging Laura immer aufs Klo. Sie machte keine Pause bei der Arbeit, wollte nichts mit den anderen Idioten zu tun haben, die sich an der Fensterfront trafen, dort blöde Äpfel und Stullen aßen und die letzten «Interviews» wiederkäuten. Laura machte nie Pause. Dafür ging sie fünfmal in ihren vier Stunden aufs Klo. Sie schloss sich dann ein in die Kabine, ließ ein paar Tropfen farblosen Urins und *atmete*. Der Mischgeruch aus Blähung, WC-Stein und Urin war so viel sauberer als der Sud da drinnen im Affenkäfig, dieser dicke Sud aus Studentenausdunst und Zickenparfüm, Mundgeruch und Oberlippenschweiß. Laura setzte sich auf die Klobrille und sog den künstlichen Hygiene-Geruch ein, um das Hirn freizukriegen und den Volksempfänger darin wenigstens für paar Sekunden abzuschalten.

Die Klospülung rauschte. Sie sah durch die Fensterscharte

nach draußen, und ihr leerer Blick füllte sich kurz. Das letzte Grau von draußen sickerte herein, zermatscht vom Milchglas, und legte sich als Widerschein auf ihre Hände. Ein dämlicher Silberglanz, dachte Laura, während sie ihre leicht zitternden Finger betrachtete, Scheinheiligkeit, dachte sie, die allein durch die Wunde gebrochen würde. Sie befühlte die Wunde. Die Wunde lag dunkel im Zentrum ihres Handtellers und schien sich gegen das Licht zu immunisieren, indem sie es absorbierte. Oder abstieß? «Der Widerstand der gelben Kristalle», flüsterte Laura und fühlte Genugtuung.

Eigentlich wäre sie längst verheilt. In drei Monaten heilt, unter normalen Umständen, selbst die komplizierteste Wunde, ließe nurmehr eine weißschimmernde Narbe, eine strichförmige Verhärtung zurück, die Schicksals- und Lebenslinie kreuzte. Laura aber hatte das verhindert. Sie wollte keine Narbe. Noch nicht. Drei Tage nach der Verletzung hatte sie die Wunde erstmals aufgerissen, auf einer Party voller dumpf-diffuser Trauer. Seitdem hatte sie jeden zweiten Tag die sich schnell nachbildende Kruste abgekratzt. Den Eiter hatte sie jedes Mal in dasselbe Handtuch geschmiert, sie hatte es bei der Party mitgehen lassen, der Name «Tillmann» war blau in Gelb eingestickt. Auch jetzt hatte sie es dabei. Es war schon ganz verhärtet und steif, das Frottee stand gelb verdreckt ab und schabte hart auf der Haut, wenn man darüberstrich.

Lärm schwappte herein: eine Flut aus Gemurmel, Meinungsfang und Telefonterror. Eine Konkurrentin kam ins Klo, blieb vor dem Spiegel stehen, vielleicht um den Lidstrich nachzuziehen. Die Tür schloss sich wieder und drängte die Stimmen zurück in die Brühe des Meinungsforschungsinstituts. Ohne etwas zu sehen, blickte Laura auf die Milchglasflocken, in denen das matschige Licht klebte. Sie hörte und roch, wie das Mädchen sich mit todsüßem «Opium» einsprühte. Sofort war die Kloluft verpestet. Laura hustete und betätigte nochmals die Klospülung. Dann fuhr sie mit ihrem Fingernagel unter den Wundrand, lockerte die Verbindung von Fleisch und Kruste durch die minimale Hebelwirkung und zog den harten Krustenmantel schließlich mit einem gedankenverlorenen Ruck ab, während die Spülung sich wieder beruhigte. Die Milchglasflocken verschwammen. Lauras Augen brannten, als hätte *die Zicke* ihr das Ätzparfüm direkt hineingesprüht. Eiter sickerte aus der Wunde, die gelben Kristalle am Wundrand funkelten. Das Mädchen verschwand, Tür auf, Lärm hoch, Tür zu, Lärm runter. Laura drückte das Handtuch auf die Wunde und sagte etwas oder seufzte. Es klang, als hätte sie einen Motorradhelm auf.

Nachdem sie die Wunde versorgt und mit frischem Verband umwickelt hatte, drückte sie wieder auf die Klospülung, verließ die Kabine, mied den direkten Blick in den Spiegel und tauchte zurück in die schwüle, stimmengeschwängerte Suppe. An pickelgedüngten Milchbärten und hochgepushten Milchtitten vorbei, an verklebten Achselhöhlen und nachnässenden Moschusflecken. An ihrem Platz setzte sie wieder das Headset auf, meldete sich anwesend und wartete, bis der Computer ihr einen weiteren unfreundlichen Idioten in den Kopf durchstellte.

Laura war so: Sie hätte gerne andere Freunde gehabt als die, die sie hatte. Sie hätte es sowieso gerne gehabt, wenn die Menschen anders gewesen wären, als wie sie nun einmal waren. Sie hätte gerne Menschen gehabt, die so pervers ausdifferenziert wären, dass man nicht mehr genau wüsste, ob sie gerade jemanden imitierten, zitierten, persiflierten, oder ob sie selbst es wären, die da sprachen. Menschen, die so wären, dass diese Frage gar nicht mehr aufkäme, würden sie den Raum betreten. Die Frage würde einfach sinnlos in ihrer Gegenwart. Diese Menschen könnten sprechen wie gedruckt. Dessen ungeachtet würden sie aber vor allem *schweigen*, ohne dass es unangenehm auffiele. Sie wären ganz ruhig und bei sich, voller Präsenz, keimlos, höflich, synthetisch. Sie hatte sich schon oft vorgestellt, wie diese Menschen aussehen könnten, wie sie essen würden, wie sprechen, wie küssen. Sie würden in etwa so aussehen wie Marilyn Manson, aber wie der robotrige Manson, der Manson von «Mechanical Animals»: androgyn, android, silberhäutig, feuerbehaart, edle, alienartige Wesen. Reden würden diese Menschen in Haikus. Oder wie Blumfeld, in gebrochenen Versen, von Liebe und Protest. Sie hätten auch die Stimme von Jochen Distelmeyer und würden sogar so *schlucken* wie er. Die Stimme würde sich aber ändern, wenn sie sängen: Sie würde höher, fraulicher, metallener werden, biestig und knatschig zugleich, es wäre die unglaubliche Stimme, die Brian Molko von Placebo in *I know* hat. Gehen würden diese Menschen wie David Bowie in *Der Mann, der vom Himmel fiel*, laufen würden sie nie, dafür rauchen wie Marcello Mastroianni und träumen wie Sylvia Plath oder Lewis Carroll. Und sie könnten ihre Träume veröffentlichen auf riesigen Freilicht-Leinwänden, und sie könnten mit ihnen auf kleinen Chips Tauschhandel betreiben; sie könnten in Träumen kommunizieren. Küssen würden sie wie Ethan Hawke in *Reality Bites*, und sie hätten Björks *Sex without touching*, in ihren Träumen, wenn überhaupt. Ihre Haut wäre jene makellos blasse von Julie Delpy in *Drei Farben Weiß*. Außer Mund, Nase und Augen hätten sie keine Löcher in ihren Körpern, welche sie überdies ablegen könnten, um als Geister frei zu flottieren. Sie wären die multidimensionalen Menschen. Sie würden niemals über Design sprechen. Sie *wären* Design. Laura war so ungeduldig. Wann kam endlich die Zukunft?

«Ja guten Tag mein Name ist Barbara Rhabarber ich rufe im Auftrag des Deppen-Instituts *Strong Opinions* an wir führen zurzeit eine repräsentative Meinungsumfrage durch und dazu würde ich auch gerne eine Person aus Ihrem Haushalt befragen allerdings müsste es aus statistischen Gründen die Person sein die zuletzt Geburtstag hatte in Ihrem Haushalt könnte ich diese Person vielleicht ganz kurz sprechen falls sie da ist? Nein dieses Jahr ja nein einfach die Person deren Geburtstag zuletzt gefeiert wurde nein das ist aus statistischen Gründen so ja genau und sie muss über vierzehn Jahre alt sein. Ach Sie wohnen allein ein Einpersonenhaushalt! Na dann sind Sie ja meine Zielperson mein Objekt der Begierde sozu ja ha ha gut könnte ich Ihnen kurz ein paar Fragen nein es dauert nicht lange nein es geht auch wirklich ganz hallo hallo Penner.»

Zu Hause, nach der Vierstundenschicht. Einundzwanzig Uhr sechsundvierzig. Sie wagte, durch den Türspalt, einen Blick auf Thorsten, der es hasste, dass sie diesen Job überhaupt machte; er merkte etwas, ruckte ansatzweise mit dem Kopf, blinzelte kurz durch seine Lider, nahm sie aber letztendlich nicht wahr. Er saß da auf seinem riesigen Schreibtischstuhl; sie sah nur die schwarze Lederfläche des Stuhlrückens und seinen jetzt wieder regungslosen Hinterkopf mit den gestutzten, verleugneten Locken, *spiky* hochgegelt und von der Arbeit steil bis *crazy* zerzaust.

Er hatte, seit er wieder hier war, noch keinen einzigen Buchstaben getippt, nicht einen Satz angefangen und wieder gelöscht; das wusste sie. Er saß einfach da und stierte in den Bildschirm und trank seinen Weinbrand vom Kaiser's, und wenn sie so tat, als würde sie gerade ankommen oder aufwachen, dann lächelte er sie an und fragte, was sie kochen sollten. Sie wollte ihn ansprechen, mit ihm darüber reden, was los war, was er hatte. Schon der Rhetorikkurs in der Eifel, auf den er sich doch gefreut hatte, schien irgendwie schiefgelaufen zu sein. Sie schloss die Augen, wieder, und wieder, und wieder. Sie wurde müde, so müde. Sie schlief kurz ein, im Stehen.

Sie öffnete die Augen. Thorsten war weg. Nein, dort hinten saß er jetzt, in der anderen Ecke des Zimmers, dort saß er vor dem Fernseher und regte sich kein Stück. Sie meinte, seine Zähne knirschen zu hören. Sie ging ins Schlafzimmer und legte sich aufs Bett. Auf dem Weg dorthin fiel ihr Blick aufs Telefon, und sie spürte in sich ein Ziehen.

Sollte es doch endlich klingeln.

Sollte Edwin doch endlich anrufen und Unruhe stiften mit seiner beschissenen Party; all die subkutanen Geschwüre aufsprengen, die Inkubation beschleunigen, die Viren beleben und aufmischen; das dort Schwelende an die Oberfläche kitzeln, ohne es zu wollen; sollte doch endlich alles ausbrechen wie ein Vulkan: bevor es zu spät war.

Und bevor sie merkte, dass sich bereits Traumbilder erkaltender Magma und kleiner Eruptionen in ihr Bewusstsein schoben, und kleine Flashs von Gesichtern auf ihrer Netzhaut aufleuchteten, ihr Vater, seine Stimme, ihre Mutter, ihr Gesicht, war sie eingeschlafen. Und träumte davon, durch einen Swimmingpool voller siedend heißer Lava zu tauchen, die ihrer cremefarbenen Haut nichts anhaben könnte, und darin mit blind tastender Hand eine alte, rostige Rasierklinge zu suchen, bevor die Lava diese vollends eingeschmolzen und aufgelöst haben würde.

Dienstag, 23.45 Uhr Du weisst dasz mein Körper sich mit sich verbündet hat, gegen mich, um gegen mich aufzustehen, das weiszt du doch, oder? Denn mein Körper will mich zerstören, er haszt mich. Mein

Körper haszt mich, schlimmste Attacken. Aber auch ich bin nicht untätig. Denn wer mich so haszt wie mein Körper, den hasze ich, unendlich menschlich, wie ich bin, doppelt heftig zurück, und so arbeite ich im Gegenzug seit soundso vielen Jahren an der gezielten Ausrottung meiner Körperkultur, an ihrer Auslaugung und Aufweichung, der langsamen geschmeidigen Enderschöpfung, welche Aufgabe (‹Korpozid›), wie Du Dir vorstellen kannst, mir die gröszten Anstrengungen abverlangt, denn mein Körper ist sehniges Fleisch und hartes glattes Bein, und ich, o weh, ich bin doch nur *kleiner* Geist, der dennoch immer wieder und wieder dumpf gegen die Gedankenwand rast und, vor den Kopf gestoszen, von ihr abprallt, zerspringt, sich wieder zusammenschabt, erneut komponiert, und nochmals attackiert, so heroisch und so verzweifelt, und denkt, noch immer und immer wieder, er könne vielleicht, nach dem finalen Zusammenbruch, *von den Toten auferstehn*, um dann, im Laufe einer genau auskalkulierten Reaktion mit dem Nichts, in pure Energie transformiert zu werden, eine wärmende Sonne zu werden vielleicht, eine Quelle hilfreichen Lichts, hoffentlich. Ich bin eine Utopie, letztendlich, ich weisz. Aber ich arbeite dran. Was ich sagen wollte: Mein Körper ist ein *Revoluzzer*: eine *Abfackmaschine*: bis an die Zähne bewaffnet und protzgestählt. Wir liegen uns direkt gegenüber, mein Körper und ich, Aug in Aug auf der Lauer, und fauchen, haben Angst, auch mein Körper hat Angst vor mir. Denn auch ich bin eine *Revoluzzerin*; ich wiegle die Denkmassen in mir auf gegen den Fleischstaat und alle seine Krusten; schüre Hasz gegen den Moloch, der nur deshalb mein ärgster Feind werden konnte, weil er zuvor mein bester und erster Freund war, wie das so ist im Leben; und was haben wir für Triumphe gefeiert damals, und was haben wir einen Spasz gehabt, als die Seele im Leib aufging, und wieder runterging, wie eine Kinderschaukel in der Mittagssonne.

Doch das ist alles lange her und sehr vorbei.

Jetzt sind wir Feinde; wir sind uns fremd und unheimlich. Manchmal beobachte ich meine Hand und verstehe nicht ein stinkendes Wort ihrer ekelhaft geschwätzigen Rede. Manchmal will ich dich abhacken, Hand, und wild mit der lila Ellipse herumfuchteln (Euch allen damit zuwinken!), und jeden meiner Briefe rotstempeln, und die Stirne meiner Nachbarn, alles rotstempeln, um dann, mit dem blutigen Knochenstumpf, neue Bilder zu malen, Schlachtengemälde, entflammte Höllengänger, die den Malerhals in Gottes Namen aufschlitzen am Ende. Was ich: sagen wollte: Ich wollte die Taktik meines hinterhältigen Körpers anskizzieren. Zum Beispiel kocht mein Rückenmark oft auf und über und flockt in mein Hirn hinein und gärt es zurück in die Rohheit, die es verdient, und gefriert. Dann trifft oft ein Stromstosz von den Genitalien ein und schmilzt die Suppe wieder flüssig, und also elektrisiert ergeben mein Hirnsaft und mein blauschwarzes Rückenmark einen perlenden Schaumwein, dessen sofort welke Blume Todessaaten ausfällt, die mein argloses Blut verdicken. Dann bin ich müde, so müde, und restlos am Boden. Aus den Augen kucken kann ich dann nicht. Was: ich sagen: wollte: Ich wollte *meine* Taktik anskizzieren. Ich gehe auf Partys und *schreibe alles auf*, hier, in dieses Tagebuch. Ich nehme die Drogen und Pills und Thrills, die mir unterkommen. Ich habe mir Schlafentzug verordnet, um meine Sinne zu schärfen, meine Reaktionsfähigkeit zu verbessern. Ich zerstöre willentlich und bei vollem Bewustsein die herkömmlichen Strukturen; die Strukturen, die ein Organismus in Zeit und Raum ätzen musz, wenn er sich zurechtfinden will in dieser sehr fremden Welt. Ich zersetze sie, für meinen Teil. Und das geht meinen Körper an. Dann wird mein Körper wütend und zittert leise. Was: ich: sagen: wollte:

Dienstag, 2.11 Uhr Ich schrieb eine ganze Menge Liebesbriefe udgl. in meinem sog. Leben, aber keiner war je so trostlos wie dieser. Gab es wirklich so etwas wie Frühling, irgendwann? War da jemals etwas anderes als Plastik in mir? Sonnenaufgänge? *Diese* Hamletfragen. Was feststeht: Es hat sich so viel geändert, ich bin älter geworden und langsamer, eine *Frau*, und kann deshalb immer weniger Kraft aufbringen, die ständig wachsende Kruste um mich wieder und wieder neu zu durchbrechen. Unaufhörlich spinnen wir (ich von innen und die Welt von auszen) ein enganliegendes, vielschichtiges Trauerkleid um mich Puppe, eine schmierige, fettige Filzwand. Ich bin alt und staubig und in ernsthafter Atemnot, mein Schrumpelmund atmet Enge, er atmet sehr leise, langgezogene Stoszseufzer, Enge, kaum zu hören. Meine Augen sind noch zu und verklebt, deshalb wohl auch die Dunkelheit um mich herum. Ich kann mich kaum bewegen. Es *spannt* alles, wenn ich durchatmen möchte.

Mittwoch, 3.40 Uhr Ich schrieb eine ganze Menge in meinem sog. Leben, immer in dieses Tagebuch hinein, immer ohne Publikum, nur ich und mein Körper, ich und mein Körper und die Jungen, für die ich hier schrieb. Ich war so dumm und leichtgläubig. Meine *Schlagertristesse*. Einmal werde ich Dir eine dieser Geschichten zeigen. Einmal wirst Du wissen, warum du der Fehler bist, den du gemacht hast. Ich habe schon eine

Menge über uns geschrieben, Thorsten. Vielleicht zehn, vielleicht fünfzehn, ich zähle sie nicht, die Geschichten, ich lese sie auch nicht wieder, sie interessieren mich nicht mehr, wenn sie fertig sind. Ich schätze, sie sind eh sauschlecht, was egal ist. Aber keine dieser Geschichten war so plotlos und ortlos wie die, die ich seit drei Tagen schreibe. Es war der schwerste Fehler der letzten Tage, eine *wirkliche Geschichte* über uns schreiben zu wollen, über uns beide, über unser Leben. Es war die albernste Idee meines bisherigen, ohnehin albernen Lebens. Jetzt vermische ich Tagebuch und Leben und werde keinem von beiden gerecht. Es ist, als ob eine Malerin die ihr so kostbaren Farben Grün und Rot, in entflammten Gedanken an ihr schillerndes Zusammenspiel später auf der Leinwand, voreilig schon auf ihrer Palette vermischt hat, von Sinnen, und deshalb nichts herauskommt als ein trübes, dichtes Grau, auf beiden Seiten, auf der ganzen Palette, überall. Das Grau hat alles Rot und Grün geschluckt. Das Grau hat alle Farben verunmöglicht. Grün und Rot sind auf immer verloren, und Blau ist vergessen, und Gelb ist verwirkt. Die Palette ist keine Palette mehr, sondern ein grauer Fleck in der Betonlandschaft, neben einem weiszen Quadrat, das ist die Leinwand, und einer verblassenden Figur, das ist die Malerin, also ich. Hinten geht die Sonne unter, pointillistisch und schicksalhaft. Die Landschaft ist in Öl gemalt, und die Sonne auch, und das Auto auch, nur ich bin natürlich Aquarell und zerlaufe. Unten liegen ein paar leergedrückte Tuben. Einige liegen schon still, andere krabbsen noch hektisch herum, bunte spasmendurchzuckte Würmer in höhnischer Agonie. Es werden neue Bilder gemalt werden müssen, sage ich mir und versuche, meine Hand abzuhacken, und setze den letzten grauen Ölstrich über mich, und nehme die Palette und schmiere mein Gesicht grau in grau, und steige ins Auto und fahre los. Aber ich krache von innen gegen den Rand des Bildes: und male von auszen mein Lenkrad grau, mit meinem Gesicht, und male es blutig rot und eiterweisz. Ihr kennt das Bild, es ist ein altes: Gesicht, blutüberströmt, gebiert schwarze Netzmuster aus der Schläfe und versinkt dankbar im Lenkrad, ewiger Kusz. Der Knall hat Sprünge in den Himmel gehaucht, und ein Beben fährt durch die Farbe. Das alles hält die Leinwand im Kopf nicht aus und fällt um. Was: Ich: Sagen: Wollte:

Auf Lauras Gesicht und ihren ruhenden Händen lag der Widerschein des letzten Graus von draußen. Sie wünschte sich den schon seit Stunden angekündigten Schnee herbei: dass der schwere Himmel sich endlich entladen würde auf diese Stadt, sie unter sich bedeckte, poröser machte. Aber alles blieb nur grau und dräute nach unten und warf weiter seinen scheinheiligen Silberglanz auf ihre Haut. Nur die Wunde in der Innenfläche ihrer rechten Hand blieb davon unbehelligt. Auf sie wagte der dämliche Glanz sich nicht zu legen. Laura stand in der Toilette, Flakons und Cremedöschen standen vor ihr auf der Ablage unter dem Spiegel. Sie musste sich stylen und die Wunde versorgen.

Die Wunde in ihrer Hand war sehr bunt, innen gab es lila Punkte inmitten der trüben, weißorangen Eiterkuppel, die ins Rote nach außen an den Wundrand auslief, wo gelbe Kristalle sich gebildet hatten. Um die Wunde hatte sich ein bläulicher Hof unter die Haut geschoben. Sie schmerzte nicht sehr, nur in den Momenten, wo Laura sie erneut aufkratzte. Aber es war mehr ein visueller denn ein wirklich physischer Schmerz. Es schmerzte mehr in den Augen, die Kruste wirklich wieder aufzubrechen und den Eiter herauslaufen sehen zu müssen, als in der Wunde selbst.

Aber es war notwendig. Eine Narbe an dieser Stelle hieße bloß Küchenunfall oder Partyscherbe oder Sturz von der Rutsche in der Kindheit, also Lüge. Die Lüge aber war schon so übermächtig vorhanden in Laura, in ihrem Körper, dass sie diese kleine Stelle Wahrheit offenhalten wollte, so lange es ging, diese Wunde.

Sie stand im Bad und hörte Thorsten und seine Kollegen, sie redeten leichte Worte, noch immer. Je schwerer die Zunge, desto leichter die Worte, bei solchen Leuten, dachte sie und stellte den Föhn an und legte ihn auf den Waschbeckenrand. Mittwoch war das letzte Mal gewesen. Donnerstag hatte sie die Wunde sein lassen können. Heute war sie wieder fällig. Sie saß auf dem Klodeckel, das Handtuch lag auf ihrem Schoß. Draußen derselbe Himmel wie immer.

Aber wahrscheinlich war das gar nicht der Himmel, sondern nur der Smog, der über der Stadt hing. Wahrscheinlich hatte sich der Himmel selbst ganz zurückgezogen, und man konnte ihn nicht mehr sehen, was Laura nicht bedauern würde. Der Himmel musste immer schon herhalten für die grotesken Projektionen der Menschen, so Laura. Für ihre jenseitswütigen Hirngespinste, die das All einfangen und umspannen wollten und sich dabei doch nur seit je an der eigenen Schädeldecke wund gestoßen hatten. Vielleicht hatte sich der Himmel angesichts all dessen tatsächlich, total gelangweilt, aus dem Staub gemacht, wenn es ihn je gegeben hatte, und nur ein Gähnen hinterlassen, ein grundloses Gähnen. Und was die Menschen anbeteten, wäre nicht mehr der Himmel, sondern sein weltlicher Stellverteter, der Smog, die dicke, chemische Suppe über den Städten. Und im Smog, in ihren eigenen Abgasen, in ihren Fürzen, würden die Menschen die Verheißung suchen, und die Offenbarung, und das ewige Leben. Und hätten vielleicht auf eine ganz perfide Weise recht mit dieser Vermutung.

Laura öffnete die Wunde, gelbe Kristalle bröckelten ab, es sickerte heraus, es brannte *hölle*. Sie beeilte sich, tupfte alles ganz vorsichtig ab, Eiter und Wasser wurden vom Handtuch aufgesogen, von den noch weichen, flauschigeren Stellen. Weißgelb und feucht glänzte es, das kleine Fenster zu ihrem Fleisch. Sie verband die Hand ganz ordnungsgemäß und klammerte den Verband zu. Sie schloss die Vorhänge, damit sie der silbrige Abglanz von draußen nicht mehr belästigen konnte. Die Verkehrsgeräusche waren ganz nah. Draußen derselbe Himmel wie immer, nur dunkler.

Samstag, 11.50 Uhr   Hast Du Angst? Deine Mail klang trotz der Liebesgeständnisse so distanziert und absichtlich entleert. Oder ist das nur die Art, wie ich sie lese? Und so kontrolliert, blosz nichts verraten, nicht verletzbar werden. Vorher warst Du mir näher. Du scheinst diesen Zustand zu mögen. Ich nicht. Du liest Schauspielerbiographien? Manche müssen ihr Glück wohl zerstören, um es zu bemerken.

Und schon hat der Brief, den ich jetzt an Dich schreibe, einen vorwurfsvollen Unterton, den ich verhindern wollte. Wenn er diesen Unterton jedoch nicht bekommen hätte, würde ich das, was mir nicht gefällt, nur weiter fortführen und nähren: diese wachsende Distanz durch Trägheit bei gleichzeitigem Geständnis, man sei noch immer ach so verliebt; und dieses Geständnis allein soll für Nähe herhalten.

In mir pendelt es zwischen zwei möglichen Haltungen. Einerseits, es – wie Du – einfach so weiterlaufen zu lassen, bis es sich wahrscheinlich leer- und totgelaufen hat; andererseits zu versuchen, Dir mitzuteilen, dasz ich mehr will als das, zu versuchen, trotz der Distanz, die auch Du doch spüren muszt, Dir näherzukommen. Und dieser Brief, den ich gerade schreibe, ist wohl so feige, weder das eine noch das andere entschieden genug zu machen.

Ich habe die Heizung voll aufgedreht, mir ist trotzdem kalt; an meinem Körper prallt die Wärme ab.

Ist Dir wirklich alles so scheiszegal, wie Du tust?

Samstag, 14.45 Uhr Oder bin ich einfach nur *überspannt* und will nicht sehen, dasz die Art, wie Du mit der Sache umgehst, die klügste, beste, einzig mögliche ist, die einzige, die nichts zerstört? Ohne den Zwang, sich in etwas hineinsteigern zu müssen, von dem nicht mal mehr klar ist, ob es überhaupt noch da ist? Steigere ich mich nur in die Dinge hinein, weil ich es nötig habe, mich innerlich irgendwohin hochzuschrauben, wo ich einsam und überlegen meinen Schmerz auskosten kann, den ich einzigartig wähne?

Dabei geht es bestimmt jedem und jeder Zweiten so wie mir.

Vielleicht bin ich nur auf der Suche nach einer Qualität in der Liebe (und also im Leben), die es nicht gibt. Aber wieso gibt es das, diese Leerstellen, in die ich falle? Es musz einmal irre Verheiszungen gegeben haben; und jetzt sind da nur noch leere Formen und dicke Schwielen, da, wo den Menschen einst glühende Versprechen in die jungen Hirne gebrannt wurden.

Wahrscheinlich sind meine Vorstellungen darüber, wie das hier laufen könnte, wir nämlich, falsch; es geht nicht unbedingt mehr um pure, reine Liebe dabei; wahrscheinlich ist so etwas von vornherein zum Scheitern verurteilt, und obwohl ich das wuszte, war es mir nicht bewusst; es geht vor allem darum, das wenige, was ich noch von Dir weisz, nicht zu verlieren und verdrängen zu lassen, selbst zu verdrängen, von falschen Vorstellungen überdecken zu lassen.

Aber Du gibst eben auch nicht viel von Dir preis. Wahrscheinlich sind wir doch andere, als wir dachten; ich bin eine andere als die, die Du Dir vorstellst, wenn Du an mich denkst; Du bist ein anderer als der, an den ich schreibe. Diese Erklärung ist einfach und liegt auf der Hand; sie ist verbraucherfreundlich; sie stand aber, für meine Begriffe, zu schnell zwischen uns, wir haben sie uns zu schnell zunutze gemacht, haben uns darauf ausgeruht, im Glauben, wir könnten eh nichts daran ändern. Das aber ist mir zu billig. Dieser Brief, den ich schreibe, ist ein Versuch, eben doch noch etwas daran zu ändern; vielleicht ist er ein Fehler.

Montag, 18.47 Gerade war ich plötzlich wieder bei mir und bei Dir, in einem Raum voller Bilder. Mit dem Mund hast Du mich aufgesammelt, ohne grosze Worte, mit Küssen. Warum ist das nicht immer so? Ich konnte mich kaum regen, noch was sagen anfangs, später auch nicht, ich war nur froh, kurz bei Dir zu sein. Ich finde die Dias von Griechenland auch lustig, ja, und irgendwie bin ich gerührt davon, dasz Du sie neu rahmst. Jetzt geht's mir gut. Ich weisz, wo Du bist, und ich weisz, was Du tust: Du flickst Lichtbilder neu zusammen.

Dienstag, 10.12 Uhr Ach, ein Tag! Ich gehe los und suche unsre Schritte.

Donnerstag, 10.16 Uhr Du hast was dagelassen, unterm Kissen, in Stanniolpapier eingewickelt. Jetzt sind die Dinge unseres Zimmers mit Schokolade überzogen, eine feine Glasur glänzt noch auf dem kleinsten Staubkorn. Die Schokolade ist mir gleich in den heiszen Händen geschmolzen, vor Freude. Schnell die Treppe hoch habe ich in meinem Arbeitszimmer mir mein Gesicht braun eingeschmiert und aus dem Fenster geschaut und gedacht: So müszte alles versüszt werden. Die Schokolade ist nicht häszlich abgebröckelt, sondern leise verdunstet von mir. Jetzt riecht mein Zimmer gut, und die Glasur setzt einen guten Schimmer: Ich schiebe Meister-Proper-Sterne auf meiner Haut herum.

Donnerstag, 13.48 Uhr Was soll das wieder? Mein Körper hat mir gerade einen üblen Streich gespielt, ohne irgendeinen grippalen Infekt oder so, ohne Virus, einfach so zwängt er alle Flüssigkeit, die in ihm ist, aus sich raus, durch Schwitzen, Durchfall, Erbrechen, erstaunlich viel Flüssigkeit. Meine Organe müssen aussehen wie getrocknete Datteln! Ich werde mich fürchterlich rächen, ich weisz noch nicht, wie. Ob mein Körper das hier auch lesen kann, weil ich es ja lesen kann? Mein Gehirn gehört, *banaliter*, schlieszlich auch zu ihm ...! Ist er klüger als ich? Wer weisz mehr über den anderen, ich über ihn oder er über mich?

Donnerstag, 14.00 Uhr Jetzt fühle ich mein Herz, da wo die Enge ist. Ich will mein Herz nicht fühlen. Herz: da wo die Enge sitzt. Ich spüre, wie sich der Herzschlag beschleunigt, Systole, Diastole, Erschlaffung, Dehnen. Herzklappen gehen auf, zu. Das Blut schiebt sich in Stöszen durch die Aorta. Das Blut rauscht durch meine klopfende Schlagader.

Donnerstag, 15.01 Uhr Der Brief an Dich ist fertig, und plötzlich weisz ich nicht, ob ich ihn überhaupt abschicken soll. Ja, der Brief *ist* ein Fehler. Vielleicht habe ich ihn gar nicht an Dich geschrieben; hoffentlich doch.

P.S.: Wenn Du doch mal einen Fehler machen würdest.

Donnerstag, 16.11 Uhr Mit Maja telefoniert. Sie kommt morgen. Mit *boyfriend*. Auch das noch. Mein Schwesterschmerz kommt. Mein *Geschwist*.

Donnerstag, 18.36 Uhr Ich habe ein paar andere Briefe geschrieben, an Lisa in Venedig, an Marc in München, an Esther in Cleveland, Ohio. Dann habe ich versucht, Isa einen Brief zu schreiben, zum siebten Mal in diesem Monat. Liebe Isa, liebe Isa. Wie ich Dir schon am Telefon, ich hoffe, ich hoffe, alles ist so wie Du es, alles, bei mir ist alles noch immer, immer, oder es ist vielmehr noch viel, viel, viel, aber ich kann Dir das viel besser, viel viel besser, wir sehen uns ja am, am wann, am am. Herrje. Vielleicht sollte ich sie doch nur anrufen. Hoffentlich sehen wir uns wirklich bald wieder. Deine Laura.

Dann blase ich einen groszen Rauchtrichter in die Luft und beobachte all die blaugrauen Kringel, Verästelungen, Wirbel am Rand und die inneren chaotischen Implosionen, ohne auch nur irgendetwas zu fühlen.

Donnerstag, 18.54 Uhr Ich habe Briefe geschrieben? Nein, ich habe niemals Briefe geschrieben. Ich bin unfähig, Briefe zu schreiben. Wo andere gehaltvolle Botschaften einwandfrei und unmiszverständlich übermitteln, stehen bei mir überhitzte Selbstgespräche, zwanzig Seiten lang, und die Worte stechen sich gegenseitig aus und vernichten alles, was sie sein wollen. *Perfekte* und *auszergewöhnliche* Metaphern sind das, ja, jaja, kleine Etüden mit aufgeschnittener Hand, der Deutschlehrer war immer *so was von zufrieden mit mir, Laura, ich konnte mal wieder nicht umhin, Ihnen die fünfzehn Punkte zu geben.*

Ich will das aber nicht. Ich will nicht die Figur sein, die den Gedanken verkrüppelt. Ich möchte einfache, klare Sätze in die Welt sprechen, scharf konturierte, die jeder vernünftige Mensch verstehen kann. Ich kann keine Briefe schreiben. Sobald ich beginne, einen Brief zu schreiben, flieszen die Buchstaben weg und in irgendeine verheimlichte Geschichte hinein, immer in Richtung Tagebuch, dort wie Quecksilber auseinander. Gerade, im Bett, stand mir klar und deutlich vor Augen, was ich Dir schreiben wollte, *sagen* will. Jetzt ist das geschriebene Wort, als ich es sehr gewrungen habe, um es zu erpressen, irgendwohin wegversickert. *Das Papier hat meine Gedanken absorbiert*, das weisze unschuldige Papier, *aber ich beflecke es doch.*

Donnerstag, 1.45 Uhr Ich brauche Dich
warum rufst du nicht an?
ruf an
ruf an du Sau
geh ran los

Donnerstag, 2.03 Uhr Ich hab mir in die Haut
geschnitten
aus Versehen
Haha

Freitag, 10.16 Uhr Freitagmorgen, grau verhangen, drauszen überall ein fast unsichtbarer Nebel, der die Dinge weichzeichnet, oder eher den Blick aufweicht, den Blick auf die Dinge, als sei alles nur ein einziges, unerreichbares, nicht scharfzukriegendes Ding. Hast Du Angst?

Freitag, 13.23 Uhr Maja ist da. Die Härte: Dad ist auch da. Und Anton, der «die Stadt kennenlernen möchte», die Heimatstadt seiner künftigen Frau Gemahlin. Sie ziehen da irgendein Familiending durch. *We, are, family.* Gleich sind sie weg, «sightseeing», und Mom geht auch mit, die Arme. Maja tut total freundlich, flötet mich dauernd an, ist so was von glücklich. Gerade war so eine Art mittägliche Stehparty in der Küche, mit Sekt und Selters, alle beisammen. Anton gab mir ein Lächeln von genau derselben neutralen, klebrig freundlichen Offenheit wie das, das er immer meiner Mutter gibt. Dabei das beiläufige Angebot eines Handschlags, das ich jedoch ausschlug, auf meinen Verband deutend. Er tat erstaunt. *Mein Gott!* Fragte jedoch nicht einmal, wo ich mir die Wunde denn zugezogen hätte, sondern schnappte sich meine linke Hand, drückte die kurz, hauchte linksrechts einen doppelten Gesellschaftskuss auf meine Wangen und wandte sich sofort wieder Maja und den *parents* zu. Maja quiekte in sein Ohr und küsste immer wieder seine Wange. Ihre Nase war selten weniger als zehn Zentimeter von seiner Wange entfernt, und sie schaute sich dort in ihn hinein, als warte sie sehnsüchtig darauf, von seinen Poren aufgesogen zu werden, oder so. Diese glänzenden, mädchenhaften Augen der älteren Schwester, des perfekten Geschwists. So von der Seite geliebkost und zugeflüstert, bekam Anton nur einen eher gelähmten *small talk* mit meinen *parents* hin. Die fanden die Szene wohl *ganz bezaubernd*, sie lächelten und nickten, so unverständig verständnisvoll und auf gönnerhafte Weise neidisch, wie sie nun mal sind. Dad stand an die Küchenzeile gelehnt, die Hände in den Taschen, und tat sehr amüsiert; wenn er lachte, hob er immer ein wenig das Kinn und grinste und schnaufte. Ich sah, dasz er mich auch öfters ansah, ernster. Trafen sich unsere Blicke, hielt er dem für ein, zwei Sekunden hochbedeutsam stand, dann sah er weg und hob wieder das Kinn, grinste, schnaufte. Ich soll auch mitgehen, zum «Sightseeing». Nix da.

Meine Sister ist ja *so* verliebt. Wenn ich die beiden nur zusammen sehe, spüre ich den puren Ekel in mir anschwellen. Sie sind feuchte, wabbelige Monster, die sich zuschleimen, mehr nicht. Diesmal besonders. Sie verhalten sich so *gesetzt* neuerdings, oder *gediegen*, wie auch immer man das nennen will. Museumsbesuch, Candle-Light-Dinner, früh ins Bett, um morgens den Morgen und das Frühstück zu genieszen, wenn es noch dunkel ist drauszen. Und das meiste davon: mit den Eltern.

Aber was soll ich sagen. Ja: was soll ich eigentlich sagen.

Freitag, 13.55 Uhr Dad will mir dauernd in die Augen blicken, auch im Flur, total aufdringlich und forschend, als könnte er da etwas sehen.

Freitag, 15.03 Uhr Als Thorsten die Kokainsexnummer mit mir geschoben hat, rückblickend einer der finstersten Augenblicke in meinem Leben (DANKE THORSTEN!), dachte ich, ich bin meinem Körper weitaus überlegen, er hat keine Ahnung, wie ihm geschieht, nur ich. Die Drüsen schmatzten, die Vagina wurde feucht und heisz, Endorphine waren auch auf dem Weg, er reagierte auf das alles so geil und tierisch wie immer –

dummes Ding. Ich konnte die Endorphine irgendwohin leiten, wo sie mich nicht störten, das mag verrückt klingen, aber so war es. Ich habe sie einfach *weiterdelegiert*. Meinen Körper juckte nichts, weit offen klaffte die Lust in ihm, dasz meine Hände drin Platz gehabt hätten. Ich allein wuszte, was wirklich geschieht, was da passiert, was mir und ihm zugefügt wird, auch wenn ich es hier nicht genau beschreiben könnte. Das war dann der Bruch, der Bruch zwischen mir und meinem Körper. Damals, als wir koksten und geil wurden. Thorsten hatte gerade in London irgendeinen Sonderdeal mit der Abteilung Soundso abgeschlossen und dann firmenintern eine Menge Kokain beschaffen können. Das Kokain lag *in rauen Mengen* auf unserem Designer-Wohnzimmertisch herum, keine Ahnung, es musz unheimlich viel wert gewesen sein, Berge und Hügel, «Ski alpin», meinte Thorsten. Wir nahmen das und haben uns dann die Hirne halb rausgepoppt; Thorsten konnte immer wieder; wir wurden übermütig und kamen uns vor wie Sexkönig und Sexkönigin. Als Thorsten sich dann das Kokain unter die Vorhaut und auf die Eichel strich, die Kippe im Mundwinkel, lächelnd, ziemlich viel, und auch mir das Zeug hinschmierte, in die Schamlippen und um die Klitoris, wie selbstverständlich, wuszte ich, was abging, auch wenn ich ihn gewähren liesz, oder wie soll man das nennen. Ich lächelte und faszte ihn an und wir schliefen wieder miteinander, eine Ewigkeit lang, das Kokain weichte die Haut auf und ätzte so geil, fand mein Körper. Plötzlich musz mein ganzes Blut geronnen sein, für ein paar Sekunden, so fühlte es sich an. Ich hatte den gröszten und letzten Orgasmus meines Lebens. Seitdem weisz ich, woran ich bin. Ich habe den Spalt willentlich vergröszert, jetzt klafft da ein Abgrund, erhaben und unüberbrückbar, in Fleischfarbe. Ich habe versucht, meinen Körper zu bekämpfen, um ihn loszuwerden, aber er hat sich als eigenwilliger und zäher erwiesen, als ich dachte. Jetzt wissen wir beide nicht recht weiter und wiederholen alte Attacken, die weder auf der einen noch auf der anderen Seite ziehen wollen. Uns ist langweilig. Die Simpsons kommen. Schade, die Folge habe ich schon gesehen.

Freitag, 16.16 Uhr Natürlich bin ich nicht verrückt. Natürlich sind das alles nur *Bilder*. Oder?

Freitag, 17.34 Uhr Herz: da wo die Enge sitzt. Schlaff, gedehnt, schlaff, Blutschub, Blutstau, Klappe auf, zu. *Still my beating heart.*

Freitag, 17.36 Uhr Ich komme nicht klar. Und: Ich weisz nicht Bescheid. Alles das hier, meine «Aufzeichnungen», alle Sätze in diesem Tage- (oder Nacht-?) buch lassen sich auf diese zwei kümmerlichen Aussagen reduzieren: «Ich komme nicht klar», erstens, und zweitens: «Ich weisz nicht Bescheid.» Alles, was ich sage und tue, was ich denke, nicht denke, wieder denke, bleibt genau an diesem leeren Ort ohne Widerstand, ohne Sichtweite, ohne Sinn hängen, nur diese letzte Einsicht in dieser banalsten aller möglichen Welten, der meinen: Ich komme nicht klar, mit mir nicht, ich mit Dir nicht, ich nicht, mit mir nicht. Etwas liegt grundsätzlich quer in mir, etwas, das geht tief hinunter in die Chemie, ganz grundsätzliche Sachen stimmen einfach nicht, auf mikrobiologischer, unabänderlicher Ebene, passen nicht zueinander, irgendwie. Das kann doch nicht sein, dasz ich mit dreiundzwanzig das Leben immer noch so scheisze finde wie mit sechzehn. *Noch* beschissener! Das kann doch nicht sein!

Freitag/Samstag, 6.17 Uhr Du suchst die Sünde und findest nur Sünder. Ich bin total zu, aber gar nicht müde. Fühle meinen Körper nicht mehr. Gut so. Mit *wem* habe ich da getanzt? Tzzzz ...! So ein Schwachmat. Blondie im rosa Oberhemd. Letztendlich will ich nur, dasz alles entweder endlich wahr wird oder sich wenigstens zu seiner Künstlichkeit bekennt. Wenn jemand künstlich ist und sich dazu bekennt, wird er vielleicht auch wieder wahr. Ich weisz, dasz ich wahr werden kann. Ich musz nur genügend wollen. Klingt das wieder bepiszt. Es ist noch dunkel. Thorsten ist noch nicht wach, hat eine Fahne, die mir buchstäblich den Atem raubt. Ich werde jetzt frühstücken, Fruit Loops und Melatonin, schäumende Milch. Ich will schlafen. Guten Morgen, gute Nacht.

P.S.: FAQ U. Fick Dich! Du. Ja, Du.

Samstag, 8.51 Uhr

halbe Hauben
Placebo-Placebos
Wundrand
randwund
Herzgehirnkörper
Hautsicherheit

«Na, das sind ja auch nur Muskeln», antwortete Maren und schob sich noch ein Stück Spanferkel in den Mund.

«Hm? Was?»

«Das sind ja auch nur Muskeln, die wir essen, wenn wir Fleisch essen.»

«Quatsch. Das sind doch keine Muskeln. Ich esse doch keine Muskeln.» Laura schob sich eine Gabel Eiersalat in den Mund. *In Wahrheit sind es die Eier, die wie Gummi schmecken,* dachte sie.

«Na klar, was denn sonst. Das sind doch nur Fett und Muskeln.»

«Was? Muskeln sind doch weiß und wie kleine Hügel.»

«Ja, was denkst du denn dann, was das ist, was ich hier esse?»

«Fleisch!»

«Fleisch *ist* Muskeln, Laura! Das ist nichts anderes als Fett und Muskeln.»

Sie verstand wirklich nicht, was Maren meinte. Oder sie verstand es, wollte es aber nicht wahrhaben. Es gab kein Fleisch? Wieso hatte ihr das nie jemand gesagt? Laura stellte sich das Bein eines Schweines so vor: Knochen, Muskeln, Fleisch und Fett. Und am besten schmeckte natürlich das Fleisch. Die Muskeln waren nur Abfall, für Laura, die Knochen auch, das Fett nur für Sülze tauglich, oder für perverse Feinschmecker.

«Es gibt kein Fleisch. Es gibt nur Fett, Muskeln, Sehnen und Knochen. Und Nerven, und Drüsen. Haut und Haar. Aber kein Fleisch.» Maren schmunzelte. «Kein Wunder, dass du Vegetarierin bist!»

Wie komisch, dachte Laura. Irgendwie war sie also tatsächlich Vegetarierin. Weil sie noch nie das gegessen hatte, was sie sich unter Fleisch vorstellte. So ein Osterhasenglauben! Sie musste auch schmunzeln. Neben ihr hielten zwei Ex-Modster ein Mini-Seminar über Star-Wars-Figuren ab. Sie schnappte ein paar Fetzen auf und konnte nichts mit ihnen anfangen. Ein mit *Military*-Klamotten ausstaffiertes Girlism-Girl zog langsam, wie in der Schwebe, vor ihrer Nase vorbei und hielt einen Blue Curaçao in der Hand. Überall standen Menschen und redeten, lachten, nickten, an Wände gelehnt, Rippen knuffend,

Küsse austauschend. Eine Party, voll im Gange. Ohne Thorsten. Ohne alle.

«Also ist Fleisch irgendwie – abstrakt?», fragte Laura.

«Ja, wenn du so willst», antwortete Maren.

Montag, 3.54 Uhr Scheisze, diese Hülse wird niemals Frucht tragen. *Diese* Hülse nicht. Bei einer solchen Veranlagung wie der meinen musz man sich das mit dem Kinderkriegen zehnmal überlegen. Da wird Auto-Eugenik zur Selbstverständlichkeit. Keinem wünsche ich das. Keinem. Wie dann erst *meinem* Kind.

Der Mensch ist zum Mantel geworden, o ja, aber ich habe keine Lust, ihm als Garderobe zu dienen.

Laura wurde beäugt und beäugt. Keiner traute ihr mehr.

Sie ging auf eine Party, und noch auf eine, und dann auf eine weitere, irgendwo. Sie lernte Leute kennen, denen sie insgeheim ins Gesicht spucken wollte. Sie küsste wen. Sie stürzte ab.

Sie schlief mit wem, fast bewusstlos.

Sie wollte die Schuld, die in der Luft lag, auf sich ziehen. Es gelang ihr nicht.

Schließlich nahm sie wieder ein Messer zur Hand. Aber sie steckte es nur in die Handtasche.

Sonntag, 13.45 Uhr Was ist passiert? Was ist blosz passiert.

Bin ich gestorben? Ich fühle mich nicht, ich fühle nur meinen Körper, selbst der stirbt ab. Ich bin schon tot. Eine grosze Panik kommt wieder über mich, in diese kalte Wüste. Alles ist weisz hier. Wo unten, wo oben? Meine Wunde lasze ich jetzt offen. Der Schmerz reicht nicht.

Was ist passiert? Ich habe mit einem Fremden geschlafen. Bin ich eine Nutte? Dreckig hat sich mein Innerstes um seine Lust geschloszen, hat sich um ihn gewunden, ist um ihn rotiert. Wir sind auf den Dachboden von diesem Haus gegangen und haben es, in einer Art Kabine, einfach gemacht. Ich dachte noch, ist das die Rache jetzt; oder ist das einfach nur die Tat. Habe währenddessen, während ich mich vornüberbeugte und er mich wie ein Tier nahm, einem anderen Paar zugehört, das es auch gemacht hat dort oben, oder kam es mir nur so vor, und dabei einen Bierkastenturm beobachtet, wie er leicht wankte, und habe überlegt, ob das von uns, vom Paar nebenan, vom Beat, der das ganze Haus erschütterte («rockte», wie der Typ, mit dem ich fickte, sagte), oder von all dem zusammen kam; dieses Wanken des Bierkastenturms. Habe ich etwas gefühlt? Die Erinnerung kommt nur langsam. Was war danach?

Sonntag, 14.05 Uhr   Ohh, näh! Weil ich so oberflächlich bin / kehrt sich mein Innerstes nach auszen. Maja ist nicht hier, Dad auch nicht, und Thorsten kippt sich zu mit billigem Aldisekt und mit teurem Voltax und mit Batida de Coco und mit Telefongesprächen. Und besänftigt seinen Kater mit Migräne-Kranit. Er scheint Angst vor mir gehabt zu haben, als ich eben in die Küche gegangen bin. Er hat mich kurz und fragend angestarrt, dann, als ich seinen Blick erwiderte, schnell wieder weggesehen und sehr konzentriert in den Telefonhörer gehört, genickt und sehr ernst «ja, ja» und «genau, du hast wohl recht» gesagt.

Ich möchte nicht wie meine Mutter werden. Und nicht wie Maja, nicht wie Dad, nicht wie Thorsten. Er gibt mir so viele Tabletten und Alkohol, damit ich ihm seinen eigenen Konsum nicht vorwerfen kann. Macht mich süchtig, damit seine Sucht nicht einsam ist.

Ich will nicht wie meine Mutter werden. Ich bin leider schon so.

Dieses Sich-nicht-Eingestehen, dasz etwas total falsch läuft, dasz etwas von Grund auf neu überdacht und umgeworfen und anders gemacht werden müszte – das ist uns allen gemein. Anstelle dessen: die ewige Betäubung. Und das Flüchten von einer Beziehungs-Simulation in die nächste. Anstatt, dasz jeder sich selbst ins Gesicht schaut und zu erkennen versucht, was da grundsätzlich falsch läuft, versucht man jeden krummen Augenblick noch weiter umzubiegen, in eine taube, ins Hysterische neigende Fröhlichkeit hinein, im Morgenmantel, mit dem Cocktailschwenker in der Hand. Ich halte das, sie und vor allem *mich*: nicht mehr aus.

Das Wort, das ich am meisten hasze, ist das Wort «eigentlich». Es ist so überpräsent in meinem Leben. Was heiszt «eigentlich»? Beschreibe das Wort «eigentlich», ohne es zu benutzen.

Alles ist uninteressant. Das Treffen mit Leuten, die Leute selbst, die Gespräche. Ich habe den Leuten nichts zu erzählen, sie mir nicht; ich ziehe mir immer die Scheisze aus der Nase, damit die Illusion eines Gespräches erweckt wird. Weiterhin ist uninteressant: Das Essen. Das Trinken. Das Autofahren, das Spazierengehen. Das Fernsehen! Irgendwelches Herumlesen in jahrzehnte-, gar jahrhundertealten Romanen, alles die letzte Scheisze, hat mir alles nix zu sagen. Sprachenlernen. Talkshowzapping. Masturbieren. Nichts ist interessant. Die Sonne nicht, der graue Himmel, das seichte Gewölk, Kumulus, Zirrus, Quelle und Schaf und Zahl, wasweiszich, nixweiszich. Die Nacht, der Tag. U-Bahn-

Fahrt, Supermarktgang, Telefonzellenphlegma. Spiele spielen. Liebe machen. Worte sagen. Die Nachrichten, die Kriege, der Frieden. Die *Zusammenhänge*. Die Suche nach den «Thrills». Das Gähnen. Die Uhr. Die Geschichte der Bundesrepublik Deutschland. Das Amt des Präsidenten. Amerika. Die Medien und irgendeine Medienkritik. Sonnenuntergänge. Zeltlager. Luftschutzbunker. Partykeller. Die Partys und die Partypartys. Die Partypolitik. Frauen und Männer, Homos und Heten. Ekel, Wahn, Staat und Körper. Ekel ist langweilig, Wahn ödet an. Staat stirbt innen. Körper west auszen. Ich sein, sein, etwas sein. Alles nichts!

Im Prater blühn wieder die Bäume. Und am Alex werden sie bald wieder Beachball spielen.

Sonntag, 14.35 Uhr Ich hätte nicht übel Lust, mich zu schneiden. Aber diesmal kein Pipifax und Kinderquatsch mit Michael mehr, sondern richtig: nicht nur die Wunde auffrischen, sondern den ganzen Arm versehren, oder die Beine. Es gibt eine History der Selbstverstümmelung. Meine Geschichte fing in der Schule an, genauer bei einem Völkerballturnier in der siebten Klasse. Ich war verliebt in einen Typen aus der 7b, der verhaszten Parallelklasse, Roderich hiesz er, war schüchtern, sehr hübsch und angeblich klug – das Gegenstück zu mir! Wie viele Nachmittage habe ich an ihn gedacht. In der Schule aber habe ich ihn keines Blickes gewürdigt. Erstens war er ein Junge, zweitens aus der b. Am Nachmittag des Völkerballturniers nun schnitt ich mir mit Majas Schweizer Taschenmesser (sie war damals Pfadfinderin und hatte es bei einem Wochenendbesuch dabei, um anzugeben, dann vergessen) in die Beine. Auf dem Wohnzimmersofa sasz ich, keiner war zu Hause, das kalte

Leder wurde unter meiner Hitze warm. Feine Schnitte setzte ich, ganz kleine, kaum schmerzende; aber beide Beine, vor allem die Waden, waren schnell davon übersät. Nur im Augenblick des Einschnitts tat es weh; und ich war stolz auf diese kleinen Schmerzen, widmete sie Roderich, voller Teenagerliebe. Ich wollte wohl irgendwie auf mich aufmerksam machen, ohne ihn direkt anzusprechen. Neonschweißbänder oder sprießende Brustknospen hatte ich nicht – so erschien es mir ganz natürlich, mich auf diese Weise interessant zu machen. Jedenfalls glaube ich, dasz das die Beweggründe waren.

Leider hat mich beim Völkerballturnier dann kein Mensch auf die Wunden angesprochen, und Roderich hat mich nur so unterschiedslos angeschaut wie alle anderen. Kreischende Kinder sind in Wellen immer von der einen Spielfeldseite auf die andere geschwappt. Ich bin ziemlich früh ausgeschieden und konnte mich bis zum Ende des ersten Spiels nicht wieder freiwerfen. Nach dem Spiel bin ich zum Wielpütz gegangen und habe mich entschuldigt, mir sei nicht so gut, ich müsse nach Hause. Ich hatte keine Lust mehr auf die Albernheiten.

Sonntag, 15.10 Uhr Eine leere Auster gehe ich, Blumen treffen mein Auge. Krähen kamen, kopflos die Leiche. Geister schluchzen auf dem Plan, ob ich hinhör oder nicht.

Sonntag, 15.33 Uhr Maja und Dad sind gekommen. Sie reagieren genauso komisch auf mich wie meine Mutter. Sie scheinen mich hinter meinem Rücken zu *beobachten*. Wie lange schon?

Irgendetwas musz gestern passiert sein. Normal verhalten die sich nicht. Ich kann mich noch immer nicht erinnern. Meine Hand zittert. Das macht mir gerade Angst. Ich habe sonst niemals Filmrisse. Ich kann mich sonst immer an alles erinnern, was ich dann nicht als angenehmes Schicksal empfinde. Aber so will ich's jetzt auch nicht haben.

Vielleicht soll ich diesen Typen anrufen, den Taxifahrer? Er ist die letzte Erinnerung, die ich habe. Dann bin ich hier in meinem Bett aufgewacht. Ich weisz nicht mal mehr genau, wie er aussah. Neben mir auf dem Bett liegt der blasse Kassenbon mit seiner Nummer hintendrauf. Ziemlich kindliche Schrift, halb Schreib-, halb Blockschrift. Ich kann mich nur noch an das Gefühl erinnern, wie wir miteinander gesprochen haben. Das war ganz schön. Und der Sex war auch nicht so schlimm. Ich habe etwas gefühlt. Ich hatte keinen Orgasmus, aber *ich habe etwas gefühlt*. Du? Thorsten? Du warst doch auch auf der Party, oder? Hast Du vielleicht gemerkt, dasz ich mit einem anderen rumgemacht habe? Hat es Dir vielleicht wehgetan? Hattest Du vielleicht ein kleines Stechen im Herz?

Sonntag, 16.43 Uhr   Es sei inkonsequent, sich selbst zu schneiden, Selbstverstümmelung sei inkonsequent. Entweder man bringe sich gleich um oder man lasse es. Was das solle. Diese Umwege. Wofür die gut seien. Dad hat mit mir geredet. Er hat nichts von den Sachen gesagt, die ich gerade gesagt habe, aber er hat gesagt, dasz ich heute Morgen total vollgekotzt nach Hause gekommen sei und gezittert und gewimmert hätte. Maja sei da gewesen und habe sich um mich gekümmert. Daran erinnere ich mich jetzt. Vorher musz ich Anton angefallen haben, ich sei auf Majas und Antons Bett (das Gästebett) gesprungen und hätte auf Anton eingeschlagen und versucht, ihm die Augen auszukratzen, mit meinen Fingern, die schon blutig waren. Meine Finger seien schon blutig gewesen, bevor ich mich auf Anton gestürzt hätte.

Ich weisz, dasz da irgendein Horror mit mir abging. Ich wage es kaum zu denken, aber ich glaube, ich habe Heroin genommen. Aber da sind keine Einstiche in meinen Armen. Was soll das, ich bin keine Nico, keine Sixties-Drug-Queen, Heroin ist nicht meine Welt, noch nicht, noch nicht.

Ich konnte kaum reden, merkte, dasz mein Sprechen sich sehr wirr und verdattert anhört. Ich muszte die Silben einzeln zusammenkleben, und ein schiefes Flickwerk kam dabei heraus. Ich verhaspelte mich pausenlos, wenn auch im Schneckentempo. Krank. Mein Dad war sichtlich besorgt. Mit jedem seiner Worte wurden immer gröszere Erinnerungsfetzen herangeschwemmt, wie Treibgut. Ihr naht euch wieder, krankende Gewalten –

Sonntag, 17.51 Uhr   Elfe: Wo warst du denn plötzlich?

Ich: Wieso plötzlich? Habe ich mich denn nicht verabschiedet?

Elfe: Nein! Bist du mit diesem Typen abgehauen, mit dem du dich vorher die ganze Zeit unterhalten hast, oder was? *Sehr* verdächtig. Naa? Ist was gelaufen …? Bahnt sich da was an …?

Ich: Och der, nö, der hat mich nur nach Hause gebracht.

Elfe: Jaa? Und weiter?

Ich: Nichts weiter. Und *du* muszt reden. Du hast doch plötzlich diesen Jonathan ganz wild abgeknutscht …

Elfe: Kein weiteres Wort darüber.

Lachen.

Elfe: Aber warum bist du denn so schnell –?

Ich: Mir ging's plötzlich nicht so gut.

Elfe: Ja. Kein Wunder. Wie geht es dir denn? Ich hatte heute ziemliches Nervenflattern. Du?

Ich: Ich auch. Wart mal, da ist noch jemand in der Leitung. Bleibst du dran?

Elfe: Ja.

Ich: Scheiszanklopffunktion. Oder, ich rufe dich besser später zurück, ja? Ich muss gleich essen, mit der Family.

Elfe: Okay.

Ich: Ja. Bis gleich.

Und drücke sie weg und lasse mich zurücksinken. Ich tupfe mir den Schweisz von der Stirn. Kalter Schweisz natürlich, was sonst. Was denkt denn ihr.

Sonntag, 19.10 Uhr   Das Essen war so scheisze. Sie wollen mich jetzt zum Psychiater schleppen, ins Krankenhaus gar. Sie stellen selbst Fragen, Psychiaterfragen *light*. Sie wollen wissen, was passiert ist. Nichts ist passiert, sage ich und denke, das ist ja die Scheisze, dasz nichts wirklich passiert, auszerhalb des kleinen Schlachtfelds zwischen meinem Körper und mir, meinem Körper und mir, aber das kann ich ja keinem erzählen …

SECHSTER TEIL
FILME ALLER FERTIGKEITEN

Left Lancelot
Out of the picture credit

… And You Will Know Us By The Trail Of Dead

Sich alte Diktiergerät-Tapes anzuhören hat etwas von Palimpsest-Forschung. Alle Aufnahmen tummeln sich zusammengedrängt auf einer Kassette, lappen übereinander und schneiden sich gegenseitig das Wort ab; Disparatestes steht unverbunden nebeneinander, verschiedenste Themen kreuzen sich und ergeben komische bis unheimliche Kombinationen; die Zeit titscht hektisch durch ihre eigene Kugelform und wird seekrank dabei. Man findet nie, was man sucht, hat keinen Hinweis darauf, wo es sich verstecken könnte oder wie viele Schichten schon darüberliegen.

Dazu gibt es Unterschiede im Tempo. Manches ist in *High Speed*, manches mit normaler Geschwindigkeit aufgenommen, und teils mit verschieden kräftigen Batterien, sodass nichts mehr synchron und alles verzerrt ist. Der Rest eines Zeitungsinterviews etwa lässt zwei müde Monster einen bis zur Unverständlichkeit zähen Dialog über Margen, Marken und Management führen, es hört sich mehr nach einer Mischung aus Schnarchen und Rülpsen als nach Sprechen an; und kurz bevor die Monster vollends wegnicken, schneidet ihnen unvermittelt eine hysterische Mickymaus das Wort ab, atmet wie blöd und wirft im Sekundentakt mit depressiv-sinnlosen Halbsätzen um sich («das Krasse – macht keinen Unterschied mehr – kann nicht tot – ist kaputt – Tickertod»), bis sie nach einer Menge kränklich hingehechelter Reflexionen von einem jungen Mann unterbrochen wird, der in fast normaler Geschwindigkeit über sein Leben zu sprechen beginnt, nein, er spricht schon länger, er hat schon länger darüber gesprochen, wir waren nur noch nicht dabei.

«Diese Reise – wieso Reise? – wann begann sie? Wichtiger noch: Ist sie überhaupt vorbei? Teilt sie sich auf in Stationen, in Abkürzungen und Umwege?» Klick. «Manche bezweifeln die schiere Existenz von Umwegen. Jeder Weg habe seine Berechtigung.»

Klick.

Klick. «Wie also wird einer verrückt? Wo kommt er her, der Wahn, der jeden treffen kann? Ist es wahr, dass ein Schizophrener sich fühlt wie *gespalten*? Wie hoch werfen die Wellen der Zyklothymie den Zyklothymen? Und wie tief fällt er, in welchen Abständen? Wenn du mir diese Fragen stellst (und ich habe genügend Grund anzunehmen, *dass* du sie mir stellst, mein Freund), machst du das wohl, weil du glaubst, ich sei Experte in diesen Sachen. Und in gewisser Weise hast du ja auch recht. Aber du musst auch wissen: Viele Dinge weiß ich gar nicht mehr. Ich habe sie vergessen. Ganz normal vergessen, rede ich mir ein. Ganz schlicht.»

Klick.

«Ich muss schon tief hinuntersteigen, um in meinem Bewusstsein nach Gründen und Ursachen zu fischen, die eine entsprechende Disposition hätten bedingen können, und um präzise Situationen zu benennen, die dieser Disposition auch ein konkretes Bild, eine Art *Prolepse* nachlieferten, erste Ausbrüche einer fehlgeleiteten Aggression etwa oder auch Zustände der größten Entfremdung – Entfremdung vor sich selber oder vor den anderen, was (auch hier könnte eine Analyse ansetzen) keinen großen Unterschied macht. Aber ist es das, wonach du fragst?»

Klick. «In diesem Fall könntest du auch gleich zu einem Arzt gehen oder einige der einschlägigen Sachbücher lesen. Mal sehen, wie schlau du *danach* bist. Mal sehen, ob *Fallstudien* dir weiterhelfen. Fallstudien sind wie Protokolle von Zirkusauftritten gesichtsloser Artisten, mit genau derselben (unmöglichen und unnötigen) Schreibhaltung, aus genau derselben Perspektive des wohlgeneigten Zuschauers (das bist du) und des Vermittlers (das ist der Arzt), der das Charakteristische der Situation (das war ich) außen vor lassen muss, weil es sich nicht einfangen lässt, jedenfalls nicht als eine Abfolge von Ereignissen im Ursache-Wirkungs-Schema, die aufgenommen und kategorisiert werden will wie eine bestimmte Kollisionsreihe beim Billard oder eine Partie Schach. Fallstudien werden dich nicht jenseits der Grenze führen, auf deren hiesiger Seite du nur *staunst* und *gaffst* wie ein Zoobesucher vor dem Zaun, jenseits derer du aber wirklich beginnst, *mit dem Tier zu kämpfen –*»

Klick. «Zumal die Medizin mehr tastet als feststellt, mehr vermutet als begreift. Mir wurden nach monatelangem Aufenthalt in der geschlossenen Abteilung der Charité zum Abschied lediglich zwei fotokopierte Medizinbuchseiten mitgegeben, begleitet von der hingenuschelten Bemerkung, ich hätte so etwas wie eine Kreuzung oder Mischung dieser beiden Krankheitsbilder gehabt, *Zyklothymie* und *Schizophrenie*, und das war dann das. Stoffwechsel. Neuronen. Botenstoffe. Klick.»

Klick.

Klick. «Ich werde einmal eine Ästhetik des Fehlers schreiben. Nicht des Hässlichen, nicht des Ekligen, nicht des Trashs oder der Wunde. Nein, des Fehlers. Ja. In seiner leichten oder schweren Abweichung, in seiner negativen Abgegrenztheit, an der sich das Verfehlte, nicht Erreichte genau ablesen lässt, ob als leise Utopie oder als faktischer Terror, aus dem man sich in den Fehler als letzte Zuflucht geflüchtet hat. Klick. Seine vielfältigen Formen will ich beschreiben, Nomenklatur: den schleichenden, den sofortigen, den produktiven, den inhaltlichen, den formalen, den tödlichen Fehler; den allem zugrunde liegenden Fehler, den Lebensfehler, das Fehlerfenster, die Fehlerphantasie. Was für eine Freiheit der Fehler auslösen, welche Kraft er freisetzen kann, wo er neue Orte öffnet. Und, natürlich auch, wie normal schrecklich der Fehler trotz allem ist, was für verheerende Folgen er zeitigt, Leben ruiniert. Und dann werde ich mir die Microsoftstrategie zu eigen und mit meinen zahlreichen Fehlern Kohle machen, indem ich den dysfunktionalen Roman schreibe. Und er wird ‹o½› heißen. Ich freue mich so.»

Klick. «Skizze der Gründe: Im schwarzen Grund. Bier im Park, danach Koks auf der Eichel. Lachen als Abgrund: Ha ha ha.»

Klick. «Ihm war die Welt der Fiktion nämlich wirklich zur Wahrheit geworden. Er wusste nicht mehr, was Metapher war, was konkret. Die Wirklichkeit oder die Fiktion? Dann war entweder alles eine Metapher, oder nichts eine Metapher. Und er, also ich, war jede Person und jedes Ding, egal ob real oder erfunden. Und Gott war ein Metaphernsturm, und Magnus dessen Bedeutung, seit soundsoviel Jahren.»

Klick. «Während andere Verletzungen und Erkrankungen dem Ich erst einmal äußerlich bleiben (sie es, das Ich, freilich über Umwege, über die große Lebensattacke etwa angreifen können, oder auch durch die bloße Verstopfung der Atemwege (manche sagen Schnupfen), die den Kopf ein bisschen rammdösig macht, et cetera, et cetera), ist die eigene Person bei psychischen Krankheiten sofort betroffen und befallen, nein, sie ist das Zentrum der Krankheit. Das ist es, was es für die anderen so unheimlich macht. Es ist das Gegenüber selbst, das erkrankt ist. Das ist unheimlich.» Klick. Klick.

Klick. «Für einen selbst ist es nicht unheimlich, sondern absolut unbegreiflich, zunächst. Die Krankheitseinsicht fehlt ja auch. Wenn der Erkrankte später dann erkennt, was ihm passiert ist, sind die Bestürzung, die Scham, die Schuld am größten. Vor allem aber das Unverständnis gegenüber einem selbst. Die Frage, warum ich, warum so. Die Skepsis der anderen spiegelt noch die eigene Skepsis gegen sich selbst. Man versteht, warum die so gucken.» Klick.

«In Abwandlung eines Brechtwortes: In mir habe ich einen, auf den kann ich nicht bauen.» Klick.

Klick. Klick. Klick. «Ja. Ich habe Dinge vergessen oder verdrängt. Sie sind bestimmt noch da, aber nicht abrufbar. Andere wissen diese Dinge wahrscheinlich für mich. Manchmal sehe ich den anderen an, dass sie diese Dinge für mich wissen. Klick. *Manchmal* wissen sie sie für mich. Meistens *gegen* mich. Klick.» Klick.

«Oft rede ich mir ein, ich hätte sie auf die harmlose und beiläufige Art vergessen, mit der ich auch anderes vergessen habe. Normale Dinge. Einen Sturz von der Schaukel, eine rabenschwarze Unterrichtsstunde, einen Karnevalskuss, einen schweren Abschied, auch Sex. Sex, der erst im Nachhinein, mit den Jahren, wegdriftete, unauffindbar und namenlos wurde.» Klick.

Klick. «In Wahrheit habe ich sie, sagen wir, selten vergessen.» Klick.

«Jemand kommt zu mir und erzählt mir etwas, etwas über mich. Was ich da und dort getan habe, wo er eine Spur fand, die auf mich zurückverweist, was er gehört habe und was gelesen, und ich sage: Ja? Das habe ich nicht mehr gewusst. Ich erinnere mich jetzt wieder an das, was du da erzählst, aber es war bis zu diesem Augenblick verschwunden. Dann überzieht eine Mischung aus Angst und Mitleid sein Gesicht.»

Klick. Klick. «Das ist so wie mit den Dingen, die man im Rausch erlebt hat, erkläre ich dann. Manche weiß man noch. Viele weiß man nicht mehr. An die meisten erinnert man sich wieder, wenn ein anderer sie neu erzählt oder ein bestimmtes Detail erwähnt. Dann kommen die Bilder zurück, und die Gedächtnisspur wird neu bespielt mit etwas, das sich schon auf ihr befunden hat, auf das der Zugriff nur versperrt und das im Begriff war, sich ganz auszulöschen.» Klick.

«Ich mag den Rausch, versteh mich nicht falsch. Ich mag ihn sogar mehr als alles andere. Er lässt den Augenblick wuchern und löscht ihn dann aus. Perfekte Prozedur. Ich gebe mich noch heute oft dem Rausch hin, wie einer Geliebten, deren Küsse ich genau dosieren kann, ohne dass sie dadurch ihre Attraktivität einbüßte.» Klick.

«Und –»

Klick.

«Aber –»

Klick.

Klick. Klick. Klick. «Diese Dinge –», klick. «Diese Dinge, die erst wieder als Witz auftauchen, wenn Bekannte beim Bier zusammensitzen. Gerade gestern wieder. Schräge Anekdoten, die nur schemenhaft erkennen lassen, woher sie kommen. Die, losgelöst vom Hintergrund, Extravaganz und Leichtigkeit ausstrahlen. Andere Dinge, die gleich danebenliegen, die sie *einrahmen*, werden nicht besprochen, weil sie peinlich sind, weil man sich vor ihnen erschrickt. Doch sie schwingen mit, und ich erschrecke, obwohl es doch ein Witz ist, ein Witz, ein Witz, nichts weiter.» Klick. Klick.

Klick. «Ist es dir auch aufgefallen, hier in Berlin, in Berlin und anderswo? Ich kann sie gar nicht mehr zählen, die Irren. Ich kann sie nicht mehr sehen. Mir als Betroffenem sind sie nah und doch am fernsten. Wenn sich einer mit der Handkante wutentbrannt gegen die glänzende Stirn schlägt, etwa. Wenn sie in den U-Bahnen die Fenster beschimpfen. Wie sie dem Straßenlärm lauschen und dazu tanzen oder boxen oder weinen.»

Klick. «Nur, was mir damals passierte, das war kein Rausch. Und dennoch ließ es die Augenblicke wuchern wie wild. Und löschte sie gleichzeitig aus. Und beides mit großem Getöse. Und ich war ja auch wie betrunken, monatelang.» Klick. Klick. «Und die Gedanken wucherten in meinem Kopf. Und fast hätten meine Gedanken mich schließlich selber ausgelöscht.» Klick. «Aber vorher löschten sie die Welt aus, so wie ich sie kannte.»

Klick.

«Und das ging so.»

Es war bereits August. Der Herbst stand vor der Tür. Davor, erneut, eine Sonnenfinsternis. Eine subkutane Hysterie hatte sich festgesetzt. Magnus bildete sich ein, diese Hysterie sei unter dem Teer der Stadt, fast schon mit den Füßen, den Schritten wahrnehmbar; vielleicht aber war es auch nur sein eigenes Blut, das anfing zu köcheln. Die Tage waren eingebettet (wie Schlammbälle in leichtem Samt, oder wie ein magentafarbener Juwel in Erbrochenem, also das *Ätzen* im *Glänzen* und umgekehrt) in ein hochelektrisch mit Bedeutung aufgeladenes Zeitgeflecht, unerträglich gespannt. Jeder Verlust war ihm ein Gewinn, jeder Schmerz eine Erkenntnis. Nervöse Tage triumphaler Leere, sinnvollen Herumirrens und fast schon wieder manischen Arbeitens am Drehbuch wussten noch nicht, ob sie es waren, die passierten, ob sie als Summe das Ereignis waren, das unverkennbar in der Luft lag, oder ob sie nur das noch ausstehende Ereignis, das dann mindestens ein heiliges sein würde, vorbereiteten: sich beispielsweise unbemerkt bündelten und auf einen einzelnen Zeitpunkt hin zuliefen, im Verjüngungskanal mit dem berühmten Licht am Ende, das vielleicht, wie es der Witz sagt, nur der Scheinwerfer der entgegenkommenden Lokomotive wäre; wo dann aber alles, wirklich alles klar und deutlich vor einem stünde, die ganze phantastische Wahrheit sich unaussprechlich zeigte, in einer bombastischen Implosion kurz vor dem Scheitelpunkt der bisherigen Laufbahn (*ich muss doch eine Rakete sein und ein Geschoss, ich muss doch ein Gleißen sein und tausend Geschosse, die sich in alle Himmelsrichtungen verlieren*), und er würde überrollt oder erleuchtet, nichts dazwischen, entweder tödlich überrollt oder ganzheitlich erleuchtet, keine Grauzonen mehr, die Koordinaten wären fix.

Oder war es so, dass die Tage eine Spirale ergaben? Und wenn ja, drehte diese Spirale sich nach innen oder nach außen, oder verpuffte zum End?

Erweckungserzählungen von Erfüllungsstunden in hitzigen Büchern hatten sein Hirn auf die Folter gespannt. Die Metaphern schossen durcheinander. War denn, was geschrieben stand, wahr? Gab es diese Momente bestürzender Klarheit, plötzliche Blitze und Wallungen, die das Vorhandene kurzzeitig zersetzten, in der Halbwertszeit zwischen Blick und Blick?

In den Jahren nach dem Abitur hatte Magnus eine seltsame Fähigkeit entwickelt, ohne sich darüber bewusst zu werden: Er nahm Metaphern für den Bruchteil einer Sekunde wörtlich und transformierte sie in ein aufblitzendes Bild vor seinem geistigen Auge. Beschrieben die figurativen Ausdrücke dabei körperliche Schmerzen, so spürte Magnus kurz tatsächlich auch das Besagte: einen *Stich im Herz*, einen *Schlag ins Gesicht*, ein *Brennen unter den Nägeln*. Die Redewendungen hatten zusehends ihr Metaphorisches verloren, und der Schmerz in den Worten wurde aktuell. Illusionen sicherlich, halluzinatorische Momente, Unwahres – aber ist das Bewusstsein eines Schmerzes von diesem Schmerz selbst zu trennen? Ist nicht auch ein Phantomschmerz ein echter Schmerz? Magnus litt an den Metaphern, ohne es zu bemerken.

Er ging aufmerksam herum und soff, Bier vor allem, manchmal Wein. Er wusste, das macht Sinn, hier wird jetzt Sinn zutage gefördert. Er sah es in allen Gesichtern, an allen Obstständen, allen Plattenläden, in jedem Supermarkt. Die Döner-Messer wurden mit sonderlicher Hingabe und Härte gewetzt. Über Kreuzberg lag eine säuerliche Dunstglocke aus Menstruationsgeruch. Verschwenderisch flutete die alte Sonne die Oranienstraße und weichte hartnäckig und zäh, mit letzter Kraft, den schon brüchigen Teer auf, auf dem sie alle gingen. Und er ging mit, kaum noch festen Boden unter den Füßen.

Es war August, und Ameisen flogen durch die Luft. Was suchten die Ameisen in der Luft? Hektische Partikel am Rande seiner Wahrnehmung, geboren nur, um ihn zu verwirren? Welcher falsche Spin in welchem fernen Gen hatte ihnen ihre Flügel verliehen, zu Tausenden? Wenn die Ameisen keine feinen, kurzlebigen Linien durch die stehende Luft zogen, hastig ihre flüchtigen Spuren einkratzten (und wenn man diese Spuren fixieren würde, ergäben sie ein feinmaschiges chaotisches Netz, dessen versteckte Botschaft Magnus ängstigte), klebten sie halbtot an den Wänden oder krabbelten apathisch über das Parkett. Oder lösten verhaltene Panik aus, indem sie ihm todestrunken in den verschwitzten Kragen fielen und sich größer anfühlten, als sie waren, Panik, die nicht weiter auffiel, da die Gesten der gesamten Stadt fahrig wie im Schock waren.

Das bisherige Jahr war reich und leer gewesen. Magnus hatte gearbeitet wie nie; er hatte im letzten Herbst einen neuen Job angenommen, als Industriejournalist bei einem Mineralölkonzern; das bedeutete mehr Geld, also mehr Freiheit, aber auch weniger Zeit, also auch weniger Freiheit. Und es bedeutete eine noch größere Distanz zu seinen ursprünglichen Plänen. Zudem entsprach die Stelle nun gar nicht seinen Moralmaßstäben von sich selbst – nur, welcher Art waren diese noch einmal gewesen? Was nicht verschwamm, wurde verdrängt. Von irgendetwas musste schließlich jeder leben.

Er war noch tiefer in die Nacht ausgegangen, immer tiefer, immer selbstverlorener, und hatte Musik gehört, stundenlang. Die neue, laute Musik aus der nikotinvergilbten Stereoanlage seiner Jugend haute ihn um, immer dieselben Lieder, immer lauter, jedes Mal. Ein jeder Club, in den er tatendurstig tänzelte, ließ ihn leer beglückt und höchst zufrieden wieder hinauswanken. Der Alkohol und die gelegentlichen Joints schärften seine Wahrnehmung. Die Welt und die Worte hatten dann eine besondere Patina; die Musik dröhnte und *flashte* dreimal so intensiv wie im nüchternen Zustand.

Ab einem bestimmten Punkt jedoch, der je nach Gemütslage und Körperzustand nach dem soundsovielten Bier überschritten war, fiel diese narkotische Sensibilisierung plötzlich in sich zusammen, und die Wahrnehmung zog sich auf sich zurück, die Perzeptoren machten zu, Ladenschluss. Dann wurde eben getanzt bis zum Umfallen, fast egal, zu welcher Musik, denn Tanzen war für Magnus die letzte (und vielleicht ohnehin die einzige) Möglichkeit, kommunikabel zu bleiben.

Morgens hatte er oft, andere nennen es *Hangover*, den Geschmack von Katharsis auf der Zunge. Wie nach einem *Reboot* trauten sich seine Augen wieder in die Welt zurück, erst blinzelnd verklebt, dann schon kalt gewaschen und bereit zur nächsten Flut. Jeder Rausch konnte ein Neuanfang sein. Und jeder Tag fing immer von vorne an, bei null, eine Wohltat.

Was auch half und die Sinne schärfte: Schlafentzug. Täglich höchstens vier Stunden hatte Magnus sich verordnet und diesen Plan bis zum August durchgehalten. Denn die Depression lauerte in jeder freien Minute. Das war familienbedingt und spürbar. Und Schlafentzug half dagegen, besser als jede Lichttherapie.

Im August aber war etwas anderes passiert: Die freien Minuten nahmen überhand. Magnus hatte nämlich frei, «Sommerloch», so nannten sie das, und er wusste nichts mit dieser Freiheit anzufangen. Er wollte diesen Urlaub nicht, aber der Urlaub musste irgendwohin; der Urlaub war eigentlich eine sommerliche Arbeitslosigkeit. Magnus begann, so schien es, den eingesparten Schlaf des ganzen Jahres nachzuholen, um die freien Minuten totzuschlagen, unfühlbar zu machen.

Irgendwann aber, nach etwa einer Woche, war er nicht mehr müde. Dann wurden die freien Minuten langsam zur Plage. Was dagegen half: das Internet.

Minütlich befinden sich Millionen von Menschen in den Datenräumen des Netzes, schaffen sich dort neue Identitäten und Namen, existieren als Zeichenhaufen und Bündel von Selbstzuschreibungen, transformieren sich in reinste Semiotik. Das Netz ist das Forum depersonalisierter Fragmente und fragmentierter *personae*, körperlos, geschichtslos, und alles kann im nächsten Moment umschlagen in etwas anderes.

Magnus ging bereits seit Mitte der Neunziger als zumeist stiller Teilnehmer in diese Parallelwelt der Zeichen und Bilder, besuchte offizielle Firmenseiten und abgelegene Chatforen, durchforstete Newsgroups, Musikarchive, blieb an Freakshows und Pornoseiten kleben. Es war eine synchrone, asymmetrische Bibliothek von Babel, die ständig wuchs hinter seinem Monitor, sich vernetzte und wucherte wie das Hirn eines lernenden Kleinkinds, und die Möglichkeit, etwas Überraschendes, Neues zu finden hinter all dem Halbwissen und Kommerz, übte einen seltsamen Sog auf ihn aus. Es zog ihn immer wieder zurück.

In jenem August, der ihn schließlich den Kopf kosten sollte, war villacam.org sein großer Favorit. Villa G. war eine junge, punkig angehauchte Ernährungsberaterin aus Tübingen, die ihren Alltag schon seit Jahren nahezu ungefiltert ins Web stellte und sich beim Spülen, Schlafen, Fernsehen filmen ließ. Jedes ihrer drei Zimmer war mit zwei Kameras ausgestattet; es gab nur einen Winkel im Flur, den die Kameras nicht erreichten. Eine mehr als ansehnliche Villa-Fangemeinde hatte sich über die Jahre formiert und tauschte sich eifrig im Gästebuch oder in den angegliederten Chatrooms aus; Unmengen von männlichen Teilnehmern hatten sich anscheinend schon in Villa verliebt und wieder entliebt und wieder verliebt und posteten lächerlich entflammte Liebesgedichte oder eben arg enttäuschte Schmähungen ins Gästebuch, welche Magnus zugleich auflachen und verkrampfen ließen – erinnerten sie ihn doch an seinen Brief an Jonna (mit der er seit Monaten nicht mehr gesprochen hatte). Villa klinkte sich bisweilen selber in die Diskussion ein und gab Kommentare ab, die zwischen bestechendem Charme und befremdlicher Naivität gar mädchenhaft schillerten. Magnus wusste nicht, ob diese Naivität Masche oder echt war, oder ob die Masche nun das neue Echte war, oder wie genau die Dinge tatsächlich lagen – aber es hielt ihn bei Laune.

Villa begleitete ihn, so wie er Villa begleitete. Den ganzen Tag über hatte er sie im Kopf, ihre zerbrechliche, fast hagere Statur, ihre kränkliche Bleichheit, ihr Lippenpiercing.

Schloss er die Augen, blitzte ein Spiegelreflex ihres Vogelgesichts unter seinem Lid auf. Beim Texten, ob am Drehbuch oder an den Online-Updates stocktrockener Schmierstoff-News, holte er sich stündlich ein Villa-Update und schaute nach, was sie gerade so trieb. Wenn es ihm gefiel, fror er das Bild ein und versteckte es unter den aktuellen TOP-Artikel-Tabellen. Manchmal vertrieb er sich die Zeit, indem er das Bild perfektionierte, Sättigungsgrad und Körnung verfeinerte. Magnus ging mittags gleich nach dem Aufstehen ins Netz und blieb bis frühabends nach dem Mittagsschlaf; sogar noch spät in der Nacht, nach dem Ausgehen, checkte er, ob auch sie noch wach war, oder ob auch er schlafen gehen konnte. Am nächsten Tag wusste er dann oft gar nicht mehr, was er alles gesehen und gelesen und getippt hatte.

Jetzt, während der freien Tage im August, wo die Hitze im Hinterhof flirrte und die freien Minuten sich nachmittags stauten, war er ununterbrochen im Netz, während im Hintergrund dazu der Fernseher lief; er verdunkelte sein Zimmer, verhängte die Fenster mit Bettlaken und tauchte hinein in das andere Universum. Abends dann, schon erschöpft und völlig verwirrt von wabernden Artikeln, sinnlosen Filmchen und blinkenden, sprechenden, musizierenden Werbebannern, zog es ihn wieder nach draußen, in die Nacht, und er fand sich an der Theke wieder oder auf einer Tanzfläche, und die tausend Infopartikel, die sich tagsüber in sein System geschleust hatten, klumpten nachts im Kopf zu einem gezackten, bewegten Batzen zusammen.

Es ist kein rapider Abstieg, eher ein langsames Wegsterben aller Ambitionen, allen Ehrgeizes, auch des persönlichen Stils; ein schrittweiser Abstieg in wässrige, immer blassere Regionen. Das Aufstehen schiebt sich immer weiter in den späten Nachmittag hinein. Zwischen Woche und Wochenende gibt es kaum noch einen Unterschied. Gegessen wird wenn, dann aldi-dosen-italienisch, oder die Restkonserven vom abwesenden Mitbewohner. Die Tage sind so kurz, die Nächte noch viel kürzer, dafür intensiver. Erst wird dem Kopf mit Wein, Abendprogramm und Internet kräftig eingeheizt, dann wird blumig geträumt, offenen Auges, bei abgestelltem Fernsehton. Irgendwann, sehr viel später, legt sich vielleicht der Schlaf dazu und wirft dem Traum seine Decke über. Wenn das nicht klappt, heißt es: Schuhe an und Haare nass und raus in die Nacht, rein in die Bars. Manchmal, morgens nach dem Aufwachen, kann man spüren, wie das alte Leben in Streifen von einem abfällt, die alten Rahmendaten des Alltags mehr und mehr verschwimmen, verschwinden. Wie unterirdisch irgendwo eine Drift entsteht, es dröhnt in einem, als wenn kleine Kontinente sich aneinander aufreiben, wie es knackt und knirscht. Manchmal hat man einen Schweißausbruch.

Wie schnell das Verlernen geht, ist immer wieder überraschend. Plötzlich geht nichts mehr. Die Hand zum Beispiel kennt deine Schrift nicht mehr. Ein Buch wird aufgeschlagen, angelesen, verwirrt wieder zugeschlagen. Der Supermarktgang geschieht in Trance, als Gespenst auf der Suche nach der Punica-Oase. Und wie das Abspülen laufen soll, ist ein Rätsel. Deine Mutter hat dich als Kind gelehrt, Wasser in die benutzten Gläser und Schüsseln zu füllen, damit die Speise- und Getränkereste nicht eintrocknen, ja. Sie hat dir jedoch nicht gesagt, ob man das Wasser aus den Behältern schütten soll, und wenn ja, wann, und wie. Und was dann. Vielleicht hat sie es dir ja doch gesagt, aber du weißt es nicht mehr. Du hast es einfach vergessen. Du willst es auch gar nicht wissen. Jetzt wirft das Wasser in den Schüsseln Blasen und dümpelt vor sich hin, wird langsam zu ekligem Fruchtwasser. Bald ist das Geschirr trächtig, brütet eine gigantische Drosophila aus, die dich vernichten wird, indem sie sich auf dein Gesicht legt und dir das Leben heraussaugt. Und du schaust zu, hier, untätig und gelähmt. Wartest auf eine Drosophila. Stell dir das mal vor. Zieh dir das mal rein.

Das Telefon läutete, Jahre schienen vergangen. Magnus hob nicht ab. Durch abzählbare Sonnenstrahlen, die wie angelehnt an der Wand standen, wankte er in sein Zimmer und fragte sich, wo sein Schatten geblieben war. Es war immer noch August. Der Computer lief. Die Lüftung gab unaufhörlich ein summendes Hintergrundgeräusch von sich, die Sphärenmusik der Büros. Magnus war noch in T-Shirt und Shorts, und seine Haare standen nach allen Seiten ab. Es war achtzehn Uhr abends, wie die digitalen Ziffern des Radioweckers rot meldeten. Er war zum Nachtmenschen mutiert.

Die Luft in der Wohnung war so trocken und staubig, dass die Zunge ständig belegt war und in den Hals zurückdrängte. Es schien zu rascheln, wenn man sich bewegte, wenn man nur atmete. Jegliche Feuchtigkeit wurde sofort von den rauen, unlackierten Dielen aufgesogen, auf denen Magnus ging wie auf etwas Giftigem, wie auf Asbest. Er nahm die Gatorade-Dose, die zwischen den zwei überfüllten Aschenbechern und den abgenagten Pizzarändern stand, und trank den Rest, der noch drin war, in einem Zug. Er öffnete das Fenster und atmete tief durch. Das half, obwohl die Luft heiß war und gebraucht vom Tag.

Dann setzte er sich an den Computer und besuchte Villa. Der Computer rackerte, surrte, tackerte knapp über der Wahrnehmungsgrenze. Magnus schloss die Augen.

Wieder läutete das Telefon. Er sah Villa, wie sie telefonierte, im Morgenmantel, die Telefonschnur um den Finger gewickelt. Gleichzeitig öffnete er im zweiten Fenster das Gästebuch und checkte im dritten Fenster seinen Kontostand. Ja, da war sein Lohn, da waren seine Ausgaben. Ja, seine Kreditlinie war angehoben worden. Genug Geld, um monatelang nichts zu machen, um weiter herumzuhängen, die Farbwechsel in der Luft zu registrieren und herauszufinden, was sich da zusammenzog wie ein dräuendes Unwetter oder ein sterbendes Organ.

Im Gästebuch waren wieder nur Idioten unterwegs, imbezile Nerds und kranke Provinzler:

«*Villa, willst du mich mal in Reutlingen besuchen? Greetings, Arne*»

«*Villa, ich schaue im Fernsehen immer das, was du gerade schaust, und ich muss sagen, dein Geschmack ist ausgezeichnet! Muah, Silversurfer*»

«*BESTE! Honk21*»

Magnus postete, ohne genau zu wissen, warum, eine anonyme Schimpftirade (*ihr Dumpfbacken, Schwallschwarten, Großspacken, Flachwichser*) und fuhr den Computer dann in den Stand-by-Modus herunter.

Wieder das Telefon. Er legte sich aufs Bett und starrte aus dem Fenster. Die Tauben fickten gegenüber. Ließen keine Federn dabei. Rieben mit ihren vergrätzten Flügeln an der alten, abgeblätterten Wand entlang, hockten in den Einschusslöchern aus dem Ersten Weltkrieg. Eine Taube drückte einer anderen Taube ihre Kloake auf. Eine andere einer anderen. Eine halb abgerissene Regenrinne hing über ihnen. Die Tauben gaben keinen Ton von sich, oder Magnus hörte nichts. Andere Tauben schliefen oder pickten in der eigenen Brust herum. Nickten. Magnus schaute da hin. Er war dergleichen gewohnt. Er kannte die Tauben. Sie kannten ihn.

Wieder das Telefon. Die Dinge riefen. Sie riefen Magnus. Das Telefon, die Möbel, die Wände, die Luft. Magnus, komm zurück, riefen sie. Tu es nicht. Bleib unter uns.

«Ach?», sagte Magnus. «Die Dinge rufen? Ich höre sie nicht. Könnten die Dinge eventuell etwas lauter reden? Ich wäre ihnen sehr verbunden.»

Es war irgendwann in einer weiteren Nacht. Er bezahlte den Eintritt, stieg die Graffititreppe hinunter und betrat den Kesselraum der Katakomben. Nässe schlug ihm entgegen, und Beats, Arme, Blicke, mitten ins Gesicht. Düstere Punk-is-dead-Punks zogen an ihm vorbei, mondsüchtige Studenten, verfilzte Grazien. Nachtleute, Tanzleute, alles in der eher schwarzen, versifften Version, umgeben von dunkler Schwüle. Magnus fühlte sich wohl. Im Kesselraum legte eine DJane mit Nasenring, pechschwarzen Locken und porzellanenem Gesicht ihren stahlklaren, im Zick-Zack strömenden Drum'n'Bass auf. Magnus zackte kurz mit, dann ging er weiter in den nächsten Raum.

Jubelschreie, Menschenansammlung, spastoides Glück. Gerade war keine Band da, jetzt war eine Band da, woher kam die Band? Schon spielte sie los, plötzlich aus dem Nichts, eine Musik, die einem die Ohren absengen wollte. Der Sänger sang nicht, er krächzte. Er war ein krächzender Tropfen aus Schweiß. Er hatte ein Tamburin in der Hand, auf das er einprügelte. Oder prügelte er mit dem Tamburin auf seine Hand ein? Dabei krächzte er pausenlos ins Mikro und schüttelte seine stolze Matte. Manchmal peitschte er seine Matte gegen das Publikum, und Hände griffen nach dem elektrisch knisternden Haar. Magnus wollte diese Matte auch berühren. Er tauchte ein in die Menge.

Dieser Russe war so wütend, er hatte eine bodenlose Wut auf etwas, er schrie «da, da, da» und «njet, njet, njet».

Er fauchte die Menge an. Sie dankte es ihm mit obszönen Gesten und Jubelgeschrei.

Die Bühne bebte. Die Musik fetzte hart. Magnus versuchte, dem Russen mit den Zähnen eine Strähne aus der fettigen Matte herauszureißen. Es gelang nicht.

Dann jubelte er dem Gitarristen zu. Der hielt sein Plektron ins Licht wie ein Priester die Oblate vor der Wandlung. Dann zeigte er der Menge seinen rechten Daumen. Am Daumen fehlte der Fingernagel. Dann zeigte er nochmal sein Plektron, mit aufgerissenen Augen und stummem Mund, der sich wie brüllend bewegte. Er hielt das Plektron ins nackte Nagelbett. Jetzt sah Magnus es, zugleich mit allen anderen. Das, was der Gitarrist da zeigte, war kein Plektron, es war sein Fingernagel. Der wahnsinnige Russe hatte sich den Fingernagel aus dem Daumenbett gerissen, um damit die Saiten zu rühren. Die Menge johlte. Magnus auch.

Ein Mädchen zupfte Magnus am Ärmel, er schlug ihre Hand weg wie eine Schmeißfliege. Der Gitarrist zeigte, wie sich so eine Tortur im Endeffekt anhört. Er hielt die Oblate aus Menschenhorn nochmals in die Luft. Sie glühte auf im Scheinwerferlicht. Dann wuchtete er sie in die Saiten. Die Gitarre donnerte los, würgte dann, röhrte und ächzte. Das Mädchen war weg. Neben Magnus streckte eine Kleinwüchsige den kleinen und den Zeigefinger der Bühne entgegen und schrie spanische Sätze in den Lärm, die alle mit einem schrillen «Motherfuckerrr!!» endeten. Das war ihm sympathisch.

Der Drummer haute so heftig und aggressiv auf sein Schlagzeug ein, als ob seine arme Mutter drauf gefesselt wäre. So hämmerte er los. Das gefiel Magnus. Als wollte er seine Mutter jetzt und hier und endlich in die ewigen Jagdgründe befördern. Er jubelte ihm zu. Die Musik schmerzte in seinen Ohren wie eine heilende Entzündung. Er ließ sich hochheben, um über der Menge zu schweben, für einen kurzen Moment. Magnus schwebte, die Hände trugen ihn, die Musik walkte ihn gut durch. Dann kam er irgendwo anders zum Stehen. Nichts war passiert, alles in Ordnung.

Das Mädchen war wieder da. Sie packte Magnus am Kragen, schüttelte ihn, rief ihm etwas ins Ohr.

Als er sah, wie gleich vor ihm ein Joint von Hand zu Hand ging, ließ er das Mädchen links liegen. Als Wanderauge starrte ihn der Joint an, sich ihm nähernd. Jemand hielt ihn einfach hin. *Dona Nobis Peace.* Ja, gib ihn uns halt, deinen Frieden. Her damit. Sekunden später griff ihm der Cannabisrauch in die Lungen und betäubte die Kapillaren. Die Kiffer waren weg. Das Mädchen war weg. Die Band auch. Alle.

Am nächsten Morgen war Ortsbesichtigung des Mustershops am Kaiserdamm. Magnus betrat ihn mit dem Sonnenbrand eines Aliens, hochrot und blass zugleich, im Kopf noch verschlafen. Die Kühlung des Shops war, nach der Sommerhitze, eine Wohltat. Heere von Dosen und PET-Flaschen summten tibetanisch in den Kühlregalen. Wo man hinsah, griff die Aura industrieller Perfektion und gelbstichiger Supermarktstrenge einen an. Und in den Fenstern hingen Imperative.

«Das ist er ja», lächelte Françoise. Sofort kam sich Magnus gemustert vor.

«Ja, Pardon, ich bin leicht zu spät.»

«Nicht schlimm», zwinkerte Françoise ihm wohlwollend zu, und er fühlte sich wieder angenommen. Er zückte Stift und Block. Kühnemund war auch da.

«Also?», fragte Kühnemund leicht verunsichert und also aggressiv. «Legen wir los?»

«Gerne», sagte Magnus und wischte sich seinerseits den Schweiß von der Stirn.

Zu Hause, später, fertig. Das Glas würde kalt sein, wusste Magnus, das Glas müsste seine heißen Lippen ablöschen. Seine Lippen schmeckten nach Kupfer. Er rieb seinen Schwanz. Sein Mund verzerrte sich. Irgendwann lag er zusammengekrümmt vor dem Computer, der Kopf hing schlaff herab, im Genick lose eingehängt, eine Hand stützte sich schwer gegen den Tisch, er würgte.

Okay, Villa. Ich lege los. Erwarte nicht zu viel; du weißt wie wirr ich sein kann. Also, im Klassenzimmer sahst du mal so, mal so aus, und ich fand dich nicht immer hübsch. Ich kann mich erinnern daran, als ich Schimanski nachmachte und Roger war nicht da, wir hatten Textiles Gestalten, so hieß das nun mal Villa das weißt du doch noch, da brauchst du nicht zu lachen Villa lach nicht. Und ich habe Schimanski nachgemacht, wie der unter dem zuschwingenden Gittertor noch durchrobbte, mit einer Rolle zum Stehen kam und dann gleich weiterprügelte mit *Ahs* und *Arghs* und *Huahs*. Du hast sehr gelacht Villa. Plötzlich warst du fett.

Plötzlich warst du fett und standst vor einem abgelegenen Garagentor und wir waren zu dritt vor dir und du sagtest du habest schon mal nackedei mit einem Jungen im Bett gelegen. Wie? Nackedei! Ach *so*? Ich wusste das nicht gut einzuordnen. Und Karen war auch dabei aber sie wollte verhindern dass du dich uns nackt zeigst was in der Luft lag. Dann haben wir ausgezählt, sind zu keinem Ergebnis gekommen, aber du wolltest nicht dass Weingarten die Missgeburt dich nackt sah, du wolltest dass Roger und ich dich nackt sehen. Also hast du gesagt: Die beiden ältesten von euch dürfen was sehen. Aber ich war jünger als du dachtest, und Weingarten war ein mieser kleiner Kerl, ich konnte mich nicht durchsetzen. Später habe ich aber doch noch um die Ecke gespinxt.

Das hast du glaub ich gemerkt. Du hocktest sehr verkrampft da deine Muskeln zitterten meine auch. Ich habe dich von der Seite gesehen du hocktest da wie ein Schwein, den Rock über den Knien, du hattest eine Stupsnase wie die fette Sau die du warst. Villa Villa ich habe dich gehasst dafür und geliebt und mir wurde heiß vor schlechtem Gewissen. Heute bist du kein Mädchen mehr nein *Mutter* Villa und arbeitest im Kaufland, bei dem ich früher meine Comics zockte um dir die Gimmicks zu schenken und du heißt auch gar nicht Villa Mensch Villa was ist aus dir geworden warst du immer so Villa.

Aber das sind nur Verwechslungen. Sagst du. Du nennst dich jetzt Villa und denkst die Dinge könnten auf diese Weise wieder in Ordnung kommen, einfach so. Aber je näher ich komme desto unschärfer wirst du. Jetzt hör mal *zu* Villa!, ich habe niemals Sandkastenspiele getrieben aber ich habe dich mit einer Rute geschlagen und habe dich angerotzt ins Gesicht mit dem Speichel voller Salzstangensalz. Ich war das und ich war auch der dich entjungferte im Gras und du hast gewusst dass es wehtun und ein Drama sein würde und es hat wehgetan und es war ein Drama. Alles nach Plan Villa? Alles nach Plan. Du hast ja schon lange keine Zöpfe mehr an denen ich dich ziehen kann, du hast ein Becken bekommen breit wie ein Schiff und dir sind Brüste gewachsen ohne dass ich dabei war. Als ich das zweite Mal mit dir schlief hatte ich eine solche Angst, Blumen trafen meine Augen, du sangst wohl wirklich, was Villa, du summtest ein Lied, und ich stieß zu und zu. Carbonara. *E una Coca Cola*! So ging ich und die Uhr schlug nichts.

Ist dieser schöne Pullover ein Erbstück Villa? Welches Shampoo nimmst du, noch immer Timotei? Guhl bestimmt nicht, *head and shoulders*? Wann hast du das letzte Mal geweint? Erinnerst du dich, unter den Brücken? Villa geht es dir gut? Was sehen deine Knopfaugen? Ich habe dich brutal verletzt und du hast mich brutal verletzt und keiner weiß warum, wir vergruben die Gesichter in den Händen, wir weinten. Später haben wir uns fast totgefickt du hast deine Zähne so gefletscht Villa und ich sagte du musst auf dich *aufpassen*, Villa mein Mädchen, *pass auf dich auf*.

Trinkst du noch so viel Villa? Nimmst du noch Heroin? Kokain? Kodein? Gar nichts? Hast du nie? Erzähl mir nichts. Lässt du noch immer so viele Männer an dich ran? Villa, echt. Plötzlich wusste ich, wer du warst. Und ich wusste, was ich wollte. Ich wollte nur mein properes Haus, meine Mädchen, meine Kinder und meine Frau. Ist das zu viel verlangt? Ich wollte meine eigene Begonienzucht. Ja, lach nur. Sag nur, das sei dir zu spießig. Lach nur lauthals und enthemmt, los Villa lach. Selber schuld wenn ich jetzt den Macker mache der dich benutzen will, wenn du gar nicht an mich *herankommst* wie du das nennst. *Jaa*, jetzt hab ich halt die Kohle bald und die Lackschuhe und den BMW, der kaum ein Geräusch macht wenn die Tür sich schließt. Das beeindruckt dich doch Villa, beeindruckt dich das nicht, so darwinmäßig jetzt? Ich habe dich so oft in der Gosse gesehen warum musst du ausgerechnet in der Gosse so aufblühen, in aller Schönheit, bist du eine Sumpfdotterblume Villa? Ein Nachtschattengewächs? Du lachst leise jetzt, ich mag es wenn du dir die Strähne aus der Stirn streichst mach das nochmal, bitte.

Letztlich haben wir dann zusammen Drogen genommen und dann keine und es war unterm Strich kein großer Unterschied, das siehst du auch so, was Villa. Wir haben einander abgeschleppt im Zehnminutentakt, sauber geölt die Maschine, im Stampftakt, kein Problem. Wir sind die zerfallende Jugend gewesen, Villa. Jetzt sind wir der zerklüftete Abgrund, angeblich, ein sehr alter Abgrund, unterm Strich. Und ich kann nun nichts dafür, dass du diese Scheiße gebaut hast, *null*, Villa. Die wollen mir jetzt was anhängen, die wollen mich verantwortlich machen, gerade stand wieder irgendwo irgendwas, das mich angreift und angeht und anspeit, dabei bin ich der Gute. Ich bin der Gute, und das weißt du ganz genau lüg nicht Villa. Aber was steht da? Ich hätte dir angeblich einen Drink verpasst weil ich dich so gewollt und ersehnt und begehrt hätt und du hättest angeblich keinen Blick für mich übrig gehabt. Dann hätt ich dich betäubt und ausgeknockt angeblich und im Wagen genommen und hätt dir Geld in die Löcher gestopft aus lauter, lauter Liebe. Auch die gibt es noch Villa, die Liebe, ja tu nicht so überrascht. Ich hab nämlich eine Seele, schon mal was von gehört? Die steht jetzt am Internetpranger. Meine Seele. Im Netz am Pranger. Dank dir.

Schau mich nicht so an, du weißt, dann werd ich schwach und seltsam, Villa. Ich wollte dich nicht kaufen, nie. Erinnerst du dich Villa? Ich war da an deinem achten Geburtstag ich war dein einziger Gast. Kann ich doch nichts für, wenn das Leben so viel Scheiße baut um einen rum und man mittendrin steckt und verkommt und all die Ansätze veröden und das Sehnen nur noch zieht wie eine lästige Zerrung. Ich war, und ich hoffe wirklich dass du jetzt nicht lachst Villa, ich war bereit wirklich bereit für uns, und ich hatte mir schon eine Welt – aber du lachst ja. Nee, Villa lach bitte nicht. Hör auf, echt. Hör auf zu lachen. Und wenn du schon lachst, dann streich dir bitte die Strähne aus der Stirn du weißt schon, wie.

Villa? Villa?

Ach Villa jetzt habe ich diesen komischen Augenblick der Nüchternheit danach, wenn man gekommen ist, alles schmeckt fad und dröge, und ich muss aufstehen und gehen. Vielleicht sehen wir uns ja bald einmal auf einer Party in einem Club in der Nacht irgendwo. Ich hoffe es sehr.

Erinnerst du dich noch an meinen Anruf von morgen Villa?

Du kommst auch auf die Party heut Nacht?

Bestimmt kommst du.

Villa ist ein schöner Name.

Villa? Villa?

Wenn Magnus sich, selten genug, noch unter die Leute mischte, kam er sich vor wie unsichtbar. Das war seine Utopie: unsichtbar zu sein. Manchmal sah er die Umwelt nur noch als Fläche, die Menschen darin wie ausgeschnitten. Manchmal verwechselte er beliebige Mädchen mit Villa.

Magnus wurde immer müder. Er lag da und spürte den Druck der Matratze in seinem Rücken, die Knitterfalten des harten Kissens im Genick. Er dachte, um nicht an Villa zu denken, über den Film nach, den er drehen würde: «Vanisher», ein Roadmovie, die Geschichte von Leif und Dawn. Dawn spannt ihrer Schwester deren Freund Leif aus, der, was er ihr als erstem Menschen anvertraut, an Chorea Huntington leidet, einer seltenen Krankheit, die ähnlich der Alzheimer'schen Krankheit nach und nach sämtliche Funktionen des menschlichen Geistes ausradiert, nur dass dieses Nervensterben auch junge Menschen befällt und der Auslöschungsprozess viel rascher als bei Alzheimer abläuft. Gemeinsam unternehmen sie dann Leifs letzte Reise, auf der Suche nach dem verlorenen Vater, *wild at heart* und *weird on top*, bevor Leif völlig der Debilität anheimfallen würde. Eine rasante Tour de Force gegen die Ausbreitung des Nichts wäre das, dachte Magnus liegend, mit einer Menge Verfolger, und zig Leichen würden ihren Weg säumen. Der Film begänne mit einer brennenden Stadt im Hintergrund und unseren beiden Helden davor, auf die Kamera zugehend, Hand in Hand, und Dawns Stimme würde als sehr nahes Voice-Over aus dem Off erklingen: «I stole my sister's boyfriend. It was all whirlwind, heat, and flash. Within a week we killed my parents and hit the road.» Die beiden Gestalten würden an der Kamera vorbeigehen, dahinter wachsendes Dunkel, Rauch, davor die Credits. Die Hauptdarsteller, beides Schauspielstudenten der NYU, hätten bereits zugesagt. In drei Jahren, wenn Magnus in New York wäre, würden in einem gottverlassenen Kaff in New Jersey die ersten Dreharbeiten beginnen. Und das Team würde dann durch ganz Amerika reisen und nach schönen Drehplätzen suchen.

Wobei Magnus es so halten wollen würde wie Jim Jarmusch, als er «Dead Man» drehte: Man sucht sich schöne Stellen und Ausblicke aus, wendet sich dann um 180 Grad und schießt in diese Richtung die nächste Szene. Diese Idee hatte Viola, eine von Magnussens neuen Freundinnen, sehr gefallen, als er sie ihr vor drei Tagen erzählt hatte. Er hatte sie vor einiger Zeit in der Dienstagsbar kennengelernt, und sie hatten sich manchmal eher zufällig getroffen und schnell besser kennengelernt. Er hatte ihr zu Hause einige selbstgedrehte alte Kurzfilmkatastrophen vorgeführt, ihr seine neuesten Platten vorgespielt. Es war ein leichtes Beisammensein gewesen.

Dann ging er erneut aus. Auf Stellwänden, die die Tanzfläche begrenzten, war Zellulose zu sehen. Von hinten auf den Stoff projiziert, wucherten die Zellen, wallten und wellten sich in den wärmsten LSD-Farben. Hin und wieder war eine gelungene Befruchtung abgebildet; eine quirlige Spermatozoe wurde vom trägen Ei geschluckt; dann Zellteilung, dann Säugling. Vor diesen Hintergrund hatten Kunststudenten einen wild agitierenden Che Guevara montiert, mit einem riesigen Dildo in der Hand, und neben ihn eine

Schultafel, auf die obszöne Worte und eindeutige Ikonen gekrakelt waren, stilisierte Geschlechtsorgane und kopulierende Strichmännchen.

Che Guevara fuchtelte sehr beschäftigt mit dem Dildo herum und schien sich seiner Sache desto sicherer, je mehr und je schneller er redete. Immer wieder zeigte er auf den Dildo, dann mit dem Dildo in die Ferne, von einer ungeheuerlichen Mission beseelt und befeuert. Er rhythmisierte seine Rede regelrecht mit dem Dildo, schien auf sein Auditorium einprügeln zu wollen. Dann wies er wieder auf die Tafel, unentwegt redend, manisch plappernd, im rhetorischen Fieber.

Die Wände bäumten sich mächtig vor Magnus auf; Che Guevara diffundierte mit dem Hintergrund; und im selben Moment, da Che Guevara sich auflöste und mit dem wabernden Hintergrund verschmolz, und die Natur die Tafel überwucherte, und der Dildo in Richtung Kamera flog, und die Zellulose in den kühlsten Neonfarben leuchtete, in Paisleymuster und fraktale Sturzfiguren zerfiel, begann es in Magnus zu zucken.

Erst im Gesicht; über den Jochknochen und im Augenwinkel; dann in den Beinen. Er konnte fühlen, dass es *elektrische Impulse* waren, die ihn steuerten; er verstand kein einziges Bild mehr, das da herunterleuchtete von den Stellwänden. Ein Bein zuckte stärker, und er konnte nicht herausfinden, welches, das rechte?, das linke?, und tanzte wild los, um das Zucken zu verbergen, es in andere Bahnen zu leiten. Viola lachte, aber das Lachen war weit weg.

«Ein Roboter bin ich!», rief Magnus. «Sag mal, war das eben nicht Che Guevara?» Viola lachte, aber das Lachen war –

«Viola, kennst du Hologramme? Willst du ein Geheimnis wissen?»

Die Bewegungen zuckten und zackten aus Magnus heraus wie Popcorn; ich bin ein Roboter, dachte er. Ich bin ein Roboter, und vor mir, da schlafen die Menschen. Und die Menschen müssen zu Robotern werden. Und ich kann ihnen zeigen, wie.

Er beobachtete seinen Schatten, ohne zu wissen, dass es sein Schatten war. Seine Dendritenarme glichen Sinuskurven. Magnus tanzte mit Elke, seiner Ex-Kommilitonin; Elke lachte; sie packte seine Hüfte und wirbelte ihn herum. Das Licht zerstob und vermengte sich neu, sickerte dann weg durch ein winziges Wurmloch. Nun war die Lichtrichtung umgekehrt: Durch sein gläsernes Gesicht ging das Licht des Projektors von hinten hindurch und zeichnete seine Gesichtszüge auf die Wand, auf die Welt, tausend tastende Muster, die sich suchten und nicht fanden. Magnus war eins mit dem Raum und nahm es mit der Schwerkraft auf. Jede seiner Bewegungen hallte im Muster zurück; er konnte die Muster steuern; jedes Muster war eine Antwort und modulierbar. «Wenn du ein Hologramm berührst, wird es feucht», schrie er in Elkes Ohr. «Und wenn du dann daran leckst, wirst du von der Frucht der Unendlichkeit gekostet haben.»

Etwas muss sich ändern, wusste Magnus Minuten später dann wieder, schon vorverkatert; so ging es nicht weiter. Ich werde kündigen bei RADIKAL, dachte er, während draußen die Straßen vorbeizogen. Ich habe genügend Geld verdient, habe etwas gespart – schließlich lebe ich deshalb in einer WG – als *größter Filmemacher in spe* in einer verfickten, linksverspießten Scheiß-WG. Aber gut; ich habe das Drehbuch noch nicht fertig; ich brauche eine Auszeit; bald –

«Bist du inzwischen mal bei Villacam gewesen?»

«Ja, seltsam. Die Voyeure lauern überall.»

«Ich habe da was rausgefunden. Wie man für etwas Chaos sorgen kann.»

«Was denn für Chaos?»

«Ich weiß, wie man als Villa Nachrichten postet. Und als jeder andere Registrierte. Man kann unter falschem Namen schreiben.»

«Toll. Und wofür soll das gut sein?»

«Komm mal morgen Abend vorbei. Dann wirst du sehen.»

«Mal schauen. Bier?»

«Gerne.»

Klick.

Tiere sehen dich an, mit Kindchenschema, Reißzähnen und trüben Augen im Gesicht. Sie lauern voller Milde, den anderen in dir zu stellen. Den anderen in dir: verschmierte Wangen, bitteres Laub, ein rissiger Fußball in der einen Hand, ein gefiedertes Schweigen in der anderen. Das verschüchterte, gepriesene, das verprügelte Einzelkind, das Ghettogewächs, der Plattenbautenprinz, durch früh erkannte Intelligenz und merkwürdige Wortwahl zum Besonderen geadelt, auf dem Schoß der Lehrerin sitzend beim Klassenfoto, ernsthaft, hübsch, geerdet. Angst, und Wahrnehmungshölle, Nachtschatten huschen über die näher rückenden Möbel. Blicke, die zwischen Gier und Scham nicht ein noch aus wissen, dennoch weit heraustaken aus der Augenhöhle und das fremde Draußen aufsaugen. Dann zerfetzt ein Tennisschläger die Ikea-Ballon-Lampe, darunter glänzen zwei Schwarten porösen Fetts wie Nivea und wollen massiert werden, wo eben noch Blut war, trocknet jetzt Haar, das lang bleibt und lang mit ins Grab getragen wird. Graue Haut, ein Bart, den der Wind mitnimmt, eine Verwirrung des Lebens, erste Trauer, tiefe Verstörung. Lispeln und Stottern, Schweigenmüssen umbenannt in Schweigenwollen, früheste Strategien. Im hyperempfänglichen Dämmerzustand des Dösens plötzlich glasklar und glasschrill eine südliche Stimme, ein Rufen, o ja, du willst ja auch ein guter Sohn sein, willst ihre Leiden nicht vermehren, nicht werden wie dein, wie sie sagen, Erzeuger, von dem du nicht weißt, wie er damals war. In diesen Tagen auch musstest du ihre Tränen trocknen lassen in deiner hohlen Hand, und in deinen Armen nahm ihr Horror ab, nicht wahr? Kathedralen muss einer durchlaufen, bis er endlich anlangen darf. Kupfergeschmack und Schwulst im Mund. Schwarze, weiße Fotos.

Klick.

Vorsichtig, wie auf Stelzen, gingen Magnus und seine altneuen Freunde (die sich jetzt *die üblichen Umnachteten* nannten) die Friedrichstraße hinunter, am Morgenstau vorbei, geblendet vom Chrom-Futurismus, der den Gendarmenmarkt umzingelt hatte. Acht Uhr morgens. Eine weitere Party war vorbei und vergessen; es hatte geregnet. Die Reifen zischten die Straße an wie mürrische Tiere, und die Straße zischte den Reifen hinterher.

Das *Four Seasons* schob sich ihnen in den Blick. Es leuchtete. Die Buchstaben flirrten in der Nässe. Tauben waren nicht zu sehen. Magnus hatte schon jetzt den Duft von frischen Croissants in der Nase, von schokoladenbestreutem Milchkaffee und locker-flockigem Speckrührei, obwohl er wusste, dass es nur der süßliche, von der Morgensonne aufgeweichte Schmutz war, den er roch.

Ab und rein, ohne Frage, den Blick gefasst, das Kreuz durchgedrückt, Selbstbewusstsein ausstrahlen, und Selbstverständlichkeit. Treppe hoch, an dramatisch posierenden Pflanzen vorbei, an hochschießenden Orchideen und Palmen, die ihre Arme weit von sich streckten. Weiter, in den

Aufzug, nicht zu eilig, aber auch nicht zu lax. *Ding*, Tür auf, Tür zu, hoch. Vierter Stock, *Ding*, Tür auf, raus, den in seiner Gleichförmigkeit schönen Gang entlang. Zwei Zimmer finden, die das DO-NOT-DISTURB-Schildchen am Türknauf hängen haben, Zimmernummern merken. *Ding*, wieder runter, erster Stock, *Ding*, zum Frühstücksbuffet. «Guten Morgen», der nette iranische Boy in Frühstückslivree nickte ihnen freundlich zu, und unaufgefordert sagten sie die Zimmernummern an, die Mädchen in roten Jacketts blinzelten fröhlich herüber, mit erröteten Wangen. «Guten Appetit, Herr Heinrich», sie passierten mit einem pochenden Glücksgefühl im Hals die unsichtbare Schleuse, griffen sich Teller und Besteck und ließen sich eine geräucherte Makrele oder auch die erste Portion *Bacon and Egg* auftun.

Es war in den letzten Sommermonaten eine Art Sport unter den Freunden geworden, sich morgens nach durchzechter und durchtanzter Nacht ein Frühstück in einem Nobelhotel zu erschleichen. Es war einer dieser Thrills, den sie noch brauchten, wenn die Nacht sie nicht genügend ausgelutscht hatte (nur wenn sie *leere Hüllen* wären, könnten sie sich endlich in die kalten, weißen Laken legen und schlafen) und zu viel Energie noch durch die Nervenbahnen flippte; wenn es einfach unbefriedigend war, jetzt nach Hause zu gehen, weil wieder nichts passiert war. Andere holen sich zu diesem Zweck ein tschechisches Model in die Wohnung; Magnus und seine Freunde gingen ins Hotel, umsonst frühstücken. Es ließ sich einfach besser schlafen danach.

Dumm war nur, dass Magnus gerade an diesem Morgen nach dem Frühstück unbedingt einen Morgenmantel aus dem Wellness-Bereich im Souterrain stehlen musste; das heißt, das war noch nicht so dumm, denn sie entkamen gerade noch; richtig dumm war aber, als Raoul sich vor dem *Four Seasons* den Finger in den Hals steckte, um dem *Four*

Seasons vor die Schuhe zu kotzen, eine neue Eigenart von ihm, die er auch vor neueröffneten Clubs auslebte, um irgendein Missfallen zu äußern; und der Hotelmanager hatte die Polizei alarmiert und seine uniformierten Hoteljungen auf sie gehetzt, und nun hieß es laufen; das Dümmste aber war, dass Magnus auf dem pfützenglatten Gehweg ausrutschte und sich den Anzug und die Schuhe ruinierte; er würde sich neue kaufen müssen, um am Montag bei RADIKAL dem Dresscode zu genügen; die gute Sache aber war, dass er den Morgenmantel dabei nicht losgelassen hatte und mit einer Prellung am Steißbein davonkam.

Dieser Schlüssel musste für paar *Arschlöcher* produziert worden sein, oder für paar *scheißzölibatäre Filigrantechniker*, dachte Magnus matt. Der passte vielleicht in deren verkrampftes *Arschloch*, so er, aber in dieses Schlüsselloch passte er sicherlich *nicht*. Mannomann! Ja*jaa*, ich weiß ja, keuchte er, dass er eigentlich passt, schon *gut*! Nur jetzt passt er halt nicht! Das gibt's wohl! Und ob's das gibt!

Seine Hand wogte hin und her, der Schlüssel spastete zittrig herum.

«Mann, geh auf, Tür, mach kein Terror. Ich hab echt genug für heute. Du Scheiße. Du Scheißfaschistentür. Ich hocke mich ja schon vor dich, mit den Händen am Türknauf, damit ich nicht falle. Ich hänge ja schon am Türknauf wie ein gottverdammter Surfer und surfe so hin und her, gegen Killerwellen, ohh, *oohhh*!»

Als Magnus endlich mit der Tür in die Wohnung fiel und fast hinstürzte, hörte er sofort das Gedudele aus dem Jazzradio, von rechts oben, auf der Anrichte. Scheiße. Sie waren also aus dem Urlaub zurück. Nun ja, dann einmal Terror, bitte, mal wieder. Nicht anders zu erwarten.

Es war Frühstückszeit. Walter und Carmen saßen am Küchentisch, das hörte er. Obwohl sie nichts sagten, keinen Mucks taten, obwohl kein Kaffeetassenklirren, kein Zeitungsraschen, kein einziges Geräusch zu hören war – außer natürlich der *krebskranken Jazzkacke* aus dem Radio, aber die zählte nicht als Geräusch.

Magnus hörte auch, dass Walter *und* Carmen am Tisch saßen, und nicht nur Walter allein – aber das war kein großes Kunststück. So hörte es sich meistens an in dieser verfehlten Links-Spießer-WG. Magnus hatte sofort ein schlechtes Gewissen, wie immer, wenn er Walter und Carmen in seiner Nähe wusste. Er fühlte eine Erklärungsnot. Er ging den Flur entlang, hin zur weit offenstehenden Küchentür. Da waren sie auch schon, die *Maßhalter*, winkten freundlich her. Magnus winkte freundlich zurück, sagte auch einen freundlich vernuschelten Gruß und ließ sich gleich weitertreiben in Richtung Klo, sprang hinein, verriegelte die Tür hinter sich, atmete durch.

Zu Hause.

Hoffentlich hatten sie nichts von seinem verwahrlosten, zerrütteten Zustand bemerkt. Er drehte den Wasserhahn auf. Waschen, einsprühen, den gröbsten Dreck unten wegscheuern, und die Hände um Gottes willen unter erst laues, dann warmes, dann *heißes* Wasser halten. Wie das schmerzte! Wie gut das tat. Dann die Füße, uh, *uhh*. Das Gesicht einreiben, den Mund ausspülen. Mehr, mehr. Mehr von den weißen Handtüchern. Mehr von dem beißenden Mundwasser. Mehr von der ganzen kranken After-Hour-Hygiene. Gott, wie blöd, dachte Magnus: *After-Aua-Hygiene*. Ha, ha, aua, autsch. Was für Gedanken. Magnus musste nun wirklich ins Bett, aber schnell.

Er war zuvor irgendwo aufgewacht, weil ein Rentner mit dem Spazierstock in seiner Seite gestochert hatte, um zu testen, ob das Dings da noch am Leben sei. Das hätte es unter Ulbricht oder dem anderen nicht gegeben, hatte der Rentner lauthals geschimpft und Magnus, dem die Hose noch in den Knien hing, aus seinem Versteck gescheucht. War dieser Rentner also Magnussens Lebensretter gewesen? Ach, *vergiss es*. Mit alten Zeitungen hatte Magnus sich notdürftig das Schlimmste von Haut und Kleidung gewischt, dann hatte er, jeder Schritt ein Schmerz irgendwo, den übelsten Heimweg seines Lebens angetreten. Endlich eine U-Bahn gefunden. Und darin dann wüste Paranoia geschoben, und Furcht davor gehabt, erneut einzuschlafen oder ohnmächtig zu werden. Ob es seine Zehen noch gab, war ungewiss gewesen.

«Hey, was ist denn los? Alles in Ordnung?», fragte Walter vor der Klotür, nach diskretem Klopfen.

«Jaja, alles in Ordnung, ich komme gleich», antwortete Magnus, wartete kurz, bis Walters Schritte wieder Richtung Küche verschwanden, und schlich den Flur hinab in sein Zimmer, um sich schnell ein paar andere Sachen anzuziehen.

Dann stolzierte er möglichst dynamisch-postheroisch in die Küche, ins Licht. Walter und Carmen lächelten ihn an, aber es kam Magnus vor wie das verzerrte Lächeln der Plastikmenschen im Soundgarden-Video «Black Hole Sun». Er lächelte dennoch zurück. Das *Terrorlächeln* hat mich wieder, dachte er. Und riss die Kühlschranktür auf.

«Na? Geht's gut?»

«Fertig bin ich. Gut fertig.» Ein Terrorlächeln habe ich auf. Ein Terrorlächeln.

«Wo haben wir denn heute gefeiert?»

«Hier und da ... so eine Party, dann so ... so ein Geburtstag.» Walter und Carmen schauten ihn verständnisvoll bis neidisch an, nickten nett und lächelten. Magnus wurde es schwindelig, während er sich an der Kühlschranktür festhielt.

«Äh, wo ist denn die Milch?»
«Hier. Du kannst dich übrigens auch sonst bedienen.»
Nein, nur Milch. Er wollte Milch.

Magnus ging so schwindelfrei wie möglich auf den Küchentisch zu. Schnappte sich ein Glas aus der Vitrine. Setzte sich hin an den Familientisch ohne Familie. Jetzt war ein Kommentar vonnöten, ganz klar. Jetzt musste er reden.

«Äh, und, ich meine, wie war denn die Vernissage?»

Walter und Carmen waren für Magnus die Erwachsenenversion von sich selbst. So würde er wohl auch mal sein, in zwei, drei Jahren, wenn er so alt wäre wie sie. Die Horrorvision lebte gleich im Nebenzimmer. Und jeden Tag lieferten sie ein neues *Update*, jeden Tag frisch unter die Nase gerieben. Beide machten in Kunst. Arbeiteten in einer der Kunstkunst-Galerien in der Auguststraße. Waren auf dem besten Weg, gemachte Kultur- und Lebensmanager zu werden, Lifestyle-Sophistizisten, die sich dabei aber dennoch einen abgefahrenen, alternativen Touch bewahrten, in geschäftstüchtiger Unbeschwertheit. Alles lief wie geschmiert. Man knüpfte Kontakte, plante die ersten eigenen Projekte, ließ sich Reisekosten erstatten, schloss nebenher das Studium ab, im Einklang mit dem Professor und allem. Briet Zucchini, häutete Tomaten, röstete Sonnenblumenkerne. Hielt sich auch beim gemeinschaftlichen Abendessen an die Seminarordnung.

Magnus kam sich daneben vor wie im falschen Film, oder, als ob zwei völlig unterschiedliche Filme nebeneinander abliefen. Etwa so: Er selbst war wohl Statist in einem frühen Richard-Linklater-Streifen, der mehr und mehr einen schrillen Larry-Clark-Stich bekam, während die beiden anscheinend als Headliner in einer schlechten Hal-Hartley-Parodie reüssierten, bei der aber noch jede Furzszene zwanghaft in eine falsch ausgeleuchtete Billy-Wilder-Ausgelassenheit umgebogen wurde. Manche mögen's erwachsen. Walter lachte los.

«A*hu*, a*hu*, also nein. Das ist grob.» Magnus hatte anscheinend etwas Sauwitziges gesagt, er konnte schon nicht mehr erinnern, was. Aber eigentlich hatte es sich ziemlich traurig angefühlt. Er goss sich noch ein Glas Milch ein. Niemals hatte Milch so gut geschmeckt.

«Hach, ich fühle mich richtig eklig erwachsen, wenn ich das höre», sagte Walter geziert. Das war so einer seiner Standardsprüche zu Magnussens nächtlichen Eskapaden. Offensichtlich hatte auch der Mitbewohner ein diffuses schlechtes Gewissen, wie Magnus. Offensichtlich starrte ein schlechtes Gewissen das andere an, und sie wussten nichts Rechtes miteinander anzufangen und wussten auch gar nicht genau, was eigentlich ihr Grund war.

Überhaupt, Walters fröhliche Verklemmung. Jedes Wort, das er sprach, kam Magnus vor wie eine Münze, die Walter im Mund erst zehnmal hin- und herwendete, bevor er sie, dann aber ganz lockertuerisch, ausspuckte. Jeder Satz aus Walters Mund kam ihm entgegengestelzt wie ein Therapierest, ein Diskurskrüppel, ein psychoanalytisch zusammengeschultes, zusammengeschissenes Etwas. Jede Silbe war eine Vorsichtsmaßnahme.

Leute, die zu große Skrupel hatten, sich auszusprechen oder frei zu bewegen, weckten in Magnus immer genau dieselben Skrupel, nur noch viel stärker, verquerer, behinderter. Dann fühlte sich Magnus immer wie ein Zerrspiegel aller Menschenschwächen.

Das Indianeramulett in Walters Hemdausschnitt wippte hin und her. «Grenzgradig. Von der Konzeption her interessant, aber von der Hängung eher teilgeil.» Walter und Carmen diskutierten die gestrige Ausstellung. Aber sie hatten das wohl schon einmal besprochen und käuten das Ganze nur noch einmal für Magnus wieder hoch und durch. Er nickte und lächelte und nahm einen großen Schluck Milch. Seine Hand zitterte. Ihm wurde kurz schwarz vor Augen.

«Ja, etwas mehr Platz zwischen den Bildern wäre gewesen. Und die Plastiken asymmetrischer, chaotischer verteilt», sagte Carmen. Magnus schreckte auf. Er musste für mindestens zehn Minuten weg gewesen sein. Hatte er auch geschlafen? Aber keine/r hatte etwas gemerkt. Walter löffelte sein Müsli, seine Apfelstücke in Biomilch und ließ sich derweil über die Unerträglichkeit der FAZ aus. Carmen lutschte an einer Lachsschnitte und pflichtete ihm bei. Ein Leben wie im Ambient Sound, ein zäher, hauchheller Loop, immer derselbe, ein abgemischtes Frauenlachen darin. Und ich werde bald auch so sein, ein Filofaxkurator, ein linker Spießer, ein gemachter Kulturfreund, dachte Magnus. Und sagte:

«Nun, ihr scheint ja glücklich zu sein. Hier mit dem Frühstück und der Kunst, und so.»

Etwas überrascht und irritiert sagte Walter, lächelnd: «Ja ... man tut, was man kann ...», und lächelte weiter.

Magnus sah die Wassertropfen auf den Tomaten, die Riffelungen im Lachs und den Meerrettich, das zehnschrötige Elfkornbrot und den feuchten Tofu daneben.

Ich würde jetzt gerne einen McRib vor euren Augen essen, dachte er. Saftig, vor geiler Sauce triefend, innen das ungesunde, schlimme Gummifleisch. Und mir dann mit dem parfümierten McFrisch-und-Sauber-Tüchlein die braunen Tropfen langsam und genüsslich vom Kinn wischen und, während mir hundert gelbe Eiterpickel aus der Stirn sprießen, mit vollem, zuckendem BSE-Mund verkünden: *Macht kaputt, was euch kaputt macht. Euch selbst womög-*

lich. Denn das knallt noch immer am besten. Und dann aufstehen, rülpsen und sterben.

Anstatt dies wirklich zu sagen oder zu tun, wurde ihm wieder nur schwarz vor Augen, und sein Magen morste ein paar kurze Krampfsignale ins Nervensystem. Und er setzte dieses Lächeln auf, die Währung, mit der allein man sich hier freikaufen konnte. Carmen und Walter hatten es bereits auf dem Gesicht, und Magnus wunderte sich abermals, dass ihre Gesichtsmuskulatur nicht längst versteinert war. Dieses *Terrorlächeln*. Dieses Lächeln wie eine Maske, unabsichtlich, ohne Hintergedanken, freiwillig verinnerlicht vor Jahren schon, aus Unsicherheit und Vorsicht, aus vorauseilendem Gehorsam, das Lächeln zum Erfolg.

Magnus stand auf und stieß dabei mit dem Knie an die Tischkante, der Tisch wackelte, und aus Walters Müslischüssel schwappte etwas Milch auf seine Hose. Carmen warf Magnus einen besorgten Blick zu.

Er fühlte seine Leber, rechts, oben. Stiche darin. Nein, dachte er, so werde ich nicht erwachsen. So nicht. Lieber mache ich so weiter wie bisher und scheitere. Lieber *fucke* ich mich ab, bis ich ganz am Boden liege und kein Terrorlächeln mehr mein Denken lähmt. Lieber fetzt alles richtig auseinander, als dass die Lüge mich falsch zusammenhält.

Das Bett mit den Flecken und der zerknautschten, schweren Bettdecke wartete schon. Ohne sich auszuziehen, warf er sich in die Federn und schloss die Augen. Ende, endlich Ende des Tages, Ende der Nacht. Ende.

Autos fuhren unten auf der Straße vorbei, eines davon hupte. Magnus hörte noch, wie Walter und Carmen an seiner Tür vorbeischlichen. Es mag durchaus sein, dass der Fehler bei mir liegt, dachte er. Aber es ist mir egal. Fehler sind wunderschön. Und schlief ein. Die Sonne heizte seinem fettigen Gesicht ein und trübte die Farbe der Multivitaminbrause neben seinem Bett. Seine Hand hing über die Bettkante. Sie zitterte nicht.

Liebe Villa!
Geht es dir gut heute Morgen? Ich hoffe doch.

Mir auch. Nur der Welt draußen – ach, Villa, ich weiß nicht. Die Hysterie scheint wieder da zu sein. Wenn die Leute nichts zu tun haben, werden sie hysterisch. Nichts passiert im Sommerloch, und plötzlich ist ein Virus der Star, oder das Genom und paar belgische Blagen. Aus Solidarität mit den Pferdegrippeninfizierten habe ich seit ein paar Tagen Nasenbluten. Echt wahr. Aber so richtiges. Plötzlich, scheinbar ohne Anlass, schießt mir Blut aus dem linken Nasenloch. Blut schmeckt komisch, metallen. Sind wir schon erkaltet? Unsere Bewegungen vorgestanzt? Die Gelenke verknorpelt? Oh, die Körper imitieren die alten Figuren, unter denen sie leiden. Das, was sie formte und unterdrückte, bricht aus ihnen raus. Damit lässt sich einiges erklären.

Liebe Villa, meine letzte Hysterikerin traf ich vor zwei Wochen, frühmorgens vor dem Maria auf der Straße. Der Himmel schien schon hell und böse, der Asphalt war mir feindlich gesonnen. Die Hysterikerin flitzte auf einer wüsten Kreuzung hin und her. Ich ging vorbei, sie schaute mich an, ich sagte: Alles klar?, und erkannte sie wieder, die war auch im Maria gewesen, eine Animateuse, hatte ich gedacht, weil die so housekatzig getanzt hatte, wo doch alle schon hinüber waren. Sie folgte mir ein paar Meter, ich drehte mich um. Was ist los? Da brach aus ihr ein Schwall kauderwelschiges Spanisch heraus, sie verdrehte die Augen, verkrampfte die Hände nach außen, zeigte auf mich, plapperte manisch, schien mir eine hochbedeutsame Botschaft übermitteln zu wollen.

Sie war Spanierin. Sie war hübsch.

Scheiße, dachte ich, die Druggies wollen mich wiederhaben. Die haben die Hysterikerin da mit Speed vollgestopft und ihr eingetrichtert: Du den fangen. Du den zurückholen. Der Chor der Druggies schien hinter der S-Bahn zu stehen und zu flüstern: Komm, Magnus. Komm zurück. Du kannst dich nicht verleugnen. Ich fragte: Kann ich dir helfen? Sie schlängelte sich um ein Baugerüst und machte diese unsäglichen Gesten, in einem Tempo, zu schnell für meine breiten Augen. Dazu ihre panische Mimik, die großen, leeren Augen, und diese Sprache, in einem irren, unverständlichen Tempo. Ein Mann lümmelte sich auf einer Bank auf der anderen Straßenseite und glotzte rüber. Wenn ich nicht aufpasse, wird die gleich vergewaltigt, dachte ich. Dann habe ich sie nach Hause gebracht und selbst gefickt. Die ging ab! Hahaha! Quatsch. Habe sie nach Hause gebracht, was nicht schwer war, da sie ungefähr zwei Häuser weiter wohnte. Schier unbegreifliches Chaos in ihrer Wohnung. Aus den versifften Ikearegalen quollen Pullover, Nutellagläser, wirre Manuskripte. Das Schlimmste war, wie sie vor dem Spiegel loslegte. Da konnte ich kaum hinschauen, obwohl ich fasziniert war. Sie schnitt Grimassen, schimpfte sich an, griente und schleuderte dreckige Gesten in die Luft. Ihre zwei Katzen fauchten mich an. Auf dem Heimweg in der S-Bahn, mein Fahrrad lag im Busch, im Tiergarten, wo wir diesen Sänger getroffen hatten, der auf seine Plattenfirma schimpfte, Scheiß-VIVA-Rotation, undsoweiter, hatte ich einen Schweißfilm auf der Haut, und der Hemdkragen klebte mir im Nacken. Die Sonne stach. Zu Hause warf ich mich aufs

Bett und wichste und schrie: Villa, dein Name ist ein Haus! Dann schlief ich traumlos ein. Jetzt sieh, was Du angestellt hast! Ein Gruß nach Tübingen –
Dein Magnus

Lieber Magnus!
Ob das was zu bedeuten hat, weiß ich nicht, aber ich spüre es auch, dieses Kribbeln, unter der Haut, und ich will tanzen und tanzen, um dieses Kribbeln zu betäuben, das Nervenfieber zu löschen, und vielleicht will ich auch meinen Geist ölen, der als Geist in der Maschine steckenzubleiben scheint. Nur worin, ist die Frage. Woher kommt denn der Gruß? Doch wohl nicht aus Berlin?
Villa

Villa, Dein Name ist ein Haus, und meine Stadt ist tatsächlich Berlin, aber glaube nicht, dass ich die Stadt liebe. Im Gegenteil, Berlin verursacht Übelkeit, Hysterie, BZ-Flimmern. Aber zeig nur einen Nippel, und mein Schwanz wird sehr hart. Kannst du dich mal ausziehen für mich? – Magnus

  Das werde ich gerne tun. – Villa
  Das machst du gut, sehr gut. – Magnus
  So? – Villa
  Etwas schneller, und fester. – Magnus
  Spürst du es auch? – Villa
  Oh ja. Jetzt halt sie mir hin. So ist gut. – Magnus
  Was habe ich denn hier verpasst? Wer ist denn dieser Magnus? Wird Villa jetzt zur Cyberschlampe? – Major Tomsky24

Der Spaß schien lau, die Wirkung aber war beachtlich. Magnus und Raoul hatten Villas Tagebuch geentert und einen zweitägigen Dialog zwischen Magnus und Villa fingiert, der ein sachtes, schräges Näherkommen in der Virtualität suggerierte. Das Bier hatte ihnen noch die eine oder andere Zweideutigkeit eingeflüstert; insgesamt nichts Schlimmes. Als Magnus am nächsten Tag dann die Seite wieder aufrief, herrschte dort helle Aufregung. Die deutschlandweit verstreuten Villa-Fans hatten sich über Villas Billigkeit empört und Magnus als «Penner» und «Möchtegern» gedisst. Dann hatte Villa sich eingeschaltet und überdreht (in durchgehend großen Buchstaben und mit aufdringlichen Ausrufezeichen-Trios hinter jedem Satz) beschworen, dass jemand sich in ihr Tagebuch eingehackt habe, dass sie nicht Urheber dieser fiesen Geschichten sei und ihr Tagebuch nun für ein paar Tage schließen müsse, bis ein einbruchssicherer Zugang programmiert sei.

Magnus musste lachen und trank ein Bier. Dann ging er zurück ins Tagebuch, löschte Villas Einträge und textete weiter.

Es war Anfang September. Ein neuer Morgen dimmte heran. Zeitschalte. Die große Maschine stampfte wieder los. Alle liefen zielgerichtet durcheinander, in U-Bahnen, auf Gehwegen, in Autos, durch Zentralen. Der Herbst matschte auf den Straßen, und Magnus Taue blätterte frischgeduscht in der Hochglanzbroschüre zur Sicherheitsoffensive. Die S-Bahn stand still und stieß alle fünf Minuten ihr dummes Großstadtkeuchen aus. Die Leute saßen, stierten und lasen. *Verantwortung ist ein Imagewert, man kann mit ihr punkten*, so stand da, in der Broschüre. Magnus verstand nicht, wie man solche Sätze schreiben konnte. Dabei stammte der Satz von ihm. Er schüttelte den Kopf und lächelte. Die S-Bahn fuhr los.

Von der RADIKAL-Glaskuppel strahlten Lichtstalaktiten herunter; dickere, gewaltigere als der einzige Strahl, unter den «diese Karikatur von Kühnemund» (so er in seinen Gedanken) sich kürzlich im Club so angeberisch gestellt hatte. Magnus hatte Thorsten heimlich beobachtet und genau den Augenblick abgepasst, wann er seinen «Arbeitskollegen» – ein Attribut, nein, eher schon ein *Prädikat*, mit dem Magnus den vierschrötigen Brad-Pitt-Verschnitt nur ironisch bedachte – wann er ihn also ansprechen würde, *wenn* er ihn denn überhaupt ansprechen würde. Eigentlich hatte er das nämlich nicht vorgehabt. Eigentlich wollte er den Job so weit wie möglich von seinem Leben fernhalten, zumal von seinem Nachtleben. Es erfüllte Magnus insgeheim mit Scham, für den europaweit führenden Mineralölkonzern und also für das Kapital an sich zu arbeiten.

Er betrat das Atrium. Seine Kunststoffsohlen quietschten auf dem gebohnerten Marmorboden. Anzüge schwebten vorbei, gescheitelte Männer, die ihn feindselig ansahen, Frauen in Kostümen, die ihn ignorierten. Die Empfangsdamen blickten erst auf, als er vor ihnen stand.

«Guten Tag.»

«Guten Tag, Herr Taue.»

«Ich habe einen Termin bei Frau Starck.»

«Ja, ich rufe eben an.»

Seit dem elften September mussten Gäste, Partner und sonstige Kollaborateure persönlich im Atrium abgeholt werden. Drehkreuze, von Chipkarten zu öffnen, waren aufgestellt worden. Magnus setzte sich zum Warten in die schwarzlederne Sitzgruppe und starrte den gewaltigen Flachbildfernseher an, auf dem die neuesten Triumphe von RADIKAL im Loop gesendet wurden: hier ein Weltmeister in der Formel 1, dort eine neue Errungenschaft in Sachen Naturschutz, dazu Auszeichnungen für die innovative

Shoparchitektur, Kursverläufe an der Börse, Interviews mit der Geschäftsführung in London und Berlin. Magnus war nervös. Immer wurde er nervös in dieser Sitzgruppe, vor dem nächsten Termin, der immer auch ein Stück Niederlage, ein Stück Selbstverlust und eben einen weiteren kleinen, räudigen Seelenverkauf bedeutete.

Der Aufzug sank herab; Magnus sah den Flaschenzug und die schwerelose Bewegung; er sah Thorsten und Françoise herunterschweben, der Fahrstuhl war aus Plexiglas und transparent; sein Tinnitus meldete sich. Immer meldete sich in Stresssituationen, die weder mit Musik noch mit Alkohol gedämpft werden konnten, sein Tinnitus und erinnerte ihn an den Makel, der ihn mehr und mehr von der restlichen Welt trennte. Der Tinnitus war dabei nur ein *Zeichen*. Der Makel bestand in etwas Größerem und Wesentlicherem als einem bloßen Hörschaden.

«Nun, Herr Taue, sind Sie bereit? Schön, Sie zu sehen!»

Françoise war wieder äußerst französisch, um Kollegialität und trikolorische Gastfreundschaft bemüht; sie trug bordeauxrote Schuhe, einen ebenso gefärbten Schal, ein dunkelblaues Kleid und – als Signalaccessoire – einen knallgelben Gürtel.

«Guten Tag.» Magnus sah schon nichts mehr vor lauter Farben. Er sagte «ja» und drückte beiden die Hände. Dann wurde ihm kurz schwarz vor den Augen. Dann fing er sich wieder.

Sie fuhren nach oben. Keiner sagte etwas.

Magnus bekam den Termin schließlich hin.

Aber fünf Minuten nach dem Briefing musste er sich an einem Bauzaun übergeben.

Zu Hause sah er nach, was bei Villa los war. Viel, wieder. Er kam nicht mehr von ihr los. Irgendwann schlief er ein und hatte zerrüttete, dünne Träume. Dann wachte er auf.

Dann war Donnerstag.

Zunächst war da ein Umstülpen. An jenem Donnerstag. An *jenem, jenem* Donnerstag. Die ganze Welt ging fort. Ging fort, oder zeigte sich erstmals, die Welt in ihrer Ganzheit – wie man es nimmt, oder gibt, oder lässt. Ein Aufwölben, ein Umstülpen, und dann das Nachrücken, die nachträgliche *Erleuchtung*, das verspätete Einklinken in den Gesamtzusammenhang.

Magnus verstand plötzlich, verstand den Krebs der Wahrheit, der von einer winzigen Parzelle des Internets namens Villacam ausgegangen war. Er begann, nachdem sein Identitätskarneval erste Denkwucherungen, auch auf Feindesseite, nach sich gezogen hatte, bei der Lektüre der zahlreichen Repliken immer genauer *zwischen den Zeilen* zu lesen, aber auf eine Art und Weise, die selbst Bibelexegeten verängstigt hätte.

Das Gelesene, in diesem Fall die Hasstiraden in Villas Gästebuch, kehrte nämlich die Richtung um und begann, *ihn* zu lesen. Das Zwischen-den-Zeilen-Lesen wurde unendlich umkehrbar. Jedes Wort begann, mehrdimensional zu schillern, und alles war auf alles beziehbar. Erstaunlicherweise geschahen Codierungen nicht immer in Form von einfachen, rückübersetzbaren Metaphern, sondern oft innerhalb der Gesamtheit eines Stimmungsbildes, in dem die Reibewirkung aneinander schabender Wortfelder und sich streifender Bedeutungspartikel eine Spannung erzeugte, aus deren Mitte kleine Botschaften an Magnus höchstpersönlich entsprangen. Andererseits wurden die Bilder an anderen Stellen unschärfer, fast labbrig, und die Verweise schossen, nicht zu halten, nicht zu fassen, in zu viele Richtungen davon. Magnus blieb an schludrigen Nebensätzen hängen und fragte sich, ob die zahlreichen Rechtschreibfehler darin ebenfalls gewollt waren. Ein *Sehsack*? Er lachte schrill auf. Was für eine *Unverschämtheit!* Er klopfte sich auf die Schenkel und lachte noch spitzer; lachte über den Sehsack, über die Unverschämtheit, über seine Schenkel und über sein Lachen.

Im Impuls sprang er auf und lief in eine Zimmerecke, um nachzudenken. Er starrte die Wand an, strich mit den Fingerkuppen über die Luftbläschen in der weißen Farbe. Die Gedanken jagten einander. Seit wann hatten sich diese Leute, die er nicht kannte und die ihn nicht kannten, darauf verständigt, in dieser doppelt gezinkten Sprache zu schreiben? Was war das für ein Code? Was bezweckten sie damit? Er eilte zurück zum Computer und lud alle Seiten der letzten beiden Wochen herunter, um sie nach Hinweisen zu durchkämmen, nach versteckten Absprachen, nach dem Zeitpunkt, wo sich diese Freaks da draußen auf ihren vertrackten Code geeinigt hatten. Die Buchstaben tanzten vor seinen Augen. Während die alten Seiten sich störrisch langsam aufbauten, aktualisierte er nochmals die neueste Seite und tatsächlich: schon wieder sieben neue Einträge. Die neuen Sätze waren in sämtliche Richtungen wendbar. Übereinandergelegt und zusammengelesen aber ergaben sie ein eindeutiges Bild. Magnus ging hin und her in seinem Zimmer und wurde immer wirrer und doch irgendwie klarer. Und je länger er überlegte (und er durfte nicht sehr viel länger überlegen, denn jetzt war Zeit zu handeln!), desto mehr wurde die Vermutung zur Gewissheit.

Von der einen Internetzelle ausgehend, hatte der Krebs des Verstehens also benachbartes Gewebe infiltriert, um es zu destruieren, von dort in andere Organe hineinzuwuchern und schließlich sämtliche Textkörper zu erfassen. Die Transformation einer einzigen Zelle betraf die ganze Vernetzung. Als Magnus wieder aus dem Fenster blickte, waren die Lichter im gegenüberliegenden Haus wie auf Kommando erloschen. Er winkte und lachte. Vom Balkon ging eine Sogwirkung aus. Aus seiner Anlage splitterte die Musik leise durchs Zimmer. War denn nun eine Party oder doch schon ein Mord geplant?

Es war schwierig, die richtigen von den falschen Hinweisen zu trennen. Die Differenzierung war immens. Hatte Walter (die beiden wollten umziehen!) mittags noch schwul-hektisch mit dem Stadtplan vor seiner Nase herumgefuchtelt und Straßennamen aufgezählt (die Magnus nun wie Hohn vorkamen, spöttische Winke der Städteplaner in seine Richtung), so hatten die Hinweise jetzt auch das Stadtmagazin metastasiert. Magnus erschrak, denn es war unleugbar schon vor einer Woche gedruckt worden. Oder? Hey! Oder hatten sie es nachgedruckt und ausgewechselt? *Sie?* Das Telefon schrillte. Er stöberte im Bücherregal.

Straßenschilder staken aus dem Boden wie Zahnstocher aus Käsehäppchen, bewipfelt mit kleinen Rechtecken, auf denen große Namen zitterten. Es war nicht mehr gleichgültig, wo welche Worte hinzeigten, welche Straßen einander kreuzten und welche parallel verliefen. Ihre Benennung war nie willkürlich gewesen, nie. Ihre Ordnung ging weit über die offensichtliche Benennung nach Schriftstellern oder skandinavischen Städten hinaus, und ein genau bestimmbares Gefälle der Namen innerhalb dieses Netzes ließ Magnus schwindeln. Für den Moment aber konnte all dies außer Acht gelassen werden. Wichtig war, aus dem wuchernden Bedeutungsnetz die richtigen Zeichen zusammenzulesen und *seinen* derzeitigen Ort zu bestimmen.

Die Suche begann. Eine Schnipseljagd? Schon im verwucherten Hinterhof fand Magnus den ersten Hinweis, einen Zettel mit verschwommenen, kugelschreiberblauen

Waschanleitungen. Und die Tür zum Keller stand offen. Es brannte Licht. Hinuntergehen? Nach den ersten Schritten auf den schmierigen Stufen der Treppe blieb er stehen, fühlte sich unsicher. War dies eine Falle? Dort unten wartete etwas auf ihn, das war sicher und doch nur eine Finte. Ein stärkerer Sog, ein mehrstimmiges Rufen kam woanders her. Magnus ließ den Zettel fallen und schritt wieder hinauf, dann besann er sich, ging nochmal hinunter, holte den Zettel und legte ihn draußen genau an die Stelle zurück, wo er ihn gefunden hatte.

Er lief, *hey ho!*, die Köpenicker Straße entlang. Die Autos rauschten vorbei wie im Comic, viele Laster darunter, ungebührlich viele Laster, Mammutautos, die in Richtung Alexanderplatz donnerten. «Laster fahren an dir vorbei!», rief er und lachte, indem er gegen einen Zaun trat. Er erinnerte sich: Bei einer bestimmten Adresse hatte der Blick seines Mitbewohners besonders intensiv geflackert, und sein Finger hatte sich, träge vor Bedeutungsschwere, sehr langsam über den zerknitterten Falk-Stadtplan geschleppt. Brunnenstraße? Torstraße? Magnus lief immer schneller. An der Ecke erstand er zwei Bierdosen, um Energie und Kühle zu tanken. Der Vietnamese wagte nicht, ihm in die Augen zu blicken. Magnus hielt die Bierdose kühlend an die Stirn, fragte den Vietnamesen nach der Richtung. Er würde ihm doch ein Zeichen geben, wenn er –? Er gab ihm kein Zeichen, nein, sondern senkte erneut den Blick zu Boden.

Auf einer Baustelle war das rot-weiß gestreifte Absperrungsband dramatisch zerrissen und tänzelte in der vom Verkehr aufgewühlten Luft. Der Bürgersteig war von kleinen Zetteln, Fäden, Scherben übersät. Auf einem Werbeplakat grinsten zwei Frauen und leckten etwas Saures dabei. Die Sonne glühte wie eine frisch umgeschmolzene Münze. Magnus dachte: So sieht die Welt also aus! *Ha!*

Die Stimmung war umgeschlagen, es hatte einen Sprung gegeben, in der Atmosphäre, der Luft, dem Licht. In der U-Bahn hielt er es nur eine Station aus: von der Jannowitzbrücke zum Alexanderplatz. Er glühte vor, in der Mitte des Ganges stehend ohne Halt, die ruckelnden Erschütterungen mit dem Körper auffangend. *Die U-Bahn ist mein Skateboard*, sagte er zu einer hübschen Studentin, die laut lachte, aber wie gekitzelt. Am Alex überfiel ihn leichte Panik. Es war schon vier! Die Uhren nickten im Wind. Wohin? Magnus rannte die Torstraße hinunter, die Brunnenstraße hinauf. Die Leute sahen ihn entgeistert an. Manchen stand ein aufatmendes «Endlich» ins Gesicht geschrieben, manchen purer Hass. Nummer fünfundvierzig, hatte sein Mitbewohner gesagt. Oder vierundfünfzig? Mit Überwachungsanlage, hatte er gesagt! Es musste demnach ein komplett saniertes Haus sein. Er bog in eine Nebenstraße ein, fand ein verdächtiges Haus mit Video-Bullauge über den Klingelschildern und studierte die Namen. Sie gaben keinen Aufschluss. Er musste etwas Grundlegendes übersehen haben. Er klingelte, redete mit den knisternden Stimmen aus der Gegensprechanlage, lief kichernd zurück zur Brunnenstraße und hielt ein Taxi an, das just in diesem Moment aufgetaucht war, wie bestellt. Zu Hause angekommen, fiel Magnus über die Radtaschen seines Mitbewohners her, die plötzlich nicht mehr in dessen Zimmer, sondern im Flur aufgestapelt herumstanden. Der Anrufbeantworter blinkte: eine Botschaft von einer seit Monaten brachliegenden Bekanntschaft, die mit ihm wegen eines «Kriegsprojekts» über Geschosse reden wollte. *Du kennst dich doch aus mit Geschossen?* Magnus fasste sich an den Kopf. Ging es etwa um Architektur? Danach die fremde Stimme einer alten Frau: *Hast du meinen Brief bekommen?* Er stürmte in die Küche und durchwühlte alte Post, aber kein Brief fand sich zwischen den Rechnungen. Ein Lachanfall besprang ihn. Im Netz gab es keine neuen Einträge. Er scrollte hinab zu alten Texten. Die ineinander verhakten Sätze waren die bekannten, aber neu lesbar, wie tote Runen, die kleine Flauschbälle laichten, welche in seinen Kopf eindrangen und dort sofort zu schleimigen Gremlins aufpoppten. («Was ein *gemeiner* Film!», rief er aus.) Es war offensichtlich: Diese Leute hatten sich nicht nur miteinander abgesprochen, seit Tagen, vielleicht Wochen – sie hatten ihn auch beobachtet. Sie wussten so viel über ihn, seine täglichen Verrichtungen, seine Abneigungen, seine Vorlieben, dass keine andere Erklärung möglich war. Wie aber hatten sie dieses Kunststück angestellt? Stand Walter mit ihnen in Kontakt? Sein *Mitbewohner*, dem Magnus eh nicht mehr über den Weg traute, der immer mit gespaltener Zunge und Wattebäuschen in den Backen redete – ihr Informant? War er überhaupt im Urlaub gewesen? Solariumsbräune hatte in seiner Haut geglänzt.

Und überhaupt – *wessen* Informant? Langsam und sekundenschnell dämmerte Magnus ein viel größerer, viel epochalerer Zusammenhang. Dies (aber was war: *dies?*) war schon lange unterwegs gewesen. Dies waren nicht nur die Freaks auf Villacam, nein. Dies waren nicht nur Freaks aus dem Netz. Dies waren – mehr. Viel mehr. Dies waren vielleicht *sie*.

Nicht mehr lachend, nur noch schwitzend klopfte Magnus die Wände ab. Er beobachtete eine dunkle Stelle an der Zimmerdecke. Dort könnte unter Umständen eine Kamera versteckt sein. Er sprang hoch, warf Socken nach dem Loch, zeigte den Mittelfinger. Dann wurde er sich der Lächerlichkeit solchen Tuns bewusst und lief zum Fenster. Drüben hockten die Tauben in der Wand wie immer. Er wusste nicht mehr, was zu tun war. Sein Blick torkelte umher, stolperte über die Straße, die dalag wie ausgestorben. Wo eben noch eine Wahnsinnskarawane vorbeigedröhnt war, schlich nun eine Katze herum, setzte sich nieder und leckte sorglos ihre Tatzen.

Drüben, auf der anderen Straßenseite, leuchtete das besetzte Haus in der Abendsonne. Die Fenster waren zerschlagen, mit Laken verhangen, standen leer, gähnten. Er sah niemanden, und doch hatte Magnus das Gefühl, dass sein Blick erwidert wurde. Vielleicht starrte das Haus als ganzes zurück? Er winkte hinüber, ruderte bizarr mit den Armen. Sofort erschrak er, voller Scham. Das Haus ist ein Haus, versuchte er sich zur Vernunft zu rufen, ein altes, zerfallenes, besetztes Haus, das ebenso wenig zurückstarrt wie irgendein anderes unbelebtes Ding. Dennoch konnte er den Blick nicht davon lösen. Lag es nicht auf der Hand? In einem der nackten Fenster schien ein Gesicht auf, und in dem Gesicht blitzte es. Dann war das Gesicht verschwunden. Magnus beugte sich vor und begann wieder zu winken, nicht nur zu winken, er gestikulierte auch, fasste sich theatralisch an den Kopf, um die Übermacht seiner Gedanken zu karikieren, ironisierte ihr Überfließen mit Haareraufen, Mattscheibenwischen, Grimassenschneiden, warf dann Kusshände und Stinkefinger gleichzeitig über die Straße und lächelte schließlich, die Finger zum Victoryzeichen gereckt, galant in die surrenden Kameras. Je mehr er jedoch agierte, desto toter schien die Fassade. So einfach machten sie es ihm nicht! Er fasste sich wieder an den Kopf und hatte einen «Geistesblitz»: Natürlich findet die Party in Sichtweite statt! Natürlich und wahrscheinlich in diesem Haus gegenüber. Also folgte er dem Ruf des Hauses. Dort würde wohl die Party sein. Dort würden sie sich erklären können.

Ein Schweinekopf hing über dem von vertrockneten Schlingpflanzen umrankten Torbogen, darunter in ungelenken Lettern: SCHWEINEPEST. Schritt für behutsamen Schritt betrat Magnus den Vorderhof, als sei er vereist. Zu seiner Linken glotzten ihn abgewrackte Wohnwagen und Busse an, mit laienhaften Graffiti besprüht und von vergilbten Vorhängen in den trüben Fenstern vermummt, während rechts eine ausgeglühte Feuerstelle den Geruch von Ruß und altem, verbranntem Fett verbreitete. Hinten, an der Hauswand, saßen zwei große, magere Gestalten auf einer Bank, mit verfilzten, schlampig gefärbten Haaren und doppelten bis dreifachen Nasenpiercings, mit zerrissenen, buttonbewachsenen Lederjacken und herunterhängenden Nietengürteln – Relikte eines Punkgestus, der so sinnlos war, dass er nicht einmal mehr als Spiel funktionierte. Aber Magnus war sich seiner alten Einsichten nicht mehr sicher. Vielleicht waren die Punks nur engagiert, für seine Party. Vielleicht hatten sie sich ihre Punk-Haltung erst vor einer Woche zugelegt, und er musste sie wieder von diesem Trip herunterbringen? Es würde sich herausstellen, wie alles.

Sie nuckelten an ihren Bierflaschen und starrten ihn gelangweilt bis feindselig an. Rechts von ihnen stand eine Tür weit offen, Easy-Listening-Musik klang leise heraus. Schemenhaft wurde eine Theke sichtbar. Sofort hatte Magnus Lust auf ein Bier. Die Pseudopunks könnte er gleich noch befragen. Bier bedeutete Energie, und er brauchte reichlich davon, um die letzten Hürden vor der Auflösung des Rätsels zu nehmen. Nun hatte er ja Zeit, stand vor dem Ziel, war vielleicht sogar ein wenig zu früh; ein Bier würde ihm jetzt keiner übelnehmen; es würde ihm genau die richtige Dosis Lockerheit einimpfen.

«Eine Schluckimpfung, bitte», sagte Magnus und lächelte, wie immer, während er sich auf den Barhocker lümmelte.

Der Barmann mit dem T-Shirt voller Ölflecken schaute ihn skeptisch an und schob ihm ein Hasseröder hin. Über der Theke hing eine Girlande aus winzigen, blinkenden Plastiktotenschädeln, die dem Gast zuzublinzeln schienen. Eine Punkfrau neben ihm löffelte Milchkaffee. Der Milchschaum kam Magnus für einen Moment pervers vor, so lockerweiß und schaumigheiß aufgequirlt. Keiner sagte ein Wort. In einer Ecke kickerten zwei Dreadlocks-Jungs, ganz in ihr Spiel versunken. Die Lounge-Musik knisterte wie Zuckerwatte.

Magnus beruhigte sich; jeder Schluck Bier beruhigte ihn und ließ die Gedankenströme zäher fließen. Was soeben noch als Wellengang in seinem Kopf hin- und hergeschwappt war, verteilte sich nun in alle Glieder. Irgendetwas, das wusste er, stimmte nicht in seiner Rechnung. Was war passiert die letzten Wochen? Er konnte es nicht erkennen. Dass sich etwas zusammengebraut hatte hinter seinem Rücken, war offensichtlich; ob es gutartig war oder bösartig (ein Verdacht, der sich immer aggressiver aufdrängte), stand noch dahin. War er hier richtig? Waren der Hinweise nicht zu viele, waren sie nicht zu ungenau? Gab es denn nichts Konkretes mehr?

Er spülte das Bier hinunter, stand auf und wandte sich dem weißen Rechteck aus Licht zu. Das Licht änderte seine Körnung. Er ging los. Eine Stimme rief ihm etwas hinterher. *Du hast nicht bezahlt.* Sofort fuhr es mit Wucht durch sein Gehirn. Bezahlt wofür? Hatte er denn ein Verbrechen begangen? Sollte er für seine Euphorie bezahlen?

«*Hey!*»

Es war der Barkeeper.

«Ja?»

«Du hast noch nicht bezahlt.»

Entgeistert suchte Magnus nach einem Hinweis in dem Stoppelgesicht.

«Bezahlt? Wofür denn bezahlt?»

«Für deine zwei Bier. Drei Euro.» Herausfordernd lehnte sich der Barkeeper (der immer mehr einer Wachsfigur mit angeklebten Haaren glich) über den Tresen und hielt ihm die zerfurchte Handfläche hin. Magnus war sich völlig sicher, dass er bezahlt hatte. Er bezahlte immer sofort, nicht erst nach dem Verzehr. Außerdem hatte er nur ein Bier getrunken.

«Ich habe schon bezahlt. Außerdem habe ich nur ein Bier getrunken.»

«Nein, hast du nicht. Drei Euro.» Die Wachsfigur baute sich bedrohlich vor ihm auf, mit verklebten Augen. Magnus rätselte, was gemeint sein könnte. Vielleicht war es nur eine Losung für: Die Party kostet Eintritt? Vielleicht musste Magnus sich an irgendjemandes Internetkosten beteiligen? Da er noch nicht ganz verstanden hatte, nach welchen Regeln dieses Spiel konstruiert worden war und wie weit sie reichten, sprach er kein weiteres Wort und bezahlte. Die Wachsfigur ließ Luft ab und fiel zufrieden in sich zusammen.

Draußen änderte das Licht unaufhörlich seine Farbe. Magnus suchte nach einer künstlichen Beleuchtung, fand aber keine. War der Himmel schon immer so wild gewesen? Er kicherte, ging hinüber zu den Punks und fragte sie, ob sie etwas von der komischen Party wüssten. Sie antworteten nicht, glotzten ihn nur an.

«Von der Party? Diese Internet-Party?»

Sie sagten etwas in einer Sprache, die er nicht verstand. Ein gewitzter Schachzug.

«Bitte?»

«Nix deutsch. Nix verstehn. Russki.»

«So sprechen Ausländer nur in schlechten Comics», sagte

Magnus und fügte hinzu: «Wenn das gerade Russisch gewesen sein soll, dann spreche ich Hindi.»

Die Punks stellten sich taub und dumm, standen auf und trotteten über den Platz zum Ostflügel des Hauses. Magnus folgte ihnen, denn es war offensichtlich, dass sie das wollten; auch wenn sie ihn vordergründig ignorierten und lachhafte Fetzen ihres Russisch-Kauderwelschs austauschten; auch wenn oder gerade weil sie ihn keines weiteren Blickes würdigten. So reserviert verhalten sich nur Menschen, die einen anlocken wollen. Sie schlossen eine beklebte Eisentür auf und gingen hinein. Magnus fing die Tür auf, bevor sie wieder ins Schloss fallen konnte, lächelte siegesgewiss und hatte ein mit Postern tapeziertes Treppenhaus vor sich.

Ein miefiger Geruch schlug ihm entgegen, ein Geruch von feuchtem, schimmelndem Papier, von Moder, Leim und Patschuli. Die Augen mussten sich an die Dunkelheit gewöhnen; es ist die Dunkelheit, die blendet, dachte Magnus, nicht das Licht. Er trat ein. Die beiden Russen sprangen behände die Stufen hinauf, er sah nur noch ihre Doc Martens um die Ecke wirbeln, und waren im nächsten Moment auch schon verschwunden. So war das also. Vorsichtig setzte er Fuß vor Fuß und achtete vor jedem Schritt auf Seife oder Nägel, prüfte sorgsam jede einzelne Stufe, ob sie seinem Gewicht auch standhielt, nicht vielleicht präpariert war. Er traute diesem Treppenhaus nicht mehr, diesem Vorraum zum Ziel, der sicherlich von lustigen Schikanen und bösen Finten durchsetzt war. Auffällig harmlos die Geräuschkulisse: Kinderstimmen mischten sich mit Reggae-Musik; irgendwo pfiff ein Teekessel; ein Hund winselte aus dem Keller herauf. Draußen rauschten Autos vorbei. *Alles wie immer, Villa? Alles wie immer.*

Die Gewissheit wuchs, dass er hier richtig war. Nur musste er den letzten Raum finden. Die Wände waren voll mit Plakaten und Zetteln. Pfeile stachen ihm ins Auge, Pfeile in alle Richtungen, hoch, runter, schräg links, gleich rechts; Vektoren, die sein Koordinatenvertrauen nur verwirren sollten. Fotokopierte Porträts von politischen Gefangenen, für deren Befreiung geworben wurde, klebten dicht aneinander, darüber schlecht gezeichnete Partyflyer, Bücherlisten alternativer Seminare, daneben Privatanzeigen für Gitarrenstunden, Aufrufe zur Revolution, Schablonengraffiti. Magnus hörte ein Raunen. Kam es aus der Luft, kam es aus den Papieren? Sein Blick blieb an einem Aufruf zum revolutionären ersten Mai hängen: ein brennendes Auto, ein roter Stern, ein Tötet-den-Kapitalismus und ein Nietzsche-Zitat. In seinem Kopf knirschte es. Was hatte mit ihm zu tun, was nicht? Der Filter war von zu vielen Bits und Bytes verdreckt, die Zeichen und Bilder konnten ungehindert durch seine Augen ins System strömen, nackt und direkt und scharf und grell, und dort herumpoltern, anecken, Konzepte verbeulen, um im nächsten Moment wieder hinauszustürmen, weil andere schon nachdrängten.

Er schloss die Augen.

Stop.

Genug gezaudert, gelesen, gerechnet. Ein Mensch musste her. Ein Mensch würde ihm Auskunft geben. Er müsste einen Menschen treffen. In so einem besetzten Haus wimmelt es doch nur so von Menschen und Hunden? Er rannte die Treppen hinauf, nahm zwei, drei Stufen auf einmal, drückte eine Türklinke hinunter, verschlossen, wieder hoch, die nächste Klinke, verschlossen, Tür daneben, Klinke, offen. Dahinter ein verhangener Gang, unbegreifliches Chaos, versiffte Ikearegale, vollgestopft mit Zeitungen und Stofffetzen, am Ende sah er einen sonnendurchfluteten Raum, mit alten Sofakissen und Bettlaken ausgelegt. Eine bebrillte, magere Frau, die gerade damit beschäftigt war, Zeitungspakete unter die Regale zu schieben, blickte ihn an.

«Ja?»

«Gibt es hier eine Party?»

«Eine Party? Nein.» Sie stand jetzt vor ihm, war hässlich wie die Nacht. Ihr Rock bestand aus ledernen Flicken.

«Sind hier nicht diese Internetleute?» Er starrte über ihre Schulter weg in das Zimmer. Ein Kind turnte auf einer Matratze herum.

«Internetleute? Wie heißen die denn?»

«Ich weiß nicht … Arne? Ist ein Arne hier? Oder eine Villa?»

Die Frau sagte nichts mehr.

«Oder ein Johnny Japan? Ein Weazle? Sven und Elke?»

«Wo wohnen die denn?»

«Bitte?»

«Wo wohnen denn diese Leute?»

«Ich weiß es nicht. Villa?» Er rief Namen in den Raum. Das Kind, rasierter Kopf, Löffel in der Hand, näherte sich.

«Weazle? Raoul? Jonna? Villa!»

«Wo! Wohnen! Die! Denn!» Die Frau geriet außer sich, ihre Halssehnen spannten, eine Ader an der Schläfe trat hervor. «Wo wohnen die?»

Magnus starrte sie an. *Esoterische Bitch!*, dachte er. War die verrückt? Er hatte ihr doch gesagt, dass er es nicht wusste! Weiter unten im Treppenhaus rumpelte es, Schritte hallten hoch, Stimmen wurden lauter. Das Kind lugte hinter dem Rock der Frau vor, mit großen blauen Augen, und schüttelte den Kopf. Es hielt einen Löffel in der Hand. «Geh weg!», rief es. Seine Augen weiteten sich. «Nein!», rief es flüsternd. «Geh weg!»

Die Lippen der Frau bebten. *Wo wohnen die denn?* Sie schob ihren Kopf vor wie ein Geier und rang nach Atem.

Das Gerumpel hinter Magnus war jetzt ganz nah. Er drehte sich um.

«*Was ist denn los hier?*», keifte eine hohe, raue Männerstimme. Das dazugehörige Gesicht kam um die Ecke: schielende Augen, köterblonde Dreadlocks und Zähne wie jüdische Grabsteine.

«*Was willste?*»

Grabgeruch, nasse Erde, Restschlamm in Kannen, welke Blumen. «*Häh? Häh?*» Rotunterlaufene Augen schielen dich an, vom inneren Bierdruck ausgebeult.

«*Was du willst!*», brüllte der Typ. Sein Atem roch nach Sellerie und Karies und Alkohol und Lauge.

«Ich, äh», sagte Magnus – und suchte das Auge, das er anreden sollte, keines schien ihn anzusehen –, «hier wohnen doch diese Leute, oder?»

«Welche Leu*täh?*»

«Die Leute, die ich suche. Meine Freunde sind bestimmt auch hier.»

«Hau ab», sagte der Typ, knurrend, witzlos, ganz nah an Magnussens Gesicht.

«Aber –»

«*Hau ab, sag ich.*»

«Nein, ich bleibe. Im Gegenteil.» Magnus machte Anstalten, an der Frau vorbeizugehen, in die Wohnung.

«Nein», flüsterte das Kind, «geh weg, geh weg!»

Plötzlich packte ihn etwas von hinten, schleuderte ihn zurück ins Treppenhaus, gegen das Geländer. Ein Schmerz zuckte in der Wirbelsäule auf. Der hässliche Typ schnaubte und spannte seinen Bizeps an. «*Hauste jetzt ab, oder nicht?*»

Magnus war den Tränen nahe. «*Aber ich bin mir sicher, dass –*»

Ein Geschrei wie von einer Höllenhyäne ertönte, im Blitztempo war der Typ im Raum, schnappte sich einen

Besenstiel, drehte um, lief wie von Sinnen auf Magnus zu, schlug dabei mit dem Stiel auf den Boden im Ninjazickzack, schrie noch lauter, der Besenstiel splitterte, Holz flog durch die Luft.

Magnussens Herz raste. Nur noch diese Prüfung, dachte er, nur noch diese letzte Prüfung.

Der Typ hob das spitze, zersplitterte Ende des Stiels hoch und hielt es unter Magnussens Nase.

«Was ist los, Alter. Alter, willst du es drauf anlegen. Ist dir dein Gesicht lieb, Penner. Dein kleines, hübsches Wichsergesicht, magst du es? Häh? *Häh?*»

Frau und Kind waren verschwunden.

«Du kannst mich gar nicht beeindrucken», sagte Magnus. «Du kannst –»

Im nächsten Moment traf es ihn an der Stirn, ein Licht blitzte auf, dann Dunkel, dann Schmerz, er torkelte rückwärts die Treppe runter, stürzte fast, sah nichts. Hielt sich am Geländer fest und kam zum Stehen. Dann wieder der Typ. Sein Gesicht entgleiste, löste sich in wirbelnde Kreise und Striche auf, ohne Kontrolle, schrie etwas, das Magnus nicht verstand, kam wieder näher. Noch ein Schlag gegen die Stirn, diesmal mit dem Handballen. Magnus fiel die Treppe hinunter. Lag da. Eine Tür rummste zu, Schlösser rasselten. Dumpf war zu hören, wie hinter der Tür das Kind laut weinte und schrie.

Wieder aufgerappelt ging er über den Vorderhof, jemand machte ein Feuer, Magnus hielt sich den Kopf und kämpfte gegen die Tränen an. Rauchschwaden wehten an ihm vorbei. Alles drehte sich.

Okay, sagte Magnus zu sich, was jetzt. *Was jetzt.*

Am Kopf blutend, trat er heftig in die Pedale, legte sein ganzes Körpergewicht hinein, überholte die Autos. Das

Licht wurde brüchig. Irgendwohin musste es gehen. Irgendwo war die Party, oder der Empfang, oder die Erklärung. Es war spät. Sein Herz pochte gegen die Rippen, sichtbar, ähnlich dem Puls einer dünnhäutigen Echse. Magnus musste die Zeit überholen. Die wichtigsten Dokumente hatte er im Rucksack mitgenommen: ausgedruckte Webseiten, Stadtplan, Gedichtband, Magazine. Die Hinweise verdichteten sich auf die Schwartzkopffstraße. Hatte nicht einer seiner früheren Vermieter Schwarzkopf geheißen? Wie im Golfkrieg? Autos hupten müde. Muskeln liefen heiß. Magnus fühlte sich voller Leben, voller Angst. Er hatte den Schlüssel, irgendwo. Die Zeichen begannen zu leuchten. Das letzte Naturlicht starb hinten, jenseits der Charité, sanft und friedlich weg. Zweige knackten und gaben der Luft ihre Hitze zurück. Er kettete sein Rad an. Hier musste es sein, hier in der Nähe, ganz sicher. Seine Schritte klopften als Echo in der Hirnhaut, spürbar außen im Innendruck. Er folgte der Schleife, welche die Trambahn durch eine Wohnsiedlung zog, lauschte aufmerksam in die Luft und studierte das Stadtmagazin. Ein paar Takte klassischer, blechlastiger Musik, vielleicht Bruckner, dröhnten von fern herüber. Sonst nichts, nicht in der gegenüberliegenden Kneipe, nicht unter den Scheibenwischern der parkenden Autos. Was hatte sein Mitbewohner *genau* gesagt? Eine Tram kam an, hielt, wartete. Mit matschschweren Beinen stieg Magnus ein.

Vielleicht hatten sie auch eine kleine Anzeige im Stadtmagazin geschaltet? Wie er sie kannte, wahrscheinlich unter *Lonely Hearts*. Die Schlaglöcher und Gehwegschäden schüttelten ihn durch. «*Geh weg, Schäden!*», sagte er laut, erschrak vor dem Klang seiner Stimme, erinnerte sich gleichzeitig an das Kind, das Orakel mit dem Löffel, lachte dankbar für die Warnung, fuhr mit den Fingern über die leichte Schwellung am Hinterkopf, vergaß es sofort wieder. Die Umwelt verdichtete sich grinsend.

Du sehnst Dich nach einem zärtlichen Liebhaber? Nein! Und doch: Jede Frage meinte ihn, auf Umwegen erst, dann direkt. Dazu die Leserbriefe, die ihn förmlich ansprangen, allein durch die flackernden Überschriften: *Großkotz! Ewiger Furor! Runterkommen!* Mitunter gab es obszöne Wortspiele, Witze, Gemeinstes, das ihn auf unverschämte Weise anging und bloßstellte. Jede Frage machte ihn ein wenig nackter, verletzter, kleiner: Attacken gleich in den herznahen Kopf. Magnus schloss die Augen und konzentrierte sich auf die gleichmütige Bewegung der Tram. Er ließ das Stadtmagazin auf den Boden fallen. Es war verrückt geworden.

Und folgte dem bärtigen Student, der ihm zugenickt hatte, ein kurzes Stück. Der sah sich nicht um. Eine Werbetafel gab einen neuen Hinweis. Der Hinweis verflüchtigte sich wieder, bevor Magnus ihn genau fassen und analysieren konnte. Jetzt war eine Frau zu sehen, die für einen Fernsehsender warb, mit verbundenen Augen. Warum mit verbundenen Augen? Wieder änderte sich die Tafel. Ein riesiger Pfeil erschien, darüber ein schmatzendes, riesiges *ZACK!* Dort entlang also! Nein? Jemand forderte ihn auf, mit einem Krankenhaus zu telefonieren. Er sagte: «Doch, mach das.» Magnus drehte auf dem Absatz um und rannte die Straße hinunter. Die Zeichen und Autos knirschten vorbei. Wieder waberte ein *ZACK!*, auf einem dreckbespritzten Plakat, neben Frauen mit verzerrten Gesichtern voller Orgasmen, von der Kamera gefingert. Ein Stromkasten meldete: *Ich bin's nicht, Adolf Hitler ist es gewesen!* Panik kroch seine Brust hoch, tausendfüßig, kleinteilig wie ein Heer aus Blattläusen. Seine Brust öffnete sich wie eine Blüte. Seine Haut schmerzte empfindlich. Die Tags und Graffiti, sonst unbeachtet am Rande des Blickfeldes, drängten sich auf, wollten ausgesprochen werden. Seine Stimme klang jedoch umso fremder, je lauter er redete. Verhüllte, dunkelgesichtige Gestalten, deren Kiefer auf- und zuklappten, gingen vorbei. Ausgeweidete Telefonzellen standen im Weg. Gesprächsfetzen verhöhnten ihn. Personen, die er ansprach, antworteten nicht oder deuteten auf das Fußgängergrün der umschaltenden Ampel. Auch die Schaufenster, hämisch dekoriert, lispelten einander Doppeldeutigkeiten zu, prahlten mit Bebilderungen, diskutierten die Evolution und meinten doch nur ihn, Magnus, den Unfall.

Weiter, weiter, weiter.

Alles ging ihn an. Alles *griff* ihn an. Ein Wispern war in der Luft. Es schloss sich um ihn und löste sich auf wie ein schlauer Bienenschwarm, sobald er genauer hinzuhören versuchte. Dann wieder Tuscheln, schwarze Linien, Lichtersturm und Schallschwemme. Der Teufel im Detail trieb ihn um und war nicht mehr zu stoppen.

Das Internet hatte sich umgestülpt. Es war aus seinem Computer ausgebrochen, hatte den Boden, auf dem er schritt, unterwandert, schoss nun aus allen Löchern, Rissen, Poren, legte sich über die Stadt; Straßenzüge voller Links, Hypertexte, Werbebanner, Pseudonyme stürzten auf ihn ein, von allen Seiten. Alle Vergleiche waren erhitzt durch Wirklichkeit. Der Boden wurde weich wie Glibber.

Etwas war passiert. *Er* war passiert.

In den nächsten zwei Wochen entfernte Magnus sich noch weiter von allem, was er bisher gekannt und gelebt hatte. Er streifte durch die Stadt, befeuert, ziellos, entgeistert, auf der Suche nach immer neuen Hinweisen auf immer neue Markierungen, die seinem Weg einen Sinn geben mochten, seiner Suche ein Ziel. Er floh vor allen und verwickelte sich immer tiefer in die Einsamkeit hinein, inmitten des großen

Durcheinanders der Stadt. Er bestieg Züge, um sie gleich wieder zu verlassen, ließ sich durch den Straßenverkehr treiben, wurde beargwöhnt und ausgelacht. Seine Körpersprache hatte sich verändert, aus dem geschmeidigen Habitus eines Bohemiens war die eckige Ungeschlachtheit des Manikers geworden. Mitunter begann er, Passanten zu beschimpfen. Mitunter bewegte er sich wie ein Tier.

Seine Freunde machten sich Sorgen, berieten sich und erwogen, was zu tun sei. Solange weder Fremd- noch Selbstgefährdung attestiert werden konnte, durfte, nach dem Psychischkrankengesetz, das jetzt auch Magnus kannte, niemand gegen seinen Willen in der Psychiatrie untergebracht werden, egal, wie wohl es ihm vielleicht täte. Zumal jetzt, da nie sicher war, wo Magnus sich gerade aufhielt; er war nicht zu orten, unterwegs in einer verwirrten Stadt, schlief mal hier, mal dort, stürzte ab mit namenlosen Frauen und schlief auf anonymen Wiesen. Er war nicht einzufangen.

Die zwei Wochen darauf nahm die Befremdung, die Magnus anderen gegenüber ausströmte, auch von ihm Besitz: Er wurde sich selbst unheimlich. Als die Freunde wieder eine ihrer Beratschlagungsrunden abhielten, diesmal war Magnus als Thema und als Teilnehmer unter ihnen, voller Skepsis, gelang es ihnen, ihn mit dem Satz «Etwas stimmt nicht», den er sofort unterschrieben hätte, von einem Aufenthalt in der Psychiatrie zu überzeugen. Unter Tränen packte er etwas Zeug in seine zerfetzte Tasche und ließ sich im Taxi abtransportieren.

Zehn Tage später war Magnus wieder auf freiem Fuß. Die rindergemäße Abfertigung, die tägliche Abstillprozedur hatten ihm nicht zugesagt; auch fand er in keinem der Ärztinnen und Ärzte einen ebenbürtigen Gesprächspartner, zu dem er Vertrauen hätte fassen können; schon gar nicht in den doofen Psychologen und Therapeuten. Die Ärzte verschrieben den Patienten eigentlich nur Medikamente. Näher waren die Pfleger, die täglich mit einem zu tun, aber freilich keinerlei Entscheidungsrecht hatten über einen, der mit einer «schizoaffektiven Psychose» oder, die Worte gingen hier je nach Gesprächspartner auseinander, «bipolaren Störung» geschlagen war, ohne «krankheitseinsichtig» zu sein. Gegen ärztlichen Rat wurde Magnus schließlich entlassen, das mussten sie tun, denn er war freiwillig dort gewesen.

Was auch nicht half. Hatten ihn die Medikamente ganz dösig und selberdumpf werden lassen, ohne seine Vorstellung, vom Weltgeist mit einem abnormen Schicksal geschlagen zu sein, zu beschwichtigen, schärften sich seine Sinne schnell wieder bis zur Überschärfe, und weiter. Wieder begann die Flut der nicht mehr zu ordnenden Eindrücke und Ideen auf ihn einzuprasseln und aus ihm herauszuhageln; ihrer Herr zu werden war nicht mehr möglich, was den Nichtherren Taue wütend machte und dazu verleitete, das Chaos mit verschwörungstheoretischen Ideen wie mit einer Machete zu durchschlagen, grobe Schneisen durchs Gestrüpp der Gedanken zu metzeln, bis er wieder wusste, wirklich wusste: Ich bin es gewesen, ja, ich war und ich bin es; denn hinter meinem Rücken wurde, so die Theorie, 1977 von niemandem und allen, von keinem bestimmten und doch der ganzen Menschheit der Beschluss gefasst: An diesem hier, der da so auffällig redet und malt, an ihm wollen wir doch mal sehen, wozu das Experiment Mensch so fähig ist.

Selbst ganz Auge, stieg er in die U-Bahn und war sofort im Netz der Blicke gefangen, und die Stimmen, die offiziellen, die an der Oberfläche, klangen ab. Gleichzeitig schwoll das Raunen an, jahrhundertealt, in der Luft und unter der Haut. Aber das machte nichts. Magnus war bereits abgehärtet, jetzt, vier Wochen seit der Wahrheit, er kannte das alles. Rotzig und erhaben flegelte er sich in die Ecke, um niemanden in seinem Rücken zu haben, und begann zu rechnen.

Die Türen seufzten zu, stauten die abgestandene Luft zurück. Die gelbe Verkehrsmade kam in Bewegung und bohrte sich langsam durch das sandige Fleisch der Stadt. Es ächzte, hämmerte, knirschte und flüsterte. Es rauschte, und Magnus konnte dieses Rauschen steuern. Er beobachtete die Reaktionen der Leute auf ihn, ihre Reflexe, prüfte angewidert und belustigt nach, wie er diesen feigen, leisen Lärm der lesbaren Körper mit seinem eigenen Körper praktisch dirigieren konnte, mit den kleinsten Regungen, Zuckungen, Anwandlungen ihre Frequenzen verschob wie mit einem Regler. Ein Rucken der Hüfte, und die Arbeiter mit den Schiebermützen, die als Zwanziger-Jahre-Zitate auf ihren Schädeln hockten, knurrten oder rülpsten im Chor. Ein Nicken, ein Wenden des Kopfes, und vibrierende Lust schreckte durch die Schöße pickliger Teenager, die ihn blasmäulig begafften. Willig.

Er konnte es wirklich wittern.

Die Mädchen quiekten kaum hörbar, doch für ihn sehr laut, leckten sich kaugummitrainiert das Lipgloss, und ruckelten auf den Sitzen, um ihre alarmierten Schöße zu beruhigen. Die zwei Türken drehten den El-Arenal-Techno im brüderlich geteilten Walkman auf und fuhren sich durch die nassgegelten Haare. Ein abgewrackter Alter schloss die schlierigen Augen, zeigte verbeulte Lider, kaum bewegt, und hustete erbärmlich und schuldbewusst, ohne Magnussens Blick erwidern zu können. Dieser wünschte ihm, deutlich hörbar für alle:

«Gesundheit.»

Das wünschte er ihm.

Das wünschte er ihm also.

Das ist eine Auseinandersetzung, die bleibt.

Dann: Stille, klare Stille, und abgedämpftes Rauschen. *Nach der Gesundheit.* Er hasste alte Leute, vergab ihnen aber schnell.

Das Raunen wurde wieder hochgefahren, langsam und mit anderem Regler. Staub und Watte in den Gehörgängen aller.

«Danke», röchelte der Alte beklommen und blickte Magnus dankbar an. In seinen tränigen Augen, wo anderen die Dollarzeichen klingeln, hatte der Mann erstarrte Runen kleben, die sich kurz zu Fragezeichen verformten. Das sah Magnus ungerührt, nickte verächtlich und schaute weg, woandershin, in das nächste verlogene Gesicht. Keine Erleichterung, keine Ruhe, ich blicke schneller. Weiterrechnen, weiterchecken.

Diese trüben Wasseraugen, überall, *oh!* Es kribbelte hinter seiner Netzhaut. Diese müden, nass verschleierten Augen, voller Arbeitslosigkeit und grauem Star. Magnus' Augen schweiften chaotisch, stachen spitz mit ihrem Sperberblick (*dem Sperber-Speer-Blick, dem heißen!*) hinein, wie mit einem glühenden Ätze-Finger. Sollte das faule Tümpelwasser ihnen doch endlich aus den Hirnen spritzen, damit ihre Blicke nicht mehr so stanken, vor Feigheit und Buckeltum! Sollten sie das Spiel doch aufgeben und ihn wieder aufnehmen in ihrer Mitte, auch wenn er das strikt ablehnen würde. (Die Sehnsucht, abweisen zu können.)

Als er seinen Bizeps anspannte und die Reaktion der beiden Türken kontrollierte, wichen sie in vorauseilendem Gehorsam seinem Blick aus und gaben sich versteckte Zeichen mit den Augenbrauen. Nur der Schoko am anderen Ende des Wagens war wieder entspannt, ein Rastafari, wie immer locker drauf, von wegen Reggae-Spirit, und bleckte freundlich sein Riesengebiss in Bruder-Manier.

Gelb und alt fraß sich der Wurm weiter durch den Marksand und spuckte immer wieder Unverdautes aus: Menschen. Seine Organe rülpsten. Dieses System der Zeichen, Kleider und Gesten schmatzte und war vergiftet. Die Luft, die ich atme, ist giftig, dachte Magnus und wurde wieder unruhig. Beklommenheit saß in seiner Brust. Was war denn los hier? Gab es nichts Normales mehr? Die Stille redete. Der Dreck wisperte. Zu viel! Die Drecksidee spulte sich wieder ab in seinem Kopf. Diese Stadt ist voller Dreck, es ist der notwendige Dreck, die Spucke, der Rotz, die Bakterien überall: die Basis. Er konnte sie förmlich kreuchen sehen da unten. Bitte den Dreck auflecken, die Spucke anderer, sich die Viren einverleiben, so ging es durch seinen Kopf. Das war die Drecksidee: die Welt reinlecken. Von vorne anfangen. Er könnte das, ohne zu sterben. Überleben war schließlich sein Metier.

Verwirrt setzte er sich auf den Boden und starrte die flachen Noppen an, sah ein helleres Licht glimmen, drei wachsende Lichter, der nahende Zug? Dann stand er blitzschnell wieder auf und klopfte sich die Hose ab. Jetzt starrten ihn ein paar Leute auch ganz offen an, er fragte: «Warum sagt denn keiner was? Ist das hier ein Witz?» Wie zur Antwort schmatzten die Türen auf, und drei Kontrolleure kamen herein. Magnus lächelte wissend. Was für ein Theater. Natürlich waren sie nicht in Zivil. Natürlich war es ein Witz.

«Die Fahrkarten, bitte.»

Magnus kramte mitspielend in seinem zerfetzten Portemonnaie und fingerte einen Stapel Fahrkarten hervor, fühlte Unbehagen und gleichzeitig Freude. *Just another showdown.* Schnell arbeitete sich der mittelgroße Kontrolleur vor, dessen Gesicht mit Alknase und Panzerglasbrille wie Tarnung aussah. Magnus gab ihm die erste Fahrkarte in die Hand. Letzte Ausfahrt.

«Habense auch ne gültige? Guckense nochma.» Ausfahrt verpasst.

«Die?»

«Auch nicht. Kommense mal mit.» Hinter dem Kontrolleur bauten sich seine beiden Kollegen auf, eine Plattenbauputze und ein Klassendepp mit Milchbart.

«Und den, und den, und den!», kloppte Magnus seine alten Fahrkarten in die ausgestreckte Pranke des Kontrolleurs, wie beim Skat.

«Und den. Und den auch noch. Und den, und den, und den!»

«Wennse so weitermachen, ham wa gleich das ganze Jahr durch», grinste es aus fettigen Poren.

«Kommense ma mit raus jetzt, ja, da reden wa weiter.» Einige Leute waren belustigt, und auch die Kontrolleure schienen den Kauz drollig zu finden.

«Nein.» Er wich zurück. Sein Blick brannte. «Nein, ich komme nicht mit dort hinaus.»

«Na, was. Jetzt kommste mit, sonst –», aber dem Kontrolleur blieb das Wort im Hals stecken. Er starrte auf das Butterfly-Messer, das Magnus gezückt hatte. Schnapp!, war es auf. Jetzt waren es die Kontrolleure, die zurückwichen. *Okay, einmal abrocken bitte, einmal Demo, oder was wollt ihr?* Magnus fuchtelte mit dem Messer herum. Die Alknase hob beschwichtigend die Hände.

«Ho, ho! Ganz ruhig, junger Brauner! Immer ruhig mit ...»

«Nix da. Nichts», zischte Magnus. «Ich komme nicht raus. Ich bin erstmals drin. Da geht nichts mehr raus. Ihr kennt das doch. Ihr –»

Ein dumpfer Schlag gegen seinen Kopf, das Messer entglitt ihm, etwas Schweres warf ihn zu Boden und begrub ihn unter sich. Es war einer der Türken, oder beide. Sie hielten seine Arme fest, und die Kontrolleure stürzten sich auf ihn. Er lächelte. Die Welt muss geschützt werden.

Minuten später traf die Polizei ein und übernahm mit festerem Griff, noch brutaler. Magnus lag wimmernd auf dem Bahnsteig und spürte, wie sein Knochen im spröden Gelenk schabte und herausspringen wollte. Das Raunen war verschwunden. War einem Quieken und Schreien gewichen, Knochengeknirsche, U-Bahnen, die in ihm ächzten. Rufe, die durch den Kopf hallten, ein Wind blies, woher, von der Hölle her, den Lärm der Geschichte wach, von marschierenden Stiefeln Aufgeworfenes. Sein Blick wollte sich in den glänzenden Wandkacheln festkrallen, rutschte jedoch ab. Der Schmerz pochte in seiner Schulter und fuhr durch alle Nerven.

«Ich zahle nicht! Ihr wisst, dass ich genügend zahle. Die ganze Zeit! Die ganze Zeit!»

Eine alte Frau schlurfte vorbei, in Schwarz, mit lächerlichem Hütchen voller Kunstobst und Kunstblumen, und starrte ihn verächtlich an. Schatten sammelten sich in ihrem Gesicht aus Baumrinde und liefen in ihrem Blick zusammen, schnell und unwirklich wie Quecksilber. Ihre Pupillen waren kleine schwarze Löcher. Magnus bebte, Bilder schimmerten in seinem Kopf auf. Er sah sie, diese Frau, wie sie früher gewesen war. Im Wind der Geschichte. Erst unscharf, dann immer genauer. Im weißen Kostüm sah er sie, mit Jungfernzöpfchen, blond und pflückbereit, nähend, trällernd, am Weltempfänger. Ihre Augen leuchteten.

Ihre Augen, eine Sternenbiographie: Vom Sternenstaubfunkeln des Kindes, versprenkelt über die Netzhaut, ging es schnell über zum hellen, glühenden Licht des erwachten Geschlechts, weiße Zwerge, die die blonden Burschen anstrahlten, erwartungsfroh, läufig, ein blendendes Licht, das erstarb, als die Russen kamen, nach Kriegsende: nur noch dunkle, kalte Sterne in den Pupillen. Das Wirtschaftswunder, die fette Zeit, aufgeblähtes Unglück: rote Riesen, die die Umgebung fressen, ausbrennen. Und dann implodieren, mit dem Tod des Mannes oder längst vorher, und jetzt hatte sie dieses böse Nichts in ihren Augen, das jeden verschlucken wollte, diese schwarzen Löcher, in denen es waberte und rief.

Die Frau sagte nichts. Er hörte sie dennoch. Es sprach aus ihren schwarzen Löchern. *Geh. Geh endlich. Wärest du nicht gekommen, du Heiland aus Gift, hätte ich dieses Kreuz hier nie tragen müssen. Es wäre uns erspart geblieben, alles. Fahr zur Hölle. Du bist das Unglück, das Schwein, Führers Vater und Teufels Sohn. Verrecke schon, wo du endlich da bist, und nimm diese Schuld von uns, denn du bist ihre Ursache.*

«Arschlocherin!», schrie Magnus mit hochgepitchter Stimme, spuckte aus, ohne Spucke im Mund zu haben, und fletschte die Zähne, tierisch. Der Bulle zog sofort an und rammte seinen Arm hoch, kugelte ihn fast aus dem Gelenk. Magnus heulte auf, die Frau war verschwunden. Zähne knirschten; Knochen knirschten.

«Es reicht, Kleiner. Du hältst jetzt die Schnauze, keinen Mucks, und rührst dich nicht.» Handschellen klirrten. Der Bulle schnaufte schwer, an seiner Nasenspitze sammelte sich ein glasklarer Tropfen Schweiß, nahm zu, wurde Rotze, wurde größer und fetter und dichter, bis die Schwerkraft siegte und der Tropfen in Magnussens Haar fiel, dort sofort unsichtbar wurde.

«Keiner kommt hier lebend raus», flüsterte Magnus, «keiner.»

«Das wollen wir doch mal sehen. Das haben wir gleich.» Hektische Hände an seiner Gesäßtasche fummelten das Portemonnaie heraus. «Wie heißt denn der Kollege überhaupt.»

Seine Schulter lärmte in Schmerzen. Die flachen Bodennoppen drückten sich in seine Wange, Dreck zwischen seinen Zähnen. Das Gummi roch benutzt und dreckig, wie alte Hände nach einer langen Reise.

SIEBTER TEIL
UNGEHEUER OBEN

but gravity always wins

Radiohead

Thorsten lag auf seinem Bett. Die Laken stanken. Er roch es nicht. Er zog sich ein paar Bartstoppeln aus dem Kinn und steckte sie in den Mund. Das machte er immer, wenn er leer, nüchtern und unbeobachtet war. Es gab ihm ein seltsames Gefühl der Befriedigung, ähnlich wie früher, als er sich die Hornhaut von den Füßen gezogen hatte. Er riss sich die Stoppeln aus dem Kinn und aus der Oberlippe, steckte sie in den Mund und aß sie. Obwohl blond am Haupt, hatte er eher hartes, dunkel glänzendes Barthaar. Die kleinen Härchen knackten, wenn er sie zwischen seinen Schneidezähnen zerrieb. Es war nicht der Verzehr an sich, es war eher das Zerknacken der Haare, welches ihm eine seltsame Genugtuung verschaffte.

Laura war weg.

Mit den Bartstoppeln hatte Thorsten von jeher ein Problem. Er konnte sich nicht täglich rasieren, denn das verursachte überall kleine Wunden und brannte höllisch. Rasierte er sich aber zu selten, gab es immer wieder störrische Haare, die zurück in die Haut wuchsen oder gleich darunter steckenblieben, zur Seite quertrieben, unter die Wurzel gar. So entstanden Infektionen und Pickel, wenn das Haar so tief wuchs, dass es gar nicht mehr zu sehen war, richtige Pusteln, aber nicht mit Eiter, sondern mit Wasser gefüllt. Die waren schwierig auszudrücken. Man musste in einem zähen, nicht zu gewinnenden Kampf immer wieder das Wasser aus der harten Pustel pressen, und bis etwas kam, dauerte es Minuten. Es fühlte sich an, als wäre die Pustel eine Missbildung im eigenen Fleisch.

Telefon. Laura, aus der Klinik.

«Und? Kommst du gleich?»

«Ja.»
«Wann?»
«In zwei Stunden.»
«Komm doch schon jetzt. Ich habe hier keinen.»
«Der Wagen hat einen Platten.»
«Und? Nimm ein Taxi.»
«Mache ich. Hier sind noch die Tabellen vom Brezelverkauf Nord.»
«Thorsten.»
«Halbe Stunde.»
«Ja?»
«Ja.»
«Gut.»
Pause.
«Was machst du?»
«Ich sag doch, hier sind diese Laugengebäck-Tabellen. Die müssen bis morgen durch sein. Echt.»
«Okay. Aber du kommst? In einer Stunde?»
«Ja.»
«Ist gleich kein Geld mehr im Apparat. Bis gleich, ja?»
«Ja. Bis gleich.»
Es piepste.
«Es ist gar nicht so schlimm hier.»
«Nein?»
«Nein, es ist –»
Klick.

Thorsten legte die Kinski-CD ein und schenkte sich einen Glennfiddich nach. Er legte sich hin. *Ich bin so wild nach deinem Erdbeermund ich schrie mir schon die Lungen wund nach deinem weißen Leib du Weib. Im Klee da hat der Mai ein Bett gemacht da blüht ein süßer Zeitvertreib mit deinem Leib die lange Nacht.* Er hörte zu, wie Kinski stöhnte und ächzte, raunte und schrie, dann schnarrte wie eine Maschine, mit gerolltem R, perverser als jeder schwule Naziknallcharge, perverser als, wie hieß der Mitläufer, *Gründgens*, dann affektiert auflachte und leise kreischte und winselte.

Du bist wahnsinnig, dachte Thorsten. Du bist ein debiler Idiot, Klaus Kinski. Alles Lüge, was du sagst, angebliche blonde Bestie, dumpfbackiges Sexmonster, deine schwülen langen Nächte, deine Sprache, alles falsch.

Thorsten konnte das Röhren und Wimmern nicht mehr ertragen, stand auf und schaltete den CD-Player wieder aus. Stille. Er setzte sich auf sein Bett und blätterte in der Kinski-Autobiographie. Las, wie Kinski irgendeine asiatische Stewardess auf dem Flugzeugklo fickte. Anscheinend hatte Kinski nie auch nur einen einzigen Korb bekommen. Jedenfalls schrieb er nicht davon.

Thorsten las nur noch Schauspielerbiographien. Er würde sein Leben lang nichts anderes mehr lesen. Um sein Bett herum lagen in Stapeln die Biographien von Jean Seberg, Humphrey Bogart, Marcello Mastroianni, Groucho Marx, Helmut Berger, Romy Schneider, Peter Lorre, von noch vielen mehr. Die von Helmut Berger war irgendwie die leichteste, «mit Bianca Jagger und Gunther Sachs im Bett, und Billy Wilder mochte keine Avocados», die von Romy Schneider die schwerste, «ich schaffe es nicht, ich schaffe es nicht». Aber er mochte ihre Biographie am liebsten. Sie war am ehrlichsten.

Thorsten legte Kinski weg. Er schaute die leere, schattenlose Wand an. Er hat alle Bilder abgehängt. Selbst das Kitschkätzchen dieses einen Malers, der aussah wie David Bowie, lag auf dem Warhol-Stapel unter dem Schreibtisch, neben der Kiste mit seiner Plastiksaurier-Sammlung, und verstaubte. Thorsten hätte die Bilder auch verbrennen können. Aber das wäre albern gewesen. Abhängen reichte.

Er hörte der Stille zu. Es gibt verschiedene Formen von Stille, dachte er. Diese hier ist sehr trocken, sehr alt, dachte er, wie von irgendwo weither gekommen. Eine Stille wie aus einer Quelle. Mit wenig Natrium, dachte er, ohne Kohlensäure. Ohne auch nur einen Laut oder Hauch. Eine Stille mit ganz eigenem ph-Wert.

Quatsch, dachte er dann. Diese Stille ist eine Stille, mehr nicht.

Thorsten schaute aus dem Fenster; Thorsten schwieg.

Ein dumpfer Schwung, ein Luftzug. Die Tür ging auf. Augenaufschlag, gegen klebrige Widerstände, die Wimpern noch ineinander verhakt, verleimt, verstrebt. Eiternde, nässende Gitter, das Lid arbeitet gegen die auferlegte Lähmung, verkrampft vor Anstrengung. Dann ein Riss, Lichteinfall, die Drüsen wachen auf. Das Auge reißt auf, das Lid rudert hoch, die Pupille schreckt geblendet zusammen, liegt frei, trüb. Verschwommen sah Laura die Schwester. Es war Britta.

«Guten Morgen, Frau de Hio. Aufstehen, Frühstück!»

Dann war Schwester Britta wieder weg.

Laura setzte sich auf, ließ die Füße von der Bettkante hängen und kratzte sich am Hinterkopf. Ihr Speichel schmeckte schal und nach Kupfer. Das Bettzeug miefte nach Persil und Fußpilz. Sie war alleine im Zimmer. Sie wollte nicht, dass ein neuer Tag anfing. Aber der Tag war bereits da. Der Tag war weder zu verleugnen noch zu verscheuchen, genauso wenig wie dieses trockene Licht, das von draußen einfiel, das stichelte wie Stroh. Beide waren einfach da, der Tag, sein Licht, wie jeden Morgen, einfach da, unwiederbringlich, schrecklich einfach, banal.

«Und wiegen!», steckte Schwester Britta ihren Rattenkopf nochmals durch die Tür. «Heute ist Mittwoch. Kommen Sie, Frau de Hio, auf, auf! Die anderen sind schon längst fertig!»

Die Brötchen aus Gummi waren nicht schlimm. Die fade Konfitüre aus Portionspackungen war nicht schlimm, und die sich an den Rändern wellende Fleischwurst mit den Gemüsefitzeln drin, sie war auch nicht schlimm. Schlimm allein waren diese *Fressen*. Diese Fressen, die sich sofort stumm um den Kaffeetrog sammelten, sobald er hereingeschoben wurde. Diese stumpfen Fressen, die den Kaffee aus dem Kaffeespender zapften wie schwarzes Bier, ohne ein Wort zu wechseln, und ihren dumpfen wortlosen Frühschoppen abhielten, den Kaffee aus großen weißen Tassen tranken, als hinge ihr missratenes Leben vom nächsten Schluck ab. Die erste Tasse wurde gleich neben dem Trog reingekippt, kopfkratzend, in Eile, mit berlinerischer Zerknirschtheit, Baustellenstaub im Mund. Die nächste Tasse, hastig nachgezapft, konnte dann zum Frühstückstisch genommen und dort langsamer geschlürft werden, während das stumpfe Messer mit dem zähen Brötchen kämpfte. Hätte Laura ein Gefühl gehabt, es wäre blanker Hass gewesen. Sie konnte sich jedoch lediglich zu einer wertfreien Appetitlosigkeit in alle Richtungen aufraffen. Gesichtslos trank sie ihren Kaffee und war still.

Vier Tische, Plastikdecke, Wurstteller. Darum gruppierten sich die Patienten mit ihren Tabletts. Diesen Morgen saß Laura mit der lahmen Wühlmaus, der kultivierten Gedächtnislosen, dem paranoiden Kiffer und mit Svantje an einem Tisch. Kaum hatte Laura sie wahrgenommen, stand Svantje auch schon wieder auf, sabberte etwas Unverständliches, ging zum Geschirrwagen und stellte ihren Teller ab. Dann trottete sie hinaus, nachlässig angezogen, stinkend, dürr. Svantje blieb nie lange, nirgendwo. Immer stotterte sie etwas, wehklagte, schoss undeutliche, mit viel Spucke eingeseifte Wörter ab, die niemand verstand, ging dann weiter, immer weiter, irgendwohin, einen abgewetzten Tischtennisschläger in der einen Hand, die andere zur Faust geballt.

Laura hörte, wie Svantje hektisch die Tür zu ihrem Zimmer aufriss, noch ein paar unverständliche Satzfetzen den Gang hinabschickte und dann die Tür zuknallen ließ.

Laura sah auf Svantjes leeren Stuhl und suchte das abgewetzte Polster nach Urinflecken ab. Nichts, immerhin. Dann fiel ihr Blick auf die Essenskarte am oberen Rand ihres Tabletts. Die Karte hatte die Farbe eines Lottoscheins. Die Raster und Felder und Zahlen verschwammen kurz, und ihr eigener Name, schwesternhandschriftlich eingetragen, schien der Name einer Fremden zu sein. Am ersten Morgen nach der Einweisung hatte Laura diese Essenskarte als Überforderung, als Zumutung empfunden. Gerade hatte sie es fast geschafft zu sterben, und jetzt sollte sie sich schon wieder Gedanken um das Frühstück von übermorgen machen? Zwei Tage im Voraus? Ankreuzen, was sie essen wollte? Ovo-Lactose, Vegetarisch, Vollwertkost? Zwei Tage im Voraus!

Laura hatte entschieden, die Karte zu ignorieren, so zu tun, als sei sie für jemand anderen bestimmt (was sie in gewisser Weise auch war), und hatte sie einfach auf dem Tablett liegenlassen. Worauf sie dann, am Nachmittag, von Schwester Britta freundlich und bestimmt darauf aufmerksam gemacht wurde, indem Britta die Karte auf das Buch legte, auf dessen Seiten Laura verständnislos starrte. Seither füllte sie die Karte gehorsam aus, ohne weiter darüber nachzudenken, wie einen Lottoschein bar jeder Gewinnchance. Grießbrei, zwei Brötchen, kein Schwarzbrot, Joghurt, Milch, Kreuz für Kreuz. Und tatsächlich fand sich ihre Wahl mit zweitägiger Verzögerung immer wieder auf ihrem Tablett, pünktlich, fehlerfrei: die Überraschungslosigkeit des Aussichtslosen.

Die Wühlmaus mümmelte mit kleinen Bissen an ihrem Schwarzbrot herum. Sie hatte einen Schnurrbart und dahinter wenig Gesicht, eine Laura-Palmer-Krankenkassenbrille und Knopfaugen, kaum Haare, aber trotzdem keine Glatze.

Laura hörte die lahme Wühlmaus selten reden, meist nur beim Skat, dessen Regeln sie nicht kannte. Manchmal sagte die Wühlmaus dann mit krächzender Stimme «Grang» statt «Grand». Immerhin konnte die Wühlmaus Skat spielen. Laura nicht. Laura wusste nicht genau, was ein Grand war, nur wie er geschrieben und ausgesprochen wurde, das wusste sie. Sie höhlte ihr Brötchen aus und formte kleine, weiße Kugeln aus dem Teig.

Grau in Graugelb lagen die Gänge aufeinandergeschachtelt, toten Waben gleich; speckiges Licht zog sich etagenweise in die Länge. Im Nachthemd schlurften die Gespenster vorbei. Thorsten meldete sich an der gläsernen Pforte.

«Patientenbesuch de Hio bitte.»

«Ja, bitte, Frau de Hio sitzt wahrscheinlich wie immer im Raucherraum.»

«Ja, wie immer, danke.»

«Ja, bitte.»

«Ja, danke.»

Er schritt den Gang hinab, mit lauten, klackenden Schritten, versuchte Selbstbewusstsein auszustrahlen, obwohl ihm die Unheimlichkeit des Ortes den Hals zuschnürte. Er ging weiter, abgestellte wie angeknipste Augen verfolgten jeden seiner Schritte, ein Spießrutenlauf durch ein Spalier aus irrlichternden Blicken. Bis ans Ende des Ganges stapfte er, dann ab nach links, Tür auf, *schwung* in den Raucherraum, wo er sofort vor einer dichten Nikotinwand stand. Dort saß sie.

Thorsten hasste es, wie Laura inzwischen aussah. Die Tränensäcke waren tief eingesunken in ein Gesicht, das nur noch aus schwerem Formfleisch zu bestehen schien, welches träge nach unten zog. Ihre Gesichtszüge, vor gar nicht so langer Zeit noch so schön und scharfgeschnitten, waren verwaschen. Das Blau der Augen hatte sich zu einer Farblosigkeit verdunkelt, wie die Augenfarbe eines Säuglings, aber ohne dessen Lebenslust und Neugier. Matt waren sie, die Augen, und welk war auch die Haut, die Mundwinkel tief in die Senkrechte eingekerbt, sie zogen den Rest des Gesichtes nach unten, verbleit.

«Da bist du ja.»

Wie ein Vorwurf. Thorsten juckte es sofort in der Nase.

«Keks, ja. Da bin ich. Wie geht es dir?»

«Es geht. Die Antidepressiva machen mich fett. Und willenlos.» Sie sagte es jeden Tag.

«Das geht wieder weg, Keks.»

Lauras Gesicht verneinte.

«Man muss Geduld haben, sagen die Ärzte.»

«Ich weiß gar nicht, was ich hier alles bekomme. An Medikamenten. Ich bekomme zuviel.»

«Du wirst eingestellt.»

«Abgestellt werde ich. Mehr nicht. Was soll ich überhaupt haben?» Ihr Blick verfinsterte sich. «Was soll das überhaupt sein.»

Im Raucherraum befand sich das übliche Inventar an Patienten. Laura war noch keine zwei Wochen da, doch es kam Thorsten vor, als habe sie hier schon Jahre gesessen, und er habe sie schon Jahre hier besucht und kenne die anderen schon ewig, den blinzelnden kleinen Türken, der noch jeden letzten Tabakkrumen mit dem Zeigefinger auflas, die grauhäutige Theaterautorin mit ihren *Slim Lines*, die depressiven Normalos ohne Worte.

«Du musst dich nur ausruhen», hörte Thorsten sich sagen, «du musst dich nur ausruhen. Dann kommt schon alles wieder ins Lot.» Er glaubte es selbst nicht. Seine Stimme kam ihm so blechern und *outgesourct* vor, als hielte er einen seiner verhassten Vorträge auf den Jahresversammlungen. Er spürte, dass seine Finger zitterten.

Laura blickte aus dem vergitterten Fenster und rauchte. Thorsten rauchte auch. Eine Minute lang sagten sie nichts. Ihm fiel nichts ein. Sein Reservoir an Mutmachfloskeln und stimmungsaufhellenden Phrasen war schon lange verbraucht. Es waren nie seine eigenen Worte gewesen, er hatte nur wiederholt, was Ärzte und Pfleger ihm auf den Gängen vorsoufliert hatten.

«Laura, ich geh mal auf die Toilette. Gleich wieder da.»

Sie nickte, ohne ihn anzusehen.

Auf dem Klo, in der Kabine: Atemkoller und leichtes Hecheln. Er friemelte seinen Flachmann aus der Innentasche des Jacketts, schraubte ihn auf und trank die süßliche Tinktur in einem Zug aus. War das nun Jägermeister, Ramazzotti, Kümmerling oder Mümmelmann? Es war vor allen Dingen *egal*. Er atmete, sofort erleichtert, tief und laut aus, gegen die Trennwand der Kabine gelehnt, und wischte sich mit dem Ärmel über die Stirn. Es schüttelte ihn. Er nickte und dachte an nichts. Er fragte sich, wie viel von ihrem Innenleben ihm Laura vorenthalten hatte über die Jahre. Er dachte an ihre immer wieder aufgerissene Wunde. Es schüttelte ihn noch einmal, und er dachte an nichts und spülte den Mund mit Wasser und Odol aus und richtete Kragen und Frisur und streckte die Brust heraus und checkte sich im Spiegel und nickte. Dann schüttelte er den Kopf. Dann nickte er wieder. Dann lächelte er sein Spiegelbild so falsch und einnehmend an, wie es nur ging. Es lief ihm kalt den Rücken hinunter. Dann verließ er die Toilette.

Als er in den Raucherraum zurückkehrte, fiel ihm eine Veränderung auf; etwas an der Atmosphäre war weniger suppig und stickig, etwas war heller, lichter; hatte jemand das Fenster geöffnet? Sein Blick fiel auf Laura, die ihn gefasst ansah, die Tränensäcke noch immer dunkel, der Mund noch immer eine einzige verlaufene Flutsche. Links saßen die grauhäutige Theaterautorin und der Tabakkrümeltürke, die Depressiven und ihre schweigsamen Verwandten, alles wie gehabt.

Doch da hinten, in der Ecke am Fenster, da saß jemand, der vorher nicht da gesessen hatte. Im Gegenlicht war sein Gesicht durch den Rauch nicht gleich zu erkennen; die Haare standen ab, der Körper wirkte aufrecht und doch leicht verwachsen. Die Zigarette lässig bis elegant mit abgeknicktem Handgelenk von sich weghaltend, flötete dieser Jemand den Rauch mit fast schon angeschwulter Nonchalance aus gespitzten Lippen hervor und fixierte Thorsten mit großen, rauchblauen Augen. Der Qualm wirbelte auseinander und wurde dünner und gab den Blick frei auf das Gesicht dieses Mannes. Er fixierte ihn weiter, Thorsten starrte zurück: Diese Augen kamen ihm bekannt vor, so wie der ganze Typ. Da erkannte er ihn.

Es war Taue.

Thorsten glaubte seinen Augen nicht.

«Du, hier?», entfuhr es ihm.

Taue sagte nichts, lächelte, nickte. Er schien den Moment zu genießen wie einen lange erwarteten Galaauftritt, obwohl seine Gesichtsfarbe dem widersprach.

Dann begann Taue, fast wie aus dem Off, zu reden.

«Ja, auch du, lieber Thorsten, wirst dich fragen, was um alles in der Welt dein Bekannter Magnus hier an diesem Ort zu tun hat. Unter uns: Er weiß es selbst nicht, oder auch: Er wusste es schon immer.»

Taue stand auf, als wäre er im Büro von Françoise Starck und nicht im Raucherraum einer psychiatrischen Abteilung. «Ja, auch ich frage mich, was hier eigentlich los ist, warum ich etwa, sagen wir es offen, *hier* bin.»

Thorsten stutzte. Was sollte das?

«Lieber Thorsten, ich werde dir und deiner liebreizenden Gemahlin namens Laura hier – ob ihr verheiratet seid, das weiß ich freilich nicht – ein paar Dinge erzählen, die vielleicht umreißen mögen, warum und wie ich hier gelandet bin.»

Taue hatte die Hände in die Seiten gestemmt, weil er keine Hose anhatte, in deren Taschen er sie hätte verstecken können. Er trug nur ein Nachthemd.

«Erstens muss ich sagen, dass ich – um der Wahrheit Genüge zu tun und auch einmal Tacheles zu reden – nach meinem ersten Selbstmordversuch, nein, lass mich genauer zählen, es war sogar der zweite, ja, das muss der zweite gewesen sein – warum ich, als ich die 110 anrief, ja, liebe Laura, lieber Thorsten –, warum ich da eigentlich nicht von der Polizei abgeholt wurde, sondern von einem unfreundlich berlinernden Polizeibeamten an den Taxidienst weiterverwiesen wurde, dessen Nummer mir selbstredend nach sage und schreibe einhundertfünfzig Paracetamol nicht sofort einfallen wollte. Das wäre *erstens* zu fragen.»

Alle atmeten und rauchten. Thorsten schwieg.

«*Zweitens* möchte ich fragen», fuhr Magnus fort, «warum ich bereits dreimal in meinem Leben in Handschellen abgeführt wurde, obwohl *ich* es doch bin, der sich am meisten Gedanken über diesen verdammten Scheißstaat macht.»

Laura erschrak. «In Handschellen?»

«In Handschellen.»

«Wieso das?», fragte Thorsten gereizt.

«Ja», sagte Magnus und blickte aus dem Fenster, «*das* ist hier die Frage.»

Alle atmeten und rauchten.

«Ja. Ich, zugegeben etwas druff, drüber und durch, kam am einundzwanzigsten zwölften zweitausendacht in meiner Heimatstadt an. Dort nahm ich seltsamerweise ein Hotelzimmer, um noch etwas mit mir alleine zu sein, und zwar etwa genau drei Kilometer sowohl vom Reihenhaus meiner Mutter als auch von meiner alten Schule entfernt. Seltsam, ja, aber legal, und ich zahlte auch morgens um sieben den Preis für das heruntergekommene, mehr einer Absteige als einem wirklichen Hotel gemäße Zimmer. Dann ging ich los, energisch und elegant. Ich wollte meine alte Schule besuchen, nach all den Jahren. Den Heiligen Berg hinauf, schnell und entschlossen. Die Auffahrt hochgetrabt, ging ich auf die Schule zu, auf das eiserne Tor. Dort standen ein paar Menschen und waren untätig; auch stand da ein Polizeiwagen, der mich gleichwohl nicht kümmerte. Weshalb auch? Gerade war ich also im Begriffe, das Schulgebäude zu betreten, da zeigte ein mir unbekannter Herr auf mich, der verdächtig nach Lehrer aussah, und kaum hatte ich mich versehen, pressten mich die beiden Polizisten auch schon mit aller Kraft gegen die Wand, sodass kleine Steine und Brocken zerstiebenden Materials sich in meine Wange drückten. Sie durchsuchten mich, der ich einige CDs und Bücher in meiner Safari-Weste mit mir trug, und schmissen diese Sachen achtlos auf den Boden. Nach etwa fünf Minuten intensiven Durchsuchens ließen sie mich los. Ich sollte die Hände aber beständig oben halten, was nur schlecht gelang, da mir diese Körperhaltung erstens fremd und zweitens absolut widernatürlich ist. Aber das war nicht der Grund für die Handschellen. Die Handschellen wurden mir angelegt, weil es so Usus ist bei den Gesetzeshütern. Sie arretierten sie sehr stark; hier ist die Narbe heute noch.» Er hielt sein linkes Handgelenk hoch, eine Narbe war in dem Qualm nicht zu sehen.

«Ich landete auf der Polizeiwache, wurde dort sechs Stunden vernommen und schließlich in die geschlossene Abteilung der Psychiatrie des Landeskrankenhauses Bonn gebracht. Hier enthüllte es sich. Ich hatte Pech gehabt:

Ein Hauptschüler aus Unkel hatte in der Nacht zuvor eine Amokdrohung in die Netzwelt gechattet, und ich war am falschen Ort zum falschen Zeitpunkt in der falschen Verfassung gewesen. Sie behielten meinen Computer über Weihnachten ein. Vorher war mein Kopf brutal gegen die Oberkante eines Türrahmens gewuchtet worden; zudem wurde ich mit einer Pistole bedroht. Aber das tut nichts zur Sache und gehört nicht zum Sachverhalt.»

Alle atmeten und rauchten. Fragen standen in der Luft.

«Den zweiten Vorfall, einen Fall von lauter Musik um zehn Uhr abends an einem verlorenen Samstag in Berlin-Kreuzberg – ich lasse ihn aus. Er ist nichtig, wiewohl dort das erneut hochbrutale Vorgehen der Polizei aufgrund der Nichtigkeit des Anlasses noch unverständlicher erschien.» Magnus legte den Kopf schräg und lächelte.

«Und den dritten Vorfall – nun, deshalb bin ich heute hier. Es war in einer U-Bahn. Die meisten Anwesenden in diesem Raucherraum werden die Umstände und den Tathergang kennen, denn ich habe den Vorfall bereits einige Male erzählt. Hier sehe ich meinen Schuldbeitrag sogar ein. Und dennoch», sagte er, «dennoch habe ich das unerschütterliche Gefühl, dass hier etwas nicht stimmt. Und dass sich so mancher, darunter ich, in dieser ehrenwerten Institution befindet, obwohl er gar nicht hier hineingehört. Und dass sich draußen einiges umkehren müsste, um sich einem Zustand, der mit dem Ideal der Gerechtigkeit wenigstens im Entferntesten etwas zu tun haben könnte, wieder anzunähern. Bis dahin aber, liebe Mitstreiter – und mir sind Tiefe und Umfang meiner Worte bestimmt bewusst –, bis dahin ist mein Zorn unendlich.»

Er sagte dies weiterhin mit leiser, gefasster Stimme und diesem müden, blassen Taue-Lächeln, das Thorsten noch vor einigen Wochen zur Weißglut treiben konnte; jetzt, schien ihm, war es seinem eigenen Lächeln, in seiner Erschlafftheit, in seiner erschöpften Coolness, gar nicht mehr so unähnlich.

Magnus wartete kurz auf Einspruch oder Antwort oder irgendeine andere Reaktion. Sie blieb aus. Die Raucher rauchten und schwiegen. Aber in dem einen oder anderen von ihnen schien es leise zu rucken, gar zu arbeiten; sie hielten seine Worte offenbar nicht für kompletten Schwachsinn. Laura hatte ihren Kopf in die Armbeuge gebettet und blickte Magnus offen und mit aufgeklarten Augen an. Thorsten stierte ins Leere und nickte still, ohne zu wissen, warum.

«Ja. Eine weitere Frage», führte Magnus seinen Vortrag unvermittelt fort, «und hiermit möchte ich meinen speziellen Fall einem größeren Gesamtzusammenhang unterordnen, eine weitere Frage wäre, warum die ganzen Bonzen da draußen», seine Stimme wurde plötzlich lauter, «die nur irgendwelche Öl-, Pizzen- und Fotzenpreise manipulieren», seine Stimme schraubte sich eine halbe Oktave höher, «warum die Idioten draußen eigentlich auf freiem Fuß herumlaufen, oder besser:», und jetzt schrie Magnus sehr kontrolliert, doch schrill los, «warum sie auf *fucking heißen Pedalen ihre Scheißkarren durch die Gegend treten dürfen*, die auch noch die Luft, die wir atmen, *verpesten*, während wir hier drin abgestellt und flachgelegt werden, totgeschwiegen und *abgefuckt* und ausgegrenzt und vollgepumpt und *abgestillt* und *abgestellt* und *weggesiebt* und *ausgenutzt* und *durchgeröntgt* und chemisch *weggebombt*, genau.»

Alle atmeten und rauchten, es war nichts zu hören außer dem leichten Pfeifen geschlauchter Lungen und gespitzter Lippen.

«Das fürs Erste», sagte Magnus und setzte sich wieder hin.

Thorsten war nicht klar, was hier vor sich ging. Taues Gebaren war derart abstrus und seltsam, sogar für die geschlossene Station einer psychiatrischen Einrichtung, dass er nur auf eine Art von Ablenkungsmanöver schließen konnte. Wie konnte das hier Zufall sein?

«Was willst du damit sagen?»

«Das, was ich damit gesagt habe. Mehr nicht.»

«Aber es macht keinen Sinn.»

«Doch. Du hast eine Frage gestellt, und ich habe, nun gut, nur eine Teilantwort gegeben. Aber ich habe sie gegeben. Es gab einen Dialog. Das ergibt Sinn.»

«Kennt ihr euch eigentlich schon länger?»

«Wer? Wir?»

«Ja», sagte Thorsten und ließ seinen Zeigefinger zwischen Laura und Magnus hin- und herticken, «ihr.»

Schweigen.

Magnus lachte leise.

«Wir? Natürlich. Vom Sehen. Vom Rauchen. Schließlich sind wir zusammen auf einer Station!»

«Aha», sagte Thorsten, «aha.»

Alle standen und saßen einige Sekunden lang still da, ohne sich zu bewegen. Thorsten fühlte wieder dieses heiße, pieksende Kribbeln auf dem Rücken, das er am Teufelssee bei der Begegnung mit der Kate-Moss-Attrappe gehabt hatte, und konnte nichts anderes als Sehnsucht nach dem nächsten Jägermeister oder Ramazzotti oder *egal* zu empfinden.

Schließlich knallte die Tür auf, und drei Pfleger betraten den Raum, in aller gebotenen Gelassenheit.

In den folgenden Wochen trafen Laura und Magnus sich immer wieder im Raucherraum. Sie sprachen nicht viel, sondern hörten Musik und rauchten, erst an verschiedenen Tischen, dann am selben gegenüber sitzend. Manchmal redeten sie über Musik; Laura hatte bereits Ausgang und erzählte, was es so auf MTV zu sehen gab. Wenn sie zu Hause war, sah sie MTV, nichts anderes, nur MTV, keine Nachrichten, keine Talkshows, keine Analysen, Prognosen oder Diagramme, keine Kommentare, Diskussionen oder Debatten, keine tiefschürfenden Oberflächlichkeiten und weitblickenden Engführungen mehr, nur die Oberfläche der Oberfläche, nur die Gegenwart der Gegenwart im Clip: MTV.

Aus der kleinen, tragbaren Stereoanlage, die Magnus «Boom Box» nannte, schepperte derweil immer wieder Radiomusik. Welcher Sender eingestellt war, hing davon ab, wer gerade am Rädchen gedreht hatte, und das passierte oft im Raucherraum, denn Geschmäcker sind *erstens* verschieden und *zweitens* vergänglich.

Magnus rauchte noch mehr als Laura; er rauchte eigentlich immer, wenn er nicht gerade zum Essen oder zur Medikamentenausgabe musste oder schlief, was selten genug möglich war. Wenn Laura nicht dabei war, sagte die Musik ihm nichts, höchstens ein, zwei Lieder, die sich ihm qua *Heavy Rotation* als Ohrwurm in die chemiegekeulten Hirnwindungen hatten bohren können. Dann, wenn die Musik ihm nichts mehr sagte, wartete er fast mit Sehnsucht auf die Nachrichten und hoffte bloß, dass keiner hereinkäme und den Sender wegdrehen würde, in Richtung *Newsflash* und *Wetterblitz* und *Megacharts*.

Die Nachrichten servierten wie immer brühfrisch die neuesten Katastrophen und Kriege. Magnus hörte genauestens hin und versuchte, die Zusammenhänge noch besser zu verstehen. Jetzt hatte er Zeit, sehr viel Zeit. Dabei kam ihm der Ölpreis immer wichtiger vor. Es war ihm schon vorher klar gewesen, doch jetzt schienen die Parameter irgendwie verzerrt. Denn die Paranoia drängte ihn dazu, sich einerseits schuldig zu fühlen, da er als Wortexekutive des Systems – Abteilung *Preisschraube*, Segment *Mineralölmafia* – für die Misere da draußen mitverantwortlich schien, andererseits aber auch den Wunsch nach Veränderung dieses Systems zu entwickeln, und mehr noch: einen Zwang, seine eigenen Hände von seiner ölverschmierten Schuld reinzuwaschen und dem System, dessen Teil er gewesen war, eins auszuwischen.

Er grübelte viel. Die Neuroleptika taten das Ihre, seinen Zustand von einer manischen Episode zu einer niedrigschwelligen Zwischenphase herunterzudimmen. Doch die Manie war noch da. Und mit ihr der Wille, ja, die Welt zu verändern, und sei es nur für einen Tag. Er war gegenwärtiger denn je.

Derweil stand Thorsten immer öfter vor dem Krankenhaus, an die Außenmauer gelehnt. Mit der Ginflasche in der Hand schiss er alle an. Es gäbe da etwas, was ihn mächtig stören würde, nein, das wären ja viele Dinge, aber eine Sache besonders, aber die betreffende Sache, die werde er ihnen jetzt bestimmt nicht sagen, denn sonst würde auch er, der doch völlig gesund sei, in dieser Klinik landen, und das wolle doch keiner, das koste nur *Geld*. So schrie er die herumstehenden Patienten an, die ihn unverständig und still anblickten.

Er hatte Grund dazu. Die Elterngeschichte zum Beispiel war aufgeflogen. Es war im Unternehmen durchgesickert, dass die Freundin des Alkoholikers Kühnemund zwar im Krankenhaus, doch keineswegs im Kreißsaal weilte, sondern *ganz woanders*. Das hatte Thorstens angeschlagene Reputation weiter beschädigt; ihm wurde nahegelegt, doch Urlaub zu nehmen, was einem halben Rausschmiss entsprach.

«Werden Sie sich ausruhen, Herr Kühnemund?», sagte Padberg.

«Glauben Sie, ich bräuchte Ruhe?», fragte Thorsten.

«Ein wenig Urlaub, vielleicht.»

«Das täte Ihnen sicherlich gut», sagte Françoise Starck.
«Wenn Sie meinen.»
«Das meinen wir.»
«Dann meine ich das auch.»
«Das will ich auch gemeint haben.»

Privat stand es nicht besser. Er hatte Laura in der ersten Woche ihres Aufenthalts einfach hängen lassen, sie hatte ihr Smartphone eines Nachts gegen die Wand gedonnert und dann eine lange und zwei kurze E-Mails vom Stationscomputer der Schwestern geschrieben. Es war keine Antwort zurückgekommen. Thorsten konnte einfach nicht. In der zweiten Woche dann war er selber endfertig gewesen und plötzlich um die Klinik herumgeschlichen. Zu Hause trank er sich Leber und Hirn schrumpelig und war sich seines Zustands durchaus bewusst. Einweisen ließ er sich dennoch nicht. Er sah sich als nicht *dazugehörig* an, schon gar nicht zu einer Station, welcher Sorte auch immer; wenn er wollte, wäre er nüchtern und gesund; dessen war er sich gewiss.

Die Zustände auf der Station waren für Laura kaum zu ertragen. Nicht nur nahmen die Patienten im Ausgang oft genau dieselben Substanzen, von denen sie eigentlich entzogen; nein, es wurde auch noch, so schien es Laura, ein wilder Kopulationsreigen getanzt, auf der Station und draußen im Ausgang umso mehr. Manchmal dachte sie, sie sei die Einzige, die nicht teilnehmen konnte oder wollte, eine keusche, kaputtzerdachte Nonne, die sich auf die ihr eigene Weise ganz gegen ihre Natur unheimlich *beherrschte*.

Männer gingen sie an. Männer mit irrlichternden Blicken; Männer mit Dreitagebärten und schmatzenden Lippen; Männer mit verhärteten Rotzresten in den Walrossschnurrbärten, die leise grunzten, wenn sie vorbeischlich oder trotzig herumstapfte. Männer auch mit schlauen Augen und wächsernen Fingernägeln; *alle* Männer gingen sie an?

Fast ließ sie sich auf den einen oder anderen tatsächlichen oder nur vorgestellten gomorrhischen Ringelreigen, der sich ihr darbot, ein. Magnus aber bewahrte sie davor, indem er sich für sie interessierte, ohne gierig zu sein, indem er zuhörte, antwortete, erkannte, verstand. Er konnte auch gar nicht anders.

Mit Berentzen Saurer Apfel wankte Thorsten über den Ku'damm. Die Bilder stürzten zusammen. Erst hatte er sich zum Weitertrinken überwinden müssen. Dann floss es wie von selbst. So betrunken war er seit Tagen nicht mehr gewesen, dachte er. Die Autos verschwammen zu einem Pinselstrich. Die Lichter blinkten ihn an. Er stolperte. Sein Bauch blähte. Seine Gurgel war offen. Hier war irgendwo – hier kannte er doch wen? Hier wohnte jemand. Wer? Er drückte alle Klingeln. Stimmengewirr aus dem Lautsprecher, er antwortete etwas. Jemand öffnete. Er legte sich in den Hinterhof unter einen Baum und schlief ein.

Als er aufwachte, war seine Hose nass, und der Kopf schmerzte heiß. Er stand auf und ging in einen Tengelmann. Dort bezahlte er etwas, das er sofort trank. Er ging in den WOM und kaufte drei CDs, über die er nichts wusste. Er ging an einen Kiosk, um Magazine zu kaufen, Herrenmagazine und Motorradhefte, die er auf einer Parkbank durchblätterte und liegen ließ, als die Bierflasche leer war.

Er stieg in ein Taxi und fuhr an seinem Arbeitsplatz vorbei. Ein Unternehmen, das strahlt, ist auch ein Cash-Moloch. Er lachte das Logo aus. Wie *dezent* es war! Der Taxifahrer fragte, ob er auch genug Geld habe für diese Zickzack-Fahrt. «In rauen Mengen», lachte Thorsten und verschluckte sich am Piccolo.

Zu Hause stieg er in den Keller, urinierte in eine unbeleuchtete Ecke und trank dann, auf einem Bierkasten sitzend, Rotwein. Die Dunkelheit und der modrige Geruch taten ihm gut. Er stolperte durch die Katakomben und spielte mit sich selbst Indianer. *Wo waren denn diese Sachen?*, fragte er sich ständig im Mantramodus (aber eher so, als spielte er eine verwirrte Oma in ihrem stadtverplanten Geburtskiez nach), *ja, wo waren sie denn, wo*, fragte er auf der Suche nach irgendwelchen alten Unterlagen oder Fotos oder *egal*. Statt im eigenen Keller *corpora delicti* einer entfernten, gemeinsamen Vergangenheit zu suchen, trat er einen Verschlag auf, weil er meinte, dort eine Gummipuppe gesehen zu haben, mit der er auf dem Ku'damm Walzer tanzen wollte. Er hätte das momentan witzig gefunden. Es war aber nur ein Schlauchboot. «Ein knall-*rumms!*-rootees Gummiboooot!», sang er und torkelte mit den schlaffen Schläuchen durch die Gänge. Er schlug sich den Kopf an einem Rohr auf und sank nieder. Der Wein war zu alt und schwer und bitter, seine Speiseröhre brannte. Jetzt aber kehrte Frieden ein.

Als er aufwachte, oben in der Wohnung, stand der Kühlschrank offen. Er fühlte nicht mehr, ob es kalt oder warm war im Raum. Er hatte den Verdacht, es sei wärmer geworden. Er hatte da mal was bei Pilawa oder Jauch gehört. So stand er zehn Minuten. Dann rief er: «Laura?»

Er bestellte ein Taxi. Während er auf das Klingeln wartete, trank er den letzten Rest Gin. Er erinnerte sich, wie die Wärme früher ein angenehmes Gefühl gewesen war. Hinter seiner Stirn fühlte sich alles taub an.

Als er ins Taxi stieg, bekam er einen Hustenanfall. «Zur Charité», sagte er ohne Stimme.

«Nein, doch nicht», sagte er fünf Minuten später.

«*Doch!*, doch, doch», sagte er dann.

«Nein. *Nein, nein, nein*», sofort hinterher.

Der Fahrer hörte gar nicht mehr hin und bog in die Schumannstraße ein und hielt vor der Charité.

In der dritten Woche ließ sich Thorsten dann öfter bei Laura blicken. Er machte einen derangierten Eindruck auf die misstrauischen Schwestern, was ihm *so was von egal* war. Torkelnd flegelte er sich auf einen Stuhl im Raucherzimmer und glotzte alle an. Ihm kam es vor, als würde er Laura und Magnus ständig bei irgendetwas *erwischen*, dabei saßen sie nur da und rauchten und redeten, und das meist ohne Worte.

In der vierten Woche schlug Thorsten wie aus dem Nichts einen Dreier vor. Magnus und Laura sahen ihn nur lange an.

Einen Tag später brachte Thorsten eine Prostituierte namens Patty von der Kurfürstenstraße mit, die er als seine Schwester ausgab.

Als Magnus *das* sah, sagte er nur: «Alles scheiße.»

Laura meinte: «Und auch noch von der Kurfürstenstraße.»

In der fünften Woche begann Magnus, die Therapiesitzungen zu torpedieren, indem er statt Selbstwahrnehmung, Achtsamkeit und Rückfallquote die *Stigmatisierung* auf die Tagesordnung brachte. In den Folgestunden begann er auch, vom Ölpreis zu reden und was dieser womöglich mit den ständig steigenden Mieten zu tun habe; bald kamen die Ämter, die Politiker, ja sogar der ganze Staat zur Sprache, oder eher: Sie wurden zur Rede gestellt. Und die Mitpatienten diskutierten eifrig mit, von Magnus befeuert und angestachelt. Manche diskutierten bloß aus der eigenen Warte, manche mit weiterem Blick; aber die Beiträge wurden allesamt ernst genommen und in ihrer Subjektivität akzeptiert. Die Debatten bekamen fast einen parlamentarischen Einschlag.

«Es ist unmöglich, dass ich eine Wohnung bekomme. Man wird doch gleich aussortiert von den Hausverwaltungen, wenn da irgendwo etwas von ‹Klinik› steht.»

«Und die Schufa. Jetzt habe ich schon eine Bürgschaft von meinen Eltern, und die wollen noch deren Schufa-Auskunft.»

«Die Schufa gibt es gar nicht mehr. Die war früher unten in Tempelhof, jetzt kannst du dir bei easycredit dein Armutszeugnis ausstellen lassen.»

«Das geht alles noch viel tiefer. Natürlich entsteht da Saufdruck.»

«Den Saufdruck kannst du nur bekämpfen, indem du ihn vergisst.»

«Quatsch, dich ihm stellst, ihn bekämpfst.»

«Oder eben dich ihm beugst.»

«Ich sag mal so: Bist du einmal in der Spirale abwärts unterwegs, kommst du da so schnell nicht wieder raus. Da tut es ganz gut, quasi als Weckruf, so ganz weit unten auf dem Arsch zu landen, dass es klatscht.»

«Richtig. Ganz genau. Ganz genau.»

«Ich sag mal so: Wer bis zum Kinn in der Scheiße steht, sollte den Kopf nicht hängen lassen. Jetzt im Ernst: Die wollen uns gar nicht. Für die sind wir doch abgestempelt.»

«Und dann wirbeln die den Staub auf mit ihren Karren, in den Kreiseln, den Feinstaub, aber wir sollen nicht einmal rauchen dürfen.»

«Als ich im Knast war wegen Schwarzfahren, da war das schon ein Spiel zwischen den Kontrolleuren und mir. Die haben mich manchmal verfolgt, dreimal am Tag gekriegt, und ich habe nur die Motz verkauft.»

«Ja, der Knast.»

«Au.»

«Ja, ja.»

Einmal sprang Magnus auf – gegen die Regeln der Therapiestunden und von den Pflegern sofort mit Blicken niedergedrückt – und proklamierte: «Der Ölpreis wird von den Magnaten diktiert, die wiederum alles der Lobby verdanken, die von den Konten, die *wir hier* bald leer räumen werden, gesäugt werden, damit die Politiker, die eh nichts zu melden haben, etwas sagen können, das sie, wie Nussknacker, gebetsmühlenhaft in die Kameras krachen lassen können, um den Tickern etwas neues Falsches zu verklickern, die es dann gewinnbringend an die nächste Lobby oder für ihren Marktwert, der sich aus den Abos, in deren Inkassospirale sich so mancher hier befindet, speist, verbraten.»

In den folgenden Tagen war Öl das Thema: seine Geschichte, die seiner Förderung, die Mechanismen seines Preises. Die Pfleger, Schwestern und Ärzte glaubten ihren Ohren nicht. Magnus war, zusammen mit einer aus ihrem Dornröschenschlaf erwachenden Laura, die treibende Kraft, jedoch beteiligten sich stationsübergreifend mehr und mehr Patienten mit Referaten, Zeichnungen, Aquarellen, Diagrammen, Essays, Streichholzbohrtürmen, Verschwörungsskizzen und Batikhemden am Projekt.

In einer Morgenrunde kündigte Magnus dann an, er wolle einen kurzen Vortrag zum Thema halten, und zwar als Beitrag zum nahenden Sommerfest. Wer wolle, der möge kommen. Traditionell war das Sommerfest der Psychiatrie eine zwanglose Begegnungsmöglichkeit zwischen Personal, Ärzten, Verwandten und Patienten. Alles sollte leicht, handhabbar und sonnenbetupft sein. Die Patienten zeigten ihre frühsportlichen Übungen mit den Hula-Hoops und den Plastikkeulen, die Verwandten applaudierten und machten mit, später kamen sie bei Mürbeteig und Erdbeertee mit den Ärzten, die sie nur aus der zeitoptimierten Sprechstunde kannten, ins Gespräch.

Die Sonne war prall, der Andrang groß, auch und gerade vor Magnussens improvisiertem Infostand. Er stand da, das Mikro in der Hand, mit Plakaten und Bannern hinter sich, den Tisch voller Erzeugnisse aus den Therapien, und wartete, bis die Menge leiser wurde. Dann hob er an, die Fassbrause in der Hand:

«Werte Damen und Herren! Liebe Mitpatienten, sehr geehrte Pfleger, Schwestern, Ärztinnen und Ärzte, geliebte Putzfrauen und Köche, werte Fahrer und Pförtner, liebe Leute! Es ist nicht viel, was ich zu sagen habe, und ich will weder Ihre Gemüter noch Ihre Herzen oder Geister lange traktieren, denn der Tag ist zu schön, um ihn mit den Donnerwolken der Faktenlage zu verdüstern. Und dennoch: Lassen Sie mich ein paar Worte an Sie richten, die erklären mögen, von welcher Art und Beschaffenheit, neben all den schönen und zerstreuenden Schauplätzen, die dieses Sommerfest Ihnen sonst in Hülle und Fülle zu bieten hat, der bescheidene Projekttisch ist, vor dem zu stehen Sie uns gerade die Ehre erweisen. Das Öl wird immer teurer. Die Preisexplosion belastet Konjunktur und Börsen. Kriege werden im Namen des Öls, seiner räudigen Geschwister und gierigen Väter geführt. Was wir auch anfassen, es kommt vom Öl und geht zum Öl zurück. Wir nun von der Station 5.1 haben uns in den letzten Wochen und im Rahmen unserer Möglichkeiten Gedanken zu diesem Komplex gemacht, ein jeder auf ihre oder seine Weise. Die Produkte dieses gemeinsamen Gedankenspiels können Sie hier bestaunen und für einen Euro das Stück erstehen.»

Das Publikum rückte näher. Gegenstände wurden in die Hand genommen und freundlich begutachtet.

«Noch immer ist es der Ölpreis, der alles prägt. Oh, der Ölpreis! Ein wahres *Swamp Thing* ist er, ein schleimiges Monster aus dem Morast des vergangenen Jahrhunderts, aus dem Moor der letzten Jahrmillionen, ein bloßes Spekulationsobjekt, das erstens vom Staat, nämlich den Steuern, zweitens von der menschlichen Psyche, nämlich den Erwartungen, Hysterien und Krisen der Märkte, und drittens von der Marge, also der notwendigen Gewinnsucht und Überbietungslogik der Unternehmen, geformt wird. Und dieses Etwas bestimmt unser Leben? Bestimmt die Preise der Äpfel, die wir essen, die Miete der Wohnungen, in denen wir leben, die Wahl der Partner, die wir ehelichen? Und das, wo die Ölquellen derzeit rasant versiegen? In fünf Jahren, werte Damen und Herren, ist eh Zapfenstreich im Ölgewese. Und die Wüste, sie wird leben.»

Magnus zwinkerte Thorsten beiläufig zu, der mit Strohhut und Sonnenbrille getarnt am Rande der Menschentraube lungerte und Whiskey aus einer Colaflasche trank.

«Wir sind es, die den Ölpreis festsetzen sollten. Wir, die wir ihn zahlen, wir, die wir ihn täglich mitbestimmen. Wir und niemand anders. Wir müssen uns nur unserer Kraft bewusst werden. Das habe ich, Magnus Taue, zusammen mit meinen Mitstreitern auf der Station 5.1, während meiner erfreulichen Wiederherstellung an diesem schönen Ort der Heilung gelernt. Und diese Erkenntnis ist Teil meiner Genesung. Und einen Splitter von dieser Erkenntnis, von dieser Einsicht und Gesundung wollte ich Ihnen, wertes Publikum, eröffnen. Vielen Dank für Ihre Aufmerksamkeit. Ich hoffe, wir konnten Ihnen einen Gedankenanstoß mit auf den Weg geben, und wünsche Ihnen nichts weniger als einen wunderschönen Tag.»

Die Menge lockerte sich auf. Einige kauften noch ein Batikhemd, eine Schachfigur oder ein mit Tippfehlern gespicktes Pamphlet. Der Niedlichkeitsfaktor war erheblich. Man redete darüber, wie wahr im Kern die Rede des Patienten T. doch sei, und wohlformuliert, und so frei wie druckreif vorgetragen; aber was solle man machen, als zum Trost einen Euro dazulassen für den mit gutem Willen gefertigten Tand. Dann nickten manche in sich hinein und wunderten sich, zu was für Gedanken die Patienten in ihrer Hospitalisierung doch imstande waren. Eine Besucherin beschloss, das Auto erst morgen abzuholen und lieber in der nächsten Bar noch einen Wein zu trinken, ganz so wie früher. Nebenan sprangen blonde Kinder auf einem Trampolin herum, und je tiefer die Sonne stand, desto flacher wurden auch ihre Sprünge.

Magnussens Hyperaktionismus und Renitenz schienen nun langsam erschöpft, der Überschuss an quasi-revolutionärem Potenzial sein harmonisches Ende gefunden zu haben: Ein Vortrag über das Öl war es gewesen, ein höflicher, freundlicher und informativer Feiertagshinweis, mehr nicht. Die Ärzte registrierten dies zufrieden. Die Pfleger freuten sich nüchtern. Die Schwestern tuschelten und kicherten und zerstreuten sich dann auch.

In dieser Atmosphäre der Erleichterung kamen Laura und Magnus schließlich tatsächlich zusammen, auf die zarteste Weise: Sie küssten einander kurz und innig. Es passierte abseits des Standes, in einer Ecke zwischen Sophienhaus und Notaufnahme, jenseits des Gewimmels und zwischen flimmernden Schatten. Sie hatte ihm, der leicht aufgewühlt in dieser Ecke stand und die rote Ziegelwand betrachtete, ein paar Früchte und Wasser mitgebracht. Zum Dank hatte er ihre Hand genommen. Dann war es passiert.

Laura hatte dabei das erste Mal seit langem eine Empfindung, die nicht nur ihre Haut, ihr Fleisch, die Narben und Haare und Blicke betraf, sondern die von innen her kam und doch nicht unordentlich war. Sie fühlte etwas.

Sich, unter anderem.

Das war neu.

ACHTER TEIL
STEIG NACH UNTEN, SCHWARZER KAISER

Go
No Go

Arcade Fire

Ein Unternehmen, das täglich Profite braucht wie ein Süchtiger seine Dosis, ist eben auch ein unbelehrbarer Psychopath. Sein Wille ist fest und trotzig, sein Blut kein Blut, sondern siedend heißes Gold: Gold aus den Erzen, Grubengold, Schmiergeld, schwarzer Diamant und verzinstes Herzblut, denkbar menschlich. Ein gepanzertes Hirn hat teil am großen Puls der Welt, der durch die Pipelines strömt, in den Kabeln sirrt, über die Tabellen wabert, aus dem die Medien tickern – so wie alle ticken und weben und spannen und leben.

Karin hatte es von Eva gehört, und zwar, dass Raoul mit Franz gesprochen hatte, und zwar von wegen Annie und Thomas, weil Valery und Karl am Ku'damm gesehen hatten, dass Peter über Walter mit Claire, als Magnus dann mit Hanne, weil Laura ja Viola; während x von y wusste, dass b a geküsst hatte, als Laura es Thorsten ansah, dass p φ q, und zwar via Skype.

Kurz und gut: Eine Telefonlawine war in Gang gesetzt worden. Oder nennen wir es, der längst vollbrachten Medienrevolution gewahr, eine Medienlawine.

Magnus hatte Thorsten, der inzwischen willenlos und besoffen im Aufenthaltsraum vor dem Stationsfernseher herumhing und still vor sich hin rülpste (der Fernseher, der die Patienten mit seinen ständigen Welt-Updates und hysterischen Nachrichtenpartikeln kirre machte, sagte ihm nichts), endgültig von seinem Plan überzeugt.

Und zwar so:

«Thorsten, ich habe da eine Idee», sagte Magnus.

«Ach, nee. Der Herr, eine Idee? Eine Magnus-Idee? Das Magnum-Eis neu erfinden, vielleicht?»

«Ich würde eher sagen: eine maximale Idee.»

«Ah so. *Aaah* so. Na dann.» Thorsten hatte seinen skeptischen Blick aufgesetzt, verengte Sehschlitze, Blick zur Seite, bei ihm nur in der alkoholverglasten Version und also weniger scharf und nachdrücklich.

Magnus: «Hör zu.»

Und Magnus erzählte seinem Freundfeind ausführlich von seinem Vorhaben. Es ging schnell. Thorsten war froh über den Plan; froh, dass etwas geschehen sollte, egal was. Innerhalb von Stunden war er, zumindest äußerlich, wieder hergestellt und einsatzbereit. Magnus sammelte derweil seine heimlichen Agenten um sich und weihte interessierte Novizen ein. Der Plan verästelte sich über die nächsten Tage, ging über die Station, über die Klinikmauern hinaus. Etwas zog sich zusammen über Berlin und lud sich weiter und weiter auf und wartete nur auf den entscheidenden Wetterwechsel.

Zwei Wochen später. In den Medien war die Nachricht aufgekommen, es gebe einen neuen Treibstoff, «HEKTAL E(+)™» beim Namen.

HEKTAL E(+) also.

Magnus hatte sich den Namen als zwölfgezackte Schneeflocke in Form eines kristallinen Oktoaeders erdacht – eine unmögliche Figur, aber mit einem einfachen, griffigen Namen. Er hatte die Zeit bei RADIKAL nicht durchgestanden, ohne wenigstens etwas über Werbung und ihre Mechanismen zu lernen.

«HEKTAL», berichtete ein gestriegelter und rasierter und rundum erneuerter Thorsten Kühnemund im Mittagsmagazin des Zweiten Deutschen Fernsehens, «HEKTAL ist eine Alternative zu den bekannten Treibstoffen wie Benzin oder Diesel. Im Gegensatz zu – einerlei, ob man nun der abiotischen oder der organischen Öltheorie anhängt –

den herkömmlichen teuren und umweltschädlichen Treibstoffen ist HEKTAL reproduzierbar, umweltfreundlich und billig. HEKTAL ist, so können wir stolz vermelden, die wahre Alternative.»

Auf die Nachfrage der begeisterten Moderatorin, woraus dieser neue Treibstoff denn bestünde, wusste Thorsten zu antworten, es sei ein synthetisches Produkt aus Kohlenstoff, Ethanol, Blattgrün, Sauerstoffperoxid und weiteren Bestandteilen, die freilich geheim gehalten werden müssten, siehe Coca-Cola, das werde man sicherlich verstehen, denn nach jahrelanger Forschung «werden wir diese die Energiemärkte umstürzende Idee nicht gleich an die Konkurrenz verraten, denn, unter uns, Frau Patschuleit, Patente können durch Generika derart leicht umgangen werden, so leicht, dass es eine Schande ist, aber das nur am Rande –»

«Ist das so?», fragte Frau Patschuleit entzückt und klimperte mit den Wimpern.

«Das ist so. Und HEKTAL, um auf Ihre Frage zurückzukommen, Frau Patschuleit, HEKTAL wird im Gegensatz zu den endlichen Ölressourcen, die bekanntermaßen in etwa zwanzig Jahren aufgebraucht sein werden, und im Gegensatz zu den mühselig und kostspielig zu gewinnenden sogenannten alternativen Nachhaltigkeitstechniken wie Wind- und Solarenergie, nun, HEKTAL E(+) also wird synthetisch und billig produziert, indem eine Masse aus den genannten Bestandteilen in liquiden Zustand versetzt wird, mit Hilfe von künstlich herbeigeführter Photosynthese und gleichzeitiger Erhitzung. Nach dieser, in groben Zügen gesagt, absolut ungefährlichen und umweltfreundlichen chemischen Reaktion haben wir dann das HEKTAL: einen billigen und unendlich reproduzierbaren Treibstoff.»

«Mithin», fügte Thorsten in alter Stärke später hinzu, von Dutzenden Mikrophonen umstellt und vom Kameralicht

ganz nach seinem Geschmack konturscharf und postprivatistisch exponiert, mithin sei dies «eine Weltrevolution für die Energiemärkte. Die Lösung aller bekannten Ressourcenprobleme und Energiehaushaltsquerelen, auf lange Sicht, ja, auf sehr lange Sicht, das können wir wohl sagen, ja.»
HEKTAL also.
Die Medien liefen heiß vor Begeisterung.

Dann schwärmten sie aus. Die Nachtigall von Ramersdorf, Herr Jean-Toulouse Wichsgockel-Laxnesson, Frau Prosa von Raunheim, Tischtennisschläger-Svantje, Kopfhörer-Dirk, die zwei Hellersdorfer Hungerkünstler, jene Frauen, solche Männer, kurz: diese Irren alle, von denen man schon immer hörte, die man schon immer und überall sah, um sie zu übersehen. Nun war es an ihnen, es mit dem Schwarzen Kaiser, dem Öl, aufzunehmen.

Sie hatten sich gewappnet, ja bewaffnet, mit dem neuesten Gerät und Gestell, mit Handys, Beepern, Laptops, Walkie-Talkies, mit alten, altbekannten Computerzeitschriften und neuen, anonymen Internetzugängen. Sie traten nun, nachdem sie die Notausgänge besetzt und um genau fünfzehn Uhr elf synchron die roten Knöpfe der Berliner Psychiatrien gedrückt und die Türen nach draußen geöffnet hatten, in Aktion.

Sie schwärmten aus.

Sie kamen aus Bonnie's Ranch, aus der Charité, kamen, leicht angeschickert schon, aus Charlottenburg herüber und pepbewaffnet von Steglitz hoch; selbst von ganz woanders hatten sich paar Kollegen angemeldet, die tatsächlich auch, mit der Bahn schwarzgefahren, erschienen; die Betten von Vivantes & Co. waren jedenfalls ziemlich bald alle ziemlich leer.

Und die Polizei ziemlich ratlos.

Die Irren strömten aus und liefen wie Quecksilber um das RADIKAL-Gebäude herum zusammen. Ein stiller, heimlicher *Flashmob* hatte sich da zusammengefunden, um, für einen Tag, eine Utopie wahr zu machen, nämlich: die Leute, die ihn zahlten, und nicht nur die, die an ihm verdienten, den Ölpreis bestimmen zu lassen. Außerdem tat ein spontaner Ausflug an die frische Luft jedem gut.

Die Irren betraten nach und nach das Atrium, mit Laura, Magnus und Thorsten voran. Sie gaben sich als Touristengruppe aus, die das berühmte Gebäude samt Glaskuppel und Flaschenzuglift bestaunen wollten; man habe schon *so viel* davon gehört, und nein, angemeldet sei man nicht, leider, aber ob man nicht wenigstens kurz im Foyer geduldet werde?

Andere behaupteten, sie hätten mit Françoise, Kühnemund, Vorritter, Peters, Padberg oder Pächtelspanger einen Termin; Namen standen viele zur Auswahl. Magnus, Laura und Thorsten stiegen lächelnd in den Aufzug. Das Drehkreuz hatte Thorsten mit seiner Chipkarte außer Kraft gesetzt. Sie sahen sich in die Augen wie bei einem großen Schulstreich, kurz vorm Loslachen, mit dem Unterschied, dass es ihnen todernst war. So wurde das Lachen noch unterdrückt.

Kling, achter Stock, lautlos öffnete sich die Tür, sie traten hinaus. Dort, wo sonst Teppichstille herrschte, war nun großer Lärm. Thorsten ging vor, in Richtung Werbeabteilung. Helle Aufregung allerseits. Die Praktikantinnen liefen wild durcheinander. (Thorsten stellte sich kurz vor, wie er sie im Laufschritt und Akkord alle noch einmal schnell von hinten nehmen würde, bevor das ganze Gebäude hochginge und der *Wald*, den er sich nun voll von nackten, jungen Blondinen dachte, lodernd brannte – aber das Bild verlor sich sofort.) Die Diven von der Marketingabteilung, weibliche und männliche, tuschelten, zeterten, rauften sich theatralisch die Haare, schüttelten betreten die Köpfe.

Thorsten, Laura und Magnus stapften entschlossen durch das ausbrechende Papierchaos, eine Special Unit *straight from Hell and Hollywood*. Sie enterten das Büro des Marketingleiters Germany Vincent Padberg, des selten gesehenen und umso einflussreicheren Vorgesetzten von Françoise Starck.

«Thorsten, was –», Padberg schreckte auf.

«Nichts was!», rief Thorsten jetzt im Blaffmodus eines Drill Instructors aus und drückte Padberg zurück in den Ledersessel.

«Aber –»

«Hören Sie zu.» Taue, Hände in den Hosentaschen, kleines Lächeln, sprach sehr leise, doch laut genug, dass alle es gerade noch verstanden. Er war also in Hochform. «Sie geben jetzt allen Vertriebsknotenpunkten, Werbeagenturen und Pressestellen weiter, dass RADIKAL, angesichts der Markteinführung von HEKTAL, den Benzinpreis um 10 Cent senkt, und zwar in allen Slots. Lassen Sie durchscheinen, dass Sie angesichts des zu erwartenden energietektonischen Erdbebens und der weltpolitischen Verwerfungen einfach schneller als die Konkurrenz sein wollen. Denn besser RADIKAL als gar nichts. Und los.»

«Und was, wenn ich es nicht mache?»

«Dann werden Sie», und Magnus wies in Richtung Laura, die einen offensichtlich gefüllten Benzinkanister in der linken Hand hielt, «dann werden Sie diese fünf Liter erstklassigen Benzins Ihrer Hausmarke trinken müssen. So leid es uns tut.»

Padberg wurde bleich um die Nase.

Magnus fragte: «Also?»

Unten im Atrium wurden die Empfangsdamen panisch. Wer waren diese Menschen, und was wollten sie? Kaum hatten sie sich umgesehen, waren die Irren flugs schon auf allen Etagen verteilt und stürmten die Büros. Der Schlachtruf «Hektal! Hektal!» schallte auf allen Fluren. Tohuwabohu brach aus, auf allen Kanälen, in allen Schächten und Ecken. Fünf Minuten später trafen die Medien, acht Minuten darauf die Polizei ein, beide unter großem Geheule, mit ihren jeweiligen Waffen behängt. Nur, wie war dieser Masse meist nicht polizeibekannter, fremder und sehr seltsamer Menschen beizukommen?

Akten flogen aus den Fenstern, Papier regnete auf die menschenverstopften Straßen. Absperrungen und Barrieren, kaum aufgestellt, lagen schon wieder niedergerissen da. Die Medien tickerten los. HEKTAL habe eine Revolution ausgelöst, hieß es, die Bürger stünden auf. Hektische Hände spiegelten sich in glatten Parketts anonymer Börsen, unleserliche Zeichen standen in den panischen Augen verstörter Broker; erste Politiker meldeten sich zu Wort und versuchten, den eigenen Standpunkt zum Geschehen möglichst abstrakt zu halten; einige Tankstellen schlossen einfach, denn jetzt war *Klappe zu, Affe tot*; jetzt war, so schien es, tatsächlich *Schicht im Schacht*. Manche der Partner fürchteten um ihre Existenz und brachen unter Tränen zusammen; andere tranken einfach in aller Ruhe ihr Feierabendbier und schauten fern, in der Gewissheit, dass hier nur die nächste ölige *Cashcow* durchs globale Dorf gejagt wurde; ändern würde sich nichts, nie.

Der Börsenkurs von RADIKAL aber sank im Laufe des Tages um ganze elf Punkte. Die anderen Mineralölkonzerne fielen dementsprechend mit, «schön nach unten, schön nach unten», wie Magnus in Lauras Ohr flüsterte. «Nieder mit dem Schwarzen Kaiser», rief ein übergelaufener Krankenpfleger im Büro des Vertriebsleiters Südwest und machte Anstalten, sich selbst mit einem verkratzten, fast leeren Zippo-Feuerzeug anzuzünden; eine Suchtpatientin schrie «Steig nach unten, Ölmoloch!» über den Innenhof der Konzernzentrale, sodass flugs eine Mischung aus beidem die Runde machte und sich zum Slogan verfestigte, der für ein paar Stunden durch fast die ganze Stadt hallen sollte: «Steig nach unten, Schwarzer Kaiser.»

«Schwarzkaisertag» war dann auch der Name, mit dem der Tag, an dem die Irren gegen das Öl aufstanden, in die Annalen eingehen sollte.

Die Polizei stürmte ohne Mühe das Gebäude und nahm alle Fremdkörper mit der gebotenen Härte fest. Der Spuk (oder Spaß, je nach Standpunkt) hatte nach drei Stunden ein Ende. Die Eindringlinge wurden konsequent bis brutal abgeführt oder weggetragen. Die Kurse stabilisierten sich am nächsten Tag. HEKTAL flog als großer *Hoax* auf, der erst verdammt und dann bewundert wurde. Die Medien, die im Hype bereitwillig mitgegangen waren, verspotteten jetzt die Politiker, die den «Schwarzen Kaiser» nun wahlweise den Lobbyisten oder ihren politischen Feinden zuspielen wollten.
Nach und nach wurden die Irren wieder in ihre Abteilungen zurückgebracht.
Und schlussendlich waren sie auch ganz froh darum.

Laura und Magnus schritten durch verwüstete Gänge, über versaute Teppiche, Arm in Arm, wie ein soeben gekröntes Königspaar, das die Weiten seines neuen und schon wieder glücklich zerfallenden Reiches vermaß. Thorsten saß auf einer der Toiletten der Zentrale und trank Gin. Seine Krawatte hing ihm irgendwo anders. Er war es zufrieden.

Der Himmel malte. Mit dem Sfumato des hellblauen Äthers grundierte er den Abschied vom Tag. Ein Zirrus-Pinselstrich hatte etwas Bewegung in den Blickwinkel gefuchtelt. Links zerfaserte ein Jetstream.

Laura, Magnus und Thorsten saßen auf dem Dach des RADIKAL-Hauses. Sie picknickten. Wortlos teilten sie Bier, Jägermeister, Jameson und Landjäger.

Magnus stand auf, trat an die äußerste Kante des Gebäudes und bestellte etwas in Richtung Himmel.

Laura und Thorsten sahen einander an. Sie sagten nichts.

«Denn es ist ihnen allen ja genauso passiert», sagte Magnus.

«Was?», fragte Thorsten.

«Nein», sagte Laura.

Magnus nickte. «Doch. Es ist alles genauso und nicht anders passiert. Alles ist ihnen genauso geschehen. Es ist ihnen einfach passiert.»

Er breitete die Arme aus.

Nein, dachte Laura.

Ja, dachte Magnus.

Und sprang.

EPILOG INS HELLE

Der Film ist vorbei. Die Credits *laufen, das Weiße rollt sich so scharf wie schummrig ab im Schwarzen, die Ersten stehen auf und gehen. Sie überlegen, wie lange Sie den Abspann jetzt mitlesen sollen, um weder als* Banause *noch als* Cineast *angesehen zu werden. Dann gefällt Ihnen aber sogar die Musik. Also träumen Sie sich kurz weg. Dann schlafen Sie schon fast.*

Dann ist der Film wirklich zu Ende. Sie stehen auf und verlassen den Kinosaal. Draußen weht frische Luft. Sie gehen weiter und verlieren sich in einer Straße.

Aber es war schön, oder?
Ja, sagen Sie. Ja.

Und das war es auch schon.

I ABITUR 9

II PLANOGRAMME 23

III JOHN CASSAVETES 63

IV XX-MAS 137

V UND RANDWUND 185

VI FILME ALLER FERTIGKEITEN 219

VII UNGEHEUER OBEN 291

VIII STEIG NACH UNTEN, SCHWARZER KAISER 321